桐城才媛诗选

杨怀志 江小角 主编

本书是国家社会科学基金一般项目《〈桐旧集·续集〉整理与编纂》（批准号：19BZW043）的阶段性成果

北京师范大学出版集团
安徽大学出版社

图书在版编目(CIP)数据

桐城才媛诗选/杨怀志,江小角主编.—合肥:安徽大学出版社,2023.11
(桐城派文库)
ISBN 978-7-5664-2460-0

Ⅰ.①桐… Ⅱ.①杨… ②江… Ⅲ.①诗集—中国 Ⅳ.①I22

中国版本图书馆CIP数据核字(2022)第142040号

桐 城 才 媛 诗 选
Tongcheng Caiyuan Shixuan

杨怀志　江小角　主编

出版发行：	北京师范大学出版集团
	安 徽 大 学 出 版 社
	(安徽省合肥市肥西路3号 邮编230039)
	www.bnupg.com
	www.ahupress.com.cn
印　　刷：	合肥华苑印刷包装有限公司
经　　销：	全国新华书店
开　　本：	710 mm×1010 mm　1/16
印　　张：	25.75
字　　数：	370千字
版　　次：	2023年11月第1版
印　　次：	2023年11月第1次印刷
定　　价：	98.00元

ISBN 978-7-5664-2460-0

策划编辑:汪　君	装帧设计:王齐云
责任编辑:汪　君	美术编辑:李　军
责任校对:范文娟	责任印制:陈　如　孟献辉

版权所有　侵权必究

反盗版、侵权举报电话:0551—65106311
外埠邮购电话:0551—65107716
本书如有印装质量问题,请与印制管理部联系调换。
印制管理部电话:0551—65106311

前言

一

"桐城派"以桐城地域命名。桐城派有三派,即诗派、学派和文派。文派晚出于明末清初的钱澄之,然而文派在清朝文誉太盛,掩盖了诗派。桐城诗派之先驱者为明朝正德年间的齐之鸾,诗派人数最多,诗篇繁富。桐城风雅,须眉诗人如林,群星灿烂,而闺阁才媛亦凌驾海内,独步诗坛。钱钟书先生说"桐城诗胜于文"(见《谈艺录》)。桐城才媛是桐城诗坛一支不可忽视的生力军。她们大多生长在名门望族、书香门第之家,拥书万卷,环境优越,唐音宋韵不绝于耳。浓郁的文学氛围,使她们幼年就爱好诗歌,且她们都聪明好学,受父兄教诲,姊妹互相切磋,出嫁后,与丈夫拈题分韵,互相唱和,学益进而诗益工。桐城才媛人数之多,诗篇之富,成就之高,影响之大,在安徽诸县堪称第一,而在全国两千多县市中也名列前茅。桐城张、姚、马、左、方、吴六大家族才媛最盛。方御在《文阁诗选序》中写道:定省之余,得与诸弟妇暨马妹吟咏唱和,用是娱亲。当是时,姚祖姑(方维仪)居清芬阁中,余辈每就订正,争妍竞胜,不异举子态,悬甲乙于试官也,而一门雍睦,实为桐邑冠。由此可见一斑。

二

然而才情女子多薄命。她们的人生道路大多坎坷不平。丧夫之悲,殇子之痛,贫病之苦,为了抒发心中之悲、之愁、之苦、之哀,不得不借助于诗,不得不写的诗才是最真实、最感人的诗。她们写《哭夫子》之类的诗,字字滴血,句句流泪,读之使人心酸。诚如潘江所说:"皆孤猿寡鹄,自写其忧伤哀怨之音,君子读而悲其志焉。"(《龙眠风雅》卷五十五《章有湘》)如张妣谊,生而柔,笄而礼,涉猎书史,贤明识大体,与姚文燕结为夫妇,情深意笃,夫唱妻和,其乐融融。姚文燕仅官至县令,官微俸薄,唯以清白相勉,洁身自爱。姚文燕才华横溢,诗文兼擅,政绩考核称最,时誉甚佳,然在赴京途经中州时,不幸猝死。张妣谊闻讯如雷击顶,悲痛欲绝,徒步数千里迎棺椁回故里,从此陷入悲苦孤独之中,欲死不能,守节抚孤,深味世态炎凉,备尝辛酸冷漠,只能以诗歌遣发内心的悲伤、孤独、贫穷、病痛,亦只能以诗歌寓其抑郁不平之感。她在《自慰》中写道:

> 未亡茹苦且随缘,忽忽离君已数年。残喘强安皆佛力,此身原不望人怜。翻因薄宦增逋负,剩有荒田纳税钱。冷暖世情都勿问,余生尚可乐诗篇。

此诗虽是自我写照,但也反映了与她命运相似的诸多才媛的冷暖人生,其情可怜可叹!

三

在桐城女诗人中,方维仪在诗文学识上有深厚的修养,是桐城才媛的代表。方以智在《清芬阁集跋》中说:"嗟乎!女子能著书若吾姑者,岂非大丈夫哉!"她的诸多诗篇诗史交融,见识卓越,气势非凡,没有丰富的学识,雄健的笔力,绝不能写出如此诗篇。如《读史》:

> 天空风暮吹,孤雁相与随。一声阴云下,莽莽千秋悲。李陵怅

已矣,苏武堪称奇。颜色忽已衰,陵谷亦已夷。止为典属国,节旄谁能持?丈夫能如此,女子安所之。

又如《从军行》:

玉门关外雪霜寒,万里辞家马上看。昼夜沙场那解甲,报君直欲破楼兰。

虽没有"金戈铁马,气吞万里如虎"之雄风,但有伟丈夫之气概。笔力雄健,气势雄浑,诗境高尚,闺中女子能写出如此诗句堪称奇杰!她的诸多诗篇表达了内心之苦、之愁、之思,读之使人泣,使人悲,使人叹,更使人敬佩!

四

桐城才媛深受儒家学说的影响,四德兼备,注重名节,大义凛然,坚强不屈,视死如归,体现了中国古代女性高尚的情操。如方孟式,丈夫张秉文战死于济南西门之上,她闻讯,命侍婢曰:"事急则推我入池水中。"投大明湖以殉,著大节。她有高识,诗多道语。如《破痴》:

灼灼桃李妍,飞向雒城边。东风无百日,残枝恋啼鹃。人生非草木,有时固绵缠。智障虫语冰,华悦马奔泉。生死七堪内,沉冥五浊前。千金聘碧玉,难买一心坚。婉转为情痴,如蛾投火燃。守钱一毛吝,医贫半菽廉。富贵不可常,胡为膏自煎?流光如逝水,寿命匪山川。阶前看走肉,痴骨埋荒巅。

钱澄之妻方氏,资性明慧,读书明理,能诗文。三吴兵起,钱澄之与阮大铖同里,有隙,结仇。阮大铖兴党祸,追捕钱澄之,钱澄之避吴中,方氏思夫心切,携子女千里寻夫,终得以相聚。然战乱愈烈,遍地烽烟,方氏自知不免于死,乃密纫上下服,写《绝命诗》藏于弊衣中:

女子生身薄命多,随夫飘荡欲如何。移舟到处惊兵火,死作吴江一段波。

为不落入仇人之手,抱女赴水而死,时年三十四。

孙临妾葛嫩,天生丽质,貌美如花,长发委地,双腕如藕,眉如远山,瞳仁点漆,有倾城国色。她多才多艺,亦能诗词。后孙临受聘为杨文骢监军,兵败被执,葛嫩亦被执。主将好色,欲犯葛嫩。葛嫩大骂,嚼舌碎,含血喷其面,后纵身入湖。孙临乃仰面大笑,说:"吾今日登仙矣!"亦被杀。

她们的不幸使人悲愤,她们自尊自重的高尚气节令人敬佩。

五

潘翟是一位奇女子,论辈行,为大诗人潘江之姑母,少时与潘江同窗共砚,受学于名师张孬如。聪慧好学,娴经史,工诗文,晓大义。与方以智结发为婚,膏火笔砚,相守二十余年。方以智及释褐通籍,遽罹国变。她勉以大义,万死不屈。南都党祸兴起,方以智遭阮、马迫害,避而之四方。她忧心如焚,寝食难安,遂携子方中履,踏上寻夫征程。间关万里,途经五省,历时周年半载,寒来暑往,由闽之粤,翻山越岭,躲避烽烟,忍饥挨饿,吃尽千辛万苦,终于在粤相聚。方以智有诗记其事,读之催人泪下。一个弱女子携稚子在万山丛中颠沛流离,谈何容易!张英在《方母潘夫人七十寿序》中写道:"夫人不以家室儿女子之累或挠乱之,为之孝养中丞公,教三子皆有闻当世,经理婚嫁咸中礼法,俾先生得遂其百折不屈之志。先生之为忠臣孝子,而夫人成之者又如此。""先生之为才人、为学人,而夫人成之者如此。"潘翟在《哭夫子》诗中,深情无限,和泪拌血写道:

> 岁岁望君归故里,谁知跨鹤向云天?伤心抢地唯求死,何日追随到佛前?
>
> 回忆分离出世外,吾携稚子返家园。全君名节甘贫苦,无限伤心不敢言。

又在《病中别歌》二首其一中写道:

> 患海辛勤老更愁,那堪屈指话从头。但将苦节还天地,悉听花

明水自流。

潘翟之子方中通妻陈舜英,为相国陈名夏之女,幼读书,明大义,年十七嫁方中通。潘翟万里寻夫,她辍食泣涕。鸞钗钏迎姑归桐,极孝养。方中通矢殉父难,陈舜英佩一刀与其共生死。她在《辛亥粤难作夫子被羁》中写道:

> 世外犹遭难,人间敢惜生?便捐男子血,成就老亲名。君指天为誓,余怀刃是盟。一家知莫保,不用哭啼声。

柔情弱女子竟然能写出如此感天动地、慷慨激昂的诗句,真不愧女中丈夫,何其雄伟!迨难平而家道日落,方中通客游四方,她独撑门户,家政悉由她经理,训子孙以学,行承家风先志。其诗清言娓娓,如叙家常,诗格高雅超逸,唯触事兴悲,可歌可泣。

六

桐城才媛苦节守贞,不屈不挠,坚韧不拔,自力更生,教子课孙,体现了中华民族优良的传统美德。如马占照女、姚乔龄母马氏,丈夫去世,贫困守贞,教授其子,俨如人师,讲授有法,姚乔龄学业大进,选拔入都,后教两孙亦如之。生平喜吟咏自娱。孙拙也之女孙氏,丈夫童天阅死于战乱,时年二十四,誓不二庭,有欲奇其志者,劓鼻拒之。后携二女避乱山刹,削发为尼,以全其名节。后依次女婿张芸圃,衣粗食粝,茹苦如荠。张芸圃死后,母女相吊而守,贤淑贞节,萃于一家,为世人称道。她在《无题》诗中写道:

> 毁颜戳鼻总如怡,精卫难填海水涯。柳絮少无谢韫思,柏舟老诵卫姜诗。心伤作传褒忠日,泪渍磨笄救姊时。自叹未亡偷视息,敢期名姓简编垂?

自残毁容固不足取,但守节抚女精神可嘉。读其诗,其事可悲,其情可哀,使人感叹不已!

还有姚文然长女、马方思妻姚凝晖。马方思清才高学,不幸英年早逝,姚凝晖誓死殉夫,众责以抚孤,不复言死,缟衣粗食,教督二子,日课必复,惰必予杖。其有父风,生平仁厚好施与,自奉俭约,治产有法度(见《陆舟日记》)。她才高学富,经传史事,旁及《九章》算法、六壬数术、子平星家之说,无不通晓。她思想境界高,心胸开阔,其子马源诗文兼擅,文誉甚隆,而屡困场屋,她不以为忧:"吾出入两家,见科第仕宦多矣。愿汝曹无忝祖考,行益修,学亦绩,至于穷达,非所宜计也。"其后,马源为凤阳教官,她说:"此席卑贫,可居也。"寄诗云:"勿因闲长惰,须以俭成廉。"(见《桐城耆旧传》)她夙工吟咏,具有风格。如《读清芬阁集》:

> 夫人秉贞淑,靡他志凤矢。峻节凛冰霜,耄年弄文史。诗教阐官闺,风徽被乡里。慷慨平生事,寄托悲歌里。龙山何迢迢,皖江何弥弥。高躅信在兹,孤芳莫与比。展卷发幽情,谁能嗣厥轨?

她的诗言清字洁,婉约温柔,情深意切,韵味隽永,浅吟低唱,如春风入怀,使人心怡神驰。她诗篇颇丰,著有《凝晖斋集》二卷、《陆舟吟》二卷、《玉台新咏》一卷。张英尝言龙眠闺阁之盛:"明有《清芬阁集》,国朝有《凝晖斋集》。"(见傅瑛《明清安徽妇女文学著述辑考》)

左慕光,叶馥妻,桐城名门望族,大家闺秀,通书史,善笔札。叶馥清白吏,殁于汶上县署,宦囊萧然。中年夫死后,左氏卜居济上,后迁肥城,依靠内兄。无奈,内兄不久去世。其异乡流离,情景孤寂,然不以自悲,唯日课幼孙,以简册为事。每当风雨无聊、米薪匮乏时,辄为长句以自遣。她初不为诗,五十岁后才为之。其诗用意真挚,出语天然,诚如欧阳修所谓穷而后工者也。

穷不丢书,桐城女诗人继承并发扬了这一优良传统。如左氏《春夜课子》:

> 旧业清门感式微,荒村望子夕阳归。一椽风雨心同苦,万卷图书手重挥。落枕先愁明日米,论寒深悔典春衣。课儿珍重先人泽,雏凤他年振翼飞。

父子相传,母子相授,兄弟互学,姊妹切磋,家庭教育这一传统,明清两朝盛行于桐城。人才辈出,诗文甲天下,这一优良传统多为妇人助成之。

七

淡泊名利,不慕荣华,不攀附权贵,劝子女勤学苦读,修身立德,做正派人,出仕做清白吏。潘江母吴坤元堪称楷模。吴坤元出身于名门,少承父祖诗礼之训,读书识大义,高节博学,诗文兼擅,尤善绘大士像。著名诗人王士祯读其《松声阁集》,钦佩不已,不远千里来桐城拜访。她教子孙以孝友,多读书,慎取友,毋汲汲于富贵。其夫潘金芝逝世,她年未四十,守节四十余年。潘江成为大诗人,奉母教为多。她督子孙读书,期望"落笔成烟云,读书明义理……所期志千秋,非徒取青紫"(《树孙二十志勉》)。她喜吟咏,自抒胸臆,诗格高尚,脱俗超群,一洗铅华,无弱女子之气。诗如其人,读几首以晤其人。

有感示江男

甲子倏云周,六十非期颐。眼昏与齿落,何以忽衰羸?所嗟膝下人,壮年数独奇。读书穷万卷,贫窭尚如斯。晚成亲不待,安用富贵为?以此长叹息,恐为燕雀嗤。菽水可承欢,藜藿可疗饥。庭闱有真乐,五鼎非所期。他日千钟粟,只合饱妻儿。但存喜惧意,毋令风树悲。

儿江应试金陵书此志勉

僻巷由来久寂寥,朱门未必尽人豪。三冬雪夜窥图史,八月秋风振羽毛。乱世穷愁唯我辈,半生辛苦属儿曹。从前锉荐非无意,努力前驱莫惮劳。

自讯

老较于人几事全,春风小阁日高眠。世间冷暖非吾事,身后诗篇或可传。故旧回头谁握手?孙甥满目渐齐肩。此生甲子如周历,犹且长吟六七年。

张令仪,张英之女,张廷玉之姊。生而聪慧,性嗜学,少受母教,喜吟咏,篇帙盈案,无不披览,所为诗文皆有法度,论古有识,用典精当。与姚士封结婚,生活并不如意,但甘贫自怡。姚士封才高学富,文誉甚隆,然屡屈场屋,不得不饥驱四方,常年不归,以致家中常常断炊。有诗叙其事。

数时食不继书此示子女

拂砚唯临乞米书,炊烟不继盎常虚。因删口数先除鹤,痛节盘餐不食鱼。翠管懒添愁里黛,白头犹曳嫁时裾。愿他儿女皆愚鲁,安富尊荣莫似予。

她在《蠹窗诗集自序》中写道:

予自弱龄于归吴兴。先太傅、太夫人作宦京师,弟、兄皆随侍,而予独留故国,瞻望燕云,寄声北雁,情难当已,涕泪因之。先舅翁阶州公,为清白吏,壁立萧然。夫子湘门怀才不偶,糊其口于四方者,几四十载。予索居穷巷,形影相依,草曛风暖,夏簟冬缸,触事兴怀,间发之于长章短句,信口吟成,工拙难计。

张令仪寂寞孤帏,贫困无助,艰难度日,由此可见。"风雨之悲,门闾之望,无可抒发,或歌以当哭,或诗以代书"(《蠹窗诗集自序》),以遣内心之忧愁。其父其弟为朝廷重臣,高官厚禄,她不求救援,亦不为丈夫向父弟求一职,其人品高洁,自尊自重令人敬佩。她课二子成才,入仕,赴南北两地为官。她五十七岁时,丈夫去世,应儿子恳请,出游儿子所在之地楚南燕北,沿途所闻所见所感,赋之于诗,亦赴张廷玉澄怀园小住。澄怀园高馆、长廊、方亭、曲榭,不敌龙眠松涛、泉流、花香、鸟语,生活优裕系不住思乡之切,回桐城南园,过着平淡清寒的生活,读书写诗。著有《蠹窗诗集》《蠹窗二集》,诗作二千余首,可能是桐城女诗人存诗最多的。张廷璐在《蠹窗二集序》中写道:"其视荣脁纷华之境泊如也。盖叔姊天资明慧,博览载籍,以高朗之襟,怀契山水之胜,概如闲云老鹤,超然于尘埃之外。故其晚年之诗,格律益细,风骨益坚;无雕琢之迹,而摛藻清华;无靡曼之音,而寄情深远……辉映艺林,鼓吹风雅,且将与古作者垺,又岂彤管香奁之盛事已哉!"

还有姚凤翙,嗜学不倦,左图右史,经史、诗赋、书画之学,无一不精。喜吟咏,写其性情,弗矜藻缋,清真婉秀,别出机杼。然深自韬晦,不欲以女子炫才华。吴坤元有诗赠曰:"自是香闺多学士,青山闲杀老尚书。"丈夫方云旅饥驱四方,患难中投荒万里,八口之家生计,恃其十指剪彩为花,鬻以赡养,无内顾之忧。她在《剪缯口号》诗序中写道:"室罄囊悬,无策将谋卒岁。偶然剪采,戏尔为花,凭予蓬户金刀,艳彼朱楼云鬓,易甘馐而供菽水,换牲醴以备蒸尝。"诗曰:

> 剪刀声里带春风,吹绽繁花顷刻中。八口三冬凭活计,敢夸巧手夺天工?

方云旅在《悼亡》诗中写道:"岂独才华秉慧姿,胸中经济胜须眉。"然而天不永年,四十九岁病逝,令人叹惜!

八

咏史怀古,胸藏古今,对历史人物、事件和名胜多有评论,颇有见识。吴氏,号栖梧阁主人,年二十五而寡,性高洁,好读历代史,老而弥笃。喜吟咏,对历代兴亡有感,往往赋之于诗。其《金陵怀古》其一《咏南齐》曰:

> 六贵同朝激虎彪,横江勒马下雍州。银枪酒市春双靥,玉屧莲台月半钩。赵鬼西京谙《汉赋》,阿兄东阁压通侯。谁知讲武筵头入,芳乐筘吹碧麝秋。

其二《咏南梁》曰:

> 同泰斋中拜佛地,寿阳千骑渡江波。金瓯突向中原缺,蔬绝空嗔万卷多。五月谁勤君父难,七官先反弟兄戈。江淮废后襄阳促,秋草台城放橐驼。

沈德潜有注评,颇加赏识,女子诗能议论史事,以抒所识,殊为难得。非熟知南朝史事,焉能作此诗?

张令仪有读史内蕴,博洽充赡,怀古论世,别开生面。其写的《读史廿四首》诗涉及朝代兴亡、历史人物、历史事件,乃至社会风情,不乏卓识。选其二:

青鸾吞噬几能全,世事真同螳捕蝉。纵使黄金如土贱,只堪贴地步生莲。

天心苦未厌干戈,五姓匆匆几载过。输与痴顽长乐老,于中博取好官多。

前首诗言陈高祖欲使黄金如土价,孰知后世之奢败如此者,讥讽入木三分,不免令人唏嘘。后首诗言五代生灵涂炭,民不聊生,就中自诩得计者,唯长乐老人,点睛之笔,深刻而尖锐。吟之诵之,可收吊古伤今之效。

九

江山如画,须眉男子裹粮远游,周年半载回故里,锦句满囊。才媛闺秀对江山胜景的向往不减须眉。她们左图右史,卧游神驰,将丰富多彩的想象赋之于诗,不乏长篇短章,以表达爱国之情和心中之思。如姚鉴含《塞下曲》:

猎猎秋风动翠幕,晚妆忽觉罗衣薄。遥知此日秦关外,草木黄兮半寥落。空谷何来砧杵声,散入悲风满故城。惊破东邻思妇梦,梦回不得赴长征。征人年年戍不返,关山夜夜吹芦管。将军飞马出辽西,匝地烽烟魂欲断。昨见邻家战士回,昔时勇猛今衰颓。父老亲朋来相问,两泪如梭心已摧。将军日夜开筵宴,军书不顾来千卷。边笳羌笛日相催,内无谋虑外白战。可怜十万铁骑兵,销磨精锐空纵横。不闻战士荣归日,侠骨徒然了此生。天寒月黑鬼夜哭,磷火荧荧竞相逐。日色无光掩大旗,悲风惨淡声萧肃。我闻身为好男子,力效沙场何惜死!但得英雄志莫违,貌图麟阁名垂史。试看黄昏月暗流,朔风吹雁海天秋。关西老将头如雪,夜半横刀上戍楼。

又如姚秀儒《塞下曲》:

白露为霜风凄凄,草木黄落烟影迷。秋闺月夜敲砧杵,打点征衣寄陇西。银河无声星月皎,远塞烽烟何日了?宾鸿未至信音稀,两字平安殊不晓。春花秋月忙时节,不管征人久离别。肠断萧关力不支,万里情牵塞下客。王事靡盬觅封侯,此日乡思南望愁。黄尘漠漠嘶战马,一片雄心壮戍楼。锋射寒铓拂匕首,风鼓云旗冲刁斗。虎啸长林木叶悲,鸢鸣古道尘沙走。日落荒城画角鸣,海天秋思旅魂惊。胭脂山下行人少,玄兔城头冷月清。嗟吁乎!十年许国忘生死,气似长虹按剑起。英雄不羡霍嫖姚,功成方显奇男子。君不见,饮马长城古战场,单于台上暮风凉。玉关秋老霜笳起,寄语征人莫望乡。旋歌一奏离沙漠,不负胸中黄石略。归来一笑掷刀环,英名早入凌烟阁。

两首诗堪称姊妹篇,曲调相同,珠联璧合。诗境开阔,气势雄浑,塞外雄奇风光,历历如绘。诗中有画,画中有人。战马嘶鸣,刀光剑影,战士喋血,横尸沙场,悲壮惨烈。尤为难得的是,诗人从女性的视角出发,淋漓尽致地写出征妇思夫之悲情,魂断魄丧,读之使人感伤辛酸。如此诗篇何让须眉!

十

关心时局,积极从事公益事业,为国分忧,成绩炳然。姚倚云与范当世结婚,夫妻相得甚欢,闺中唱酬,如鼓琴瑟。不料范当世英年早逝,她悲痛欲绝。但她终于抑住悲痛,走出闺门,投身于社会。她在《赠吴芝瑛》诗中写道:

> 每惜孤怀未易轻,空余热泪洒江城。他年或践西泠约,今日毋忘海上情。夹道电光能蔽月,层楼秋气倍迎晴。与君同抱伤时憾,谁使神州弊政清?

她将"伤时憾"化为行动,投身于教育,四方奔走,不辞辛劳,募款建校,兴学育才,以期"神州弊政清"。为此,她写了大量诗篇,记录了她的心迹,反映了她的爱国情怀和报国之志。业绩炳然,成为民国时期著名的女教育家。她的诗清新婉约,尤其是写景咏物之什。写景则丽而不艳,咏物则巧而不纤,抒情则浓而有则,有李清照之风。

吴芝瑛是一位奇女子。她是吴汝纶之侄女。思想先进,有远见卓识。课读比诸昆,通经史,工诗,尤擅书法。与秋瑾志同道合,二人同有匡时济世之志。吴芝瑛支持秋瑾的革命活动,她与秋瑾一样具有侠义心肠。秋瑾遇害后,她为之经理后事,修墓立碑。她在《哀山阴》诗中写道:

  爱书滴滴冤民血,能达君门死亦恩。今日盖棺论未定,轩亭谁与赋招魂?

  天地苍茫百感身,为君收骨泪沾巾。秋风秋雨山阴道,太息难为后死人。

又《余与寄尘既葬鉴湖女侠于西泠岳王坟之东戊申正月廿四日寄尘集学界士女四百余人于凤林寺为女侠开追悼会并谒墓致祭行路感叹有泣下者余因病不能至诗以哭之即示寄尘并秋社同人》其一:

  昔日同地游,今朝来哭君。百年谁不死?三尺此孤坟。时事那堪道,英灵自有群。行人痛冤狱,掩泪话殷勤。

庚子之役后,清廷为满足侵略者的赔偿要求,加捐各种税务。普天同愤国沉沦。吴芝瑛工书法,为时所珍。她叠箱当桌,瓦片作砚,于街头挥毫卖字,募"爱国捐",以纾国难。晚年,她将父亲在桐城留下的数百亩良田捐作办学之用,创"鞠隐学堂"。她与施剑翘、吴汝纶之女吴芝芳并称清末民初"桐城三杰女"。

桐城才媛关心时局和民生,对历史上的重大事件有评论,对爱国的优秀历史人物有表彰,对误国奸臣则口诛笔伐,于忠孝节义之壮举亦感兴趣,在诗中抒发自己的感受、见解,表达强烈的爱憎之情。她们对山河之变、故国之思、时事之忧,道出内心之苦、之愁、之痛,谁能说她们不关心时局政事呢?姚倚云、吴芝瑛只是其中的代表。

十一

忠于爱情,多愁善感,且夫妻情笃。夫唱妻和,一旦分离,便朝思暮想,日日寡欢,千愁万虑,忧郁成疾,自损身心,以致玫瑰凋谢,芳龄早逝。如姚宛年二十三而夭,姚秀儒年二十五而卒,姚素年三十而殁,张嗣谢年二十二而逝。又如左如芬与姚文熊结婚,情感和美。姚文熊中进士后,因战乱不得携眷同行。又因兵祸,姚文熊淹留湖上。左如芬闻讯,焦虑不安而病益剧,后病逝,年三十余岁。所谓"新愁旧恨知多少,尽在诗人一卷中",左如芬诗是也。她的思夫诗,抒离别之苦,多写得委婉而含蓄,清凄而高妙。如《闲居》:

竹阴笼日映窗纱,袅罗炉烟一缕斜。蝴蝶不知春去久,双双飞上石榴花。

触景生愁。春去而石榴花开,正觉辰匆匆矣。然蝴蝶双舞,人则单栖。感时叹逝,情何能已! 她的诗多半写思念丈夫,沉于爱,溺于情,读之使人泣,使人悲,使人叹。

简而言之,桐城才媛之诗大多写事亲孝养、相夫训子、勖妇修德、闺友交往及家庭的悲欢离合,同时,她们的内心诉求,贫穷、孤独、病痛、悲伤,亦在诗篇中得到充分表现。以女诗人特有的细腻的观察,浓郁的感情,通过笔端的咏唱,反映家庭生活、人际关系和各种事物。她们心胸开阔,心地善良,诗境高尚,诗风高雅,清词洁句,委婉阴柔,脱俗超逸,一洗铅华,无女子柔弱之气,韵味隽永,足以流传,是桐城诗坛久经风雨永不凋谢的奇葩。

是书所录仅为桐城才媛十之三四,我们将继续搜集整理,以期出版一本更为完备的选集。由于我们水平所限,错误难免,请读者诸君赐教指正。

杨怀志

2020 年 2 月 21 日

凡例

FANLI

一、《桐城才媛诗选》共分六卷,分卷方法主要参考《桐旧集》。方、张、姚、吴为桐城诗歌大族,诗人最多,诗篇最富,才媛亦然。故将方、张、姚、吴之才媛各分立一卷,以时为序排列。其余姓氏以时为序依次编排,分五、六两卷。如潘氏,若母女入选,则母前女后;若姐妹入选,则姐前妹后。

二、入选诗词各体兼顾,对前贤选本之诗则全收录。如《龙眠风雅》中8位女诗人诗篇全收录。《桐旧集》中42位女诗人诗篇全收录,其中有《龙眠风雅》收录之篇什则删之,不再重录。《桐山名媛诗钞》中105位女诗人诗篇全收录,其中有《龙眠风雅》《桐旧集》收录之篇什则删之,避免重录。

三、此选本录选自明清至民国时期共155位女诗人作品。女诗人之多,诗篇之丰富,同时期的全国各州县无出其右。入选作品内容健康向上,思想性、文学性、艺术性较强。作品内容丰富多彩,有歌颂祖国河山之壮丽;有讴歌高尚贞洁之情操;有描绘四季不同景色和田园风光之美景;有抒发生离死别、悲欢离合之情境;有咏史怀古,评点历史人物、事件和名胜之慷慨;有对战乱频仍、民不聊生之悲愤。就艺术性而言,写景则生动逼真,清新秀美;写情则情真意切,感人泪下。情寓于景,情景交融,诚闺阁中之不可多得之佳作。就思想性而言,有的歌颂山川秀色,有的描绘人间大爱,不乏爱国爱家之情怀。

四、此选本诗篇有少数不合时宜的作品,如过于宣扬"夫死不嫁,从一而终"的贞操观念,乃至自残毁容,如孙氏,所以入选,读其诗,悲其事,其情可哀,令人感叹。潘江不忍没其诗而选入《龙眠风雅》,今亦存之,以诗存史,还其原貌。以今人眼光观照,有些诗的调子过于消沉悲观,这是时代所限,不能求全责备,姑且收录。

五、在编纂过程中,发现有些选本有错字缺字,我们搜集数十种原刻本或钞本、手稿,予以校改、填补。同一首诗出现在各选本有文字差异,慎重比较,认真品判,从善改之,不作注释。同一诗题的多首诗篇,各选本有分录情况,此次参照底本合之。

六、为了便于一般读者阅读,文中的异体字、通假字、借字尽量改为通用规范汉字。

目录

卷一

方孟式六十一首…………〔1〕
 四牡夫子行役志思也二章章六句
 …………………………〔1〕
 赠别吴夫人之任…………〔1〕
 闻砧………………………〔2〕
 破痴………………………〔2〕
 古薄吟……………………〔2〕
 百恩行……………………〔2〕
 惜花早起…………………〔3〕
 拟春深诗…………………〔4〕
 松涛………………………〔4〕
 缸中小山…………………〔4〕
 寄女………………………〔4〕
 美人梳头…………………〔4〕
 待月………………………〔4〕
 病中思归…………………〔4〕
 寄妹………………………〔5〕
 哭甥女二首………………〔5〕
 春日随任建宁过东林寺
 …………………………〔5〕
 山路杂兴二首……………〔5〕
 寄盛夫人…………………〔5〕
 和外黄鹤楼作……………〔5〕
 寄赤城姊母………………〔6〕
 燕剪………………………〔6〕
 田家词……………………〔6〕
 雨中惜花…………………〔6〕
 览镜………………………〔6〕
 镜中美人…………………〔6〕
 芝城寄女二首……………〔6〕

题牧童吹笛图 〔7〕	拟古 〔12〕
重感 〔7〕	南浮十五夜 〔12〕
忆旧 〔7〕	有感 〔13〕
江上听潮 〔7〕	杪冬赠别汪姑姊 〔13〕
挽张翰秋思 〔7〕	短歌赠从娣方夫人 〔13〕
悼女五首 〔7〕	戊寅随母楚养得娣倪太夫人书赋以寄赠 〔13〕
初夏 〔7〕	
午梦 〔8〕	赠定远徐贞女 〔14〕
题刘阮天台图 〔8〕	贞节行 〔14〕
寄任夫人 〔8〕	陇头 〔14〕
秋兴 〔8〕	出塞 〔14〕
春怨 〔8〕	晓庭 〔15〕
两头纤纤诗 〔8〕	晚步 〔15〕
田家乐 〔9〕	暮秋 〔15〕
	暮春伯姊召登心远楼同诸美人宴饮玩月 〔15〕

方维仪一百二十九首 〔9〕

死别离 〔10〕	三叹诗 〔15〕
训女童 〔10〕	独归故阁思母太恭人 〔16〕
伯姊之粤有赠 〔10〕	居慈亲故楼有感二首 〔16〕
吊古 〔10〕	哭五娣倪太夫人 〔16〕
晨晦 〔10〕	塞上曲 〔16〕
赠长侄女 〔11〕	秋日与弟侄论诗 〔17〕
寄娣吴夫人 〔11〕	己巳夏王母即世殡天马山父大人年七十庐墓侧如孺子为茅舍曰慕亭 〔17〕
北窗 〔11〕	
伤怀 〔11〕	
赠新安吴节妇 〔11〕	空庭 〔17〕
秋雨吟 〔12〕	高楼 〔17〕
赠方侄女凤仪 〔12〕	送密之侄应试 〔17〕

病中作四首 …………… 〔17〕
病起 ………………… 〔18〕
秋后作 ……………… 〔18〕
过先翁故居 ………… 〔18〕
侄女子媖失母余抚之今年十五述
此有感 ……………… 〔18〕
思侄女 ……………… 〔18〕
思林节妇 …………… 〔18〕
看花 ………………… 〔19〕
六弟尔止归舍有赠 …… 〔19〕
求合墓诗二首 ……… 〔19〕
看黄叶 ……………… 〔19〕
寒夜 ………………… 〔19〕
愁雨 ………………… 〔19〕
听雁 ………………… 〔19〕
月夜 ………………… 〔20〕
寒菊 ………………… 〔20〕
柳 …………………… 〔20〕
读苏武传 …………… 〔20〕
丙辰纪梦诗有序 ……… 〔20〕
楚江怀节妇吴妹茂松阁二首 …
 ……………………… 〔21〕
从军行 ……………… 〔21〕
老将行 ……………… 〔21〕
田家行 ……………… 〔21〕
征妇怨 ……………… 〔21〕
同二美人文庄溪望 …… 〔21〕

落花 ………………… 〔21〕
次新开沟 …………… 〔21〕
看梅 ………………… 〔21〕
别金陵诸夫人 ……… 〔22〕
题画上红梅 ………… 〔22〕
春日同邓何二妹饮 …… 〔22〕
春水生 ……………… 〔22〕
九日 ………………… 〔22〕
旅夜闻寇 …………… 〔22〕
舟中 ………………… 〔22〕
闻兵至 ……………… 〔22〕
清明 ………………… 〔23〕
清明旅思 …………… 〔23〕
暮春得张夫人书 …… 〔23〕
舟中思姚姊倪夫人 …… 〔23〕
北窗 ………………… 〔23〕
春庭 ………………… 〔23〕
月夜怀节妇吴妹茂松阁二首 …
 ……………………… 〔23〕
芳山歌 ……………… 〔24〕
忆金陵诸姊 ………… 〔24〕
寄山东何方伯夫人之广西 ……
 ……………………… 〔24〕
过石矶 ……………… 〔24〕
春雨 ………………… 〔24〕
共姜 ………………… 〔24〕
寒月忆妹茂松阁 …… 〔24〕

蛩声 …………………… 〔25〕
暮春与吴妹话别 ………… 〔25〕
春夕 …………………… 〔25〕
夜琴 …………………… 〔25〕
花影 …………………… 〔25〕
至东郊望何夫人居 ……… 〔25〕
独坐 …………………… 〔25〕
古意 …………………… 〔25〕
黄葛篇 ………………… 〔26〕
古树 …………………… 〔26〕
忆弟 …………………… 〔26〕
暮秋过玉龙峡有感 ……… 〔26〕
闻伯姊舟自粤归 ………… 〔26〕
得伯姊诗讯 ……………… 〔26〕
楚江作 ………………… 〔27〕
雪 ……………………… 〔27〕
暮雨赴岭西途中作 ……… 〔27〕
哭瑗章妹 ……………… 〔27〕
读史 …………………… 〔27〕
乌栖曲 ………………… 〔27〕
秋声 …………………… 〔27〕
黄鹤楼 ………………… 〔28〕
阴夕 …………………… 〔28〕
吊古 …………………… 〔28〕
酬子媖侄女 ……………… 〔28〕
浮山庄有感 ……………… 〔28〕
忆姊弟 ………………… 〔28〕

秋亭 …………………… 〔29〕

方维则十首 …………… 〔29〕
庚午生日感怀 …………… 〔29〕
楼中野望 ……………… 〔29〕
寄弟尔止客白门 ………… 〔29〕
丙午夫子游山得玉兰一株植之庭
　中对此有感 …………… 〔30〕
题竹 …………………… 〔30〕
朔风 …………………… 〔30〕
宿姊姚清芬阁 …………… 〔30〕
关山月 ………………… 〔30〕
陇头水 ………………… 〔30〕
寄弟涂山白下 …………… 〔31〕

方云卿三十一首 ……… 〔31〕
杨柳篇 ………………… 〔31〕
铜雀台 ………………… 〔32〕
捣衣曲 ………………… 〔32〕
吴山人 ………………… 〔32〕
暮春即事 ……………… 〔32〕
江村即事 ……………… 〔32〕
闻莺有感 ……………… 〔33〕
明妃怨 ………………… 〔33〕
题画 …………………… 〔33〕
春闺词 ………………… 〔33〕
送行 …………………… 〔33〕

游仙 …………………………〔33〕

茅屋 …………………………〔33〕

塞下曲 ………………………〔33〕

郊游 …………………………〔34〕

蟋蟀 …………………………〔34〕

夜坐闻蟋蟀 …………………〔34〕

题唐素画 ……………………〔34〕

挽青松阁 ……………………〔34〕

塞下曲 ………………………〔34〕

征马嘶 ………………………〔34〕

何处堪消暑 …………………〔35〕

送三弟客湖南 ………………〔35〕

闻雁 …………………………〔35〕

秋日游龙眠 …………………〔35〕

渔父词 ………………………〔35〕

柳庄呈云翁 …………………〔35〕

病中 …………………………〔35〕

闻雁 …………………………〔36〕

秋风 …………………………〔36〕

塞下曲 ………………………〔36〕

方御二十三首 ……………〔36〕

白门送王父中丞公归桐 ………
……………………………〔36〕

怀严大人二首 ………………〔36〕

登楼有作 ……………………〔37〕

夜坐 …………………………〔37〕

送夫子之小山 ………………〔37〕

春日思归 ……………………〔37〕

忆亲 …………………………〔37〕

寄怀诸弟 ……………………〔37〕

长妇病亡感示儿彻 …………〔37〕

书怀 …………………………〔37〕

中秋夜忆长女兼寄婿鞞上婿即余仲弟子 ……………………………〔37〕

闻子规有感 …………………〔38〕

得慈大人信敬步原韵 ………〔38〕

戊午中秋 ……………………〔38〕

送次女之桐 …………………〔38〕

哭大儿彻 ……………………〔38〕

己未归宁度岁远心堂与诸弟侍慈大人 ………………………………〔38〕

感寄儿注白门 ………………〔38〕

将归白门呈慈大人 …………〔38〕

病中与诸弟侄言别 …………〔39〕

舟中有感 ……………………〔39〕

病起 …………………………〔39〕

方氏一首 …………………〔39〕

绝命诗 ………………………〔39〕

方如环一首 ………………〔40〕

次慈大人夜坐韵 ……………〔40〕

方如璧一首 …………… 〔40〕
　　次慈亲夜坐有感韵 ……… 〔40〕

方氏一首 ……………… 〔40〕
　　自题画牡丹 …………… 〔40〕

方莲衣一首 …………… 〔41〕
　　松针 …………………… 〔41〕

方竹友二十六首 ……… 〔41〕
　　暮春杂咏二首 ………… 〔41〕
　　秋夜 …………………… 〔41〕
　　题画四首 ……………… 〔41〕
　　　山市晴岚 …………… 〔41〕
　　　洞庭秋月 …………… 〔41〕
　　　潇湘夜雨 …………… 〔42〕
　　　远浦归帆 …………… 〔42〕
　　冬夜即事 ……………… 〔42〕
　　莺 ……………………… 〔42〕
　　暮春病起二首 ………… 〔42〕
　　汨罗怀古 ……………… 〔42〕
　　题主人荷净纳凉小照 … 〔42〕
　　竹 ……………………… 〔42〕
　　水仙 …………………… 〔43〕
　　络纬娘 ………………… 〔43〕
　　随主人南归谢别苏夫人
　　　………………………… 〔43〕
　　留别吴锦雯闺友二首 …… 〔43〕
　　七夕 …………………… 〔43〕
　　晚泊九江眺匡庐 ……… 〔43〕
　　舟夜 …………………… 〔43〕
　　明妃 …………………… 〔44〕
　　感怀 …………………… 〔44〕
　　闻修张太夫人墓志感 …… 〔44〕
　　哭主人 ………………… 〔44〕

方艺兰二首 …………… 〔44〕
　　秋夜 …………………… 〔44〕
　　春山 …………………… 〔44〕

方小蕴二首 …………… 〔44〕
　　读大妹诗即呈夫子 …… 〔45〕
　　举子之次日闻夫子入泮志喜 …
　　　………………………… 〔45〕

方静七首 ……………… 〔45〕
　　初春病起感怀 ………… 〔45〕
　　忆旧柬诸姊妹三首 …… 〔45〕
　　写便面花鸟视节孝三姊宋夫人
　　　………………………… 〔46〕
　　病中闻莺 ……………… 〔46〕

方曜七首 ……………… 〔46〕
　　秋日同兄妹游莫愁湖 …… 〔46〕

蕊宫仙子司花曲 ……………〔46〕
漫兴呈子尊 ………………〔47〕
夜坐阁中 …………………〔47〕
饲蚕偶成呈子尊 …………〔47〕
四犯剪梅花·飞絮影 ……〔47〕
扫花游·落花声 …………〔47〕

方青二首 ……………………〔48〕
哭陈怀玉二首 ……………〔48〕

方敷六首 ……………………〔48〕
挽陈怀玉 …………………〔48〕
五日以也将白水醮菖蒲书为起句
寄龙素文并序 ……………〔48〕

方筠仪一首 …………………〔49〕
偶检先夫遗草 ……………〔49〕

方芬六首 ……………………〔49〕
晚行过昭山 时随任醴陵 ……〔49〕
阻风敬步伯父原韵 ………〔50〕
夜来香 ……………………〔50〕
留春 ………………………〔50〕
读杜少陵诗 ………………〔50〕
题美人春睡图 ……………〔50〕

方若蘅三十八首 ……………〔50〕
晓发栈道 …………………〔51〕
过牛头山天雄关即寄兄弟侄辈
　　　　　　　　　　……〔51〕
过曹河庙感赋寄诸兄弟 ……
　　　　　　　　　　……〔51〕
过圆津庵感赋即次先祖壁间韵
　　　　　　　　　　……〔51〕
己丑嘉平偶捡家大人勤襄公寄祖
慈吴太夫人旧札不禁泫然漫成志感
　　　　　　　　　　……〔51〕
庚寅春尽病中有感 ………〔52〕
逸园赏菊有感 ……………〔52〕
水仙 ………………………〔52〕
晓发扬子江 ………………〔52〕
自津门归以黄柑紫蔗青果为外携
至闱中次外见示原韵 ……〔52〕
孟春忆江南旧宅梅花 ……〔53〕
新秋曲 ……………………〔53〕
对镜 ………………………〔53〕
为外纳井姬为待年妾赐名莲漪因
赋三绝 ……………………〔53〕
悼璇儿 ……………………〔53〕
偶得古琴台志喜 …………〔54〕
和彦丰幼弟留别元韵四首 ……
　　　　　　　　　　……〔54〕
病目 ………………………〔54〕

除夕对梅 …………………〔54〕
南归后赴陶氏宴喜墙角菊数本将
花感赋 ……………………〔55〕
　题王元章墨梅 ……………〔55〕
　题马湘兰墨兰真迹卷 ……〔55〕
　题二姑梅月照 ……………〔55〕
　病中除夕 …………………〔55〕
　春寒 ………………………〔55〕
　芹菜 ………………………〔55〕
　送陈姨赴豫 ………………〔55〕
　寄仲蕙姊 …………………〔55〕

方若徽十七首 ……………〔56〕
　宿广信见月 ………………〔56〕
　庚寅春小迟外子书促赴粤适颖斋
兄任四明便接过署诸娣侄饯余湖上
爰赋志别 …………………〔56〕
　风雨过鄱阳湖 ……………〔56〕
　草坪途次有感 ……………〔56〕
　元旦寄晋山既庭从兄 ……〔57〕
　题兰生五侄停琴伫月小影 …
　　………………………〔57〕
　送心甫三侄回金陵四首 ………
　　………………………〔57〕
　广信月夜口占 ……………〔57〕
　舟次峡口 …………………〔58〕
　中秋坐月有感 ……………〔58〕

吊三女墓 …………………〔58〕

方笙三首 …………………〔58〕
　卜算子 海棠 ………………〔58〕
　明月棹孤舟 春闺 …………〔58〕
　夜行船 ……………………〔59〕

方佺二首 …………………〔59〕
　锦堂春 立春 ………………〔59〕
　蝶恋花 秋月 ………………〔59〕

方宁三首 …………………〔59〕
　秋夜 ………………………〔60〕
　初夏 ………………………〔60〕
　夜坐 ………………………〔60〕

方淑仪二首 ………………〔60〕
　和莲漪姊归宁日见示之作 ……
　　………………………〔60〕
　题莲漪姊遗稿 ……………〔60〕

方令完四首 ………………〔60〕
　星期日回寓省父触事怀汝宜 …
　　………………………〔61〕
　飞絮词 ……………………〔61〕
　四月廿日夜侍父疾惝困已极随手
拈来 ………………………〔61〕

长歌一首为二十四年儿童节作 …………………〔61〕

方份四首 …………〔62〕
 探梅 …………〔62〕
 种竹 …………〔62〕

口占 …………〔62〕
送友 …………〔62〕

方柔嘉一首 …………〔63〕
 悼李嘉苇 …………〔63〕

卷二

张淑媛三首 …………〔64〕
 雪夜 …………〔64〕
 落花 …………〔64〕
 送夫子之皖垣学舍 …………〔64〕

张鸿庑三首 …………〔65〕
 柳梢青 丁巳元旦兼寄夫子 …〔65〕
 眼儿媚 婶允宜画篆相谢 …〔65〕
 一剪梅 白海棠 …………〔65〕

张德茂一首 …………〔65〕
 病中哭女 …………〔65〕

张姒谊八十首 …………〔66〕
 月夜示肩梦珠来 …………〔67〕
 初度书怀 …………〔67〕
 水仙 …………〔67〕
 甲寅携肩梦珠来及稚女归里留别夫子 …………〔68〕

风雨阻南康有怀夫子 ……〔68〕
江雨感怀 …………〔68〕
和十九娣左夫人拟征妇怨 …………〔68〕
月夜闻孤雁 …………〔68〕
初八夜月偶成 …………〔68〕
寄夫子 …………〔68〕
蔷薇初放有怀夫子 …………〔69〕
病中初霁 …………〔69〕
夫子奏最入都诸弟侄同饯北关共拈瓯字次日持示保艾阁留饮因和韵一章 …………〔69〕
夜雨不寐 …………〔69〕
雨夜有怀夫子 …………〔69〕
读长姊吴夫人履雪阁诗集二首 …………〔69〕
哭纕芷阁左盟姊 …………〔70〕
孟冬得夫子寄余初度诗次韵奉答 …………〔70〕

冬日接家书次来韵 …… 〔70〕
雪夜忆夫子二首 …… 〔70〕
薄暮雨后携珠来登楼 …… 〔70〕
夜坐 …… 〔70〕
冬日偶招长姊吴夫人表姊钱夫人及同盟诸姊妹饮保艾阁即席偶成时雪 …… 〔71〕
寒夜吟 …… 〔71〕
伯姒方夫人以水仙见赠赋谢 …… 〔71〕
新柳 …… 〔71〕
归鸿 …… 〔71〕
泊采石同夫子夕酌 …… 〔71〕
至金陵喜晤吴姑夫人即席赋得一章 …… 〔71〕
表姊吴夫人以扇索诗偶成俚句奉答 …… 〔72〕
月夜泊清江浦 …… 〔72〕
早起见雪 …… 〔72〕
寄怀履雪阁吴姊夫人 …… 〔72〕
夫子夜饮友人宅余同珠来煮茗俟之 …… 〔72〕
哭夫子四首有序 …… 〔72〕
舆中吟六首 …… 〔73〕
雪夜示埧男 …… 〔73〕
写梅 …… 〔73〕
暮春写怀 …… 〔74〕
中秋哭奠夫子是夕大风雨 …… 〔74〕
雨后坐月下 …… 〔74〕
写菊 …… 〔74〕
写兰 …… 〔74〕
春暮感怀四首 …… 〔74〕
秋日江姑太夫人招饮赏桂感赋 …… 〔75〕
夏日述怀示女舜玉 …… 〔75〕
夏日即事兼示埧儿 …… 〔75〕
自慰 …… 〔75〕
冬夜读埧儿玩月诗喜用其韵 …… 〔75〕
又次前韵 …… 〔75〕
长至日雨窗有感兼忆儿埧乡行二首 …… 〔75〕
十一月念七日卜地麻山送夫子归窆诗以代哭二首 …… 〔76〕
初夏 …… 〔76〕
暮春同夏姊及诸嫂入石门冲扫慈大人墓便游方氏别业三首 …… 〔76〕
雪夜对月忆夫子 …… 〔76〕
喜晴 …… 〔76〕
月夜忆外 …… 〔77〕
初夏晓窗 …… 〔77〕
偶读大兄留别四章依韵和之四首选三 …… 〔77〕

春日移居有怀夫子十韵 ……… 〔77〕

雨窗遣闷 …………… 〔77〕

张莹八十八首 ……… 〔78〕
 自题友阁 …………… 〔79〕
 理琴 ………………… 〔79〕
 呈合山夫子 ………… 〔79〕
 和夫子韵 …………… 〔79〕
 忆夫子东游 ………… 〔79〕
 感怀 ………………… 〔79〕
 庚子暮春忆外省侍寿昌 ……… 〔79〕
 病中偶作 …………… 〔80〕
 见月 ………………… 〔80〕
 寄外即次留别原韵 ……… 〔80〕
 辛丑十一月十九夜念均儿以是日亡今三年矣弹泪写此 ……… 〔80〕
 癸卯春日送李姑返金陵 ……… 〔80〕
 述怀 ………………… 〔80〕
 病中怀蕙阁 ………… 〔80〕
 风雨十日未得归宁忽接慈亲手书凄惋欲绝 ……… 〔81〕
 遣愁 ………………… 〔81〕
 乙巳仲春送外之宣府 ……… 〔81〕
 雨阻行期又赋二绝 ……… 〔81〕

 仲秋有怀 …………… 〔81〕
 代闺怨 ……………… 〔81〕
 与姑姒夜坐细述余病不觉酸心漫成一律 ……… 〔81〕
 仲冬有怀 …………… 〔82〕
 尘网 ………………… 〔82〕
 闻合山述塞景 ……… 〔82〕
 梦亡儿 ……………… 〔82〕
 丙午二月二十五夜因忆去年此日夫子北征时又将有楚游感今追昔爰赋 ……… 〔82〕
 又呈合山 …………… 〔82〕
 咏鹤 ………………… 〔82〕
 送外之楚 …………… 〔83〕
 寄合山 ……………… 〔83〕
 合山初度因思去年远游塞外今复独客鄂渚感成一律 ……… 〔83〕
 新秋见月 …………… 〔83〕
 日望楚信因成四绝二首 ……… 〔83〕
 接远书 ……………… 〔83〕
 九日怀远 …………… 〔83〕
 病中二首 …………… 〔84〕
 接家书 ……………… 〔84〕
 落叶 ………………… 〔84〕
 复病 ………………… 〔84〕
 丁未仲春一病几逝伏枕口占二首 ……… 〔84〕

偶咏瓶荷 …………… 〔84〕
读心史 ……………… 〔84〕
病起 ………………… 〔85〕
吾师 ………………… 〔85〕
偶咏窗前枯茶花 …… 〔85〕
己酉仲春送合山省觐青原 ……
　……………………… 〔85〕
庚戌除夕 …………… 〔85〕
辛亥春日思亲 ……… 〔85〕
慈亲见弃思念无穷负痛书此聊以代哭二首 ………… 〔85〕
十月七日接家书知合山扶病随侍入粤感赋二首 …… 〔86〕
壬子春日感怀 ……… 〔86〕
秋日同余娣泛白鹿湖 时在难中 …
　……………………… 〔86〕
秋夕思亲 …………… 〔86〕
闻合山将扶榇归里二首 … 〔86〕
送合山往浮山墓庐度岁 ………
　……………………… 〔87〕
壬子除夕 …………… 〔87〕
夏日偶作 …………… 〔87〕
寄怀姚妹德安 ……… 〔87〕
癸丑岁除呈合山 …… 〔87〕
与陈姒夜话二首 …… 〔87〕
丙辰秋日至稻花斋赋呈合山三首
　……………………… 〔88〕

夜泛菱湖 …………… 〔88〕
冬日移住稻花斋即事裁诗 ……
　……………………… 〔88〕
别稻花斋 …………… 〔88〕
寄姚妹 ……………… 〔88〕
己未暮春送合山赴姑孰刻书之约二首 ……………… 〔88〕
病中感怀 …………… 〔89〕
得雨忆稻花斋 ……… 〔89〕
庚申春悼亡女宜弟三首 ………
　……………………… 〔89〕
宝慈轩落成 ………… 〔89〕
和合山山居四时乐三首 ………
　……………………… 〔89〕
暮春游王夫人园林 … 〔90〕

张氏一首 ……………… 〔90〕
病中口占 …………… 〔91〕

张令仪一百九十一首 … 〔91〕
拟古 十九首选一 ……… 〔93〕
不寐 ………………… 〔93〕
风雨夜闻歌吹声 …… 〔93〕
赐金园雨后即事 …… 〔94〕
苦雨 二首选一 ………… 〔94〕
秋日登楼 二首选一 …… 〔94〕
幽居杂咏 三十首选六 … 〔94〕

七夕 …………………………〔95〕
小院残春 ………………………〔95〕
夜坐对诸子有作 ………………〔95〕
数时食不继书此示子女 ………
　………………………………〔95〕
五亩园旧畜二鹤忽殒其一孤侣哀
鸣都忘饮啄诗以吊之 …………〔95〕
惆怅吟四首选一 …………………〔95〕
读金石录后序追悼李易安 ……
　………………………………〔96〕
双溪感旧六首选一 ………………〔96〕
读史廿四首二十四首选二 ………〔96〕
过青阳三首选一 …………………〔96〕
哭夫子二十首选二 ………………〔96〕
步姑苏女仙碧篆原韵五首 ……
　………………………………〔96〕
　　降乩诗 ……………………〔97〕
　　玉簪花 ……………………〔97〕
　　秋海棠 ……………………〔97〕
　　邯郸才人嫁为厮养卒妇 ……
　　………………………………〔97〕
玄冥 ……………………………〔97〕
西颢 ……………………………〔97〕
蠹窗对月 ………………………〔97〕
春晖亭纳凉 ……………………〔98〕
雨夜有怀 ………………………〔98〕
雪夜书怀 ………………………〔98〕

读伯祖母方夫人纫兰阁诗集敬赋
一章 ……………………………〔98〕
雨夜迟儿子读书 ………………〔99〕
秋夜长 …………………………〔99〕
北郭寻秋 ………………………〔99〕
晚窗对月 ………………………〔100〕
野望 ……………………………〔100〕
秋日登楼二首选一 ………………〔100〕
晚春坐春晖亭二首选一 …………〔100〕
江行 ……………………………〔100〕
乌沙夹 …………………………〔100〕
秋日闲居 ………………………〔100〕
二弟北上省两大人诗以赠别 …
　………………………………〔101〕
岁暮有感 ………………………〔101〕
早春过西埧 ……………………〔101〕
信宿双溪喜晴 …………………〔101〕
晚秋再过芙蓉岛 ………………〔101〕
北园亭榭落成长嫂夫人招饮赋谢
　………………………………〔101〕
双溪夜归 ………………………〔102〕
送道充之梧州兼怀朗风夫人 …
　………………………………〔102〕
忆儿铉将渡黄河 ………………〔102〕
归梦 ……………………………〔102〕
行路难 …………………………〔102〕
又 ………………………………〔102〕

关山月 ……〔103〕
子夜歌 四首选二 ……〔103〕
拟古诗 十九首选四 ……〔103〕
拟子美七歌 七首选二 ……〔103〕
古意 ……〔104〕
灯下读放翁诗 ……〔104〕
送湘门越游 ……〔104〕
机杼歌 ……〔105〕
除草吟 ……〔105〕
寓言 三首选二 ……〔105〕
峡山 ……〔105〕
西湖行 ……〔106〕
送长男之大梁 ……〔106〕
读史 ……〔106〕
仿梅村先生题仕女图作 八首选二
…… 〔107〕
　　虞兮 ……〔107〕
　　出塞 ……〔107〕
春尽 ……〔107〕
夜坐偶成 二首选一 ……〔107〕
田家即事 ……〔107〕
秋夜偶成 ……〔107〕
述志 二首选一 ……〔107〕
情 ……〔108〕
冒雪随严大人探梅双溪 二首选一
…… 〔108〕
述志 五首选一 ……〔108〕

感怀 ……〔108〕
秋日龙眠道中 ……〔108〕
四十自寿诗 ……〔108〕
题木兰从军图 ……〔108〕
过五亩园 ……〔109〕
梅花诗 三十首选四 ……〔109〕
钓鱼 ……〔109〕
追和王阮亭先生秋柳诗 四首选一
…… 〔109〕
晚眺 ……〔109〕
二叠前韵慰湘门 ……〔109〕
雨后行龙眠道上 ……〔110〕
野望 ……〔110〕
感怀用前韵 ……〔110〕
吊文丞相即用其金陵原韵 ……
…… 〔110〕
题桃花扇传奇后 十首选二 ……〔110〕
游浮山 二首选一 ……〔110〕
三闾大夫祠 ……〔111〕
书怀呈湘门 四首选一 ……〔111〕
北墅八景 ……〔111〕
　　野碛溪声 ……〔111〕
　　曲沼游鱼 ……〔111〕
次三家潭 ……〔111〕
五溪桥望九华 ……〔111〕
陵阳道中 ……〔112〕
晓发新安 ……〔112〕

平湖秋月 …………………〔112〕
归次钱塘江夜遇风潮 ……〔112〕
赋得湘灵鼓瑟 ……………〔112〕
将至德清时随二侄署椽也 三首选一
……………………………〔112〕
展岳武穆墓 ………………〔112〕
薄暮至广德州 ……………〔113〕
道中杂咏 二首选一 …………〔113〕
过宣城 ……………………〔113〕
渡江 ………………………〔113〕
寒夜听雨 …………………〔113〕
老树 ………………………〔113〕
老柠 ………………………〔113〕
陇雪 ………………………〔114〕
边月 ………………………〔114〕
羌笛 ………………………〔114〕
塞鸿 ………………………〔114〕
雨中坐吼云亭观瀑 ………〔114〕
馆娃宫 ……………………〔114〕
垓下 ………………………〔114〕
青冢 ………………………〔115〕
马嵬 ………………………〔115〕
送长男孔銮北上 …………〔115〕
寄儿銮 ……………………〔115〕
寒夜检湘门诗稿 …………〔115〕
岁歉 ………………………〔115〕
秋日过二姊殡所 …………〔116〕

薄暮偶成 …………………〔116〕
岁暮感怀 …………………〔116〕
春晖亭对雪 ………………〔116〕
登投子之巅 ………………〔116〕
过田家 ……………………〔116〕
先公集中有万事归田好不如农圃乐
仿其意亦成十首 十首选三 ……〔117〕
秋日悼夫子 ………………〔117〕
夏夜语儿铿 ………………〔117〕
悼世 ………………………〔117〕
暮春行龙眠道上 二首选一 …〔117〕
金盆沐发 踏莎行 …………〔117〕
月夜匀面 踏莎行 …………〔118〕
玉颊啼痕 踏莎行 …………〔118〕
黛眉颦色 踏莎行 …………〔118〕
芳尘春迹 踏莎行 …………〔118〕
云窗秋梦 踏莎行 …………〔118〕
绣床凝思 踏莎行 …………〔119〕
金钱卜欢 踏莎行 …………〔119〕
月夜书怀 洞仙歌 …………〔119〕
春闺 满庭芳 ………………〔119〕
咏雪 念奴娇 ………………〔119〕
杏花 浣溪沙 ………………〔120〕
夏夜渔父 …………………〔120〕
湘门别后大雨不止因成蝶恋花二
阕 蝶恋花 …………………〔120〕
登楼望五亩园 庭院深深 …〔120〕

己亥清明庭院深深 ……… 〔120〕
寒夜庭院深深 ……… 〔121〕

张宜雍十八首 ……… 〔121〕
  颐庄晚眺 ……… 〔121〕
  玉簪花 ……… 〔121〕
  欲雪 ……… 〔121〕
  闻蛙 ……… 〔121〕
  新月 ……… 〔122〕
  双塔晴烟 ……… 〔122〕
  蕉雨 ……… 〔122〕
  月夜坐梅花下闻笛 ……… 〔122〕
  江行 ……… 〔122〕
  丹桂秋香 ……… 〔122〕
  春色 ……… 〔122〕
  春寒 ……… 〔123〕
  春阴 ……… 〔123〕
  春晓 ……… 〔123〕
  新柳 ……… 〔123〕
  落花 ……… 〔123〕

张采儒一首 ……… 〔124〕
  寄外 ……… 〔124〕

张同尹二首 ……… 〔124〕
  七夕 ……… 〔124〕
  月夜 ……… 〔124〕

张柔嘉四首 ……… 〔124〕
  晚眺 ……… 〔124〕
  咏梅魂 ……… 〔125〕
  塞上 ……… 〔125〕
  浪淘沙 ……… 〔125〕

张薇芳三首 ……… 〔125〕
  牡丹 ……… 〔125〕
  望雪 ……… 〔125〕
  晚眺 ……… 〔125〕

张紫云四首 ……… 〔126〕
  秋夜 ……… 〔126〕
  新秋 ……… 〔126〕
  早梅 ……… 〔126〕
  清明 ……… 〔126〕

张翠云四首 ……… 〔126〕
  登楼 ……… 〔126〕
  夏日 ……… 〔126〕
  田家 ……… 〔127〕
  秋日 ……… 〔127〕

张茧松二首 ……… 〔127〕
  夜坐 ……… 〔127〕
  欲雨 ……… 〔127〕

张嗣谢七首 …………〔127〕
    三婶母召游五亩园 ………〔128〕
    夜坐 ……………………〔129〕
    病蝶 ……………………〔129〕
    大龙清明 ………………〔129〕
    题二舅画扇 ……………〔129〕
    晚春闲居 ………………〔129〕
    拟闺情用花名 …………〔129〕

张若娴一首 …………〔129〕
    随三姑母游王相国恬园 ………
    ………………………………〔130〕

张玉琴二首 …………〔130〕
    忆外子时客武昌 浪淘沙 …〔130〕
    和外子对牡丹有忆 鹧鸪天 ………
    ………………………………〔130〕

张绮窗二首 …………〔130〕
    挑灯 ……………………〔130〕
    对雪 ……………………〔131〕

张椒花七首 …………〔131〕
    雪窗 ……………………〔131〕
    初度日谢金钿妹惠酒 ……〔131〕
    和金钿二妹韵 …………〔131〕
    和紫蔚留别原韵 ………〔131〕
    怀金钿二妹 ……………〔131〕
    新燕和金钿二妹韵 ……〔132〕
    寄问庵九弟 ……………〔132〕

张熙春八首 …………〔132〕
    别墅纳凉 ………………〔132〕
    闻雁 ……………………〔132〕
    送十婿道平赴广西 ……〔132〕
    苦雨 ……………………〔132〕
    观野晚烟 ………………〔133〕
    春日游东皋 ……………〔133〕
    有感 ……………………〔133〕
    次四婿宇春登大观亭原韵 ……
    ………………………………〔133〕

张润芬一首 …………〔133〕
    即事 ……………………〔133〕

张玉芝九首 …………〔133〕
    射蛟台怀古 ……………〔134〕
    暮秋 ……………………〔134〕
    冬夜二首 ………………〔134〕
    惜阴亭怀古 ……………〔134〕
    绝句 ……………………〔134〕
    送春 ……………………〔134〕
    秋风 ……………………〔134〕
    无题 ……………………〔135〕

张清华二首 …………… 〔135〕
  与姊淑钗 …………… 〔135〕
  与两女玉麟瑞麟 ……… 〔135〕

张湘月二首 …………… 〔135〕
  芦花 ………………… 〔135〕
  柬侄女小谢 …………… 〔136〕

张爱芝十二首 ………… 〔136〕
  晚眺 ………………… 〔136〕
  绝句 ………………… 〔136〕
  送别大姊 …………… 〔136〕
  惜阴亭 ……………… 〔136〕
  夏日 ………………… 〔136〕
  经废宅 ……………… 〔137〕
  寄二姊 ……………… 〔137〕
  暮秋 ………………… 〔137〕
  江村晚望 …………… 〔137〕
  暮秋望八姑不至 ……… 〔137〕
  冬日书怀 …………… 〔137〕
  秋夜 ………………… 〔137〕

张瑞芝七首 …………… 〔137〕
  示儿 ………………… 〔138〕
  冬夜 ………………… 〔138〕
  芭蕉 ………………… 〔138〕
  返照 ………………… 〔138〕
  夜坐 ………………… 〔138〕
  送秋 ………………… 〔138〕
  冬寒 ………………… 〔139〕

张凝十六首 …………… 〔139〕
  红楼梦题词用男茂章韵四首 …
  ………………………… 〔139〕
  古意四首 …………… 〔139〕
  和吴岳青先生闺情原韵四首 …
  ………………………… 〔139〕
    对镜簪花 ……… 〔139〕
    钩帘贮月 ……… 〔140〕
    挑灯话雨 ……… 〔140〕
    垂幕留香 ……… 〔140〕
  和马庆旋先生咏柳原韵四首 …
  ………………………… 〔140〕
    柳眼 …………… 〔140〕
    柳眉 …………… 〔140〕
    柳丝 …………… 〔140〕
    柳絮 …………… 〔141〕

张先娴二首 …………… 〔141〕
  除夕忆父有感 ………… 〔141〕
  和余娴中采药图 ……… 〔141〕

卷三

姚宛二十三首 …………〔142〕
    送子艺入都 …………〔142〕
    小年夜同子艺侍饮北堂限韵 …
    …………………………〔142〕
    初春 ……………………〔142〕
    倚栏 ……………………〔143〕
    随子艺游石门冲 ………〔143〕
    晏起 ……………………〔143〕
    赋得秋天不肯明 ………〔143〕
    阶下孤梅步子艺韵二首 ………
    …………………………〔143〕
    秋日病中送望侯弟应试秣陵 …
    …………………………〔143〕
    病中呈子艺 ……………〔144〕
    雪灯 ……………………〔144〕
    读小青诗 ………………〔144〕
    代子艺悼小鬟诗八首集唐 …〔144〕
    拟征妇怨 ………………〔144〕

姚凤仪二十七首 ………〔145〕
    题定远徐贞女卷 ………〔145〕
    丁酉仲秋曾祜十岁初度予欢甚回思夫子去世儿在襁褓中抚稚之难有谁怜恻谆谆示汝读书成名不负孀母之艰辛偶成一章用志勉策 ………
    …………………………〔146〕
    园亭纳凉 ………………〔146〕
    初月 ……………………〔146〕
    哭母 ……………………〔146〕
    送大妹和仲之江宁 ……〔146〕
    梦中与亡四嫂话旧有感 ………
    …………………………〔146〕
    孤鸿曲 …………………〔147〕
    上元前一日喜八弟夏侯自山中归
    …………………………〔147〕
    秋月 ……………………〔147〕
    咏辛夷花步夫子韵 ……〔147〕
    春雨 ……………………〔147〕
    喜接家报 ………………〔147〕
    怀大人 …………………〔148〕
    九日忆夫子 ……………〔148〕
    春日遣怀 ………………〔148〕
    读望云集赠孙夫人并步见赠原韵
    …………………………〔148〕
    春日寄讯大妹和仲 ……〔148〕
    十一月廿七日偶梦夫子自外归病容枯槁口叙生计之艰予一一应对犹如在日既醒而泪痕渍枕但闻檐前风雨声而已 ……………〔148〕
    予作梦夫子诗蒙大人及诸兄弟赠句再赋 …………………〔149〕

上元前二日祐儿读书二兄竹笑轩作此勉之 …… 〔149〕
　麦花 …… 〔149〕
　河边新柳 …… 〔149〕
　夫子初度哭之 …… 〔149〕
　春日吟 …… 〔149〕
　春怀 …… 〔149〕
　春日寄怀仲兄集侯 …… 〔149〕

姚凤翙八十二首 …… 〔150〕
　七夕 …… 〔151〕
　月夜过访八嫂江夫人 …… 〔152〕
　谢四姊赠梅花 …… 〔152〕
　不寐 …… 〔152〕
　屡寄书未达玉璿侄归自萧署悉客中近况有怀二首 …… 〔152〕
　春日同嫂侄辈侍老母饮牡丹下时老母病新健志喜 …… 〔152〕
　同叶妹夜话因忆同盟诸姊妹存亡聚散感赋一律索诸姊妹和之 …… 〔152〕
　题石门山房次耕壶九兄原韵四首选二 …… 〔153〕
　不寐 …… 〔153〕
　初度感怀 …… 〔153〕
　春夜偶集诸兄小饮分得诗字 …… 〔153〕
　病中偶成 …… 〔153〕
　偶感 …… 〔153〕
　十九嫂索书近诗时十九兄礼闱捷音新至因赋赠一律 …… 〔154〕
　娟美人次梁溪女子原韵四首选二 …… 〔154〕
　泥美人 …… 〔154〕
　画美人 …… 〔154〕
　寄远 …… 〔154〕
　谢七妹问病 …… 〔154〕
　寄远 …… 〔154〕
　七夕 …… 〔155〕
　枕上闻雁 …… 〔155〕
　偶成 …… 〔155〕
　过颂嘉草堂恭怀先大人 …… 〔155〕
　集江嫂虚阁赏盆梅限梅字 …… 〔155〕
　秋夜 …… 〔155〕
　读怀玉集次十五侄铭右原韵五首选二 …… 〔155〕
　春寒 …… 〔156〕
　莫讶 …… 〔156〕
　社后燕不辞巢秋日闲居即事八题选二 …… 〔156〕
　篝灯闻蟋蟀声 …… 〔156〕
　清明雨 …… 〔156〕

送别 …………………………〔156〕

题扇 …………………………〔156〕

述怀 …………………………〔157〕

病中感怀八首选三 …………〔157〕

吊螺矶孙夫人 ………………〔157〕

春怀 …………………………〔157〕

帘内美人 ……………………〔157〕

镜中美人 ……………………〔157〕

秋怀杂咏八首选一 …………〔157〕

和怀玉诗十五首选四 ………〔157〕

代玉答十五首选三 …………〔158〕

甥侄辈赋香奁诗依韵三十首偶戏
和之选八 ……………………〔158〕

癸酉秋日复斋客羊城寄怀十章依
韵和答选三 …………………〔158〕

春归 …………………………〔158〕

病中述怀 ……………………〔159〕

剪缯口号 ……………………〔159〕

忆王孙秋夜 …………………〔159〕

桃园忆故人春闺 ……………〔159〕

风中柳和韵 …………………〔159〕

菩萨蛮对月 …………………〔160〕

卜算子雨窗 …………………〔160〕

酷相思闺情 …………………〔160〕

满江红春日偕诸姊妹雅集西园并饯五
妹张夫人北上 ………………〔160〕

满庭芳送五妹张夫人偕任长安 …〔160〕

齐天乐送侄妇吴夫人偕任宣城 ……
………………………………〔161〕

姚凝晖二十二首 ……………〔161〕

送别 …………………………〔162〕

悼亡 …………………………〔162〕

感怀 …………………………〔162〕

梅花 …………………………〔162〕

兹园 …………………………〔162〕

读清芬阁集 …………………〔163〕

灌梅 …………………………〔163〕

雨过 …………………………〔163〕

夜坐 …………………………〔163〕

植松 …………………………〔163〕

种竹 …………………………〔163〕

莳荷 …………………………〔163〕

分菊 …………………………〔164〕

倚岚轩 ………………………〔164〕

兹园探花 ……………………〔164〕

移石 …………………………〔164〕

艺兰 …………………………〔164〕

夜坐示儿 ……………………〔164〕

病中示儿 ……………………〔164〕

晓起示婢 ……………………〔165〕

秋夜 …………………………〔165〕

姚鹿隐一首 …………………〔165〕

和夫子喜晴 …………………〔165〕

姚若蘅七首 …………………〔165〕
憩园秋兴易州署中 ………〔165〕
挹爽楼眺雪次韵 …………〔166〕
泊渡口驿感怀 ……………〔166〕
兴济镇 ……………………〔166〕
过静海县 …………………〔166〕
菩萨蛮·自题望云思亲图 ……
………………………………〔166〕
如梦令 ……………………〔166〕

姚芙卿一首 …………………〔166〕
断句 ………………………〔167〕

姚瑛玉一首 …………………〔167〕
泳园纪游 …………………〔167〕

姚绮霞三首 …………………〔167〕
立秋 ………………………〔167〕
七夕 ………………………〔167〕
对镜 ………………………〔168〕

姚德耀七十二首 ……………〔168〕
姬传六侄馆选集放翁五古以志喜
………………………………〔169〕
枞川射蛟台怀古 …………〔169〕
茅屋行 ……………………〔169〕
夫子与予同届七秩诗以志喜 …
………………………………〔170〕

纶沛堂新居落成 …………〔170〕
寄候董兰芬夫人 …………〔170〕
寄遵贞太夫人 并序 ………〔170〕
以桂花一枝供瓶玩 ………〔170〕
春日漫吟 …………………〔170〕
暮春 ………………………〔170〕
对月 ………………………〔171〕
子规 ………………………〔171〕
渡江 ………………………〔171〕
湘庵道中 …………………〔171〕
秋怨 ………………………〔171〕
至夫弟乐山丹徒官署 ……〔171〕
叔父归园守赣告归 ………〔171〕
春行 ………………………〔172〕
途中偶成 …………………〔172〕
闲吟 ………………………〔172〕
夏日游五亩园 ……………〔172〕
喜季父三崧先生馆选 ……〔172〕
寄怀师经堂诸娣姒 ………〔172〕
寄书金香二妹报次见殇 ………
………………………………〔172〕
舟行即日 …………………〔173〕
自里门如虞山舟中作 ……〔173〕
舟次有怀金香二妹 ………〔173〕
和南召二兄途中述怀原韵 ……
………………………………〔173〕
送夫弟镜山回里 …………〔173〕

喜观涛弟会试入都过姊 ……… 〔173〕

白绣球 ……………………… 〔174〕

哭松月妹 …………………… 〔174〕

景州旅店有怀娣姒 ………… 〔174〕

并蒂兰歌 …………………… 〔174〕

夫弟牧斋授内阁中书 ……… 〔174〕

留别遵贞嫂氏 ……………… 〔174〕

重游金山 …………………… 〔175〕

焦山 ………………………… 〔175〕

夫弟映山设席茅氏园林 ………
………………………………… 〔175〕

秋夜 ………………………… 〔175〕

中秋夜月忆长男春福 ……… 〔175〕

喜香茝侄成进士 …………… 〔175〕

三侄春仪继长男春福病殁京师痛
惨靡已诗以哭之 …………… 〔176〕

池上梅 ……………………… 〔176〕

佛手柑 ……………………… 〔176〕

雁 …………………………… 〔176〕

理琴 ………………………… 〔176〕

登西堘楼 …………………… 〔176〕

哭十妹德承 ………………… 〔176〕

秋日同诸弟游南园 ………… 〔177〕

游龙眠山 …………………… 〔177〕

甲午秋日喜辉如侄北闱捷音 …
………………………………… 〔177〕

冢妇五十初度时余年七十有三矣
喜成一律 …………………… 〔177〕

贺恭寿堂太夫人新居 ……… 〔177〕

燕 …………………………… 〔177〕

十月窗前桃花忽放数枝 ………
………………………………… 〔178〕

姚含章六首 ……………… 〔178〕

辛未夫子思乡特甚诗以解嘲 …
………………………………… 〔178〕

孟夏游玉蛛桥 ……………… 〔179〕

双溪看梅 …………………… 〔179〕

秋葵 ………………………… 〔179〕

连日大雪 …………………… 〔179〕

孟夏游玉蛛桥 ……………… 〔179〕

姚珮蘅一首 ……………… 〔179〕

海棠 ………………………… 〔179〕

姚如兰八首 ……………… 〔179〕

秋夜 ………………………… 〔180〕

纨扇 ………………………… 〔180〕

乌栖曲 ……………………… 〔180〕

春柳 ………………………… 〔180〕

春草 ………………………… 〔180〕

迎春柳 ……………………… 〔181〕

春柳四首选二 ……………… 〔181〕

姚秀儒二十四首 〔181〕

泅水怀古 〔181〕
湘江怀古 〔181〕
吴江怀古 〔181〕
塞下曲 〔182〕
雁字二首 〔182〕
柳线 〔182〕
雪美人追和先严韵 〔182〕
怀鉴含女史二首 〔183〕
怀静宜阁 〔183〕
感怀 〔183〕
绿珠 〔183〕
怀鉴含女史三首 〔183〕
寄鉴含女史四首 〔183〕
秋日 〔184〕
落花 〔184〕
莺 〔184〕
燕剪 〔184〕

姚浣薇四首 〔184〕

题七巧图四首 〔184〕

姚怡敬一首 〔184〕

偶题 〔185〕

姚鉴含三十二首 〔185〕

春柳 〔185〕

秋夜 〔185〕
山庄晚眺 〔185〕
易水怀古 〔185〕
泅水怀古 〔186〕
湘江怀古 〔186〕
秋日怀秀儒女史 〔186〕
新秋 〔186〕
读石溪舅氏诗集志感即用集中韵三首 〔186〕
纪梦 〔186〕
春日寄闺友 〔186〕
山庄怀秀儒女史 〔187〕
塞下曲 〔187〕
秀儒过访不遇诗以报之 〔187〕
昭君 〔187〕
春日 〔187〕
送别闺友 〔187〕
送赵氏妹于归南湖 〔188〕
春夜 〔188〕
白牡丹 〔188〕
秋日病中 〔188〕
中秋束秀儒 〔188〕
哭秀儒女史八首 〔188〕

姚素九首 〔189〕

和雄县旅店壁间武林十五龄难女

韵 …………………………〔189〕

　二十四桥 ……………………〔189〕

　哭五妹 ………………………〔189〕

　淮阴咏古和表弟张缃蕖孝廉韵

　………………………………〔190〕

　蕉 ……………………………〔190〕

　江舟值雨和蠡秋舅氏韵 ………

　………………………………〔190〕

　小泊六安沟 …………………〔190〕

姚倚云一百九十九首 ………〔190〕

　春日即事 ……………………〔192〕

　送别漱芳叔母 ………………〔192〕

　偕大姊晚眺 …………………〔192〕

　山居思母 ……………………〔192〕

　夏日即事 ……………………〔193〕

　早起 …………………………〔193〕

　山村 …………………………〔193〕

　庚寅人日偶题 ………………〔193〕

　悼侄女莲 ……………………〔193〕

　雨中阅耕 ……………………〔193〕

　参观学校到沪赠项趾仁梁冰如两

女士 …………………………〔193〕

　夜雨有感因忆仲兄 …………〔194〕

　茉莉 …………………………〔194〕

　殇稻侄兼慰三弟妇 …………〔194〕

　秋夜怀漱芳樽者 ……………〔194〕

　为熙伯族弟遂园图 ………〔194〕

　送别二兄 ……………………〔194〕

　送三弟之江阴 ………………〔195〕

　书感 …………………………〔195〕

　三弟诗来索和答之 …………〔195〕

　过小孤山奉怀姨母 …………〔196〕

　峡江县 ………………………〔196〕

　次大人枯柏鹊巢韵 …………〔196〕

　呈夫子 ………………………〔196〕

　赠冯香卿 ……………………〔197〕

　六月十五夜寄怀夫子 ………〔197〕

　用大人乐字韵怀肯堂 ………〔197〕

　送别大姊二兄 ………………〔197〕

　题大桥遗照 …………………〔198〕

　随夫子登滕王阁 ……………〔198〕

　登滕王阁寄怀大姊 …………〔198〕

　舟行大孤山书呈夫子 ………〔198〕

　九江诗人熊香海借肯堂索余赠言明日复以书来请义不能却勉赋诗书扇赠之 …………………………〔199〕

　游石钟山 ……………………〔199〕

　次仲林韵赠吴挚甫先生 ………

　………………………………〔199〕

　次夫子和李伯行唐花韵 ………

　………………………………〔200〕

　和夫子用山谷韵 ……………〔200〕

　为大兄题斗影图 ……………〔200〕

西山 …………………〔200〕

三芝庵 ………………〔200〕

曹冈 …………………〔201〕

枞阳 …………………〔201〕

东城旧宅 ……………〔201〕

安福 …………………〔201〕

凤林桥 ………………〔201〕

湖口 …………………〔201〕

武昌杂咏 ……………〔201〕

还乡有感因用仲兄韵呈姨母 …
………………………〔202〕

立春前三日偶书 ……〔202〕

同夫子和顾延卿见贻原韵 ……
………………………〔202〕

夫子吊于江右乃余少时侍宦之地
今吾父殁矣夫子以诗寄念感且涕零
步其原韵 ……………〔202〕

和三弟忆西山原韵 …〔203〕

晓窗即事书闷和夫子韵 ………
………………………〔203〕

用韵赠刘秋水兼示阮绩青 ……
………………………〔203〕

寄怀佩君斐卿 ………〔203〕

悼亡二十首并序二十首选十一 …
………………………〔203〕

初夏书感 ……………〔204〕

秋夜读饮冰室文有感 …〔204〕

用两当轩赠友韵寄仲厚 ………
………………………〔204〕

赠吴芝瑛 ……………〔205〕

自题菊花条幅 ………〔205〕

步春绮和师曾悼亡原韵 ………
………………………〔205〕

申江舟次用两当轩韵赠吕惠如校
长 ……………………〔205〕

闻战感书 ……………〔205〕

丙午年退叟二公召兴女学于兹九
载自惭学浅无补于教育所幸前后诸
生不乏美材今以老病乞休差慰归欤
之志再叠前韵以写余怀 …〔205〕

校中避暑戏用杜少陵夏夜叹原韵
………………………〔206〕

新秋寄怀易仲厚长沙 …〔206〕

质言留别诸生 ………〔206〕

孟鲁见余质言泫然出涕性情真挚
见诸胸臆余恻焉心感不可言状赋此
以答厚谊并示孟青 …〔207〕

吕惠如校长偕游清凉山登扫叶楼
和其题壁原韵以赠 …〔207〕

去岁为诸生所留瞬息流光又经一
载自愧无补于教育而余病益深矣临
别再赠一律以尽余意 …〔207〕

有感示黄蔚青徐寓静二生 …〔207〕

舒畹苏黄庐隐二女士创办女子兴

业社举余为名誉社长辞不获赋二绝以勉之 …………………………〔207〕

己未三次至皖办女子职业校舟过芜湖与皖省第一女师范校毕业生相遇赋赠 ………………〔207〕

与璞君及惠若夫妇论近时教育感赋二绝 ……………………〔208〕

书感 ……………………………〔208〕

余至女师范校附属小学避生日之烦嚣适值游艺会之期孟青玉衡起予颂梅净玉懋斐毓和北强诸君编花好月圆人寿附会中表演之以寓祝而数百学生无不欢然鼓舞备极美满之情复设宴称觞余甚感焉嗟乎以当今世风浇薄之时而此校师生独尚敦厚之古道可为德育之模范矣余装此六字赋诗以谢 …………〔208〕

杭州即席赠女子职业学校余菊农以下教职员诸君 ………〔208〕

宋苏震买舟同泛西湖作此以赠 …………………………〔208〕

伯顺秋圃以余遭叔弟之丧偕游鲁谼山谷林寺赋此以志悲感 ……………………………〔209〕

市酒携螯至校与璞君玉衡北强致纯畅饮三布皖校持螯集同人原韵相赠 ………………………〔209〕

春日有感 ………………〔209〕

校中读史有感 …………〔209〕

过枞阳 四首选二 ………〔209〕

避七十生日于石港陈氏渔隐山庄赋谢稚樵先生 ………〔209〕

和陈公良见赠原韵 ……〔210〕

咏柳 ……………………〔210〕

外子降乩感赋 …………〔210〕

送李振麟游学美洲 ……〔210〕

贺姨侄孙马茂元授室 …〔210〕

诵经自忏 ………………〔210〕

月下怀大姊 ……………〔211〕

山中晚眺 ………………〔211〕

偕大姊晚眺 ……………〔211〕

自曹岗归山途中口占 …〔211〕

夏夜 ……………………〔211〕

泊枞阳访漱芳叔母不遇 ……………………………〔211〕

过灵泽夫人庙 …………〔211〕

秦淮杂感 ………………〔212〕

泊铜陵 …………………〔212〕

山居春日杂兴 八首选六 …〔212〕

由静观草堂回城题呈姨母 四首选二 ……………………………〔212〕

题秦良玉传后 …………〔212〕

茉莉 ……………………〔212〕

中秋月夜怀二兄三弟 …〔213〕

寒夜思母 …………………〔213〕

题西山图次三弟原韵五律四首 …
…………………………〔213〕

春日漫题有怀夫子信笔书来聊以拨
闷八首选四 ………………〔213〕

补和舅大人寄家君韵八首选二……
…………………………〔213〕

马田夫人挽辞 ……………〔214〕

避乱马塘邓氏义庄用去年病后谢亲
友韵以谢翰芬侄婿 ………〔214〕

丁丑冬夜不寐 ……………〔214〕

马塘初春杂兴八首选二 ……〔214〕

严敬仲世讲赠梅花后二日大雪赋诗
致谢 ………………………〔214〕

避乱秦家园赠杨芷芬 ……〔215〕

农村散步 …………………〔215〕

敬仲延汾相邀小住清谈数日道义可
感适遇中秋有感家国赋诗赠谢……
…………………………〔215〕

闻仲兄避乱秦中有怀复以自劝 …
…………………………〔215〕

闻河北警报示王桐生补录 ………
…………………………〔215〕

乙卯潮桥商校暑假三年级学生倩曾
孙临乞诗赋此贻之 ………〔215〕

潮桥遣闷 …………………〔215〕

闻女师迁至丰利书以慰劳玉衡等诸
弟 …………………………〔216〕

渔隐山庄岁暮杂感九首选五………
…………………………〔216〕

冬日晴暖义庄散步述怀 …〔216〕

余自避乱以来于兹四载慕昭弟每岁亲
迎情意备至复承陈氏父子兄弟青眼招待
此次来迎余以事未果而令其空劳往返余
心恻然感愧赋此致谢 ………〔216〕

示不平者 …………………〔217〕

孙静宜吴允诚二君以余目力昏暗
邀至市购镜以助光明未得如愿怅然
而返此情此义铭感于心赋诗致谢
…………………………〔217〕

踏莎行津门雪夜同外子作 …〔217〕

青玉案忆昔 ………………〔217〕

好事近即景 ………………〔217〕

蝶恋花春日郊行柬师曾 ……〔217〕

临江仙秋宵遣兴 ……………〔218〕

惜分飞送别马君玮侄女 ……〔218〕

鹧鸪天春寒 ………………〔218〕

又春游 ……………………〔218〕

南柯子秋夜 ………………〔218〕

滴滴金题易君左半月报 ……〔218〕

贺新郎和黄学艺原调即以赠之………
…………………………〔219〕

减兰新秋示景石侄孙 ……〔219〕

江南好寄呈舅大人 …………〔219〕

卷四

吴怀凤一首 …………… 〔220〕
 鹧鸪天 ……………… 〔220〕

吴令则七首 …………… 〔220〕
 再寄玉之 …………… 〔221〕
 昼倦 ………………… 〔221〕
 返照值玉之初归日 … 〔221〕
 掌珠吟有序 ………… 〔221〕
 春日病起 …………… 〔221〕
 闻子规 ……………… 〔222〕
 忆玉之 ……………… 〔222〕

吴令仪十五首 ………… 〔222〕
 严陵钓台 …………… 〔222〕
 次幔亭道中有怀何氏女兄 ……
  ……………………… 〔223〕
 寄潜夫夫子时谒选主爵 ………
  ……………………… 〔223〕
 遣怀 ………………… 〔223〕
 三峡寄伯姑张夫人 … 〔223〕
 舟发江陵潜夫卿将自襄阳入计赠别二首 ……………… 〔223〕
 江上久泊 …………… 〔223〕
 夜 …………………… 〔224〕
 琴倦 ………………… 〔224〕
 呈姚维仪姑姊 ……… 〔224〕
 从家大人祇谒鲲池神道二首 …
  ……………………… 〔224〕
 奉和伯姑张夫人如耀赠婿 ……
  ……………………… 〔224〕
 长溪灯寿诗 ………… 〔224〕

吴坤元八十一首 ……… 〔224〕
 追悼令芬 …………… 〔225〕
 长孙仁树就外塾 …… 〔225〕
 戊子仲春夏氏妇三十初度赋以示之 ………………… 〔226〕
 六十初度有序 ……… 〔226〕
 有感示江男 ………… 〔228〕
 乙巳八月重葺松声阁偶成 ……
  ……………………… 〔228〕
 寿方夫人五帙夫人为密之元配予姑也
  ……………………… 〔228〕
 仲春十有三日狂风大作庭前老榴摇摇几折不禁风树之思因有是作
  ……………………… 〔229〕
 树孙二十志勉 ……… 〔229〕
 仲冬朔日偶于男江几上见次安仁悼亡诗因援笔和之既哀亡妇方氏兼用志慰三首 ……… 〔229〕

题定远节妇徐夫人褒贞册 … 〔230〕
月下观水仙花不开率成长句 …
……………………………………〔230〕
江男三十初度志勉 ………〔230〕
井公婿拟初夏南游时久雨经旬因作久雨行 ………………〔231〕
挽韩孝妇母女殉节歌 ……〔231〕
重茸松声阁诸公惠诗漫赋 …
……………………………………〔231〕
四孙仁樾入塾 ……………〔232〕
戊申重五后七日男江五十 …〔232〕
当时外孙二十 ……………〔233〕
村居怀长女伯媛兼寄江男二首
……………………………………〔233〕
送孙女归陈氏四首 ………〔233〕
闻钟 ………………………〔234〕
儿江应试金陵书此志勉 …〔234〕
仲春朔日送方婿井公之和州 …
……………………………………〔234〕
示季女韫倩 ………………〔234〕
赠居巢张夫人 ……………〔234〕
立春前一日闻外祖母张太恭人归窆感赋 ………………〔234〕
自讯 ………………………〔234〕
和州王氏五烈女诗 ………〔235〕
寄怀袭氏甥女三十初度适合肥龚孝绩
……………………………………〔235〕
步江男济幕原韵 …………〔235〕
姚鲁斋孙婿以黄白菊花见贻赋答
……………………………………〔235〕
哭方婿井公四首 …………〔235〕
寿姨母何太夫人七十 ……〔236〕
冬初偶见方邓两公挽秋诗依韵率成二章 ………………〔236〕
丙午冬日送江男之齐鲁 …
……………………………………〔236〕
写大士像偶成 ……………〔236〕
怀长女四首 ………………〔236〕
书感 ………………………〔237〕
瓶梅半月奄然欲谢因折枝剪纸作帐檐额喜赋二首 ………〔237〕
甲寅春樾孙北上率笔示之二首
……………………………………〔237〕
遣江男迎长女不果 ………〔237〕
梦母氏 ……………………〔237〕
哭方氏外孙女令芬 ………〔237〕
七夕同树孙 ………………〔238〕
六月朔三日悼亡姑大祥兼怀江男
……………………………………〔238〕
寄张敦复夫人 ……………〔238〕
寄樾孙手绣送子像 ………〔238〕
即事感怀 …………………〔238〕
晨兴 ………………………〔238〕
千里弟新构草堂因成长句兼订游

期 …………………………〔238〕
　夏日奠叔母杨孺人归来志感 …
　…………………………〔239〕
　梦长女伯媛 ……………〔239〕
　村居苦雨 ………………〔239〕
　乡行 ……………………〔239〕
　村居 ……………………〔239〕
　伻归 ……………………〔239〕
　喜浩庵叔见过 …………〔240〕
　清明寄怀井公婿客历阳……〔240〕
　题石经斋 ………………〔240〕
　丙戌赠方婿井公赴秋闱……〔240〕
　燕子楼 …………………〔240〕
　病留韫倩宅观柳 ………〔240〕

吴榴阁三首 ………………〔241〕
　长命女 春日闲吟 ………〔241〕
　鹧鸪天 送夫子游吴越 ……〔241〕
　踏莎行 送春 ……………〔241〕

吴氏四首 …………………〔241〕
　金陵怀古 八首选四 ………〔242〕
　　咏南齐 ………………〔242〕
　　咏南梁 ………………〔242〕
　　咏南陈 ………………〔242〕
　　咏南唐 ………………〔242〕

吴中芸三首 ………………〔242〕
　哭子二首 ………………〔242〕

　新柳 四首之一 …………〔243〕

吴氏一首 …………………〔243〕
　示子妇 …………………〔243〕

吴氏一首 …………………〔243〕
　题画 ……………………〔243〕

吴锦苏二首 ………………〔244〕
　送外 ……………………〔244〕
　络纬 ……………………〔244〕

吴珠光二首 ………………〔244〕
　暮春登济宁署小阁 ………〔244〕
　答济阳二姊 ……………〔244〕

吴孟嘉八首 ………………〔244〕
　咏怀 ……………………〔245〕
　四皓 ……………………〔245〕
　孟城坳 和右丞辋川诗二十首选一 …
　…………………………〔245〕
　辛夷坞 …………………〔245〕
　寒食 ……………………〔245〕
　文杏馆 …………………〔245〕
　渔父 ……………………〔245〕
　春草 ……………………〔245〕

吴娥娟一首 ………………〔246〕
　春日即事 ………………〔246〕

吴娥娟二首 ………………〔246〕

秋日寄家大人 …………〔246〕

再寄仲姊 ………………〔246〕

吴芝瑛三十七首 …………〔246〕

楞严书竟敬题二首奉呈夫子并海内外诸长者居士于时南湖新月正流照写经室窗户也 …………〔247〕

南园 ……………………〔248〕

哀山阴 …………………〔248〕

余与寄尘既葬鉴湖女侠于西泠岳王坟之东戊申正月廿四日寄尘集学界士女四百余人于凤林寺为女侠开追悼会并谒墓致祭行路感叹有泣下者余因病不能至诗以哭之即示寄尘并秋社同人同人仿林社例在西泠立一秋社以便岁时祭扫并议善后事宜 …〔248〕

戊申花朝西泠吊鉴湖女侠四首 …………………〔248〕

梁溪秦岐农为作西泠悲秋图成而女侠之墓已平遗骸由乃兄归葬山阴感赋二绝句以当一哭即书图尾 …………………〔249〕

与南湖同访慧珠道人不遇四首 …………………〔249〕

神州女报题辞 有序 …〔249〕

塔影楼与咏霞夫人论诗 …………………〔250〕

访女孝友墓庐 …………〔250〕

集时贤句题津楼惜别图一首即次南湖诗韵 …………〔250〕

从军乐 …………………〔250〕

题菊 ……………………〔251〕

为吴受卿题驴背吟诗图 辛亥寒食 …………………〔251〕

奉寿唐母吾姊七旬之庆即题吴丁两老画师岁寒北堂幅子 ……〔251〕

剪淞阁 …………………〔251〕

吴肖萦十七首 …………〔251〕

偕吾夫君游菱湖公园 ……〔252〕

从四叔病殁京师哭之以诗 …〔252〕

安庆浮居诚非长计屡与夫君谋返桐城故宅卒以各方困难未能如愿漫成长句聊写思归之切 ………〔252〕

慰吾夫 …………………〔252〕

说三儿 …………………〔252〕

吾夫又承李范之道尹接济赋此为志心感 …………………〔253〕

咏蚕戏语莲儿 …………〔253〕

送夫君之芜湖 …………〔253〕

贫甚 ……………………〔253〕

闻小姑母逝世悲痛不堪成二十八字 …………………〔253〕

枞阳送二妹返孔 …………〔253〕

去秋军兴以后吾翁暨吾夫均赋闲居生活备极艰窘山穷水尽或见花明柳暗之村否极泰来当有吐气扬眉之日爰赋三绝以慰吾夫兼志不忘贫苦

耳 …………………………〔253〕

吴氏一首 ……………………〔254〕

　赋诗三首以壮夫行_{三首选一}……
　………………………………〔254〕

卷五

潘翟十九首 …………………〔255〕

　闻冯妹出家有感 …………〔256〕
　忆长子入粤 ………………〔256〕
　叹仲子羁尊经阁 …………〔256〕
　忆少子病 …………………〔256〕
　四侄西省归里 ……………〔257〕
　少子及诸孙随杖将度岭阳月廿六日值夫子初度 ……………〔257〕
　闻夫子讣音泣和二媳韵 ………
　………………………………〔257〕
　哭夫子六首 ………………〔257〕
　喜三儿纳妾和媳韵 ………〔257〕
　病中别歌二首 ……………〔257〕
　别大儿 ……………………〔258〕
　别二儿 ……………………〔258〕
　别四侄 ……………………〔258〕

潘志渊一首 …………………〔258〕

　先母忌日 …………………〔258〕

潘氏二首 ……………………〔258〕

　古意 ………………………〔258〕
　对月怀夫子扬州 …………〔259〕

马氏四十四首 ………………〔259〕

　夏日睡起 …………………〔259〕
　不寐 ………………………〔259〕
　幽居即事 …………………〔259〕
　夜课两孙书此示之 ………〔259〕
　送四侄献吉 ………………〔260〕
　中秋忆乔龄 ………………〔260〕
　喜五弟雨耕归里 …………〔260〕
　春暮即事 …………………〔260〕
　寄外 ………………………〔260〕
　连朝风雨偶得一绝呈夫子 ……
　………………………………〔260〕
　丙寅元旦 …………………〔260〕
　除夕 ………………………〔261〕
　秋夜纳凉 …………………〔261〕
　首夏 ………………………〔261〕
　秋夜偶成 …………………〔261〕
　河墅夜坐 …………………〔261〕

除夕灯花和夫子韵 …… 〔261〕
春暮感怀 …… 〔261〕
梦慈大人 …… 〔262〕
书怀 …… 〔262〕
雪夜 …… 〔262〕
岁暮杂兴 …… 〔262〕
晚酌戏呈夫子 …… 〔262〕
河墅霁后晚眺 …… 〔262〕
感怀 …… 〔262〕
忆亡女 …… 〔263〕
夜雨不寐 …… 〔263〕
阅四弟古愚遗集 …… 〔263〕
寄乔龄 …… 〔263〕
春日即事 …… 〔263〕
苦雨 …… 〔263〕
读书 …… 〔263〕
重九 …… 〔264〕
得乔龄信 …… 〔264〕
春暮燕居 …… 〔264〕
重九 …… 〔264〕
哭带虹表弟 …… 〔264〕
冬月 …… 〔264〕
除夕忆乔龄 …… 〔264〕
遣兴 …… 〔265〕
春日 …… 〔265〕
楼上 …… 〔265〕

马生佩四首 …… 〔265〕
祀灶 …… 〔265〕
贫家妇 …… 〔265〕
东皋作 …… 〔265〕
哭夫 …… 〔266〕

左如芬三十首 …… 〔266〕
怀吴姑夫人白下 …… 〔267〕
纳凉 …… 〔267〕
初夏 …… 〔267〕
秋夜忆夫子 …… 〔268〕
寄怀随鸿阁钱夫人山居 …… 〔268〕
移花 …… 〔268〕
咏灯花 …… 〔268〕
夜闻孤雁 …… 〔268〕
庚子七夕夫子应举江宁诗以赠别 …… 〔268〕
送夫子公车北上 …… 〔268〕
偶见雪片雪珠共成一律 …… 〔269〕
春闺 …… 〔269〕
初度书怀 …… 〔269〕
寄怀五姒张夫人 …… 〔269〕
菊月夫子北上诗以言别 …… 〔269〕
见新燕 …… 〔269〕

秋日病中喜诸姊夫人过访留饮 …………〔269〕
夜坐怀夫子 …………〔270〕
感怀寄夫子 …………〔270〕
题画 …………〔270〕
雨夜不寐 …………〔270〕
咏柳 …………〔270〕
闲居 …………〔270〕
题美人看花图 …………〔270〕
暮春即事 …………〔270〕
秋夜夫子赴芸圃酌酬饮达旦 …………〔271〕
拟宫怨二首 …………〔271〕
梦回 …………〔271〕
暮春病中书怀 …………〔271〕

左青霞一首 …………〔271〕
夜坐 …………〔271〕

左绍光十九首 …………〔271〕
寄示儿政 …………〔272〕
同诸姊看梅步韵 …………〔272〕
同夫子夜饮 …………〔272〕
移居 …………〔272〕
无米呈夫子 …………〔272〕
元旦 …………〔272〕
坐大侄斋头赏荼蘼二首 …………〔273〕

不寐 …………〔273〕
雨中次大兄韵 …………〔273〕
送大兄迎龙庵读书次夫子韵 …………〔273〕
怀两兄 …………〔273〕
春日归宁喜赋 …………〔273〕
秋日喜紫叔过晤同夫子夜饮 …………〔274〕
过旧居感赋 …………〔274〕
春昼偶成 …………〔274〕
乙卯孟春送儿应试北闱志勉 …………〔274〕
中秋夜忆儿家书不到 …………〔274〕
移居 …………〔274〕

左慕光四首 …………〔274〕
书闺秀叶柏芳诗后 …………〔275〕
感怀 …………〔275〕
月夜闲吟 …………〔275〕
小婢灯下看诗 …………〔275〕

左北堂十首 …………〔276〕
八十自寿并训儿辈四首 …………〔276〕
志怀诗十六首训诸子及孙曾辈十六首选六 …………〔276〕

左氏一首 …………………… 〔277〕
　春夜课子 ………………… 〔277〕

龙循二十一首 ……………… 〔277〕
　渔唱 ……………………… 〔278〕
　月夜闲步 ………………… 〔278〕
　封寄 ……………………… 〔278〕
　诸同人游天阙山 ………… 〔278〕
　隔江闻钟 ………………… 〔278〕
　寄九侄宇一时出牧新兴 … 〔278〕
　过兰风阁侄女题剪箱巢别墅 …
　　……………………………〔279〕
　九日登清凉山翠微亭 …… 〔279〕
　牧笛 ……………………… 〔279〕
　江水行赠别八兄双白 …… 〔279〕
　秋雨夜坐 ………………… 〔280〕
　春日散步 ………………… 〔280〕
　丁亥除夕 ………………… 〔280〕
　竹影 ……………………… 〔280〕
　送春 ……………………… 〔280〕
　题沈夫人白菊花册 ……… 〔280〕
　祝外五十初度二首 ……… 〔281〕
　题明妃图 ………………… 〔281〕
　秋柳 ……………………… 〔281〕
　适意 ……………………… 〔281〕

江瑶八首 …………………… 〔281〕
　夜话 ……………………… 〔282〕
　雨窗偶成 ………………… 〔282〕
　晚亭即事 ………………… 〔282〕
　闻鹃 ……………………… 〔282〕
　野蔷薇 …………………… 〔282〕
　题画 ……………………… 〔282〕
　来鹤 ……………………… 〔283〕
　失鹤 ……………………… 〔283〕

徐氏一首 …………………… 〔283〕
　寄外 ……………………… 〔283〕

徐蕙文十首 ………………… 〔283〕
　三嫂至 …………………… 〔283〕
　暮秋怀大姑无极官署 …… 〔284〕
　秋日 ……………………… 〔284〕
　读史 ……………………… 〔284〕
　夜坐 ……………………… 〔284〕
　书怀 ……………………… 〔284〕
　忆清水塘看桃花 ………… 〔284〕
　归鲁𥓂山房 ……………… 〔284〕
　春夜 ……………………… 〔284〕
　𥓂山漫兴 ………………… 〔285〕

钟文淑十五首 ……………… 〔285〕
　春晴 ……………………… 〔285〕
　夜雨读书 ………………… 〔285〕

敬步家严春日午眠元韵 ………
………………………………〔285〕

春雪即景 ……………〔285〕

晚眺 …………………〔286〕

斜日 …………………〔286〕

牡丹 …………………〔286〕

奉怀大姊 ……………〔286〕

海棠 …………………〔286〕

春日即事 ……………〔286〕

喜榜弟病愈 …………〔286〕

雨丝 …………………〔286〕

午眠 …………………〔287〕

晚步 …………………〔287〕

垂钓 …………………〔287〕

钟文贞二十四首 …………〔287〕

游冶父山 ……………〔288〕

蝴蝶花 ………………〔288〕

邹司马张夫人延教女学舟次阻风
二首 …………………………〔288〕

竹 ……………………〔288〕

病中作 ………………〔288〕

顾始南斋雨中即景寄怀诸同好
………………………………〔289〕

志感 …………………〔289〕

雪夜有感 ……………〔289〕

方小八请弹琴喜而赠之 ………
………………………………〔289〕

病中闻方慧娥世妹病诗以问之
………………………………〔289〕

还砚 …………………〔290〕

春晓 …………………〔290〕

示禄章长男 …………〔290〕

晓窗 …………………〔290〕

岁暮有感 ……………〔290〕

寄怀张德尊夫人兼示女弟子曹琼
仙 ……………………………〔290〕

寄怀镇江毛畹香闺秀 ……〔290〕

白牡丹 ………………〔291〕

题金圃族再侄狎鸥亭诗 ………
………………………………〔291〕

哭采蘋再从妇早折二首 ………
………………………………〔291〕

蒋淑敏五十七首 …………〔291〕

寄外子泊静劝归隐 ………〔292〕

雨霁偶成 ……………〔292〕

雪夜泛舟 ……………〔292〕

避乱途中(1938年)……〔292〕

自枞阳搭夜行船赴安庆过菜子湖
遇风浪(1942年)……………〔292〕

夜泊宜城(1913年)………〔292〕

偕圣琴诸友游莫愁湖鹤鸣楼 …
………………………………〔293〕

登迎江寺塔(1924年)……〔293〕

追悼姚淑贞义妹 …………〔293〕
送圣琴好友之京江干咏别（1925年）…………………〔293〕
山居闲眺 ………………〔293〕
同外子泊静游菱湖遇雨 ………………………………〔293〕
菱湖晚眺 ………………〔293〕
咏梅 ……………………〔294〕
山居晚眺 ………………〔294〕
寄苏小梅同学（1928年）………………………………〔294〕
和高君冠三咏菊原韵四首 四首选一 ………………〔294〕
感怀 ……………………〔294〕
同外子游南京莫愁湖（1934年）………………………〔294〕
带病月夜有感 …………〔294〕
忆杭州西湖有感 ………〔295〕
感谢吴健吾先生 ………〔295〕
兰州退职归来重游菱湖 …………………………〔295〕
菱湖早春 ………………〔295〕

怀陈惠如老友 …………〔295〕
述志二首 ………………〔295〕
马肇年女弟进白藕一盘嘱咏 …………………………〔295〕
夏日月夜放舟 …………〔296〕
咏棉花 …………………〔296〕
宿淑贞卧榻有感 ………〔296〕
平居闲咏（1936年）……〔296〕
咏梅 ……………………〔296〕
蜡梅 ……………………〔296〕
中秋 ……………………〔296〕
怀儿梦境 ………………〔296〕
老农 ……………………〔297〕
游北京昆明湖 …………〔297〕
游白云寺 ………………〔297〕
菱湖久雨水满 …………〔297〕
中美建交前夕喜得文儿芝女消息 ……………………〔297〕
追念秋瑾师 ……………〔297〕
示媳程瑜 ………………〔297〕
应长子邀至兰州沿途赋诗 ………………………〔298〕

卷六

章有湘六十三首 ………〔299〕
晚眺 ……………………〔300〕
上清芬姚老夫人 ………〔300〕

寄怀振公二首 …………〔300〕
和外初七夜见月有怀 …〔300〕
病中 ……………………〔300〕

九日雨中有感 …………… 〔301〕
秋怀 ……………………… 〔301〕
得家报和姊来韵 ………… 〔301〕
寒夜忆弟 ………………… 〔301〕
次玉璜妹来韵 …………… 〔301〕
雨中即事 ………………… 〔301〕
同外和船上韵 …………… 〔301〕
别四叔母 ………………… 〔302〕
三十初度 ………………… 〔302〕
送外公车北上 …………… 〔302〕
哭夫子十首 ……………… 〔302〕
哭四妹盛夫人兼得遗诗感赋二首
 …………………………… 〔303〕
松声阁潘太夫人和予杂感诗赋谢
二首 ……………………… 〔303〕
九月四日先母忌辰感悼口占焚寄
泉下 ……………………… 〔303〕
昭君怨 …………………… 〔304〕
婕妤怨 …………………… 〔304〕
白头吟 …………………… 〔304〕
秋夜新晴见月二首 ……… 〔304〕
思归二首 ………………… 〔304〕
冬夜同振公步月言怀二首
 …………………………… 〔304〕
过采石望太白祠 ………… 〔304〕
初春 ……………………… 〔305〕
至日泊舟江上大风有怀 …
 …………………………… 〔305〕

家园白牡丹 ……………… 〔305〕
赏花忆外 ………………… 〔305〕
作书寄长安口号 ………… 〔305〕
仲秋哭子悲感遗物八首 …
 …………………………… 〔305〕
　床帐 …………………… 〔305〕
　鞋靴 …………………… 〔305〕
　纱袍 …………………… 〔305〕
　珠帽 …………………… 〔306〕
　端砚 …………………… 〔306〕
　龙墨 …………………… 〔306〕
　锦笺 …………………… 〔306〕
　彩笔 …………………… 〔306〕
秋夜礼佛二首 …………… 〔306〕
读宝灯夫人诗寄赠 ……… 〔306〕
浣溪沙旅怀 ……………… 〔307〕
晓思 ……………………… 〔307〕
秋日寄家姊俞夫人 ……… 〔307〕
闺情 ……………………… 〔307〕

陈舜英十三首 …………… 〔307〕
忆伯兄沈阳时老母寄居都门 …
 …………………………… 〔308〕
同二女夜坐 ……………… 〔308〕
雪中思家 ………………… 〔309〕
辛亥粤难作夫子被羁 …… 〔309〕
夫子守樟万安遣儿瑃易归就狱
 …………………………… 〔309〕

遣儿珠往万安扶榇归葬浮山 …
　　………………………………〔309〕
母大人讣至设奠写哀 ……〔309〕
哭张娣友阁 …………………〔309〕
寄夫子岭南 …………………〔310〕
寄寿夫子六秩 ………………〔310〕
牡丹 …………………………〔310〕
送儿庚同就塾 ………………〔310〕

葛嫩四首 ………………………〔310〕
西地锦 ………………………〔311〕
前调 …………………………〔311〕
师师令 ………………………〔311〕
清平乐 ………………………〔311〕

任淑仪二首 ……………………〔311〕
烛影摇红 丰台看芍药 ………〔311〕
金菊对笑蓉 送茹廷弟就婚广陵 ……
　　………………………………〔312〕

倪氏一首 ………………………〔312〕
秋海棠 ………………………〔312〕

倪淑六首 ………………………〔312〕
春雨 …………………………〔313〕
送少桓大兄之澎湖省亲 ………
　　………………………………〔313〕
题小憩亭 ……………………〔313〕

感怀 …………………………〔313〕
中秋月夜泛舟西湖 …………〔313〕
渔家傲 重九 …………………〔314〕

倪婉五首 ………………………〔314〕
暮春忆慰慈甥女 ……………〔314〕
秋日寄儿 ……………………〔314〕
题嫂朱氏谱传诗 ……………〔314〕
天仙子·雨夜感怀 …………〔315〕

倪懿三首 ………………………〔315〕
荷钱 …………………………〔315〕
春阴 …………………………〔315〕
荆州亭 春夜 …………………〔315〕

倪静四首 ………………………〔316〕
游北海 ………………………〔316〕
陶然亭前香妃冢 ……………〔316〕
宴桃源 忆藕轩三姊 …………〔316〕
江南春 送春 …………………〔316〕

光淑贞二首 ……………………〔316〕
秋夜书怀 ……………………〔316〕
冬夜即事 ……………………〔317〕

邢月朗七首 ……………………〔317〕
雨后 …………………………〔317〕

题画 …………………… 〔317〕
飞鸣宿食雁 ………… 〔317〕
晚眺 …………………… 〔317〕
新秋 …………………… 〔317〕
题修篁拜月图 ……… 〔317〕
题待死堂 …………… 〔317〕

齐氏一首 ……………… 〔318〕
寒夜即事 …………… 〔318〕

史氏二首 ……………… 〔318〕
题惜花轩诗集 ……… 〔318〕

宋氏一首 ……………… 〔318〕
送表妹赴粤 ………… 〔318〕

孔宪英三首 …………… 〔318〕
题司马梦素嫂氏画瓶中折枝桃花
并引 ………………………… 〔319〕
秋雨即事 …………… 〔319〕
雨中花题秋海棠遗画 ……… 〔319〕

孙氏一首 ……………… 〔319〕
无题 …………………… 〔320〕

孙松荫四首 …………… 〔320〕

复居花山 …………… 〔320〕
次子铎偶病 ………… 〔320〕
哭季子森二首 ……… 〔321〕

孙思妊三首 …………… 〔321〕
哭夫子十首选三 …… 〔321〕

孙蘩姑一首 …………… 〔321〕
偶作 …………………… 〔321〕

孙咏阁一首 …………… 〔322〕
秋月 …………………… 〔322〕

洪采蘋十首 …………… 〔322〕
玉簪花 ………………… 〔322〕
龙湾春望 …………… 〔322〕
携弟妹园中晚步 …… 〔322〕
游柴林看木笔 ……… 〔322〕
秋园晚步 …………… 〔322〕
怀弱弟阿寤 ………… 〔323〕
病中柬叔祖母偶憩老人 ………
……………………………… 〔323〕
病中自题小像即呈金圃夫子 …
……………………………… 〔323〕
辞世二首 …………… 〔323〕

叶氏一首 ……………… 〔323〕

病中 …………………………〔323〕

叶氏一首 ………………………〔323〕
　咏芍药 …………………………〔323〕

赵采蘋三首 ……………………〔324〕
　孤雁 ……………………………〔324〕
　得母家消息志感二首 …………〔324〕

金梦兰二首 ……………………〔324〕
　题画蝶 …………………………〔325〕
　题画菊赠杨晚香夫人 …………〔325〕

李媞三首 ………………………〔325〕
　如梦令 书感 ……………………〔326〕
　丑奴儿 秋夜忆崖姊 ……………〔326〕
　两同心 怀香崖姊 ………………〔326〕

李相珏三首 ……………………〔326〕
　无题 ……………………………〔326〕
　病中之苦 ………………………〔327〕
　挽弟联 …………………………〔327〕

盛氏五首 ………………………〔328〕
　寄方姑 …………………………〔328〕
　秋夜 ……………………………〔328〕
　雨夜 ……………………………〔328〕

古意 此首且易记忆未真姑存之 ……………………………〔328〕
　无题 ……………………………〔328〕

盛氏十六首 ……………………〔329〕
　赠别 有序 ………………………〔329〕
　夫子到家 ………………………〔329〕
　月夜同儿女坐话 ………………〔330〕
　夜雨 ……………………………〔330〕
　鹊噪 ……………………………〔330〕
　秋日接书信 ……………………〔330〕
　花影 ……………………………〔330〕
　酿酒 ……………………………〔330〕
　示幼女 …………………………〔330〕
　高孙到家 ………………………〔331〕
　晓起 ……………………………〔331〕
　儿辈到家 ………………………〔331〕

刘蕙阁二首 ……………………〔331〕
　种菊 ……………………………〔331〕
　雨夜 ……………………………〔331〕

刘淑玲一首 ……………………〔331〕
　题吴君婉女士遗诗 ……………〔332〕

陈采芝三首 ……………………〔332〕

蓉镜轩闻隔邻箫声偕夫子问庵作
　……………………………〔332〕
桃花 ……………………〔332〕
平山堂赏梅和家大人原作 ……
　……………………………〔332〕

陈佩玉一首 …………………〔332〕
赠方阿青 ………………〔333〕

胡淑贞二首 …………………〔333〕
秋夜有怀家大人金陵 ……〔333〕
偶作寄外 ………………〔333〕

胡师蕴三首 …………………〔333〕
书怀 ……………………〔333〕
晚步 ……………………〔333〕
襄阳舟发 ………………〔334〕

程端仪四首 …………………〔334〕
和落叶韵四首 …………〔334〕

程本淑二首 …………………〔335〕
寄外 ……………………〔335〕
重九和韵 ………………〔335〕

程令媛九首 …………………〔335〕
雨后野望 ………………〔335〕

江楼晚眺 ………………〔335〕
秋日 ……………………〔336〕
夜坐 ……………………〔336〕
杨柳 ……………………〔336〕
秋草 ……………………〔336〕
移花 ……………………〔336〕
骤雨 ……………………〔336〕
杨花 ……………………〔336〕

杨云涛七首 …………………〔337〕
唐烈女歌 ………………〔337〕
梅 ………………………〔337〕
萤火 ……………………〔337〕
蕉窗 ……………………〔337〕
秋山 ……………………〔337〕
纳凉 ……………………〔337〕
秋夜 ……………………〔338〕

杨衍韫四首 …………………〔338〕
移牡丹三首并序 ………〔338〕
示诸子 …………………〔338〕

杨清远一首 …………………〔338〕
题课孙图 ………………〔339〕

董清映二十二首 ……………〔339〕
夏日偶成 ………………〔339〕

送别盟妹二首 …………〔339〕
和兰音闺友原韵 …………〔339〕
岳忠武墓 ……………〔339〕
苏小小墓 ……………〔339〕
忆梅 …………………〔340〕
侄女约赏杏花 …………〔340〕
西湖看荷花 ……………〔340〕
题方固庵舅氏浙游草 ……〔340〕
忆汪夫人 ………………〔340〕
落梅 …………………〔340〕
五旬初度诗以述怀十二首选四 …
………………………〔340〕
纪梦十首选四 …………〔341〕
寄侄女董贞女二首 ………〔341〕

施剑翘二十四首 …………〔341〕
中秋节口占(1936年) ……〔342〕
誓言(1925年) …………〔342〕
中秋(1943年) …………〔342〕
嘉陵江畔(1943年合川县) ……
………………………〔342〕
狱夜思亲 ………………〔342〕

有感(1936年) …………〔343〕
七言二首 ………………〔343〕
感慨 …………………〔343〕
狱中诗 ………………〔343〕
雪中放舟 ………………〔343〕
观梅有感(1937年冬抗日开始)
………………………〔343〕
除夕 …………………〔344〕
除夕(1942年合川县) ……〔344〕
咏松 …………………〔344〕
春寒(1948年苏州) ………〔344〕
绝命诗 ………………〔344〕

疏瀹四首 …………………〔344〕
题疏氏先哲诗选 …………〔344〕
外子久客初归观月有感(1940年)
………………………〔344〕
外子所著抗建新咏问世喜书卷末
(1945年) ……………〔345〕
焚香诗 ………………〔345〕

人名索引 …………………〔346〕

卷 一

方孟式六十一首

方孟式,字如耀,方大镇之长女、方孔炤之姊,张秉文之妻,志笃诗书,备有妇德。崇祯己卯(1639),张秉文守济南,战死于城上。方孟式嘱咐侍婢:"事急则推我入池水中。"城陷,临池恸哭,急呼侍婢曰:"推我!推我!"遂堕大明湖而死,后赠一品夫人。妹方维仪称其"诗不作花钿野语"。《玉镜阳秋》云:夫人诗佳者秀好,有姿韵,近体合处得钱、刘音响,五绝间撮《乐府》之胜。著有《纫兰阁集》十四卷,行于世。其同年生孙昌裔妻郑、翁为枢妻吴、翁之女佩玖、妇蒋玉君,各有序跋。

四牡夫子行役志思也二章章六句

翩翩者雏,肃肃其羽。王事靡盬,以风以雨。琴瑟在右,我心悲苦。
檀车幝幝,悲风四起。父母既远,维予与子。相隔千里,共饮江水。

赠别吴夫人之任

南国发兰芷,青青媚幽独。以之比佳人,芳气同馨馥。良觌洽远心,令仪鲜不淑。茑萝托高枝,羁邸好逾睦。燃烛继宵光,寒风吹落木。清言未及终,永漏嗔僮仆。子行赴洛阳,翟服炫车辐。邂逅帝城欢,人生难再卜。愿同黄鹄飞,千里遥相逐。

闻砧

秋将就夜半,寒信怯无衣。清砧新弄响,愁绪倍周饥。悲霜啼颊润,怨露夕妆稀。袅袅腰如束,瘦影月光依。懒扑流萤扇,暗壁凄蟋蟀。缝裳渐无月,徒寄远心微。金锁遥天合,开时客泪肥。风吹不到地,愿逐白云飞。

破痴

灼灼桃李妍,飞向雒城边。东风无百日,残枝恋啼鹃。人生非草木,有时固绵缠。智障虫语冰,华悦马奔泉。生死七堪内,沉冥五浊前。千金聘碧玉,难买一心坚。婉转为情痴,如蛾投火燃。守钱一毛吝,医贫半菽廉。富贵不可常,胡为膏自煎?流光如逝水,寿命匪山川。阶前看走肉,痴骨埋荒巅。

古薄吟

云薄阴霾曜不开,咫尺青天失斗魁。白衣絮絮千缕合,宛似丹枫障楚台。叶薄黄金桑下意,秋风乱逐桐叶字。不量相思情浅深,有心负心落何地?酒薄攒眉厌味酸,春风无力倚栏干。斗酒沟头人意别,可怜生世合欢难。冰薄兢兢那堪履?三冬不见盘中鲤。寒江一片玉壶心,春来化作御沟水。缯薄皎洁制齐纨,动摇出入佐君欢。秋残粉砌凋梧叶,弃掷西风箧底寒。墙薄负壤作良辅,依依时恐遭风雨。不怜负筑效劳薪,别插槿藜作门户。絮薄章台杨柳花,随风时复过邻家。黏红点翠凌空舞,到头不惜委泥沙。纸薄寸肤白似玉,锦字细研展心曲。回纹机上怨流黄,不及相思书一束。秋云一薄难重来,却似人情薄不回。

百恩行

君恩如日。就之窃余辉,海底红轮出。当心万象争曜灵,追渴敢恤生死力?

君恩如雨。微雨百丈丝,扬空湿林圃。润物无声天地心,莫教零落胭脂苦。

君恩如露。泞泞溅圆琛,双茎云外铺。玉女掌上传消息,不愁畏湿金莲步。

君恩如山。白云天可接,佳树若为攀。石田不种谷与粟,勿使空仓饥雀悭。

君恩如海。海深尚有涯,君恩岂中绝?柏舟泛泛涕中流,人间多少伤心血!

君恩如扇。满面春风生,经秋不可见。花落花开尚有时,冶容能夺诗书贱。

君恩如镜。光若蟾蜍圆,照人肝胆清。三年不磨人面异,从前空自说倾城。

君恩如衣。肯遣黄裳怨,冷落六珈绯。东风叶叶嘘杨柳,故人羞着嫁时衣。

君恩如树。拂披清且阴,残暑变凉素。垂天百尺广庇人,一枝曾借乌啼聚。

君恩如瑟。鼓琴如鼓瑟,相思难成匹。玉楼曲引凤凰鸣,三峡猿声流水泌。

恩浅恩深可奈何?长恐恩多怨亦多。怜香惜玉有时尽,消得春风几日过。

惜花早起

窗月影扶疏,绿叶冒衣裳。罗袜绕径行,烛耀海棠光。露滑娇凭侍女臂,玉钗拢鬓含残媚。欲折翻愁蝶意茫,无言桃李抛红泪。攀条倚嗅怜春姿,不知鸳带生香施。千蕊片时随水落,年年护花情较痴。

拟春深诗

何处春深好？寥天洞外峰。白云奔似马，明月放如弓。碧水环丛竹，幽崖立怪松。茅亭经一卷，钟度暝烟中。

松　涛

梦里打流莺，窗前弄态轻。雨深疑瀑落，风至宛潮生。枝偃鹤无影，天清蟾乍盈。漏沉声渐息，龙女细吹笙。

缸中小山

月明难取影，风静半浮烟。草树依峰活，岩峦映水全。一拳疑积雪，半勺肖平泉。隙处游鱼戏，依稀濠濮天。

寄　女

瘦影怯风寒，炎天冷素纨。倚窗千叶动，伏枕半篇残。蛩泣药炉沸，弦鸣丝雨弹。良宵耿不寐，辛苦倩谁看？

美人梳头

深院小桃丛，纱窗春色笼。凤钗横上下，鸾镜舞雌雄。秋水凝波绿，湘云剪袖红。锦屏娇欲倚，不语向东风。

待　月

迟月淡笼烟，欺人较可怜。荷风疏雨后，萤火乱星前。乌鹊生残影，梧桐隐半弦。巡檐聊默坐，花上色娟娟。

病中思归

岚气炉烟合，疏灯素影疑。愁生零雨后，病值落花期。梦里乡音近，天边雁字迟。床头闲月色，心事薄光知。

寄妹

江国成轻别，花开两见新。桃阴依径远，柳絮入帘亲。南浦逢寒雨，金陵值暮春。淹留吾妹在，何日静风尘？

哭甥女二首

怜吾双鬓短，爱汝及三春。俊逸过男子，婆娑慰老人。拈针分线巧，剪纸绘花新。一旦秋风瘁，悠悠恨不平。

寄去衣犹在，含情怨莫宣。吟诗依母侧，学拜向人前。流水消春骨，深山识翠钿。兰帷凄弱息，添我泪如泉。

春日随任建宁过东林寺

东林今夕暂停车，仿佛当年醉月华。绝壁青山星斗落，环溪雪窦水云赊。荒村沽酒和松叶，茅舍疏篱绕菜花。六十六峰连翠黛，门前五柳是谁家？

山路杂兴二首

活活泉声到处疑，冲人怪石恰相宜。悠扬彩斾迷蝴蝶，婉转青帘映鹭鸶。世路花间骄白眼，浮生镜里落红脂。驰驱不附青云客，海阔天长那得知？

繁丝急管杂清笳，篆荡穿林日欲斜。春去柴门余绿柳，香来篱箔遍黄花。珠帘喷雪垂千尺，茅屋封云隐数家。烟景参差迷客思，残碑古道带流霞。

寄盛夫人

繁霜百岁冷春帏，常共寒灯泣落晖。黑鬓已辞泉下路，白头尚着嫁时衣。烟笼竹叶凉生案，雨湿梨花静掩扉。杯酒楼头明月夜，迢迢梦绕楚天微。

和外黄鹤楼作

晴川春树锁眉头，闻道君登黄鹤楼。鹦鹉洲前分二水，汉阳城外泊孤舟。

萋萋草色春闺怨,活活江声夜客愁。卷幔踌躇看不见,空怜新月曲如钩。

寄赤城婶母

别离两度月华寒,遥忆空山薜荔残。秋调转悲弦上急,霜花渐向镜中看。种瓜野蔓荒羊径,罗雀高轩静豸冠。此日梧桐怜夜雨,相思寥落碧栏干。

燕 剪

春风犹记到柴扉,碎草开花生事微。剖月若分初破镜,裁云似劈未成衣。穿帘难断轻狂絮,带雨偏侵冷落帏。来往空中如解恨,年年不为剪愁归。

田 家 词

榆钱不济饥,柳丝难织绢。木棉背上寒,蕉叶作团扇。

雨中惜花

小院春光好,闲看宿雨过。最怜枝上色,偏带泪痕多。

览 镜

我有一片铜,不令红尘黯。相对寸心清,何事容光减?

镜中美人

玉台光滟独含情,秋月长圆远黛轻。桃李春风多少恨,那堪对面静无声。

芝城寄女二首

莫问花开花落时,幽芳不必斗浓枝。昼长无事香销篆,朝诵《楞严》暮诵诗。

常思双鹤驾长虹,红袖偏争劫海中。有想但看无想日,消沉恩爱付东风。

题牧童吹笛图

青山影里夕阳斜,终日骑牛隔水涯。到处春风横吹尽,如何四季《落梅花》?

重 感

鬒绾绸缪已半生,秋风梧叶鬓边惊。料君岂似浔阳柳,到处随风舞絮轻。

忆 旧

一别江潭月几圆,相怜人面不如前。依稀旧日芳菲在,秋雨梧桐十二年。

江上听潮

乘春画舫一溪云,独宿江州待月明。陡觉潮生惊夜语,南天寒叶尽飞声。

挽张翰秋思

游子何来渤海居?月将花影一床书。江南秋色知多少,何必相思只鲙鱼?

悼女五首

寂寂空阶细雨霏,愁人无语月无辉。东风不肯留春住,花落重门静掩扉。
杜宇年年叫月残,啼痕终日湿栏干。可怜画谱移山水,绣就裙拖寄我看。
天涯佳节泪成行,凤管萧条怨玉郎。画舫依稀残月影,谁来波上数鸳鸯?
自从结发伴残更,岁岁咿唔侍短檠。十四年间风雨夜,窗鸡鸣似读书声。
寂寂孤灯独掩门,三春桃李苦无言。不知死后相思泪,他日何人招我魂?

——以上录自潘江《龙眠风雅》卷十五

初 夏

桃李辞春日卓午,楼头杨柳薰风舞。池蛙鼓吹催花飞,枝鸟笙歌怜客苦。

镜里眉颦白玉容,窗前人怨黄梅雨。蔷薇滴翠红泥香,拾翠如弹燕子语。

午　梦

摘花浸酒解春愁,奄奄似醉兀如秋。风飘荷气日卓午,一枕清凉翠簟悠。江山似见云中影,萍水遥同海上鸥。蝶去径寻千瓣蕊,鹤还同对一帘幽。朦胧倦眼东窗日,得失黄粱晷刻休。

题刘阮天台图

清溪十里随落花,仙洞窅窅樵影斜。鸡鸣月下环重翠。犬吠云中淡远霞。琼霜难驻人间药,彩云易散乡心恶。落花啼鸟寂无声,雨卷霞空涧冰薄。天台清泪去沾衣,片片桃花逐客归。明知后约仙缘在,忍见丹崖芳草肥。采药空还寻旧好,桃源咫尺迷瑶岛。胡麻寂历怨东风,当年悔不青山老。

寄任夫人

可怪睽违日,相思几换年。故园芳草合,南国美人偏。生死交难见,悲欢意莫宣。只应三五夜,明月共君圆。

秋　兴

西风伤往事,笑此客中身。叶落苍烟断,花开黄菊新。天涯蓬鬓短,边徼羽书勤。蟋蟀知秋意,阶前鸣向人。

春　怨

双影淡烟笼,杜鹃枝上红。梨花风雨后,人在月明中。

两头纤纤诗

两头纤纤同心蒂,半白半黑鸳鸯带。腽腽腪腪怅离人,磊磊落落云山外。两头纤纤并蒂花,半白半黑晓窗纱。腽腽腪腪他乡月,磊磊落落诉琵琶。

田家乐

石上残棋一局，松间初试新茶。春去不知节候，门前杨柳飞花。

松下柴扉茅屋，篱边竹径清溪。菜花蝴蝶一色，野雀山鸡乱啼。

——以上录自徐璈《桐旧集》卷四十一

方维仪一百二十九首

方维仪，字仲贤，明大理寺丞方大镇之仲女，姚孙棨之妻。年十七寡居，十八孤女殇，因请大归，守志清芬阁。聪明好学，通古博今。与伯姊方孟式、弟妇吴令仪以文史为织纴，教其侄方以智，俨如人师。尝与其从妹方维则尚论古今烈女之作，手定《古今宫闱诗史》，主刊落淫哇，区明风烈，君子尚其志焉。诗文兼擅，又善画人物，白描大士尤工。著有《楚江吟》《归来叹》《清芬阁稿》等。其为吴坤元《松声集》作序曰：感时悼志，每见之于歌咏。实乃自况，读其诗，可想见其托寄矣。朱彝尊《静志居诗话》：龙眠闺阁多才，方、吴二门称最盛，夫人尤杰出。其诗一洗铅华，归于质直，以文史当织纴，尚论古今列女之作，编为《宫闱诗史》，览者尚其志焉。《集》中句，若"白日不相照，何况他人心""高楼秋雨时，事事异畴昔"，何其辞之竟近乎孟贞曜也！

方孟式《维仪妹清芬阁集序》：皇甫玄晏，只语千金，名公巨卿事也。我辈嚅呢深闺，终日行不离咫尺，何足当弁简之赘。虽然，吾姊弟间子墨倡和，可得而更仆数也。忆吾姊弟稚孱时，从家侍御游天雄及燕，侍雪而咏，辄津津向林下风。岁月流易，分飞中落，备极断肠之叹。余幸托副笄车尘，女弟姚则已哀清台而号柏泛矣。生涯辛苦，赖有文史问难字，差足慰藉。乃吾女弟玉节冰壶，加慧益敏，而不炫其才。居恒仰天曰："女子无仪，吾何仪哉？"离忧怨痛之词，草成多焚弃之，偶一绘施金相，竞炙庄严，即沉阁弗录，鄙为末伎。窥其学，不减女博士祭酒，下上古今，亶亶成章。偶示扇头，卫楷永真，咸捧如宝，常讳之为余艺。嗟乎！阿妹堕体黜聪之意，固已远矣。余抱病适志，小有积什，附游豫章、闽粤山水奇胜，复纳交名媛印可，以娱雕残。顾当吾身而令怀瑾握瑜,啖茶啮蘖之硕人,不显于名媛方幅哉。半百穷愁,空悲腐草,发洪钟而挝雷鼓,何忍须臾忘之。于是载其近编,用觊寱寐,其有名公巨卿流揽彤管者,当必择琳琅之一枝,存湘间之斑泪云尔。

方维仪与从妹茂松阁吴节妇俱守贞,至八十四岁而终。

死 别 离

昔闻生别离,不言死别离。无论生与死,我独身当之。北风吹枯桑,日夜为我悲。上视苍浪天,下无黄口儿。人生不如死,父母泣相持。黄鸟各东西,秋草亦参差。余生何所为？余死何所为？白日有如此,我心自当知。

训 女 童

燕子在高梁,仲夏风日长。园中桑麻成,岁月殊未央。响愉教童女,纺绩盈倾筐。积寸累丈匹,可以作衣裳。

伯姊之粤有赠

昨岁长溪来,今岁粤中去。此别又数年,离情复何语？明发皖城渚,山川隔烟雾。皓月临苍波,春风满汀树。

吊 古

阴云蔽白日,残雪明阶前。饥鸟鸣无栖,北风满霜天。多少苦心人,虚帏坐渺然。

晨 晦

终朝无所见,茫茫烟雾侵。白日不相照。何况他人心？枯梅依古壁,寒鸟度高岑。静坐孤窗中,幽响成哀吟。春水一已平,杨柳一已深。故物无遗迹,萧条风入林。

赠长侄女

女子耀九岁失母,余抚之成人,庄逊有礼,居数年,今适孙氏。余不胜感焉,为是勉之。

九岁依吾居,朝夕未离侧。伤尔早无母,抚之长叹息。天寒视尔衣,日暮问尔食。常坐清芬堂,花月照窗北。婉转教数字,殷勤调平仄。俭朴古人意,由来重四德。马后着大练,敬姜务勤织。班昭作《七戒》,万代闺中式。承顺在贞静,言语宜简默。近俗尚繁华,邀游娇颜色。弁髦《内则》规,遵礼如荆棘。新春为人妇,金玉光满饰。兰蕙发东风,云霞飞比翼。百年为娱乐,日月未有极。虽云已成人,蒙昧无知识。诲尔语谆谆,听之当努力。

寄娣吴夫人

闽山多瘴气,来往烟云隔。千里思皇皇,空望南天白。别久易罗襦,鹧鸪鼓春翮。向来窗前梅,于今高数尺。

北 窗

绿萝结石壁,垂映清芬堂。孤心在遥夜,当窗明月光。悲风何处来?吹我薄衣裳。

伤 怀

长年依父母,苦怀多感伤。奄忽发将变,空室独彷徨。此生何蹇劣?事事安可详?十七丧其夫,十八孤女殇。旧居在东郭,新柳暗河梁。萧条下霜雪,台阁起荒凉。人世何不齐?天命何不常?鹪鹩栖一枝,鹍鹏搏风翔。焉能忘故地?终朝泣断肠。孤身当自慰,乌用叹存亡?

赠新安吴节妇

嗟君凛峻节,听我吟悲歌。霜门久寂寞,荒阶秋色多。孤松列寒岭,归雁度长河。皎洁独自持,甘心矢靡他。闻之一何苦,叹息泪滂沱。金石亦云坚,乃能当折磨。感遇从佳召,惠顾得相过。置酒望明月,集衣搴薜萝。幽窗芬黄菊,白露下庭柯。坎坷同苦辛,薄命更蹉跎。白头逢世乱,漂泊涉风波。老大不足惜,乱离将奈何?

秋雨吟

高楼秋雨时,事事异往昔。骨肉东南居,田畴稻不获。树叶色将变,寒虫语幽石。孤愁多苦心,四顾成萧索。云暗远山峰,独坐苔阶夕。

赠方侄女凤仪

深嗟吾侄女,慧质乃天资。闺阁十余岁,兰东能咏诗。父母视将来,富贵肇厥基。鸾凤翔霄汉,双飞连理枝。岂知归六载,与君永别离。独幸生一男,状貌颇岐嶷。两女未垂髫,朝暮膝前嬉。孤燕回梁飞,匪石志不移。努力饱劬勤,抚稚岁月迟。莫云孀妇苦,孟母无两儿。机断三迁教,贤范古今师。尔子学成日,扬显当有时。峻节垂青史,百世为母仪。

拟古

八月天高雁南翔,日暮萧条草木黄。与君别后独彷徨,万事寥落悲断肠。依稀河汉星无光,徘徊白露沾衣裳。人生寿考安得常?何为结束怀忧伤?中夜当轩理清商,援琴慷慨不能忘,一心耿耿向空房。

南浮十五夜

大龙山月生秋华,光飞白鹿至我家。我家山半翠微宿,常跨苍龙乘白鹿。晨上高楼卷紫烟,晚风菱刺缓舟前。隔溪杨柳残深绿,野水自漾湖中天。休嗟南浦流声度,隐落西园好花树。桂蕊飘香满院幽,氤氲何处广寒露?人间星汉邈相期,回望清光不住时。霓裳羽盖今何在?渺渺江天一雁悲。

有　感

枯树萧萧北山曲,北山坟墓西山属。登楼直视空踯躅,从来寿命荣与辱。千古圣贤更相续,尘沙已掩颜如玉。黄金万镒焉能赎？富贵繁华人所欲。毋宁庸愚侮世俗,一心区区常结束。四十余年甘局促,十月床下鸣蟋蟀。庭前冬青子长绿,忧来抚膺歌黄鹄。苦言虽多为谁告？尝闻老学如秉烛。日月诗书聊自勖,庶几不惭徒食粟。

杪冬赠别汪姑姊

山高楼深月出迟,寒夜三更叙故思。执手斯须不能尽,归家又是数年期。荒村杳杳霜林白,野外哀鸿独萧索。殷勤聊复片时欢,别后故园风景易。江城二月柳如烟,莺啼燕舞清明天。门前桃李迎春色,湖上鸳鸯绕画船。绮阁层台连苑起,美人含笑纱窗里。淡妆袅娜下庭除,斜照芙蓉新出水。芙蓉的的碧栏干,宝瑟金樽兴未残。酿成初和蔷薇露,冰献先开琥珀盘。沙渚轻风吹杜若,亭中香满罗帏薄。紫箫繁管遏行云,微吟一曲余花落。欢娱永夕赋同心,曾忆岁寒清芬阁。

短歌赠从娣方夫人

百卉萋萋春日迟,观书喜诵汉人诗。每逢知己慰畴昔,念我寒灯静夜时。高秋日暮空房里,苍山寂寞西流水。英英白露下梧桐,独立彷徨老无倚。君家玉树发薰风,一曲瑶琴芸阁中。夜半子规枝上月,栏干斜照碧池东。人生聚会光阴薄,锦筵红烛兰堂灼。对酒斯须当尽欢,留春莫遣余花落。

戊寅随母楚养得娣倪太夫人书赋以寄赠

二月杏花春雨寒,天涯愁思望江干。千里故人入我梦,远遗书札慰平安。去秋别却故人面,不知何日重相见。老大残躯瞬息徂,光阴岂肯与人恋？自从年少至于今,顾复恩情岁月深。忆昔亦园_{家园名}。常欢聚,牡丹台畔听幽禽。

瞻仰和睦长叹息，贫贱周全衣与食。族党姻戚借余辉，恭顺全无富贵色。姚门赖尔起家声，教子皆成孝友名。七业俱兴称独立，昆仲吟诗花萼集。庭前碧树映清觞，欢娱偕老六珈熠。彩衣明月翠罗香，绕槛芳菲喷海棠。钟山鸣凤巢华阁，河汉星稀清露凉。回首德门人争羡，我苦唯看《列女传》。秋风雁塔题诸郎，明年夫子琼林宴。

赠定远徐贞女

徐氏女兮何婵娟，嗟未嫁兮陨所天。誓《柏舟》兮金石坚，生不造兮罹迍邅。父母早丧兮家不全，孤心泣血兮忧思煎，躬抚两弟兮授遗编。厥弟强仕兮绳尔先，母事厥姊兮无间然。白发萧萧兮悲断弦，操作勤劳兮鲜安眠。庭帏阒兮月空圆，寒松翠兮霭云烟。齿已暮兮言难宣，能为闺范兮垂千年。棣华朹杜兮多才贤，彰闻于朝兮奕禩传。旌双阙兮永无愆，我闻叹息兮同可怜。

贞 节 行

青青湘竹蔼庭柯，浩浩东流扬碧波。萧瑟秋风花落尽，高山树色白云多。久别故人林节妪，深思老病持斋素。清操苦志数十年，知心衷曲能堪诉？月下驱车问尔安，惊看白发心悲酸。片时难罄寒帷事，杯茗窗前更漏阑。今宵别后三冬速，霜雪松声响幽谷。倏忽岁华佛日新，诵经香袅莲台馥。

陇 头

陇坂带长流，关山古木秋。征人悲绝漠，戎马识边州。戈戟玄霜冷，旌旗白日浮。君恩无可报，誓取郅支头。

出 塞

辞家万里戍，关路隔风烟。赋重无余饷，边荒不种田。小兵知有死，贪吏尚求钱。全赖君王福，何时唱凯旋？

晓 庭

东城溪水曲,远岫荡烟霞。晓笛引愁泪,秋风吹落花。白云当户牖,碧沼暗蒹葭。寂寞怜双燕,徘徊顾我家。

晚 步

幽砌深梅径,空阴凉气赊。闲来寻白石,随意见黄花。巷老将飞叶,林孤未息鸦。曲栏凭薄暮,柳色淡烟斜。

暮 秋

一夜深秋雨,山林天色青。揽衣出房户,落叶暗阶庭。寒露沾枯草,飞鸿乱远汀。苍茫河汉没,唯见两三星。

暮春伯姊召登心远楼同诸美人宴饮玩月

柔桑布谷鸣,引袂叙平生。松月迎楼霭,台花缀露清。绮罗娇国色,檀板杂歌声。不忍零丁妹,相邀慰苦情。

三叹诗

　　余四世祖蜀断事公名法,当靖难时,不肯署名贺表被逮,至望江江上遂自沉焉。夫人郑氏德华抱其爪发,归而守志。有女育于川,遂名川贞,许聘盛,及笄,盛郎卒,其翁姑欲更嫁之,川誓以死,乃依母而终,享年八十。属纩之日,异香满室,三昼夜红光照耀不绝,端坐逝焉。吾家诸子弟闻以内外事,莫不禀成而后行,宗族乡党化之,皆尊称曰"老姑"云,湮没至今,表扬尚阙。家廷尉以谕蜀之差讼于当道,于是金陵表忠祠、成都显忠祠皆奉断事俎豆,骎骎乎遗风较著矣。余哀老姑高节,爰赋《三叹》云。

嗟公当靖难,不肯署降名。逮诏由巴蜀,沉江近皖城。招魂空自吊,剖腹向谁倾？唯有秋潭月,年年照水明。

两都歆俎豆,断事岂堪嗟？黼黻存新泪,衣冠肇旧家。生前臣节苦,死后主恩赊。今日绳绳者,遗风连理华。

当初归皖邑,肠断不堪闻。抱发悲昏日,看江思故君。家门宁寂寞,儿女共辛勤。母教风声远,千秋皎白云。

涕泣分江口,伤情入故林。小臣为碧血,女子亦丹心。孤幕风霜重,荒田雨雪深。门前坟墓在,松柏至于今。

忠臣配节妇,生女亦奇人。未嫁歌黄鹄,终年守赤贫。雨风常暴变,组练自灰尘。誓死庭前柏,相看八十春。

时抱亡臣泪,能缝老母裳。人生谁不死？苦节倍堪伤。临没犹端坐,中庭闻异香。一门有如此,诚可对先王。

独归故阁思母太恭人

故里何须问？干戈扰不休。家贫空作计,赋重更添愁。远树苍山古,荒田白水秋。萧条离膝下,欲望泪先流。

居慈亲故楼有感二首

孤幼归宁养,双亲丧老年。衰容如断柳,薄命似浮烟。诗调凄霜鬓,琴声咽暮天。萧萧居旧阁,还似未归前。

寥落伤天地,凄凉不可云。西风吹夜雨,南苑冷秋云。猿啸山中断,乌啼树里闻。遥观白鹿起,黄叶隐新坟。

哭五娣倪太夫人

特赠高名传,应怜拙姒谈。《柏舟》成爱女,《樛木》衍才男。寸檗身齐苦,三槐手泽甘。更谁偕笔墨,孤镜照霜鬖？

塞上曲

马上干戈常苦饥,边城秋月照寒衣。风吹草木连山动,霜落旌旗带雪飞。

永夜厉兵传五鼓,平明挥剑解重围。功成虽有封侯日,老将沙场安得归?

秋日与弟侄论诗

南山烟树远苍苍,雨后云开天气凉。风起寒阶吹昨夜,蝉吟衰柳动斜阳。池边野鸟丛榛草,竹下溪流闻画堂。高论不随秋色尽,为留明月发清光。

己巳夏王母即世殡天马山父大人年七十庐墓侧如孺子为茅舍曰慕亭

慕亭寒苦岁将过,手植松楸亦已多。盛夏炎蒸骢马岭,严冬冰雪木樨河。庐中七十征连理,门下三千废《蓼莪》。女子不能随墓侧,焚香日日诵弥陀。

空 庭

凉气初开八九月,满阶梧叶落纷纷。一帘疏影含秋怨,孤鹤清音切夜闻。岁月淹留花自老,霜风吹织雁成纹。中庭寂静无殊玩,坐对青松拂白云。

高 楼

野岸危桥水不流,秋山枫树对高楼。心伤满目无同调,年老看花忆旧游。返照入林催宿鸟,长空淡月隐苍洲。庭前古树云烟积,户外三星天汉浮。

送密之侄应试

槐花满眼望江涛,努力南征意气豪。月夜咿唔云树静,星河灿烂晓帆高。鲸飞万里乘波浪,豹隐三秋泽羽毛。我老零丁唯望尔,秦淮马上莫辞劳。

病中作四首

生来薄命老无依,风雨萧萧独掩扉。病里流年将发变,堂前设席见人稀。双亲拭泪怜孤女,一弟携医问素帏。长夜钟声清露冷,子规枝上起嘘唏。

清池绿竹送微凉,七月淹留卧鹿床。庭户久违生草色,山川不觉异秋光。

落花粉蝶伤春梦,俪巷玄蝉噪夕阳。休叹残身多局促,且看经卷悟空王。

二十邀游燕与吴,长虹霹雳过龙驹。皇门世子垂双髦,陋巷颜生掩独枢。霜月块苦悲锦席,帷灯书史照寒炉。岂因孤苦恒湮没,卜地修碑谥我夫。

河水分流入广川,纠纠葛屦履霜天。单身未逝随荒草,一女无留托老年。日暮慈乌号秃树,松寒孤岫积清烟。人生倚仗何须叹？千古英雄多不全。

病　起

空斋无事晚风前,雨过苔阶草色鲜。远岫云开舒翠髻,新荷池畔叠青钱。衰年转觉多愁日,薄命何须更问天？闲坐小窗初病起,西林明月几回圆？

秋后作

天高露下菊花开,朝夕餐英对碧台。落日绮窗阴草木,多年朱瑟委尘埃。归宁淑纬谁能识？守信贞姜誓不回。闺阁少年多贵达,蓬门白首独徘徊。

过先翁故居

忆昔东村傍翠微,春来花发满黄扉。门迎朱紫三千客,堂舞斑斓七十衣。对月金樽歌璧树,弹琴玉柳拂罗帏。只今故阁生荒草,唯有空林带落晖。

侄女子媖失母余抚之今年十五述此有感

多才买石为金銮,矜佩锵环首着弁。绮槛读书临皓月,幽窗刺绣对芳兰。十年膝下如吾出,明岁江南作妇看。遥忆彩鸾如意舞,皖溪梅影一枝寒。

思侄女

长堤一带翠微横,永夜孤舟唯月明。空对寒林黄叶下,回看江水白云平。雁鸿迢递他乡远,儿女分离故国情。隐几徘徊无限意,荒村丛薄起风声。

思林节妇

知君太息尽如吾,清净焚香学坐跌。夜见枯桑还再拜,朝吟苦竹复长吁。

山溪乱后花犹发,道路人稀书到无?病眼自伤流寓老,且从闺阁赋南都。

看　花

东风昨夜到苍苔,忽见枝头次第开。花发一番人面改,天高几度雁声来。罗敷陌上桑犹绿,越女溪边春不回。唯有松峰江畔月,清光常照碧兰台。

六弟尔止归舍有赠

当时文苑擅才华,谁信东门学种瓜?只为乾坤变桑海,遂令木石老烟霞。萧条生计尝为客,放浪形骸不顾家。最是骑鲸人去后,永怀兰玉涕交加。时挺之侄初殁。

求合墓诗二首

自君别后苦伤情,六十余年独守贞。兰蕙由来多损折,松筠差不愧平生。当初显梦常寻忆,今日迁坟敢背盟?薄命若成同穴愿,挽歌无复断肠声。

壬申卜地鲁王墩,癸西修成双墓门。只待年时求北首,焉知兵火逼南奔?飨堂既毁难重建,碑石曾镌幸尚存。泉路莫悲无后苦,未亡人即是儿孙。

看黄叶

风雨催寒色,唯看落叶多。可怜花树下,不见美人过。

寒　夜

独坐南窗下,无灯月未明。愁怀言不尽,归雁莫哀鸣。

愁　雨

朝朝寒气侵,鸟声倦无力。细雨滴空阶,林花落颜色。

听　雁

北雁过高楼,南湖起夕愁。云山千里断,此去又经秋。

月　夜

幽亭溪水碧,惆怅抚孤琴。夜夜湘潭月,清辉满竹林。

寒　菊

叶落沧江晚,秋随斗柄回。黄花如有意,更向老人开。

柳

垂枝依碧浦,翠色映江楼。不管离情怨,朝朝系去舟。

读苏武传

从军老大还,白发生已久。但有汉忠臣,谁怜苏氏妇?

丙辰纪梦诗 有序

　　予年十七,归姚子前甫。一年,前甫逝。有遗女,亦复不育。至今余十年矣,朝暮礼灵帷默诉而已。昨梦前甫来,不见其面,但见其身枯,衣裳濡湿。予问安否,乃相与抱头大哭,曰:"吾向者之沉疴也,子能尽孝,鬻簪珥为吾医药。吾之归山也,吾母之即世也,子能尽礼而尽哀。吾安能一刻忘子之情?子惫矣!吾所居未宁,谁为理者?子淑女也,吾将请于帝,益子寿,用成子名。"予对曰:"所不如君言者,有如此日!予忍死备尝荼苦,为君无后,欲代君为子以奉翁姑。又不幸姑逝,此心痛何极耶!予父母亦老,旦夕定省,以报天恩。心长力短,抱恨无涯。至于墓事,当随力经营。为同穴计,必俟翁归,请命而后行,不敢遽也。"既醒,而枕上泪痕淋漓。因援笔为之记。

与君一别十余年,誓比阴山石更坚。长烛亦含今古恨,照予朝夕此台前。
感君入梦隔幽明,转忆姑嫜鞠我情。母子共悲泉下月,伤心孀妇欲无生。

楚江怀节妇吴妹茂松阁二首

空林陨叶暮乌啼,云水迢迢隔皖溪。夜发苍梧寒梦远,楚天明月照楼西。
薄命同罹骨肉哀,天涯书信远难来。愁心不似归鸿影,能逐湘江夜月回。

从 军 行

玉门关外雪霜寒,万里辞家马上看。昼夜沙场那解甲,报君直欲破楼兰。

老 将 行

绝漠烽烟起戍楼,胡笳吹彻海风秋。关西老将行无力,驻马闻之掩泪流。

田 家 行

桑妇辛勤二月天,星河未曙视蚕眠。堂前姑老贫无养,织就新丝值几钱?

征 妇 怨

霜冻圁河风暮号,征人蓟北枕金刀。从来皆识沙场苦,谁惜春闺梦里劳?

同二美人文庄溪望

前村新柳拂烟云,一望南天野水分。日落芳洲春色远,满溪桃李不如君。

落 花

空庭寂寞暗香残,叶上春光畏晓寒。传语东风莫吹尽,还留一片与人看。

次新开沟

江边晴树拂云斜,三十年前过此家。回首故乡思夜月,忽闻吹调《落梅花》。

看 梅

春风何事到江关?寥落蓬门鬓已斑。唯有溪梅花意好,年年开放旧青山。

别金陵诸夫人

日落桥边车马催,故人分散水潆洄。江关闻道多貙虎,且尽斯须肠断杯。

题画上红梅

一幅红梅一树花,四时开放似丹霞。不愁风雨吹零落,常在高楼对月华。

春日同邓何二妹饮

姊妹相逢老大哀,须教畅叙尽余杯。春风不管愁人恨,昨岁桃李今又开。

春 水 生

三月朝朝听雨声,南溪春水涨烟平。关河远道无舟楫,多少离愁不得行。

九 日

自少艰辛至八旬,黄花休笑未亡人。虽无旨酒能酬尔,也对幽芳晚节新。

——以上录自潘江《龙眠风雅》卷十六

旅夜闻寇

蟋蟀吟秋户,凉风起暮山。衰年逢世乱,故国几时还?盗贼侵南甸,军书下北关。生民涂炭尽,积血染刀环。

舟 中

兔河溪径曲,旋绕钓鱼矶。野旷霜风劲,山长木叶稀。断肠悲母别,只影向城归。愿逐流霞去,飘飘入紫微。

闻兵至

丧乱从天降,驰驱不得休。惊鸿来北雁,残月照西楼。处处军声急,山山树色秋。艰难无告者,何地觅莵裘?

清　明

暝色何萧瑟,残花乱点衣。衰年无令节,寒室掩空扉。敞幕飘风入,孤鸿伴雨飞。愁声不可听,矫首待春晖。

清明旅思

花落东风春不留,花飞莫向故山丘。岭云散处为榆火,江雨横来满竹楼。短札数行休叙苦,孤生半百亦何愁。清明祭扫无归日,自断遗簪学楚囚。

暮春得张夫人书

长干尘起更愁予,避乱荒居数载余。乡梦正劳新战地,春风吹到故人书。庭梧寂寞清琴冷,江柳条条白发疏。唯冀凤箫来白下,旧家同里候檀车。

舟中思姚姊倪夫人

怀君秋夜月,歌棹楚江天。远树连云断,孤村数点烟。

北　窗

香风吹入帘,台畔花如雪。遥忆故乡琴,无声对秋月。

春　庭

烟含堤柳水萦沙,寄寓秦淮已作家。一度空庭人寂寞,不知溪上落梅花。

月夜怀节妇吴妹茂松阁二首

西池月落晓河分,缥缈南天独忆君。苦节一生谁得似,孤松千尺岭头云。
记从年少失双亲,操作辛勤到骨贫。数亩荒田存乱后,风霜历尽白头人。

——以上录自吴希庸、方林昌《桐山名媛诗钞》卷一

芳山歌

清露下兮更漏起,空庭杳兮无桃李。乌夜啼兮井上桐,结孤怨兮光照几。萧萧兮秋风,恨离别兮不同。云飞兮天外,望芳山兮思无穷。

忆金陵诸姊

昨岁长干里,今宵寓楚城。汉宫弹一曲,幕府护千兵。花发留春意,人伤远别情。可怜枝上月,长在子规声。

寄山东何方伯夫人之广西

越丝吴缟隔江东,百粤云峰天汉中。水到湘漓思已别,文留钴鉧梦还通。凤巢凿玉真双美,龙洞成霖满大空。迢递五千家莫问,音书何处托离鸿?

过石矶

巉岩回岸曲,碧叶生秋树。朝朝欸乃声,不识江行路。

春雨

春江新雨到窗西,云暗山光远树迷。零落梨花飞欲尽,故园应有鹧鸪声。

——以上录自徐璈《桐旧集》卷四十一

共姜

忆昔城门前,车马相追旋。何当一时尽,哀哀呼苍天。至今《柏舟》曲,使人心默然。独居卫宫北,明月那可得。秋树蔽其阴,寒阶鸣促织。

寒月忆妹茂松阁

惆怅南窗下,霜风寄苦思。雁声落云阁,言晤在何时?阶空深夜寂,月色冷梅枝。白雪对人残,孤灯摇薄帷。犹忆清秋日,黄花共咏诗。

蛩 声

静夜与秋寂,桂枝绿影疏。虚窗促风怨,小月上楼孤。独对清灯案,闲看古传书。烦阶问虫语,切切故何如?

暮春与吴妹话别

扬子江边蒲柳华,征帆白日向天涯。且将杯酒邀明月,莫待春风吹落花。别后重关多瘴气,料应三载未还家。斯须聊复酬今夕,车马门前动晓霞。

春 夕

花落春无色,檐前柳絮飞。何来一归雁,夜半到柴扉。

夜 琴

春移杨柳拂清弦,去雁新声起暮天。唯恐风吹深夜月,蔷薇枝上怨年年。

花 影

碧窗明月霭清光,花影深荫夜未央。休叹故园春色老,忽然台畔下秋霜。

至东郊望何夫人居

残光斜落照芙蓉,顾影徘徊问路踪。遥望孤村垂柳处,君家门对白云峰。

独 坐

独坐空阶清露凉,夜深有影落衣裳。砧声何处频催月?照见愁人欲断肠。

古 意

晓来望天气,山深飞鸟还。空余一片石,相对白云间。
陌上折杨柳,春风吹断肠。音声不可见,江水渺茫茫。

——以上录自沈宜修《伊人思》

黄葛篇

萋萋黄葛生，延蔓结中谷。上有黄鸟鸣，深春集灌木。白露一何清，长叶一何绿。闺阁少年妇，采绩胜奇縠。辛勤岁月功，聊成一素幅。可以寄征人，可以献王服。静夜当窗织，独坐傍幽竹。东风远飘扬，何为轻掷躅？

古树

中庭植古树，轮囷高百尺。上有玄蝉鸣，临风朝与夕。明月照清影，令人长叹息。东园桃李花，忽然成往昔。

忆弟

村郭荡烟色，栖鸟止复惊。西林残月照，北岸远沙明。一水山亭寂，三星天汉横。清灯寒夜永，敞阁朔风生。旅雁来吴国，征人入帝京。杪秋悲塞外，御苑听砧声。为念双亲健，驱车出顺城。

暮秋过玉龙峡有感

秋城溪水长，丹嶂敛霞光。牛马在陂坂，田园熟稻粱。重游多感慨，四顾独苍茫。故路迷秋草，寒鸦宿暮堂。池台空雾积，门径作薪场。断峡流泉冷，荒山野菊香。白云盈涧壑，绿竹曳风霜。唯见深崖月，年年照短墙。

闻伯姊舟自粤归

亭皋被白露，苍壁拥松杉。故园何时到，荒园犹未芟。秋风吹万里，夜月下孤帆。跋涉途中苦，清秋句不凡。

得伯姊诗讯

秋深门径满蓬蒿，遥忆荆山车马劳。江上孤舟愁日夕，林中落叶委波涛。萧萧北雁寒烟汉，袅袅西风河汉高。为道相逢重九菊，疏篱明月在东皋。

楚江作

迟舟羁逆水,不见武昌城。野雾迷山色,萧萧风流声。

雪

远树溪回浮玉山,清光松下满柴关。庭前芳草已无绿,唯有孤云独自还。

暮雨赴岭西途中作

故园别后正春残,陌上莺花带泪看。何处乡情最凄切,孤舟日暮泊严滩。

哭瑷章妹

窗花寂寂蕊初寒,谁向帘前握手看。风景不知人有恨,月明依旧画栏干。

读史

天空风暮吹,孤雁相与随。一声阴云下,莽莽千秋悲。李陵怅已矣,苏武堪称奇。颜色忽已衰,陵谷亦已夷。止为典属国,节旄谁能持?丈夫能如此,女子安所之。

乌栖曲

城南乌夜啼,风寒霜草凄。少妇闺中月皎皎,征人万里音书杳。沙场已战十余年,剑戟依然一帐前。按:末句季娴编《闺秀集》作:"胡马如今又入边。"

秋声

秋风起城边,鸿雁来翩翩。驱车策游马,往还如云烟。壮年意气盛,衰颜不屡迁。丹霞烧碧空,牧牛耕坂田。萧瑟来无方,落叶叫寒蝉。东流回桥波,冷净长涓涓。

黄鹤楼

云汉泽,梨花白,光风吹,碧草陌。遥望城南黄鹤楼,《骊歌》常吊洞庭秋。渡头杨柳深春绿,犹似当年太白游。长江远岫烟霞织,月照苍苔万古色。今临皓月嗟渺茫,须臾骸骨空断肠。

阴 夕

汉末云光淡,凄凉晚更生。秋风吹一叶,夜雨作千声。倦鸟栖孤树,残灯落短檠。半窗寒意涩,怪石有余清。

——以上录自季娴编《闺秀集》

吊 古

帝业江山入战图,英雄济济避名都。梁鸿隐霸唯三亩,范蠡扁舟去五湖。凤阁春先归洞浦,龙地月色霭桑榆。而今故国平荒草,唯有渔樵听鹧鸪。

酬子媖侄女

夜静行舟急,芦花起浪声。篷窗明月照,多少别离情。

——以上录自王端淑《名媛诗纬初编》卷十二

浮山庄有感

苍苍远岫嶂烟深,战后孤村没树林。农户流亡无处问,十年销镝不堪吟。

——录自何伟成《枞阳风雅·明代》

忆姊弟

七月西风至,愁人不自堪。玄蝉响幽谷,明月照空潭。听雁思燕北,观星忆海南。萧萧一亭树,白露下秋岚。

秋　亭

清风池馆秋,落叶水东流。竹响余青断,花飞空翠收。远山移秀色,乔木蔽高楼。可惜荒烟里,孤亭向晚愁。

——以上录自光铁夫《安徽名媛诗词征略》卷一

方维则十首

方维则,字季准,户部主事方大铉之女,诸生吴绍忠之妻。十四适吴,十六而寡,一子复殇,因矢志靡他,与老姑同卧起。其兄方中丞贞述公有《臣门三节疏》请于朝。三节:一为张秉文妻方孟式,一为姚孙棨妻方维仪,与氏鼎峙而三。尝预营寿藏于西郭之兔耳山,与夫同穴。卒年八十有四。著有《茂松阁集》。朱彝尊《静志居诗话》卷二十三:方氏三节:一为孟式,同夫殉国;一为维仪,十七而寡,寿八十有四;一为维则,年十六而寡,守节,寿八十有四。白圭无玷,苦节可贞,足以昭诸彤管矣。

庚午生日感怀

十四适君子,三岁亡所天。一身事孀姑,于今四十年。始意填沟壑,有孤存目前。不幸襁褓儿,又复归黄泉。此时肠欲断,苟生安可全?抱志松筠洁,铭心金石坚。神明或默佑,他人岂见怜?东溪桃李郁芊芊,西山孤墓含苍烟。古来圣贤俱已矣,唯有清风万古传。

楼中野望

微雨晚潇潇,山云何处飘。群鸥藏野渚,乳燕入深条。云外晨钟暗,湖中春草凋。凉风声飒沓,一似海门潮。

寄弟尔止客白门

夜月光辉蒲柳华,风鸣落叶冷江沙。征帆一片随流水,故国千山隔晚霞。

司马定知探禹穴,仲连何处却田巴?秋声寂寂双鱼杳,屈指归来天汉斜。

——以上录自潘江《龙眠风雅》卷十五

丙午夫子游山得玉兰一株植之庭中对此有感

江上初春寒,玉兰花似雪。晨风动微香,凝香复皎洁。幽贞比君子,何为久别离。振衣出房户,古树风声咽。浮云蔽白日,谁知忠与节?远峰轻烟断,依依杨柳折。

题 竹

小院何空寂,相依独此君。雪深愁易折,风急不堪闻。白石移花影,青苔拥籀文。楼头明月上,空翠落纷纷。

朔 风

朔风何太急,涧户偃秋兰。凉气生隅坐,愁人多苦寒。砧声村外乱,鸟语露中残。倒影入林木,孤云虚室看。

宿姊姚清芬阁

边榻曾无寐,长天不肯明。入帘疏月影,高枕远风清。香气静生室,禅堂空拂云。相依能白首,古学自然成。

——以上录自王端淑《名媛诗纬初编》卷一

关 山 月

秋月照人明,关山万里征。陇头天上落,风晕海边生。鼓角羌人曲,铙歌汉将营。此行何以报?愿筑受降城。

陇 头 水

马首望长安,春风陇水寒。坚冰开上谷,游沫聚桑乾。烽燧云间合,旌旗雪后残。君恩犹未报，不敢说艰难。

寄弟涂山白下

石子冈前野草花，白门疏雨又啼鸦。征帆一片随流水，故国千山争暮笳。严武有时容杜甫，鲁连何处却田巴。宾鸿寥落双鱼杳，纵拟归来鬓已华。

——录自吴希庸、方林昌《桐山名媛诗钞》卷一

方云卿三十一首

方云卿，字怡云，号龙眠女史。方以智之玄孙女，吴询之妻。著有《屏山堂诗集》五卷。

吴询《屏山堂诗集序》：迩年来，内子逾七旬，多疾而少粒食，自录其生平诗为五卷，并存其杂文数篇，颜之曰《屏山堂集》。屏山堂者，内子之居也，初未意其遽死也，今已矣。

徐璈《桐旧集》卷四十一：方氏云卿，字怡云，方于朔女，诸生吴询室，有《屏山堂诗集》。吴仲岳《屏山堂集序》：内子为方密之先生之玄孙女，家世风雅且清芬，淮西之遗泽未泯。内子幼好吟咏，及笄而归余，井臼之外，读书不释卷，论诗以唐为宗。尝曰："昔人评唐贤七绝压卷诗未有定论，以妾观之，其'日长风暖''洞庭西望''西宫夜静'乎？"余笑而颔之。内子平日览古及佐余课儿女子辈，多在中馈间，于诗少所许可，独喜族弟海屏诗，以为今之孟六。奉先慈唯谨，及病疟，侍汤药者累旬日。年逾七旬，多病而少粒，遂卒。

杨柳篇

阳春三月春日晴，垂杨袅袅拂雕楹。交衢夹道飘金缕，向夕陵晨转翠屏。忆昔春风汉苑时，灵和殿外数枝垂。迎风张绪移清影，待月班姬扫淡眉。汉苑灵和事已非，金塘玉沼又成围。谁家池馆春先到？何处园林燕早飞？袅雾和烟覆井栏，露桃花下怯春寒。水晶帘外眠初起，玳瑁筵前春未阑。杨柳成阴春昼长，美人挟瑟上高堂。低垂宝幄同心结，半拂珠栊苏合香。含情无语

忆征人,闲织回文作锦鳞。长安此日多新柳,紫塞犹寒未觉春。空惜韶光逐水流,征人何日大刀头?苏卿去国年犹少,定远回朝鬓已秋。日暮高楼玉笛声,垂杨袅娜不胜情。年来若更轻离别,愿逐杨花化绿萍。

铜雀台

铜台西望临漳渚,兰宫柏殿藏歌舞。台上歌声起碧霄,台前花落飘红雨。南飞乌鹊几经秋,对酒当歌尽散愁。分香卖履人何处?漳水无情日夜流。

捣衣曲

疏桐清露如珠滴,玉阶香雾云鬟湿。谁家庭院起秋砧?独上高楼声转急。明月高高秋夜长,金波掩映入兰房。银蟾影落流苏帐,玉兔光生翡翠裳。银蟾玉兔寒光里,纷纷落叶秋风起。蟋蟀微吟薜荔墙,鸳鸯深宿芙蓉水。萧森北斗横银汉,卷帘望月空长叹。回文闲织盼双鱼,戎衣夜捣思征雁。袅袅秋风动桂林,广寒宫殿夜沉沉。年年砧杵敲秋月,唯有嫦娥知此音。

吴山人

犬吠疏篱外,人归夕照前。昏鸦啼远树,修竹入寒烟。煮茗烧松叶,临流听石泉。幽居静如此,深坐夜忘还。

暮春即事

何人唤起王摩诘,淡写山容入画中。万点落花浮砌草,数声啼鸟过帘栊。春深楼阁霏霏雨,绿满池塘细细风。门掩垂杨寒食近,临窗高咏有谁同?

江村即事

怡情山水绕吾庐,樽有香醪案有书。白露庭前生桂树,秋风江上卖鲈鱼。诗从元亮琴中得,家在公麟画里居。不染轻尘常自得,闲评花月欲何如?

闻莺有感

小园幽静早闻莺,莺语间关弄转清。芳草烟薰三月雨,柳绵风卷一池萍。春如佳酿愁常醉,心似回文织未成。放鹤携琴持羽扇,山中拟作看花行。

明 妃 怨

自出萧关后,花容与画同。愁心随汉月,犹到旧时宫。

题 画

乌桕丹枫醉晓霜,一行征雁点秋光。小桥流水柴门迥,坐看归帆下夕阳。

春 闺 词

帘卷春风燕燕飞,楼前新柳又成围。去时初拂王孙马,落尽杨花尚未归。

送 行

江干垂柳复垂杨,湖水清清江水长。今日送君春欲暮,好随归雁过衡阳。

游 仙

清浅银河映女牛,西南云淡月如钩。天台道士来相访,同抱瑶琴过海洲。

茅 屋

幽人高致似山家,松火新烹雨后茶。门在小桥流水外,庭前一树石楠花。

——以上录自徐璈《桐旧集》卷四十一

塞 下 曲

西塞黄沙迥,将军出汉关。阵云生马首,边月上刀环。画角秋风里,朱旗海雾间。十年身许国,三箭定天山。

郊 游

性僻幽栖惯,闲中载酒游。愁多时揽镜,春去怯登楼。山远云如岫,江空水自流。醉归新月上,鸥鹭下汀洲。

蟋 蟀

已恨眠难着,偏闻蟋蟀吟。关河下木叶,风雨涩寒灯。一夜空堂语,三秋岁暮心。通宵声最切,谁是尔知音?

夜坐闻蟋蟀

又觉秋期近,初闻蟋蟀音。微风动萝蔓,清露湿桐阴。对月应忘倦,怀人易苦吟。夜凉更闲静,迟暮自惊心。

题唐素画

毗陵女子名唐素,毫端轻染临江树。兄弟都亡姊妹无,养亲不嫁谁堪数?珊珊仙骨不沾尘,三十年华秋复春。神如秋水澄江练,心似春山出岫云。思君高况空今古,尘寰歌咏难为侣?海内虽传闺阁人,画中已作烟霞主。芳心耿耿各天涯,江水悠悠隐暮霞。春来倘写寒梅影,应有仙人扫落花。

挽青松阁

平生素性爱清芬,玉映冰壶志不棼。相别一年方聚首,未经三日又离群。苍松雪后心长在,孤鹤天寒唳不闻。深惜伊人今已矣,永从仙路出尘氛。

塞 下 曲

横吹画角海天秋,漠漠风沙满戍楼。尽道汉皇恩信重,未寒先赐紫云裘。

征 马 嘶

匹马向西风,将军胆气雄。流星飞若箭,边月曲如弓。夜度天山路,朝擒塞北戎。羽书烦汝寄，早奏未央宫。

何处堪消暑

何处堪消暑？兰闺绮阁中。梧桐深院月，杨柳小池风。美酒葡萄绿，名花菡萏红。夜凉天似水，闲咏倚帘栊。

送三弟客湖南

片帆直下汉江流，君到巴陵我旧游。春涨远通夔子国，花开常醉岳阳楼。五溪衣服蛮音异，三楚烟云古木秋。慎勿投书吊湘水，南天无际使人愁。

闻　雁

木叶下潇湘，天空雁几行。秋高声近月，风急暮啼霜。尺素萧关远，怀人午夜长。兰闺罢机织，闲听怨流黄。

秋日游龙眠

仿佛公麟画，人从画里行。山空红日远，雨后石泉清。高阁寒松秀，荒祠白马名。谁同歌古调，枫叶作秋声。

渔　父　词

生涯云水任悠悠，三尺金鳞自上钩。载得满船明月去，一村黄叶雁声秋。

柳庄呈云翁

栖隐高人意，萧然双鬓华。携琴临涧水，结屋带烟霞。一径入深竹，三春到处花。瓮余佳酿酒，留客不须赊。

病　　中

横塘萍漫水悠悠，满院梨花花外楼。日暮楼头横玉笛，清音吹出古梁州。

闻 雁

客舍咸阳十载余,徘徊月下夜窗舒。无情汾水深秋雁,只带霜来不带书。

秋 风

大火西流日,金风北转时。气清天共碧,秋到树先知。苍劲松涛涌,萧疏竹影移。荷香入帘幕,冉冉出前池。

塞 下 曲

黄河西下绕函关,壮士秦山又陇山。驿路风沙青海外,久看边月上刀环。

——以上录自吴希庸、方林昌《桐山名媛诗钞》卷五

方御二十三首

方御,方以智、潘翟之长女。著有《旦鸣阁稿》。潘江《龙眠风雅续集》卷十九:方氏御,字□□,太史文忠公长女。德性贞淑,幼聪敏,读《子虚赋》三过成诵。长适李君极臣。极臣,铨部香岩公长子也,以外戚应袭封武清侯爵,值改步,家道中落,夫人与夫安贫潜隐,不以菀枯屑意,尝典衣鬻钏以为食。生平喜读书,吟咏成帙,秘不示人,有《旦鸣阁稿》,其子注藏于金陵,仅从方氏门内搜得廿余首,附于小愚夫妇之后。

白门送王父中丞公归桐

乱余归故里,惜别恋音徽。霜叶迎舡出,秋鸿引棹飞。河山犹似昔,风景已全非。晚节留香在,东篱菊正肥。

怀严大人二首

烽火连天路几千,平安消息断经年。凭高欲洒思亲泪,遥指白云何处边。
两家世受国恩深,地老天荒共此心。一领袈裟存正气,逃禅岂独爱山林?

登楼有作

帘卷高楼天似水,西窗独向斜阳倚。却怜春色自年年,目断家山心万里。

夜　坐

金鸭香消独卧迟,挑灯漫赋不成诗。风飘帘幕钩声冷,花影栏干月上时。

送夫子之小山

桂树丛中望小山,远峰层叠水回环。扁舟夜月开图画,领取烟波一幅还。

春日思归

春来开遍满园花,燕语莺啼日又斜。怅望龙眠在何许?重重山里是吾家。

忆　亲

春晖报答此生休,岁月无情两鬓秋。乡泪万行何处寄?长江不肯向西流。

寄怀诸弟

枫杞家声旧泽长,怜予憔悴独他乡。梦回落月江千里,秋老长天雁几行。出处总无惭父祖,才名都不重膏粱。未知归计何年遂,好共忘忧侍北堂。

长妇病亡感示儿彻

鸿案牛衣识妇贤,竭来孤影立灯前。知儿恐触慈亲痛,故故承欢倍黯然。

书　怀

靧佩回头正少年,岂知荆布老难全?伤心几日繁华梦,折尽平生福万千。

中秋夜忆长女兼寄婿鞮上_{婿即余仲弟子}

苦境憎佳节,浮生住几时?无人知此恨,有女系予思。井臼甘贫贱,诗书足唱随。承欢翻胜我,长得侍慈帏。

闻子规有感

更无人可语,饮恨坐空闺。羡杀子规鸟,春山处处啼。

得慈大人信敬步原韵

乡书一纸报新秋,未到开函已泪流。自叹白头还偃蹇,一生长累老亲忧。

戊午中秋

笙歌别院是何人?一样秋光倍怆神。婚嫁累多难免病,繁华分浅合甘贫。名花空向柴荆老,落叶宁知雨露新?几曲瑶琴写幽怨,举头羞看月重轮。

送次女之桐

此去多亲串,休为远别嗟。独怜垂老日,骨肉总天涯。

哭大儿彻

痛汝年初壮,何堪死别离?半生才有女,再娶竟无儿。已迫饔飧计,偏增骨肉悲。床头残画稿,一见一凄其。

己未归宁度岁远心堂与诸弟侍慈大人

冉冉年华去似尘,团圞且庆一番新。离家反是还家日,负累权为却累人。槛外梅花谁氏腊?灯前椒酒故园春。预愁风雨催归棹,来岁今朝忆老亲。

感寄儿注白门

长斋礼佛罪何辞?姑老儿痴愧孝慈。纵报家人如我死,情缘难断梦魂悲。

将归白门呈慈大人

远将欢聚慰慈帏,多病翻增骨肉悲。鸟语花明春正好,不能留住是归期。

病中与诸弟侄言别

一回聚首一回别,垂老相看痛不禁。寒雨满阶和泪滴,秋风几树搅愁吟。囊衣尽典炊仍断,药券频添病转深。此去倘能长记忆,莫教音信竟浮沉。

舟中有感

江天风雨冷凄其,浪打孤舟独去迟。解道萍踪本无定,相逢早怕别离时。

病　起

万种沉忧百病躯,苦吟聊复遣朝晡。近来渐觉衰难强,搜尽枯肠一字无。

——录自潘江《龙眠风雅续集》卷十九

方氏一首

方氏,方启煌之女,钱澄之妻。钱澄之《田间文集》卷三十《先妻方氏行略》:方氏,桐城黄华里之望族,家世素封。祖文学泰峰公,吾中表伯父行也。父孩白,讳启煌,少有文誉,早殁,无子,一女,即氏也……十五归于予,资性明慧,粗读书识字,与予同年生,见予好学,能诗文,深相得也……(甲申)六月,三吴兵起,所在揭竿,仲驭亦聚众芦衢,予家随焉。已,兵溃,仲驭将入新安,取道震泽,同志诸子有家者多从之行,以八月十六抵震泽。其夜,月甚明,桥上人吹箫度曲如故。次早,予偕诸子拿舟往问新安讯,未及里许,闻河中炮声,急回,遇吴鉴在,赤脚流血,挥予速转,曰:"死矣!"问谁死,曰:"仲驭死矣!子舟已焚,妻女已赴水矣。"……妻生于万历壬子年十月廿八日卯时,殁于弘光乙酉年八月十七日申时,享年三十有四。有子二,女一,次子及女俱从妻死……既遇难后,于儿弊衣中得绝句一首……问之,曰:"母作也,藏儿襦中,泣曰:'异时使汝父知我志耳。'"

绝命诗

女子生身薄命多,随夫飘荡欲如何。移舟到处惊兵火,死作吴江一段波。

——录自钱澄之《田间文集·行略·先妻方氏行略》

方如环一首

方如环,方中通、陈舜英之长女,胡某之妻。

次慈大人夜坐韵

天南雁去字纵横,夜语团圞感倍生。月影移花分曙色,蛩吟咽露带秋声。香添深阁瑶华韵,风度回廊铁马鸣。唯忆严亲时远别,可堪头上雪霜盈。

——录自吴希庸、方林昌《桐山名媛诗钞》卷三

方如璧一首

方如璧,方中通、陈舜英之次女,方如环之妹,邓某之妻。

次慈亲夜坐有感韵

小院西风一阵横,临檐秋在竹梢生。思亲月落千山影,侍母更残五夜声。石砌台边花露滴,木栏干外草蛩鸣。几番铛沸烹新茗,倾入宣瓷碗内盈。

——录自吴希庸、方林昌《桐山名媛诗钞》卷三

方氏一首

方氏,方式济之女,方观承之妹。工诗善画。袁枚《随园诗话》卷二:方敏(悫)[恪]公三妹能诗,自画牡丹,题云:"菊瘦兰贫植谢家,愧无春色绘年华。剩来井底胭脂水,学画人间富贵花。"公《咏清凉山桃花》云:"倾将一井胭脂水,和就六朝金粉香。"似袭乃妹诗,而风趣转逊。

自题画牡丹

菊瘦兰贫植谢家,愧无春色绘年华。剩来井底胭脂水,学画人间富贵花。

——录自袁枚《随园诗话》卷二

方莲衣一首

方莲衣,方雨畴之妹,幼聪颖,好读书,目数行下。十二岁作《咏松针》,赓唐先生曰:"此吾家不帻进士也。"适宛平黄昆圃先生叔琳孙某,数载卒。著有《疑似吟》一卷。

松 针

种得苍松荫满亭,纵经霜雪总青青。天衣熨帖浑无迹,不绣鸳鸯绣鹤翎。

——录自吴希庸、方林昌《桐山名媛诗钞》卷五

方竹友二十六首

方竹友,生平不详。著有《哀余草》一卷。

暮春杂咏二首

秋千院冷日初斜,竹影萧疏映碧纱。漫道小园嫌寂寞,荼蘼犹放晚春花。
香烬金炉午梦回,芳园风雨日相催。穿帘燕子初飞入,衔得残花一瓣来。

秋 夜

飒飒金风冷画堂,汉宫团扇感凄凉。满林秋色惊霜老,四壁蛩声怨夜长。

题画四首

山市晴岚

晓日收残雨,山山霁色新。晴岚浑似雾,不辨早行人。

洞庭秋月

潋滟碧波流,君山影共浮。月明何处好,千载洞庭秋。

潇湘夜雨

湘岸扁舟泊,寒云四野生。酿成一夜雨,点滴弄秋声。

远浦归帆

渺渺归帆远,离人盼故关。悠悠湘水阔,枫叶舞秋山。

冬夜即事

贫居刺绣敢偷安,盼到工成漏已阑。十指欲僵知夜冷,模糊倦眠烛花残。

莺

啼遍阳春二月天,歌喉深隐绿杨烟。闺中正入边关梦,惊断离魂路几千。

暮春病起二首

恹恹病榻觉支离,满院春光总不知。强向绮窗今坐起,临妆犹怯晓风吹。
黄鹂声懒唤高枝,惊见残红落满池。弹指韶光似流水,困人最是暮春时。

汨罗怀古

闻道怀沙客,捐躯葬汨罗。古今多少泪,悲愤积成波。

题主人荷净纳凉小照

垂杨低拂水云乡,中有伊人在一方。一片清凉好世界,晚风时送芰荷香。

竹

最爱猗猗好,萧然物外情。小风筛月影,细雨助秋声。对此神为爽,因之梦亦清。深林万籁寂,独坐膝琴横。

水　仙

冰姿绰约认仙真,偶向红尘寄此身。一种幽贞谁得似?湘江妃子洛川神。

络纬娘

为谁操作为谁忙,啼杀秋风络纬娘。我亦凄然聊伴汝,坐看斜月照东墙。

随主人南归谢别苏夫人

天涯翻悔遇知音,惹得离思系寸心。席上烛花先有泪,手中杯酒带愁斟。追陪九载情何限,归路三千恨转深。从此叮咛南去雁,故人消息莫浮沉。

留别吴锦雯闺友二首

此地与君别,霄来惹客愁。梦随湘水转,魂绕洞庭秋。
柳色增离恨,相看话转无。殷勤但把酒,泪已湿罗襦。

七　夕

谁谓相思隔一年,俗情消尽始神仙?尘寰多少痴儿女,空向今宵说可怜。

晚泊九江眺匡庐

远山缥缈暮云遮,碧树苍烟衬晚霞。遥向香炉峰顶望,夕阳影里数飞鸦。

舟　夜

何处钟声客里听,小舟晚向柳边停。月沉波底明如镜,风闪渔灯灿似星。断岸蛩吟心欲碎,隔窗人语梦初醒。朝来屈指枞川路,水面峰峦一抹青。

明　妃

生在中原死在胡，明珠可奈辱泥途。贞魂应许嫦娥惜，曾向清光照处无。

感　怀

镇日无言对碧纱，湘帘不卷玉钩斜。霜残命薄三秋叶，雨碎魂销二月花。阅历世情情更淡，味尝甘苦苦偏加。近来略悟前因果，静向优昙诵法华。

闻修张太夫人墓志感

马鬣惨荒颓，幽魂野哭哀。久怜无嗣苦，幸复有甥来。着意添松柏，殷勤筑墓台。九泉应自慰，好向月明回。

哭主人

触目秋光泣永离，拈毫未写泪先垂。空闺纵得伤心句，此日推敲问阿谁？

——录自吴希庸、方林昌《桐山名媛诗钞》卷九

方艺兰二首

方艺兰，张聪绩之妻。张聪绩，字谁园，曾参与校订《桐山名媛诗钞》。

秋　夜

明日幽兰箭又添，更深萤火扑花尖。碧天似水摇新月，一段秋光上画檐。

春　山

东风吹上翠微颠，画里人家近水田。千点桃花三月雨，茜衫刚试踏青天。

——录自吴希庸、方林昌《桐山名媛诗钞》卷九

方小蕴二首

方小蕴，字怀珠，廪生方遵一之女，州判张聪赉之妻。

读大妹诗即呈夫子

谢兄才调本无双,鲍妹心高未肯降。吟到白莲花解笑,听莺桥畔水淙淙。听莺为家园桥名,妹有《听莺桥观白莲》诗尤佳。

举子之次日闻夫子入泮志喜

弧矢初悬甲第傍,又闻夫婿入宫墙。鸾笙象板欢无限,采得芹香折桂香。

——录自吴希庸、方林昌《桐山名媛诗钞》卷八

方静七首

方静,字畹香。方赞之女,庐江诸生许正斋之妻。著有《友兰阁馈余集》。《清诗备采》:友兰方太君,吾友许君容庵之令慈也,为桐邑理学司徒公之裔,司农公孙女,明经公默先生女。同怀姊妹有四,太君居幼,皆负诗名,博通今古。太君兼工丹青,盖凤慧有根也。前选《诗针》时,因寄迟刊竣,止附载数首,兹选特补录若干首,惜诸姊未得登珠玉。

初春病起感怀

翠被轻寒睡起迟,春风无计可支持。双眉懒画因新病,一卷抛残是旧诗。雪霁庭梅初破冻,日长堤柳渐抽丝。年来乡思凭谁诉?独有妆台明镜知。

忆旧柬诸姊妹三首

少小随肩长各方,儿时胜事尚难忘。碧纱窗拥书千卷,沉水烟笼被一床。春到楼头人共绣,诗联花底句生香。闲来笑语双亲侧,谁解桃夭惹恨长?

却嫌井臼误埙箎,盼得宁家慰所思。聚首浑忘儿女累,欢谈尽是别离辞。花怜客到香偏远,月爱人归影故迟。竹屋松窗姜被暖,绝胜昧旦闻鸡时。

和光未久忽秋阴,霜雪无端折大椿。鸿阵惊风悲失序,燕泥经雨泣残春。即逢好会人俱老,纵使重归迹已陈。白首不堪怀往事,诗成一字一酸辛。

写便面花鸟视节孝三姊宋夫人

碧玉桃开二月天,盘根错节自年年。枝头好鸟青鸾种,应与瑶池一样传。何分幽翠与芳红,都在春风雨露中。阶下紫芽开正好,笼人香气绕帘栊。

——以上录自汪启淑选辑,付琼校补《撷芳集校补》卷二十五

病中闻莺

见说梅开暗自伤,小窗和梦送年光。东风不管人憔悴,又促黄鹂叫海棠。

——录自光铁夫《安徽名媛诗词征略》卷三

方曜七首

方曜,字德次,号莲漪。方书征之女,上元车持谦之妻。在闺中时,以针黹绘兰为业,间读四子及秦汉人书,不及诗词。于归后,奉姑孝,治事勤。持谦每劝之学诗,始稍稍为之,又必促迫至再乃成篇,旋复弃去。体素怯弱,善病。姑戒令勿劳,故所作益少。卒后,持谦从败纸中检出诸什付梓,名曰《红蚕阁遗稿》,意使世之览者知其四德备也。车持谦《红蚕阁遗稿序》:"飞入湘帘双燕子,一衔柳絮一衔花。"亡室莲漪句也。余取其意,属珊青作图并征同人咏之。又《红蚕阁遗稿·晚春得句按语》:莲漪此诗作于乙丑三月,后四阅月即化去,"梦佳"一联遂已成谶。编录至此,涕泗弥襟矣。

秋日同兄妹游莫愁湖

底须日日说工愁,但见明湖愁即休。芳草绿侵堤畔路,夕阳红上水边楼。旧题诗处笺无恙,谁弈棋时局未收?莫负清游频徙倚,西山爽气作新秋。

蕊宫仙子司花曲

金鸡一声天下晓,扶桑日射桃都小。玉京有牒催花开,九华帐里春魂绕。听说催花思不支,揽衣推枕起迟迟。自然窈窕脂嫌污,别有风流粉罢施。亲

来花底笺花谱,翻新花样重添补。挽动飙轮去似驰,人间一夜群芳吐。夭桃开罢牡丹开,疏密荣枯莫漫猜。尘世尽供攀折去,仙娥大费剪裁来。猛见花开又花落,谁家庭院无铃索。用尽矜怜护惜心,披猖可奈封姨恶。瑶台高处傍层霄,看到春归景寂寥。来年定注银河水,灌取花枝永不凋。

漫兴呈子尊

银床冰簟碧窗纱,藤蔓垂垂傍槛遮。风定蛩声清似水,月凉人影瘦于花。不辞棘手琴三弄,只备平肝画一叉。畅好秋澄清境在,愧无新句报秦嘉。

夜坐阁中

艳艳银虫照绮疏,苦吟耽搁绣工夫。不知窗外如钩月,移上梨花第几株?

饲蚕偶成呈子尊

晨昏调饲事初谙,忙过春风三月三。吐尽情丝仍化蝶,他生依愿学红蚕。

——以上录自光铁夫《安徽名媛诗词征略》卷一

四犯剪梅花·飞絮影

倩影吹来,正谢庭低放水晶帘箔。认不分明,早瞥然偷掠。伤心漂泊,千万丈游丝难缚。色已成空,真原是幻,凭伊猜度。　　猛飞近琉璃砚匣,墨池留照,依回怕落。自顾增怜,肯泥中污却?痴儿欢跃,偏爱隔银屏争捉。缥缈离魂,偎花傍草,甚时惊觉?

扫花游·落花声

忍教便坠,忽谢别楼头,蝶魂惊醒,可真薄命!恍依稀草畔,诉来悲哽,抱得痴情,倚向风前悄听。昼烟暝,正息息打窗,潜递芳馨。　　心事多未竟,才领略春光,又完春令,三生再订。似黏衣扑面,暗中低应,偷过犀帘,蓦地金钩交并。去无影,耳边厢,佩声才定。

——以上录自光铁夫《安徽名媛诗词征略》卷五

方青二首

方青,字阿青,方原博之女。陈佩玉《赠方阿青》诗:"一门应不惭诸谢,风絮尤传道韫佳。却愧无缘亲笑语,卷帘人瘦比黄花。"

哭陈怀玉二首

千里移家托比邻,去秋自都下僦居于扬州。吟笺书牍往来频。兰言未接香空殒,永种人间未了因。

经年同病感朝昏,倏尔梨云冷梦魂。既痛早雕行自念,满帘红雨注啼痕。

——录自汪启淑选辑,付琼校补《撷芳集校补》卷二十四

方敷六首

方敷,字涧滨,进士、四川孝廉高继允之母。著有《涧宾阁诗》二卷。

挽陈怀玉

鹃声哀怨痛如何,一种才华谢绮罗。粉腻蓉笺诗博士,香薰绣佛女维摩。琼花夜夜空明月,霜鬓年年感逝波。今日高楼数行泪,隔江愁绝暮云多。

五日以也将白水醮菖蒲书为起句寄龙素文并序

岁维荒落,节届天中。半户榴风,一帘梅雨。无钱沽酒,任他长昼闲闲;有艾驱愁,肯使佳晨寂寂?偶阅现成之句"也将白水醮菖蒲",窃移见猎之情。爰用彩毫挥楮叶,因成七字,赋得五章。请政双清,以供一粲。自知呈丑,得无布鼓之讥?倘不余嫌,乞赐松陵之和。

也将白水醮菖蒲,肯使佳晨兴暂孤?一样艾丝悬破屋,不教酒肉污荒厨。一瓢颜子知遥慰,独醒灵均喜有徒。醉竹半窗书数卷,细焚苍术听啼鹧。

甑有尘封盘少蔬,也将白水醮菖蒲。友遗角黍堪充腹,自写新诗可当符。槐树绿浮闲绣榻,榴花红映破罗襦。侏儒今日休相笑,幽趣由来让饿夫。

人逢时节尽欢娱，陋巷萧条赖有吾。虽乏紫茸酬益智，也将白水醮菖蒲。池多芳草蛙声集，帘卷浓阴燕子雏。深闭柴扉消永昼，独挥琴韵振花须。

隔岸龙舟鼓竞桴，一天嫩暑上帘珠。黄迷倦蝶萱英脆，绿带残莺柳线粗。不有青钱沽竹叶，也将白水醮菖蒲。兰汤浴罢神情爽，玉柄轻摇任啸呼。

薰风掩映芰荷疏，梅雨阴晴布谷呼。何处齐纨吟戍削，谁家楚葛醉醍醐？捕蟾兴觉多阑散，斗草人今半有无。自笑未能全免俗，也将白水醮菖蒲。

——录自吴希庸、方林昌《桐山名媛诗钞》卷四

方筠仪一首

方筠仪，孝丰知县方将之女，贡生左文全之妻。著有《含贞阁集》。袁枚《随园诗话》卷四：桐城女子方筠仪嫁左君文全而寡，年二十有六，即守节以终。有《含贞阁集》。其《偶检先夫遗草》一首最沉挚。

偶检先夫遗草

鹦鹉才高屈数奇，未开箧笥泪先垂。平生映雪囊萤力，不见腾蛟起凤时。狱底龙埋光讵掩，墓门鹤返事难期。九京应悔呕心血，百卷文章待付谁？

——录自袁枚《随园诗话》卷四

方芬六首

方芬，字采芝。方维翰之女，歙县程晋芳孙程约泉之妻。幼即聪颖，十一岁诗《阻风》曾有句云："江间白浪青山动。"著有《红蕊山房学吟稿》《绮云春阁诗钞》。金兆燕《绮云春阁诗钞序》："余与藕塘昆玉交久矣，风流儒雅，畏友也。今读其令爱采芝先生《绮云春阁诗钞》两集，思清格、老手劲、心和平。"

晚行过昭山 时随任醴陵

长沙西去水驿长，季冬不觉江风凉。昭山对面挹秀色，龙口飞渡波茫茫。斜阳缥缈入林去，岸风吹送梅花香。山头古寺鸣钟起，噌吰镗鞳和鸣榔。松

声摵摵复入声,须臾明月浮清光。眼前景物动吟兴,千态万变非寻常。

阻风敬步伯父原韵

大风彻夜舞狂漪,正是扁舟系缆时。两岸霜枫萦远梦,一帆寒雨乱乡思。江间白浪青山动,天外黄云画角吹。寄语石尤须早息,扬舲稳渡莫教迟。

夜来香

花与叶同色,开时有妙香。月高清夜静,芳气袭衣裳。

留 春

韶光九十怜将尽,送别匆匆强欲留。春去也知留不住,低徊花径思悠悠。

读杜少陵诗

为爱新晴开卷宜,小窗静读少陵诗。分明国史同家乘,一洗人间月露辞。

题美人春睡图

春风先到美人居,倦绣心情画不如。试遣莺儿轻唤醒,午窗重与读《关雎》。

——录自汪启淑选辑,付琼校补《撷芳集校补》卷六十四

方若蘅三十八首

方若蘅,字叔芷,号畹芳,方维甸之三女,虞山杨太守希铨之妻,著有《镜清阁集》。幼聪慧,读书过目成诵。父方维甸公精天文,方若蘅独能绍其传,辨星野不爽,经史必探讨得其要,兼善音律,若元人百种等曲,悉能按拍合声。性情淑慎,备有妇德,乡党极称之。诗才清逸,从不示人。于归后,始出所作,即以其夫所题额曰"镜清"名其集。夫出守潼川三载,有惠政,实为之襄理焉。

晓发栈道

晴岚缥缈化层峦,让出林边路一湾。傍陇野田春悄悄,过桥流水响潺潺。哀猿破晓云横栈,征马嘶风夜渡关。无限离思消未得,心随明月到燕山。

过牛头山天雄关即寄兄弟侄辈

知是雄关第几重,接连川陕郁当冲。坂通邛笮天容削,路入褒斜雨气浓。窄径随湾惊发断,丰碑扑地认苔封。长安客底如相忆,知在青城第几峰?

过曹河庙感赋寄诸兄弟

保定北门外廿五里有曹河庙,为先祖恪敏所创。今庙左有家祠。

星霜六度此淹留,古道斜阳感旧游。蓟北空祠传剑舄,江南寒食忆松楸。先人绩奏东西淀,过客津通上下流。极目长安天际远,惊看雁阵过南楼。

过圆津庵感赋即次先祖壁间韵

去柏乡数里,先祖恪敏公创。

重寻古寺且栖迟,松径徘徊忆昔时。云水尚环尘外榻,先祖未遇时,寺僧极契重,至今庵中卧榻尚存。风雷长护壁间诗。碑留堕泪羊公迹,树爱甘棠召父慈。二十二年成一瞥,举头欢戚境全移。癸亥春,余年十五侍亲北上,曾一瞻礼,今二十二年矣。

己丑嘉平偶捡家大人勤襄公寄祖慈吴太夫人旧札不禁泫然漫成志感

才卸征衣款旧扉,偶搜遗稿感时非。但谈忠孝书难尽,疑拥神灵纸欲飞。手泽犹新留墨汁,春晖何处认庭帏。萧晨过眼惊风木,向晚慈乌接翅归。

庚寅春尽病中有感

时拟往金陵省墓,未果。

九十韶光费较量,春归何处卜行藏。子规啼处杨花落,木槿荣时竹笋长。乡思缠绵萦早暮,病怀撩乱怯温凉。旧愁新恨知多少,伏枕空余泪万行。

节近清明日渐长,正当上冢问襄阳。大江水暖迟孤棹,白下山多是故乡。一片梨云迷蝶梦,半边槐雨湿蜂房。晚风峭料春狼藉,谁剪花幡护晚芳?

逸园赏菊有感

逸园在西四牌楼,彦和二兄寓房之西。

纸窗犹记影纷披,寂寞乡关七载思。花发江南秋有约,人留蓟北讯偏迟。频年最忆萧疏致,别圃初逢淡宕姿。真似故人重会面,举头有月证襟期。

水　仙

不随尘世竞春妍,独抱幽芳雪后天。洛浦珰明空作赋,汉皋珮解是何年?全神须向闲中领,半面偏从冷处传。可笑东家弦管会,每将清供入华筵。

晓发扬子江

十载沧桑几变迁,秋江重泛景依然。一声鹤唳前滩雨,数点鸥迷远渚烟。碧海无情春易老,青天有恨月难圆。乡思莫道层波隔,百尺游丝为我牵。

自津门归以黄柑紫蔗青果为外携至闱中次外见示原韵

玉指纤纤劈嫩黄,吟余齿颊尚留香。分甘用识同甘意,不比梅花远寄将。

食蔗休教太饱餐,冷冷怕惹大官寒。多君吉语分明记,留待堂前异日看。

时外子为侍御监试礼闱,原韵有"到老思情一例看"之句。

谏果青青赠几枚,品如佳士重奇瑰。世间甘苦无常味,苦到甘时味自回。

孟春忆江南旧宅梅花

寒梅记植绮窗前,极目江乡客梦牵。明月自圆花自放,关心春色又经年。

新秋曲

小楼昨夜秋风号,琴弦失响银灯摇。晓来凉雨复一抹,秋光缩涩纷腾逃。自关天道有显晦,那管人事多郁陶。韶华逝水良可惜,好景倏忽如风毛。譬如豪门欲衰谢,鬼瞰其室将攫揉。又如宫人忽入道,镜奁钿盒都轻抛。我思新秋正八月,火云已散江之皋。白露暖空庭宇静,花栏药砌看周遭。秋山极天啸鸾凤,秋水归壑生兰苕。秋衣欲试添半臂,秋秝已酿尌香醪。早输官税入官府,还备看菊兼题糕。得闲便可亲几砚,《毛诗》笺注垂条条。葛覃贯首为过来壶范,蟋蟀广采为风谣。当窗便好弄机杼,入厨亦可亲箪瓢。太平盛事乐复乐,为官食禄宜宣劳。重闻两世庆寿考,儿女长大皆逍遥。抚心何敢谢不敏,举头时望青天高。时外宦粤,余在家侍养,以理家务。

对 镜

记得檀郎句,芙蓉认凤因。研芬外子在锦城,有"镜里芙蓉认凤因"之句见寄。遥怜天上客,还忆镜中人。对面才相照,回身孰与亲?浣花溪畔路,五马好嬉春。

为外纳井姬为待年妾赐名莲漪因赋三绝

小名录上数多同,赐汝香名两字工。莫怕郑家诗婢谑,此身早为出泥中。
秋水为神玉映肤,涉江采得好芙蕖。君如不是怜花者,不及桓温一老奴。
夭桃结子杏生仁,试向东皇问往因。若为伯仁门荫计,堂前络秀是何人?

悼 璇 儿

犹记年时坐晬盘,笑拈双管任人看。如何不识邯郸道,未煮黄粱已盖棺。

偶得古琴台志喜

梁苑停车忆昔年,往侍宦豫藩,乱石中得古琴砖一方。邹枚宾馆散如烟。是谁金狄摩挲手,也比中郎拾灶边。

髫年阿母授丝桐,堂上炉香扬午风。余年十二授琴,学于先母裴夫人。三十年来犹挂壁,徽音得自有无中。

和彦丰幼弟留别元韵四首

浮踪久已感鸿泥,况赋骊驹倍惨凄。荏苒忽惊君已冠,低徊犹忆我初笄。得怜自小闻诗礼,每戏逢场让枣梨。今日举头看雁影,分飞忍说各东西。

十载京华记旧游,每瞻乡国怯登楼。清溪小渡留桃叶,细雨孤城隐石头。古调未忘流水韵,闲情只为落花愁。春来别思浓于酒,一日乡思胜九秋。

频年形影紧相随,宵漏沉沉未厌迟。剪烛花开红滟滟,折枝柳扬绿丝丝。清门自合行装俭,公子疑难作客宜。试听声声春去了,一春心事子规知。

说到长征便恼予,山川险阻忆当初。哀猿破晓迷云栈,瘦马盘空度笋舆。蜀道风云犹护后,秦关钟鼓亦焚余。却将少日离乡感,又为临歧泪满裾。

病　目

兀坐无聊甚,踌躇静倚床。背灯听夜雨,闭户怯斜阳。昼永添香少,更深惹恨长。洞观休察察,七日究何妨。陆忠宣公《活人方》:"病目睛红,七日必愈。"

除夕对梅

遽忍除今夕,挑灯守岁华。暗香时馥郁,疏影自横斜。寒气迷青锁,经声透碧纱。静坐诵《高王经》。无穷一年事,直欲问梅花。时病起,看手植绿梅将花,为之慨然。

南归后赴陶氏宴喜墙角菊数本将花感赋

瞥眼惊成意外逢,谁从风露觅来踪?莫伤标格无人问,好把秋光付阿侬。墙阴深处韵偏幽,花自无言不解愁。仍是陶家门径里,笙歌满座为卿留。

题王元章墨梅

不辞泼墨助精神,冷淡生涯自在身。记得相逢无一语,空山流水望何人?

题马湘兰墨兰真迹卷

活色生香腕底春,漫从空谷问前因。湘灵风味湘兰韵,芳草由来属美人。

题二姑梅月照

花月交辉写性情,幽香缕缕静中生。从今已醒罗浮梦,不种梅花种女贞。

病中除夕

端正黄羊祀灶时,柔情瘦骨费支持。梅花清酒何人问,夫婿今朝要祭诗。

春　寒

瞥眼韶华去不留,阳和烟景似残秋。情痴岂独惊春去,春未来时已着愁。

芹　菜

不数吴江八月莼,深丛浅碧味生新。春旗穿向池边过,欲采芹香定有人。

送陈姨赴豫

惜别涕泛澜,催人漏已残。相看无一语,两字祝平安。

寄仲蕙姊

匆促言难尽,相怜事恐忘。不堪临出户,触处话偏长。

——录自《桐城方氏诗辑》卷五十八

方若徽十七首

方若徽,字仲蕙,号香如,方维甸之仲女,方若蘅之姊,化州知州汪元炳之妻。性敏捷有才,事姑以孝,抚子以慈,乡里称之。著有《琴韵阁集》。其妹方若蘅检其诗寄来七首,乞为续入家辑中,想其友爱而益见其一门风雅焉。

宿广信见月

正当高望处,诗思逐云飞。秋老蝉声涩,江空雁影稀。怀人余短梦,惜别怨清晖。何日家园里,行人带月归。

庚寅春小迟外子书促赴粤适颖斋兄任四明便接过署诸娣侄饯余湖上爰赋志别

廿载杭州住,书来促远行。微名怜薄宦,遐路怯孤征。骨肉愁新别,湖山冷旧盟。依依堤上柳,可解系离情。

湖上风光好,春波细縠生。淡烟迷柳暗,小雨湿花轻。对景偏增感,伤离惘若醒。行行留不得,愁听子规声。

此去关河迥,归期岁月赊。怀人空有梦,惜别恨无涯。多病应怜我,清贫倍忆家。输他田舍乐,聚首话桑麻。

忍作天涯别,匆匆去故乡。此时共樽酒,身世感沧桑。帆影催潮急,江流惹恨长。几番回首望,云树入苍茫。

风雨过鄱阳湖

片帆高挂大江西,风紧波翻浪拍堤。树隐四围和雨没,山沉两岸觉天低。缡褷归鹭参差影,嘹呖征鸿断续啼。无限乡心消不得,空蒙云水望中迷。

草坪途次有感

古来曾有几人闲,难把离愁一例删。照水孤花寒欲颤,投林高鸟倦将还。

前村出没云烟幻,古戍芊绵道路艰。谁割芙蓉青不了,分明认是故乡山。

——以上录自《桐城方氏诗辑》卷五十八

元旦寄晋山既庭从兄

和风扇万物,百卉潜萌滋。枯荄暂摇落,终遇阳春回。行人在远道,各处天一涯。音书久断绝,望远常怀思。物候有推迁,人生多别离。愿为松与柏,岁寒长相期。

题兰生五侄停琴伫月小影

秋叶瑟瑟秋花摧,银汉高迥云萦回。此时焚香意孤寂,凝弦停轸还迟回。凉风萧萧袭衣袂,苍宇空明净云翳。恍疑身置净虚天,百虑潜消澹生世。玉阶流辉苔藓侵,庭前碧梧影郁森。披襟延伫光渐满,无声静会渊明心。泒然身轻如换骨,飘忽乘风到瑶阙。秋怀朗抱绝尘氛,浣净灵台证明月。竹凉露重雁声迟,满地霜华夜漏移。有人灯火笙歌里,似此幽情知未知。

送心甫三侄回金陵四首

去岁长干别,秋江送我行。即今才小住,又为计归程。两载沦为客,三旬共短檠。同深沦落感,此去若为情。

壮志休弹铗,高怀懒曳裾。偶然悲铩羽,何必叹无鱼。骨傲怜同病,心空任所如。鹏飞终有日,对酒漫唏嘘。

男儿四方志,且莫意彷徨。待贾珠藏椟,韬光颖在囊。与时差俯仰,处世戒锋芒。他日凌霄汉,青云健翩扬。

游子天涯远,高堂日倚间。归帆不肯缓,惜别意何如?樽酒宽怀抱,风霜慎起居。音书频寄慰,衰病正愁予。

广信月夜口占

疏星明晓色,峦翠染征裳。野岸霜华白,平畴草木黄。层岩迷远市,丛树隐渔梁。旅馆今宵月,乡心夜共长。

舟次峡口

一舸江天暮,乘风信倍豪。桥危通绝磴,箐密蔽层嶂。岚气氤氲雨,松声上下涛。奇峰看不厌,坐对涤烦嚣。

中秋坐月有感

皎洁一轮满,清光几处同。乡心怨遥夜,归思感秋风。云敛明河净,花凝冷露红。经年离别恨,并入此宵中。

——以上录自丁申、丁丙《国朝杭郡诗三辑》卷九十五

吊三女墓

小阁红云近水滨,零脂剩粉不胜春。最怜香冢埋愁地,恰与冰魂结净因。两代莺花归仕女,四时觞咏属才人。年年凭吊孤山侧,一掬寒泉一怆神。

——录自光铁夫《安徽名媛诗词征略》卷一

方笙三首

方笙,字豫宾,方育盛之女,周在建之妻。周铭《林下词选》:方笙,字豫宾,桐城方与三之次女也。少小好文墨,七岁能诗,时人有"咏絮"之称。适周在建榕客,为少司农栎园公第三子。

卜算子 海棠

笑几日秋风,便把容光泻。弄粉施朱绣出来,千万真无价。　　含笑向篱边,欲语依茅舍。初沐杨妃酒乍醒,亸立斜阳下。

明月棹孤舟 春闺

春带愁来花事早,惜花那不愁春老。一枕风声,半窗雨响,定是落英时

了。　　晓起卷帘心草草,无端却被花相恼。若个寒烟,这番香冷,又动闲情多少?

——以上录自周铭《林下诗选》卷十一

夜行船

春带愁来花事早,惜花心又愁春老。一枕风声,半窗雨响,又是落英时了。　　晓起卷帘心草草,又无端被花相恼。燕苦香残,莺嫌艳冷,触拨闲情多少?

——录自光铁夫《安徽名媛诗词征略》卷五

方佺二首

方佺,字允吉,方育盛之女,吴日昶孙吴芃之妻。周铭《林下词选》:方佺,字允吉,系与三方君少女。随诸兄姊庭闱唱和,十岁成集。适吴芃黍谷,即澹庵之长孙,中表世姻,玉镜台称几叶矣。

锦堂春 立春

昨日腊残椒酒,今宵冰解东风。一年花事从头起,次第看敧红。　　梅绽香飞宫额,柳开翠压眉峰。小廊长日添如线,春色绣帘栊。

蝶恋花 秋月

漠漠清光千万里,云拥冰轮,一片轻如纸。借问嫦娥何若此?只应长伴愁人尔。　　照彻陶篱黄共紫,渐渐梅梢,影乱横塘水。睡熟芙蓉谁唤起,寒螀声里啼残矣。

——录自周铭《林下词选》卷十一

方宁三首

方宁,方中通之子方正瑒之女,孙荩臣之妻,嫁甫数月,夫亡,产一女,未几殢,呼天大恸曰:"吾今复何望哉!"作《绝命词》数首,号哭,屏食饮十余日以死。方宁生而颖异,稍长,读祖姑《清芬阁集》,爱之,时时不释手。学诗未久,而能抒写其志之所在,语甚凄婉。著有《清阁遗稿》。

秋 夜

片片轻云入夜流,百虫声里一灯幽。窗前落叶知多少,残月苍苍山自秋。

初 夏

微风阵阵透窗纱,竹影横穿日影斜。倦鸟飞还深树里,双双蝴蝶绕庭花。

夜 坐

远寺钟鸣和雁哀,断肠声逐泪千回。萧萧风透窗棂响,疑是孤魂入夜来。

——录自汪启淑选辑,付琼校补《撷芳集校补》卷十

方淑仪二首

方淑仪,字玉浔,方书征之女,方曜之妹。

和莲漪姊归宁日见示之作

红烛亭亭照举觞,琼筵声细响明珰。君之出矣花三月,我所思兮水一方。联句向同裁短纸,奉衣常此侍高堂。江干黄竹年年长,打撷离愁寄满箱。

——录自黄秩模编辑,付琼校补《国朝闺秀诗柳絮集校补》卷二十六

题莲漪姊遗稿

碎粉零香一半消,灯前检罢泪如潮。诗牌已蚀教重写,绣谱新翻忆共描。宿世仙才矜彩笔,今生嘉偶称文箫。相思何处缄芳讯,隔断人天路一条。

——录自光铁夫《安徽名媛诗词征略》卷一

方令完四首

方令完,名宿方守敦之女,少时常有惊人之语,吐珠出玉,气质非凡,家中

藏书甚丰,无所不读。幼承庭训,文辞斐然。就学于安庆省立一女师校,课外复潜心典籍,学益进。毕业后,服务于省会黄家狮小学。中华人民共和国成立后,两次受高教部派遣出国讲学,前往德国莱比锡大学和波兰华沙大学教授中文,凡三年有余。

星期日回寓省父触事怀汝宜

欣逢休息日,晨起就归道。入门阒无人,檐前噪饥鸟。堂中灰尘积,狼藉无人扫。启户谒吾亲,拥衾睡正饱。红绫翻波澜,沉酣一侄小。始悟数日间,远游兄与嫂。复有诸稚侄,呀呀共围绕。惊起老年人,掀帏笑何早?呼儿来榻前,谆谆问怀抱。颜色较充腴,劳动得安保。我昨念汝归,厨中命仆媪。鸡鱼慎烹调,甘香毋节少。幸藏饼饵多,暂免饥肠绞。我闻此语毕,清泪顿如潦。念我同门友,今抱《蓼莪》恼。棕水万千端,伤心何日了?和风渐吹至,万物俱窈窕。敬祝春光长,祥晖敷百草。

飞絮词

读父书,知吾邑方丹石先生之女公子,自皖归宁,中途遇盗而死。行止依然,音容宛在,哀哉!

柳条青青柳花白,春风三月送归客。柳花队队逐轻球,人血斑斑洒道头。道头碧血伤心色,渺渺幽魂归故国。重惊乡里父老心,水咽云寒梦里寻。遍地江湖深且险,娇儿何地得安衾?

四月廿日夜侍父疾惝困已极随手拈来

满室残花作蝶飘,胆瓶犹剩可怜条。三更鼓角潮初起,梦口衔诗傍药寮。

长歌一首为二十四年儿童节作

春城三月莺如雨,落絮飘飘随风举。儿童佳节庆来临,桃李含芳蜂蝶舞。昔日世界属天公,今日世界属儿童。孰云童子无余力?牛顿瓦特互争雄。孔融让梨叔敖烈,匡衡借光孙康雪。别路离亭七步诗,秋水长天今古绝。才调中西史籍多,倚天拔地莫蹉跎。逸如黄鹄云中去,矫若游龙海底过。腥膻万里横沙漠,重洋骇浪拍天跃。江山破碎逼中原,豺虎眈眈四境恶。儿童儿童且莫歌,普天同愤奈愁何!黄狮一吼奋干戈,巍巍如山势不磨。

——录自光铁夫《安徽名媛诗词征略》卷一

方份四首

方份,字孟文,优贡方寿衡之长女,怀宁丁景炎之妻。性好书史,幼从祖姑读。及笄,学益进,顾未尝一日就外傅。父尝客游,亦未时教之也。有二弟。弟自塾中归,必与讨论诗文。一日,弟持师出联"桐子迎秋老"五字至,未及对,方份辄举唐人诗"桃花带雨浓"句应之。父大喜,谓工致蕴藉。方份自是喜为诗,多不存稿。民国九年适景炎,生一子一女,皆夭。越八年归宁,途遇盗狙击卒,年四十六。

探 梅

闻道一枝开,冲寒几度来?林间孤鹤守,春意满山隈。

种 竹

补种窗前竹,香泥手自浇。虚心应可学,况爱影萧萧。

口 占

四山云气连天地,一夜朔风吹落花。万径无踪声寂寂,冲寒梅独耀红霞。

送 友

嵇康疏懒为名误,岂有文章似阮生?刚到飞鸿劳目送,薄帷明月不胜情。

——录自光大中《安徽才媛纪略初稿》

方柔嘉一首

方柔嘉,生平不详。

悼李嘉荋

淑女终当出德门,今朝且漫赋招魂。莫将此语归荒杳,敦复吾乡旧事存。

——录自李家晋《李嘉荋女士哀挽录》

卷 二

张淑媛三首

张淑媛,叶希李之妻。幼承母教,长善诗文。归叶后,以事屡劝夫不得,遂自戕以尸谏。著有《性真阁诗》。

雪 夜

绵绵钟漏欲三更,夜静闲闻枥马鸣。一阵塞鸿楼畔过,半棱边月岭头生。婆娑柳絮浑无影,奄冉梅花别有情。兀坐小窗频下酒,《汉书》读罢玉绳横。

落 花

绿暗红稀际,花飞点点愁。雨来时堕地,风过欲登楼。季子园何在?杨妃土一丘。美人名士意,惆怅到清秋。

送夫子之皖垣学舍

淡淡朦胧月隐庐,梅花香动晚晴初。愿身化作光明烛,为照檀郎夜读书。

——录自光铁夫《安徽名媛诗词征略》卷一

张鸿庞三首

张鸿庞,字淑舟,当涂人。张时旸子张中严之女,桐城方育盛子方念祖之妻。著有《案廊闲草》《纸阁初集》。周铭《林下词选》卷十一:张鸿庞,字淑舟,当涂人。尚宝卿张贞庵女孙,孝廉中严女,天资慧敏,赋性端淑,能诗词。有《案廊闲草》《纸阁初集》各数卷。适桐城方念祖,字文房,为学士坦庵公孙,孝廉与三子。

柳梢青 丁巳元旦兼寄夫子

绿蚁椒觞,声声爆竹,惊起东皇。瑞霭寒轻,风和香暖,共试新妆。　画帘日影初长,鸟啼处,梅花弄香。芳草王孙,垂杨行客,费尽思量。

眼儿媚 婶允宜画箑相谢

胸中端的有烟霞,岩壑意无涯。西湖塘畔,山阴道上,树里人家。　如花人爱笔生花,墨沈散奇葩。夫人姓管,夫人姓卫,俱未堪夸。

一剪梅 白海棠

玉影盈阶映月痕,一片溪云,几点梨云。隔帘风细送香温,猜是湘君,又拟文君。　却比春花迥不群,蜂也难惊,蝶也难惊。铅华洗净倍芳芬,开也销魂,落也销魂。

——录自周铭《林下词选》卷十一

张德茂一首

张德茂,字子玉,张秉文、方孟式之女。

病中哭女

病骨侵寒雨,萧萧起暮愁。百年空有恨,一女不能留。蟋蟀声偏急,芙蕖香渐收。孤灯频恻汝,拟向梦中求。

——录自季娴编《闺秀集》

张姒谊八十首

张姒谊,字鸾宾,张秉贞之女,姚文燕之继妻。工书,善画。著有《保艾阁集》。

吴坤元《保艾阁诗钞序》:吾里姚母张夫人与予有中表之谊。犹记十年前,吾姑母过予小阁,语予曰:"吾有季女,年未及笄,颇夙慧,知畎渔诗篇,区明雅俗,又早夜吟讽,敏而能勤。他日含宫咀商,其庶几步松声之后尘乎?"予唯唯,谢不敢。嗣是绮阁斗柳絮之吟,画堂献椒花之颂,夫人诗日进,而与予音问亦少疏矣。甲寅春,偶晤其长爱,索予后先诸刻,兼以夫人《保艾阁初集》见贻,予受而读之,益叹吾姑母之期许为不虚也……予一再披阅,其追惟先烈,则风木之余悲也;其恪襄外政,则眉案之遗徽也;其笃爱同气,则冲芬之唱和也;其眷念弱女、告诫姬侍,则曹大家之《女诫》,而宋宣公之《家学》也。猗与休哉!非濡染典故,规抚昔贤,原本于司马工部之教,而炉锤以纫兰、清芬之学,焉能诎拂抟(升)[弄],令人一唱三叹而不能已耶!

潘江《龙眠风雅续集》卷七:张氏姒谊,字鸾宾。张大司马僖和公之季女,行取德安明府姚小山公之继配也。生而柔,笄而礼,能涉猎书史,贤明识大体。小山家居需铨次十年,夫人治酒浆、腆洗,黾勉以求,克承堂上欢。迨出宰花县,夫人偕行。蒲亭当雕瘵之余,至僦民舍以居,左琴右书,安之无愠色,唯以清白吏相勉。初,生子女皆夙慧而殇,夫人哀之,间摅为诗歌以寓其郁邑不平之感。已复解簪导、捐靧佩,为小山卜媵视寝,闺门以内肃肃雍雍,诗筒茗碗唱和之乐无间言。小山行取入都,殁于中州,夫人扶榇数千里间关南还,茹荼如饴,训子女以报所天。卒年四十有六。其初刊《保艾阁集》,方四松为之序以行世,比诸"荇菜"、《樛木》之贤,今遴其未刻诸稿及南归嫠居之什,犹有黄鹄、孤燕之遗意焉。其已刊者不更载。

张英《笃素堂文集》卷五《保艾阁诗序》:保艾阁者,吾妹夫人之所居。吾妹为先叔父大司马僖和公第六女，十七归姚子小山。叔父以经济名当时，自公之暇，亦尝为吟咏以自适。弟芸圃，吾妹兄也，性尤耽诗，著作不下千首，古体宗陶、韦，今体类温、李，能入诗家阃阈。吾妹生长于风雅之林，得于性者既深，小山复工诗，相与唱和于闺门之内，故诗学日益邃。洎小山成进士，官蒲亭。蒲亭瘠邑也，又苦冲剧。所居或环堵不完，而吾妹意甚适，不为北门王事之伤，而鸡鸣昧旦以勖其夫子，可不谓贤矣哉。时欲为小山广嗣息，鬻簪珥，聘妾媵，既笃爱之，或且教之诗，以娱其夫子，绝异于寻常儿女子态。小山退署斋，则相敬庄庄然，相友怡怡然。今观其诗清和宛约，令淑之气见于楮墨间。以故小山治蒲亭五年，顿忘其为残小冲疲之邑，吏治大有声，以循良异等报政阙廷。噫！积和以敛福，所谓保艾尔后者，端在斯欤？

月夜示肩梦珠来

浊酒疏灯漏正迟，自拈蕉叶写新诗。蝉因咽露声初歇，月欲依人影渐移。冰署茹冰堪避暑，砌虫绕砌倍含悲。年来多病眠难稳，夜尽谈心泪暗垂。似我久能甘布素，如卿亦厌画蛾眉。剪刀声里吴绫小，沉水香中纸阁宜。举案惭余频唱和，承欢赖尔叶熊罴。时肩梦已有孕。戴星不畏腰频折，饮水何妨爨少炊？院外槐阴风细细，瓶中莲蕊影枝枝。妆台喜有书盈架，共典牙签共学诗。

初度书怀

荆布同心十四年，画眉常傍镜台前。求凰我慕《周南》化，听讼君如召伯贤。窗下分题花正放，楼头对饮月初圆。忽思绕膝诸儿女，双泪盈盈涌似泉。

水　仙

绕座芳香暗袭人，寒天相对更相亲。闲移曲槛承朝日，静倚疏帘望早春。雪映素姿如解语，风摇翠叶似含颦。惭余拂砚无佳句，自捡牙签咏《洛神》。

甲寅携肩梦珠来及稚女归里留别夫子

清灯浊酒语蝉连,莫使深闺望眼穿。但下玺书书早寄,上林春暖待莺迁。

风雨阻南康有怀夫子

一艇才登风便狂,裹粮何事住南康?千寻雪影峰偏秀,数缕炊烟市已荒。对景难堪旬日雨,怀人不觉九回肠。遥知官舍相思处,静夜孤灯独举觞。

江雨感怀

携手蒲塘作宦游,独怜归去路悠悠。连宵不断官衙梦,细雨重添客舫愁。怨逐晓云过古堞,泪随春水向东流。烟霞何日成偕隐,对景分题足唱酬。

和十九娣左夫人拟征妇怨

刀尺寒宵倍可怜,征衣纤手为装绵。霜风塞外添君恨,夜月楼头向妾圆。玉腕渐知松宝钏,乌云不耐整金钿。雁鸿嘹呖过妆阁,独自焚香拂彩笺。

月夜闻孤雁

点点寒更不忍闻,翻书无奈泪纷纷。帘前睡鸭香侵案,天畔孤鸿影入云。似我愁怀因远别,怜君哀响为离群。当窗皎月明如水,叶落空阶夜欲分。

初八夜月偶成

小葺新居景色和,养生吾爱静中多。月窥明镜光疑满,诗就残更律若何?却忆画眉增寂寞,遥怜判牒废吟哦。竹斋寒胜知高枕,飞梦应随塞雁过。

寄夫子

强将短札写平安,念别经年泪未干。为数归期愁日永,懒吟新句任花残。双姝共试金钱卜,孤影余怜玉镜寒。三月莺啼妆阁晓,可能窗下画眉看?

蔷薇初放有怀夫子

无计留春春欲归,夭桃谢尽放蔷薇。关情未发浔阳棹,携手花前愿已违。

病中初霁

夜深频滴沥,侵晓忽晴光。燕语虚堂静,花开小阁香。辛勤依药灶,憔悴坐匡床。病后愁兼懒,经旬未作妆。

夫子奉最入都诸弟侄同饯北关共拈瓯字次日持示保艾阁留饮因和韵一章

六载劳劳不断愁,幸趋丹诏入皇州。烽烟已是经年别,休浣那堪十日留？彩笔人人挥锦句,香醪夕夕泻金瓯。深闺怕听鸡鸣早,戴露兼程事远游。

夜雨不寐

入耳添愁思,潇潇直到明。眠迟知漏短,暑减喜风轻。花净生香细,灯孤怯影清。客程忧积雨,应动故乡情。

雨夜有怀夫子

竹扉双掩漏何迟,坐袭炉香听雨时。塞北夜长萦客梦,江南秋老起闺思。风中落叶声声急,云外飞鸿阵阵迟。静对小梅如共语,挑灯为作忆君诗。

读长姊吴夫人履雪阁诗集二首

记得趋庭日,逢迎阿母前。自归裘褐后,倏已岁时迁。病卸铅华色,愁偿笔研缘。感君同气雅,憔悴肯相怜。

叠翠楼居好,松筠指顾间。弄孙垂白首,供佛列青山。卷幔花阴静,窥檐雀语闲。焚檀兼瀹茗,借此驻朱颜。

哭缄芷阁左盟姊

十二年前与订交,两人携手共垂髫。看花濡墨朝吟句,对月传觞夜度箫。

孟冬得夫子寄余初度诗次韵奉答

别后愁看月每圆,新诗邮寄正寒天。冰衙大被连三月,纸阁寒帏冷半年。憔悴自惊鸾镜影,支离犹爱鸭炉烟。刀环记日频频误,入梦难禁意渺然。

冬日接家书次来韵

檐前落叶影茫茫,别绪缠绵漏正长。闲检历头惊节换,是日大雪节。仰看天际觉云黄。开缄细咏新来句,煨火重添远寄香。敦仁侄回,夫子寄余香饼。自是游踪难自定,羡他寒雁尚回翔。

雪夜忆夫子二首

朔风吹柳絮,点点透窗纱。心静愁将远,寒深病又加。孤灯侵纸帐,只影傍瓶花。更虑天涯客,残年可忆家?

掩卷将成寐,楼头漏已残。泪随檐雪堕,梦绕客窗寒。酿熟思同饮,梅开懒独看。怀人嗟岁暮,片纸报平安。

薄暮雨后携珠来登楼

轻寒薄暖雨初收,呼尔相随上小楼。山影渐知秋色老,霞光欲共暮烟浮。鸦因觅食争投树,燕欲辞巢更哺雏。何处远砧声断续,暗添愁思入眉头。

夜　坐

檐外鸟啼树影移,挑灯欲写《竹枝词》。停毫却忆柴桑月,雁唳长空入梦时。

冬日偶招长姊吴夫人表姊钱夫人及同盟诸姊妹饮保艾阁即席偶成时雪

小窗拂几理青缃,好我相邀过草堂。雁以寒深声带咽,人因别久话应长。梅含冷蕊枝枝艳,风送飞花阵阵狂。夕箭莫催还剪烛,香醪频泛紫霞觞。

寒夜吟

节序将残腊,三年尽别离。夫子三年未在家度岁。山城霜落夜,客枕梦归时。孤雁悲明月,群乌绕冻枝。不眠成短句,便羽寄相思。

伯姒方夫人以水仙见赠赋谢

丛丛嫩绿衬幽芳,水石参差引兴长。映日半含珠作珮,翻风一片玉为妆。冰心合在鲛人室,琼报难分杜若香。渐觉晚凉新月吐,枝枝摇曳想清光。

新柳

几树垂垂拂小溪,和烟带雨长芳堤。莺迁上苑枝犹弱,蝶绕寒塘叶已齐。游子江头多逸句,闺人窗下觅新题。春来妆阁愁深浅,尽日登楼盼马蹄。

归鸿

绿绽红肥花满枝,春风渐暖雁行迟。欲归塞北飞还缓,似恋江南语带悲。连影恰逢明月夜,孤鸣偏趁晚霜时。病余听此愁无奈,独坐西窗自咏诗。

泊采石同夫子夕酌

此地曾传供奉楼,古松郁郁似高秋。峰青入坐如朝黛,茭白登盘是晚馐。兽锦赐来仍雨散,鲸鱼骑去亦风流。与君合是浮家客,茗碗炉香好唱酬。

至金陵喜晤吴姑夫人即席赋得一章

十五年来叹别离,今宵把臂慰相思。开樽频讯家园事,剪烛还吟客舫诗。

二竖慰余愁未减,三迁羡尔教何奇。兰芽早识河东秀,佳妇新妆捧玉卮。

表姊吴夫人以扇索诗偶成俚句奉答

晴云冉冉片帆轻,五月停桡住石城。画舫烟霞人共聚,名园松竹酒同倾。怜才似尔情无限,学语惭余句懒成。此去帝京乡思杳,依依池草梦中生。

月夜泊清江浦

明月光如水,轻帆影趁风。人家晴浦外,客路碧波中。岸柝知宵静,鱼罾与市通。推窗观远岫,斗柄已横空。

早起见雪

开帘先怯冷风生,一片光摇玉镜明。侍女乍惊飞柳絮,小炉拨火试茶铛。

寄怀履雪阁吴姊夫人

雁序分飞后,难忘叠翠楼。因君情最笃,添我泪长流。春暖花须放,风和蝶性柔。归鸿来冀北,锦字慰余愁。

夫子夜饮友人宅余同珠来煮茗俟之

摊书无一语,幽恨尔难知。月上花翻影,愁多病欲丝。为郎犹久待,梦燕果何时。赖有瓶梅放,清香到酒卮。

哭夫子四首有序

嗟乎!夫子见弃,悲愤难申。送别中州,尚有刀环之约;惊闻凶问,忽传《薤露》之音。血泪千行,柔肠万断;捐躯就义,奈何稚女不离怀?敬守遗言,料得藐孤能继武。诗以当哭,笔不尽哀。茕茕寡妇,愧无班大家之奇才;渺渺孤魂,深痛曹世叔之早逝。追思往事,回首酸辛,漫赋诔章,聊代黄鹄悲鸣之至云尔。

惊闻讣信出中州,抢地呼天不自由。一息虽存魂已失,寸肠尽裂泪空流。廿年恩爱成长别,两月分离有便邮。触目伤心悲惨绝,泉台渺渺愿同游。

旅榇天涯倍可伤,哀哀血泪滴麻裳。人间泡影原如此,泉路孤魂正渺茫。强惜残生因弱女,空留薄命在他乡。从前多少繁华境,今日都归梦一场。

奠罢椒浆恸莫禁,追思往事更酸心。一生孝友天难问,半世功名恨转深。埋玉柱留身后叹,种花空望子成阴。无情最是临窗月,偏照孤帏泪满襟。

远寄遗书更惨然,膏肓伏枕竟难痊。捐躯一死徒无益,立继存孤效昔贤。_{皆书中语。}纵有佳儿承父后,可怜稚女绕灵前。唱随恩重何由报?矢以劬劳慰九泉。

舆中吟六首

强起科头入笋舆,风霜未惯泣穷途。可怜缟袖层层湿,不死空教血泪枯。
半弯晓月耐清寒,红日离山露未干。却忆画船箫鼓发,窗前指点话峰峦。
客岁舟行四月□,并肩窗下日题诗。一帘疏雨黄昏后,浊酒清灯举案时。
封缄千里嘱遗言,立继成家慰九原。从此茹荼过岁月,抚君子女报君恩。
一路秋山马首迎,秋云片片傍山生。枫林入望红如血,应是愁人泪染成。
心从何处不成灰?遥见荒村草店开。为嘱孤魂须到此,今宵早向梦中来。

雪夜示埙男

北风飞柳絮,点点入帘寒。朔雁悲宵永,愁人话夜阑。望儿能映雪,有母解和丸。万卷先人泽,鸡窗仔细看。

写 梅

为爱寒梅玉质坚,小窗淡写墨如烟。神疑大庾峰头得,香似孤山顶上传。傲骨尽教风雨恨,冰心不望雪霜怜。酸心幸有垂枝子,他日调羹尔占先。

暮春写怀

年来血泪渍麻衣,忍见空堂燕子飞。杜宇声声知昼永,蔷薇片片送春归。
半帘花影浑如画,三径苔封静掩扉。一自玉楼人去后,窗前镇日伴鸣机。

中秋哭奠夫子是夕大风雨

每逢佳节意难忘,病骨那堪更断肠?无术可求怀梦草,痴情欲觅返魂香。
清灯浊酒徒增恨,骤雨凄风总自伤。一滴椒浆亲作奠,哀哀血泪已千行。

雨后坐月下

桂魄当空渐吐光,雨余深院怯新凉。久荒笔砚难成句,日近参苓幸有方。
塞外孤鸿初唳月,庭前衰草欲侵霜。谁家玉笛声声怨?落尽梅花午夜长。

写 菊

点染秋光数笔中,疏枝净蕊意无穷。只宜素影临宵月,一任严霜斗晓风。
冷淡自知留晚节,萧条原不怨天工。春来桃李由他好,独守东篱旧短丛。

写 兰

寂寂虚窗昼不哗,倦来泼墨偶涂鸦。濡毫欲写临风叶,落纸先生倚石花。
贞静宛存幽谷致,芳香一任美人夸。漫嫌点染无丰韵,蜂蝶从今不敢加。

春暮感怀四首

苔痕映碧雨初过,泪点成红染素罗。屈指都门君别后,泉台已隔二年多。
梅子青青护小窗,风来瑰蕊送余香。可怜春在愁中尽,满地残红总断肠。
作绘拈题欲遣愁,濡毫无奈泪先流。追思画舫同游日,对景衔杯足唱酬。
巡檐眉月透窗明,深锁重门夜色清。就枕欲期魂梦至,子规偏作断肠声。

秋日江姑太夫人招饮赏桂感赋

萧瑟秋光积泪痕,感君慰我独开樽。庭前丹桂花方茂,檐外金橙叶尚繁。炉爇旃檀时奉佛,袖藏梨栗日娱孙。良宵促从更筹转,月影溶溶上短垣。

夏日述怀示女舜玉

深深碧叶覆窗匀,雨过榴花满树新。泪眼且开看世态,愁肠暗结历艰辛。掌中弱息堪娱老,身外浮云那是真？不为贪生存病骨,总因娇稚未成人。

夏日即事兼示埙儿

蓬窗竹几对新荷,闭户看书却病魔。经雨芭蕉心独卷,未黄梅子苦还多。虫呼螟听声偏切,燕哺雏欢语尚讹。妄拟能飞形肖日,劬劳恩重意如何？

自　慰

未亡茹苦且随缘,忽忽离君已数年。残喘强安皆佛力,此身原不望人怜。翻因薄宦增逋负,剩有荒田纳税钱。冷暖世情都勿问,余生尚可乐诗篇。

冬夜读埙儿玩月诗喜用其韵

纷纷落叶别枝柯,残菊依帘影欲过。茹檗惭余佳句少,挥毫爱尔绮才多。风侵纸帐闻鸿雁,月满霜阶冷薜萝。屈指三年应对策,飞腾为问志如何？

又次前韵

梅蕊临窗放旧柯,流光倏忽日频过。新丝入鬓眉难展,往事萦怀泪每多。玉露凝霜飞画槛,金波送影上藤萝。庭阶种得兰芽茂,绕膝题诗喜若何？

长至日雨窗有感兼忆儿埙乡行二首

无心酬令节,况值雨如丝。拙性由人哂,甘贫只我痴。囊空艰药饵,病久废诗词。却虑儿曹幼,冲寒策蹇迟。

念汝犹童稚,连朝冒雨行。山深寒气重,野店朔风轰。啮指心能动,还家梦屡惊。倚闾情最切,愁听雁悲鸣。

十一月念七日卜地麻山送夫子归窆诗以代哭二首

自君弃妾历风霜,缟素茹荼岁月长。逆送自安能自慰,冰心片片对重苍。

牛眠卜得费寻思,昼夜经营乏葬资。鬻尽□簪呕尽血,独怜孀妇苦谁知?

初 夏

杏子累累压短檐,晓窗一枕梦翻甜。昨宵细雨帘前过,今日繁花架上添。怕落燕泥移画帙,何来蛛网挂书签?肩扉似与尘嚣远,自拨茶炉煮贡尖。

暮春同夏姊及诸嫂入石门冲扫慈大人墓便游方氏别业三首

结伴春将暮,芳郊十里程。沿堤看麦秀,一路听莺声。菜圃疏花满,山田小犊耕。亲茔知不远,难制泪纵横。

拜瞻魂欲断,何处觅慈颜?蘋藻绿浮水,杜鹃红映山。悬崖飞瀑布,古壑积苔斑。不尽登临意,烟霞忘世间。

倦游思小憩,连袂进柴关。曲径都穿水,高亭远接山。雨余春坞静,池阔野鸥闲。日暖游蜂聚,花前自往还。

——以上录自潘江《龙眠风雅续集》卷七

雪夜对月忆夫子

深闺卸妆后,对月徘徊久。残雪不胜寒,行人梦回否?

喜 晴

久雨春将尽,初晴暖渐宜。苔痕当户静,日影上窗迟。粉蝶飞红药,黄鹂语翠枝。小斋消永昼,啜茗细论诗。

月夜忆外

霜风月影透窗纱,香冷金猊烛吐花。料得寒侵孤客枕,相思应有梦归家。

——以上录自吴希庸、方林昌《桐山名媛诗钞》卷四

初夏晓窗

啼莺惊晓梦,强起未成妆。览镜惊容瘦,看书喜日长。帘疏风燕舞,径静露花香。不觉流光易,枝头杏子黄。

偶读大兄留别四章依韵和之四首选三

莫谓韶光速,深闺自觉难。家乡云外隔,姊妹梦中欢。愁极翻无泪,思多欲废餐。阿兄归甚急,长恐累猪肝。

夭桃红已绽,弱柳绿如丝。见此春容好,难禁泪暗垂。合昏花早种,并蒂果谁贻?一缕茶烟袅,书窗聊自怡。

小径兰初茂,花开见并头。芳馨那忍折,蜂蝶若为谋。身似忘机鸟,心如不系舟。乡山频极目,何日可无忧?

春日移居有怀夫子十韵

斗室堪容膝,翛然借一枝。安居聊避俗,闲户好吟诗。荆布频年惯,芦帘此日宜。静中延弱体,江上动遥思。薄宦愁谁谅?穷途恨独知。危疆需保障,冷署重栖迟。远道乡心切,深闺别泪垂。离情无寄处,归梦有醒时。岁暮忧怀抱,风霜入鬓丝。小园春色近,花发是归期。

雨窗遣闷

纤纤微雨洒窗前,闷倚薰笼倦欲眠。书卷岂能抛白日,愁怀不敢怨苍天。双蛾懒画从教淡,高髻慵梳亦任偏。书至阿兄分贡茗,且温炉火煮新泉。

——以上录自汪启淑选辑,付琼校补《撷芳集校补》卷四十九

张莹八十八首

张莹,张秉贞之女,方以智子方中履之妻。著有《友兰阁遗稿》一卷。潘江《龙眠风雅续集》卷十九《张氏莹》:张氏莹,大司马僖和坤安公之女,合山子方小愚之元配也。及笄适合山,即屏绝华靡,无姬姜纨绮之好。合山既绍家学,抗志林泉,夫人亦成夫志,躬甘藜藿,孝友婉嫕,极得予从姑太夫人之欢。性喜读书,从合山学诗,能明义理,识大体。当辛壬之际,方氏一门齑粉在漏刻,无怖容惧色,手书及合山,唯以大义相勖勉。其母孔太君与文忠公先后即世,丧祭皆尽礼无悔,夫人之力居多。合山嗣续稍晚,为解嫁衣,广觅人种,殁后始生子正瑗,宜合山追念《樛木》之德不忘也。所著有《友阁诗》,合山请邑侯阳信王公及其兄宗伯澡青公为之序以行世,而予为采其什五,以光管彤,不忍没其诗,不忍没其人也。

张英《笃素堂文集》卷五《友阁遗稿序》:吾妹幼适方子合山,其所居曰"友阁",有以哉!合山离世远俗,肩荷累世之学,以著述自任,世俗可欣可悦之事,一无所介于中,高洁卓荦,自放于山巅水涯之际,故为合山之友者难。吾妹以贤且明者友之。其诗有曰:"桑麻能共隐,鱼鸟自相亲。"益知吾妹之友于合山者,以其德也,以其识也。然则,颜其所居曰"友阁",岂易易哉!合山探讨遗文,搜罗放矢,与古人为徒,其交游皆极一时贤隽。人知合山之友,在上下古今,安知合山于门内,又得良友如是也。吾妹为叔父大司马公女,少适合山,即屏弃纷华,耽嗜恬素,居室孝敬婉嫕,极得太夫人欢。内外姻娅皆称其贤,性慧,喜读书,从合山学诗,间为一篇以写其意,多见道语,绝不类世俗女子香奁彤管之音。予每探吾妹至友阁,斗室萧然,图史在侧,丹黄在几。焚香扫地,蔬食饮水,以相倡和,意独悠然自适。因思诗人所谓静好之风如及见之。以恸女子成疾早世,合山搜其遗诗刻为一帙,志友阁之恸于不忘也。予既重合山,益思吾妹有丝萝之托焉。故始终述诗人之言以序其诗,兼借友阁以明伉俪之义,亦可以示风教也。

自题友阁

茗可烹泉香可焚，市嚣心远昼稀闻。松筠冉冉怀空谷，燕雀啾啾自一群。忧患难堪中学佛，利名不到处论文。高谈莫笑裙钗辈，烂熟人情付晓云。

理　琴

胸次了无事，翛然斗室中。尘寰如博弈，道味寄丝桐。自悦堪遗世，求知笑贱工。等闲常挂壁，也与没弦同。

呈合山夫子

家贫有日曝前轩，环堵萧然好避喧。刍狗虽伤吾道贱，牺牛谁似布衣尊？文章自足垂千古，忠孝原来聚一门。但得饁耕还采药，何须更与世人言？

和夫子韵

好共山中挽鹿车，荷锄且种邵平瓜。王孙公子今如此，敢说朱门是妾家？

忆夫子东游

树木凋残是处秋，月明照起一天愁。孤舟野泊知何地？渔火潮声芦荻洲。

感　怀

凄凄风雨夜，肠断有谁知？独对孤灯坐，追寻往事时。多愁偏是我，久病倍思儿。见汝应无日，三更梦可期。

庚子暮春忆外省侍寿昌

杨花落尽尚征途，阻隔云山无一隅。乡国萧条春事晚，风尘荏苒客身孤。深闺远思情多少？旅舍归心梦有无？欲付尺书双鲤去，江潮不肯过鄱湖。

病中偶作

弱病无端不自由,泪痕流尽五更头。天涯若有还家梦,应见闺中近日愁。

见 月

树影入高楼,疏帘未上钩。人间都是月,暑气忽如秋。游子千峰外,乡关五夜愁。谁怜倚虚幌,偏照泪长流。

寄外即次留别原韵

春风去久夏初时,寄语行人知未知?莫是天涯无历日,不知年月失归期?

辛丑十一月十九夜念均儿以是日亡今三年矣弹泪写此

不恨无儿女,难存更可怜。幻躯无五岁,荒冢易三年。戏具偏经眼,啼声若在肩。宽恩看乳媪,尤胜汝生前。

癸卯春日送李姑返金陵

杨子春江波浪平,轻帆忽返石头城。杏花烟里雨初歇,杜宇声中人送行。谁道还家翻是别?最怜慈母不胜情。从今对酒题诗月,可是前时一样明?

述 怀

鱼沉雁杳音书少,南浦西山客路多。只为天涯人未返,厌听人说历风波。

病中怀蕙阁

怀君无寐到三更,卧疾萧条百感生。露下寒阶知夜永,风吹窗纸助秋声。书床日久凭蛛网,琴荐尘封任鼠行。世味愈轻欢趣少,穷愁始见故人情。

风雨十日未得归宁忽接慈亲手书凄惋欲绝

每忆慈颜涕泗零,连朝风雨阻归宁。那堪病里秋声苦,分作寒窗两处听?

遣　愁

一念亡儿泪满巾,酸心未敢告慈亲。人间不信宽如许,无处能容薄命人。

乙巳仲春送外之宣府

每慕龙门爱远行,纵横万里快生平。舟浮炎海曾南极,马渡流沙又北征。足迹几穷舆地半,家居反觉土音惊。黄榆白草燕然外,只恐难禁吊古情。

雨阻行期又赋二绝

风雨怜人别,因留客在家。好将今夜梦,且莫到天涯。
冷雨幽窗每自伤,况当离别倍凄凉。灯前忍却酸心泪,恐带啼痕到异乡。

仲秋有怀

萧瑟秋光总易愁,忆君七度月当楼。三更有梦来乡国,半载无书到陇头。惜别只因常卧病,离怀偏是又逢秋。担簦不属干时客,汗漫终成五岳游。

代闺怨

一自征夫别故乡,凤钗零落不成妆。秋来寂寞寒闺夜,可是人间一样长?
细腰难系旧时裙,别后罗衣总罢薰。欲寄回文到边塞,怜才那得窦将军?

与姑姒夜坐细述余病不觉酸心漫成一律

与君细述酸心语,苦病伶仃世所稀。自失掌珠宁再得,安能裙布老相依?此生泡影真成幻,既往光阴疾似飞。回首廿年如一梦,难忘身后是慈帏。

仲冬有怀

雨雪凄凄岁欲残,闺中无限忆征鞍。心牵塞上风霜冷,觉得今年分外寒。

尘 网

年年尘网苦难逃,真视纷华一羽毛。得共铺麋何所慕?虽轻黻佩敢云高?半生乐志余铅椠,满世机心任桔槔。早晚深山椎髻隐,东菑馌饷不辞劳。

闻合山述塞景

殊方物候异中州,日夜边风吹不休。野草欲青多是夏,严霜已白未经秋。平沙大漠随天尽,横笛清笳动地愁。南北往来将万里,何堪此处尚淹留?

梦亡儿

仍是孩提入梦来,形容想像只生哀。孤魂若使今犹在,病骨何愁到夜台?

丙午二月二十五夜因忆去年此日夫子北征时又将有楚游感今追昔爰赋

偶忆河桥别,征蓬出塞遥。乡心刚一载,别绪又今朝。客路仍芳草,春光复柳条。何年游岳罢,相共乐渔樵?

又呈合山

恐诉悲怀不忍听,竟无归着似漂萍。自知病骨年华少,裙布荆钗付小星。

咏 鹤

亭前饮啄竟忘机,竹石池塘且暂依。幸免樊笼能自舞,但除羽翼怅高飞。千年犹抱凌霄志,万里何时渡海归?独怪超然尘垢外,形容底事上朝衣?

送外之楚

绝塞风霜始倦游，春来又买楚江舟。君心偏逆桃花水，妾梦常依鹦鹉洲。只为安亲轻远别，独怜多病重离愁。归期早晚知何日？莫待潇湘木叶秋。

寄合山

年年别泪未曾干，去国能无行路难？魂梦不知今楚地，夜来依旧绕长安。

合山初度因思去年远游塞外今复独客鄂渚感成一律

怀君初度辰，洒泪念风尘。边月随孤剑，湘云又一身。几年频作客，此日倍愁人。遥度天涯意，应思两地亲。

新秋见月

当窗明月又将圆，每见清光只自怜。愁里不知时已换，反惊凋落似秋天。

日望楚信因成四绝二首

书成诗句尽《骊歌》，衣上啼痕忆客多。又对西风深恨望，此生无奈别离何？

邻家弦管助凄凉，午梦惊回厌日长。北雁又将来故国，西风宁不到潇湘？

接远书

寒衣未寄到天涯，为嘱西风且莫吹。浪迹只凭青雀舫，还家望尽白云期。久疏消息怀偏切，喜接平安慰所思。书至尚书为客惯，不知何日是归时？

九日怀远

卷帘愁见北来鸿，独坐焚香万念空。小阁又经黄雀雨，孤帆可趁鲤鱼风。

三秋有约唯书至，千里还家只梦中。近日悲凉君若见，归心定与妾心同。

病中二首

连朝卧病难离榻，药物翻教累老亲。更尽灯残犹独坐，床前为我泪沾巾。

病中伏枕九回思，孤客他乡那得知？只有梦魂能缩地，夜来犹许到天涯。

接家书

远书云外至，传说客将回。不信归期近，灯前收又开。

落叶

数日园林觉黯然，萧萧败叶满阶前。根株到底终难恋，衰弱无依太可怜。零落几番经夜雨，摧残一半是秋天。不须更起繁华念，好读渊明《荣木》篇。

复病

冷雪寒风总易悲，终年药裹倍凄其。残更到耳愁难听，往事萦怀睡每迟。孤寂转思时绕膝，沉疴愈觉忆亡儿。卧床几日无人问，只有潸然两泪知。

丁未仲春一病几逝伏枕口占二首

青春不肯似愁长，卧病空看草木芳。浮世荣枯何眷恋？此身存没亦平常。他生犹抱烟霞志，百岁终辞傀儡场。泉路茫茫容我到，人间翻畏返魂香。

病中无事转心清，善性常存死不惊。假寐偏教多幻梦，世情从此当无生。一丝未断慈恩重，万念俱灰身后轻。只有鹿门偕隐愿，十年依旧是虚名。

偶咏瓶荷

菡萏初浮水面轻，折来小阁暂时生。只愁香尽花零落，空长莲房子不成。

读心史

开卷千秋有泪痕，生平凛凛气犹存。江山换尽仍称宋，姓字传来反仕元。

瘗井终难埋节义,铁函岂必赖儿孙?同时不少公卿辈,贫贱何常受国恩?

病 起

晴光鸟语小斋头,自拂琴书兴颇幽。雨后落花香尚在,春深芳草绿偏稠。窗棂乍启儿童讶,药饵难离侍婢愁。病起愈看尘世淡,恍然真觉此生浮。

吾 师

闭门时事不求知,得失无心且自宜。天道既难扶薄命,人情到处总吾师。残生一任流光易,百折才谙世路危。烦恼惯经翻觉悟,愁因多后不成悲。

偶咏窗前枯茶花

春光青满地,病树独关情。小草皆争长,凡花各自荣。莫因难结实,故尔懒求生。衰干真如我,东皇太不平。

己酉仲春送合山省觐青原

黯然每在惜春时,鸿雁还家人欲离。此去禅关为子舍,岂因闺阁动乡思?孤帆远近原难定,弱质存亡未可知。将别暗探游子意,临行故不问归期。

庚戌除夕

两载过除夕,君随白发傍。亲衰贪膝下,客久贱家乡。索负凭人至,催科任吏强。百忧偷拭泪,饰喜慰高堂。

辛亥春日思亲

东风斜雨仲春天,几度思亲几泫然。慈意竟忘儿老大,膝前犹作少时怜。

慈亲见弃思念无穷负痛书此聊以代哭二首

永诀音容悲欲绝,痛心触目总凄然。承欢只恨无多日,绕膝翻期在九泉。

五内已崩唯抢地,一身有息尚呼天。今朝哭尽平生泪,那得慈恩再见怜?

孤帏暮景倍艰辛,久虑衰颜善病身。不料尚难周甲子,可因无术守庚申。蓼莪竟抱终天痛,萱草还期再世亲。哭罢高堂翻自哭,此身已后更无人。

十月七日接家书知合山扶病随侍入粤感赋二首

支离不肯暂言旋,辛苦贪留白发前。度岭惊心才半月,辞家屈指已经年。长征那惜风霜苦,孤愤何堪瘴疠天?从此飘零看渐远,应知消息亦难传。

每嘱晨昏慰北堂,知君原办远投荒。途穷幸喜风波定,身病终愁道路长。忽遣梦魂随庾岭,枉嫌踪迹恋鄱阳。传闻药饵全无效,故报平安转断肠。

壬子春日感怀

小园狼藉暮春阑,微雨轻风尚薄寒。远信望过三月尽,空怀怕见百花残。世情半在愁中悟,俗累多因病后宽。幸有图书堆满架,闲来取次一开看。

秋日同佘娣泛白鹿湖 时在难中

短笛蛙声处处同,云烟漠漠望无穷。山连远树千重碧,水映残荷一片红。且喜眼前天地阔,却怜身在网罗中。浮生暂共今朝乐,随意轻舟漾晚风。

秋夕思亲

满天明月照悲哀,自失慈帏万念灰。永夜迢迢人已静,亲魂何事不归来?

闻合山将扶榇归里二首

三年颠沛此身轻,百折犹存转自惊。每念慈亲难共死,独因远客尚偷生。寄回家信徒增泪,屡约归期总未成。何日蓬门重聚首,灯前同话别离情。

日望行人未有期,痴贪重会药疗饥。频惊死别醒如梦,竟许生还信转疑。

不惜病躯全孝子,早扶孤柩慰慈帏。秋深屈指黄花后,珍重归帆切莫迟。

送合山往浮山墓庐度岁

抵舍仍如寓,团圞信有时。雪欺人贱别,岁为客行迟。萍梗连年惯,松楸故国悲。漫云归路近,终是隔年期。

壬子除夕

商陆堆盆风雪夜,寒窗四度独悲凉。久嗟踪迹如浮梗,谁信离愁在故乡?春至似添新泪眼,岁除不换旧枯肠。五更怕到年空老,鼓角怜人听亦长。

夏日偶作

浮生几度变沧桑,不改莺声过短墙。劫后枉留残喘在,尘缘已尽道心长。开书空有延年术,处世从无却累方。岂是痴情难自释?多应愁亦到膏肓。

寄怀姚妹德安

屈指秋光菊蕊新,君年最小亦三旬。分明记得鸠车日,倏忽都亡鹤发人。咏絮正堪娱宦海,梦兰应自报贤身。瓜期早晚趋青琐,便道乡园望实真。

癸丑岁除呈合山

桑田沧海赚清贫,柏酒椒花忽甘春。宇宙看来皆远客,名利系不到闲身。穷年只有文章债,逆境翻成潇洒人。底事淹留城市里,菱湖松径足逃秦。

与陈姒夜话二首

同心良友廿余春,桑海经过共苦辛。嗟我久如伤弹鸟,感君不弃死灰身。穷逢青眼应非分,交到白头才算新。莫恨尘劳难得尽,夙缘俱是侠肠人。

寒风冻合雾难开,薄俗如云去复来。可信箭能穿虎石,须知弓易入蛇杯。分金每抱前贤志,献玉宁为寡识灰?铁骨刚肠终莫负,堪怜忽忽老相催。

丙辰秋日至稻花斋赋呈合山三首

参差深树里,到始见柴关。绕屋分啼鸟,晴栏列远山。潮平帆影近,村静犬声闲。剩此幽栖地,浑忘尘世间。

数椽营构后,梦寐曲池旁。顿改新松径,翻迷旧草堂。天空迟暮色,叶落透湖光。脱粟田家饭,闲消岁月忙。

茗香忘野外,一室净无尘。花影移书帙,松阴覆钓纶。桑麻能共隐,鱼鸟自相亲。处处争名利,青山让逸人。

夜泛菱湖

四望渺无际,连天水自明。星随渔火尽,橹带雁声鸣。夜色千林外,秋风一叶轻。草虫喧两岸,久听不知名。

冬日移住稻花斋即事裁诗

共挽柴车到草堂,蓬窗特与领晴光。负暄反觉寒天暖,静坐能教短日长。松树干霄忘岁月,梅花满坞饱风霜。六时烟景常相对,似此穷愁也不妨。

别稻花斋

茆茨粗粝转怀开,竹雨松涛恋不回。自笑一年来一度,病躯尚得几回来?

寄姚妹

每思分袂泣灯残,迢递云山尺素难。足我余年唯栗里,为君分梦入长安。加餐莫忘河梁语,善病还愁朔雪寒。少小韶光真浪掷,团圞误作等闲看。

己未暮春送合山赴姑孰刻书之约二首

松风竹雨久逃名,忽办舟车仆从惊。三径云烟忘岁月,一春花鸟负柴荆。著书独荷先人责,倾盖偏逢太守诚。始信文章是神物,令君遽肯见公卿。

长贫甘耐老家乡,剥啄曾无到草堂。萝薜已成疏懒性,较雠转胜利名忙。兰芽自是牵归梦,时江妾方孕。蒲节还期好束装。春水片帆知不远,倚闾情切莫相忘。

病中感怀

看尽浮云易变迁,时违并不许随缘。贫甘茹苦翻招忌,病可藏形转畏痊。天纵有知犹我薄,世原无分望谁怜?生涯只剩林泉想,浪掷流光又暮年。

得雨忆稻花斋

躬耕得遂更何贪?遥忆茅斋竹翠含。松柏胜来山亦古,蛟龙起去地成潭。荷生莲蕊心原苦,梨接桑枝味转甘。农事办荒惊雨足,似邀残岁老烟岚。

庚申春悼亡女宜弟三首

掌珠又失痛难挥,万恨千愁事事非。梦里音容常仿佛,耳中啼笑尚依稀。壁间空剩曾残字,架上犹存欲换衣。触目总成悲惨境,那堪泉路不同归?

恋恋辛勤九月期,何常寸步肯相离。承欢有尽愁如蚁,追痛无边命若丝。既少良医徒自苦,枉多药债动人悲。可怜日落黄昏候,正是寻常觅我时。

愁城苦海丧光阴,辗转回思泪莫禁。甘载再堪埋玉恨,十年枉负种兰心。易抛浊世缘原浅,难遣痴情病更深。佳境纵来空自慰,看看白发渐相侵。

宝慈轩落成

颓垣败壁廿余霜,仍作乌衣昔日堂。市远权为偕隐地,窗明先徙读书床。庭花刚种祈新雨,巢燕初惊觅旧梁。非为鹿车难共挽,只因恋恋板舆傍。

和合山山居四时乐三首

篱落飞蝴蝶,柴荆农圃家。鸠声千嶂雨,燕影满村花。樵带谷兰出,犊眠风柳斜。一溪流户外,新汲试园茶。

烟岚闲始得,笋蕨味何长。万木争为绿,流莺各自黄。午窗梧叶大,晨露芰荷香。永日忘言处,蝉声送夕阳。

一川粳稻熟,纵目晚天空。潭水清堪对,霜林看不穷。世分黄菊外,心澹碧云中。更喜砧声静,灯前听砌虫。

——以上录自潘江《龙眠风雅续集》卷十九

暮春游王夫人园林

芳郊春欲暮,偶尔过柴关。路曲都因竹,亭高喜就山。一桥穿树出,双鹤引雏间。镇日林泉趣,尘嚣忘世间。

——录自光铁夫《安徽名媛诗词征略》卷一

张氏一首

张氏,张秉彝之女,张英之姊,吴德音之妻。著有《履雪阁集》。

张英《笃素堂文集》卷五《履雪阁诗序》:《履雪阁诗集》者,吾仲姊之新诗也。阁以"履雪"名,作诗者,其有忧思乎?吾姊幼娴母氏之训,长聆夫子之教,《内则》《孝经》、女史,以至《史》《鉴》、诸子,旁逮词翰诗赋,靡不通晓成诵,然未尝题笔为诗歌,尝曰:"柔翰非女子所宜。"吾里之闺阁才人多不能备五福,盖福慧之不全界也,造物之固然也,于女子尤酷。故尝深自韬晦,且以近笔墨为戒。乃和鸣正叶而遽有修文之恸,于是其悲思感叹,酸楚真挚之概,涕泪之所不能尽落者,而稍稍见于诗……予之意固不必斤斤焉以笔墨为深戒如曩时云者,况读履雪阁之诗,一篇一咏,无不追忆其夫子,佳晨月夕,晦明风雨,儿女子绕膝,一切可喜可悲之时;竹楼花榭,香径书床,抚手泽之遗编,想音容于虚室,一切可悲可感之地,皆莫不有诗,皆往往唏嘘感恸,以涕零于九渊之人。间有勖子课女、亲戚赠答之章,又皆默寓此旨,直与《柏舟》《黄鹄》之诗人相辉映于千百年之上下。噫!可风也矣。夫冰雪苦寒而又素洁无与比,履之者守其寒、师其洁可也。古人云:"一卷冰雪文,避俗常自携。"即以此谓吾姊之诗也可。

病中口占

珍重余生劫后身,却怜孤负一分春。殷勤好与东风约,留取余花待病人。

——录自徐璈《桐旧集》卷四十一

张令仪一百九十一首

张令仪,字柔嘉,张英、姚含章之女,姚士封之妻,中年丧偶,习静一室。好辨古今事,援笔歌赋,动辄千言。著有《蠹窗诗集》十四卷、《蠹窗二集》六卷。

《蠹窗诗集自序》曰:诗所以道性情也。凡人有所忧思郁结不能自去于怀,每托诗与词以道之,无论孤愤离骚,昔贤不免,即采兰采绿之什,风雅犹采择焉。予自弱龄于归吴兴。先太傅、太夫人作宦京师,弟、兄皆随侍,而予独留故国,瞻望燕云,寄声北雁,情难当已,涕泪因之。先舅翁阶州公,为清白吏,壁立萧然。夫子湘门怀才不偶,糊其口于四方者,几四十载。予索居穷巷,形影相依,草曛风暖,夏簟冬缸,触事兴怀,间发之于长章短句,信口吟成,工拙难计,乃昊天不吊。夫子以屡踬锁闱,赉志而殁,儿子銮、铉衣食于奔走,予寂寞孤帏。风雨之悲,门闾之望,无可抒发,或歌以当哭,或诗以代书,丛杂无章,不自修饰,岂得自附于风人之末哉!侄女仲芝……怜余衰老多病,恐一旦溘然,先草木湮没无闻,乃为收拾残篇,捐资付之梨枣,予愧不克当,亦不能却也……览者略予之鄙陋,而传仲芝之高义可也。

张廷玉《蠹窗诗文集序》:三姊生而聪慧,工织纴组纫,性嗜学,少侍太夫人,读书京邸,简帙盈案,无不披览。先公退食时,常试以奥事,应对了然,所为诗文辄衷前人法度,论古有识,用典故精当。先公甚异之。及笄归吴兴,与姊夫湘门先生闺门相属和。湘门世家清宦,室靡长物,吾姊总持内政,湘门得以殚心于帖括之学。忆吾姊居棠花馆时,余与诸弟先后受室,归里门,常与湘门阄题角艺。吾姊亦时时出其所为诗歌、古文辞。每酒阑灯炧,辨析古今事不少休。弹指十数年内,吾姊裨益于诸弟者良多。及先公予告,偕太夫人南还,棠花咫尺,吾姊时亲色笑问起居,而先公暇日与子孙征引掌故,背诵古人诗篇,吾姊援笔歌赋,动辄数十言,所以娱先公于衰年者,尤为曲至也。嗟呼!曾岁月之几何,两大人音容已不及见。予与三弟系官于朝,回念当时团聚之欢,邈不可得。而湘门中年多病,又永归道山矣。今幸两甥成立,家业不坠,吾姊犹得借余闲斟定其生平未竟之业,迹其所得,虽惠姬、宣文君之属何以加于此哉!然使吾姊处芬芳盛丽之中,而无齑盐淡泊之致,则田园仓庾不无挠其心而攖其虑,亦未必其学之博赡而识之渊通如此也。

张廷璐《蠹窗二集序》:叔姊既刻其二十年前之诗为《蠹窗一集》,已行于世矣。越数岁,次甥为通州判官,迎养潞河,往来京师,每寓居于澄怀园中。高馆长廊,方亭曲榭,水香莲开之旦,露华松籁之夕,明月入怀,好风披袖,目之所寓,耳之所受,意兴之所恬适,无不写之于诗。越岁南归,长甥复之官楚中,叔姊独留里门秉家政,乃构城南别业,筑屋十数楹。堂庑、亭馆之属,靡不毕备。为小楼以观山,疏方池以纳泉,以至一花一木,皆出其胸中之丘壑,以经营而布置之。卜筑既成,署曰南园。向之寄畅于澄怀园者,一旦得之于手构之余,以寝兴食息于其中。春朝秋夕,流连景光,俦侣鱼鸟,又无不于诗写之。楚南燕北,两甥皆恳请就养,叔姊坚不欲往。其视荣胒纷华之境,泊如也。盖叔姊天资明慧,博览载籍,以高朗之襟怀,契山水之胜概,如闲云老鹤,超然于尘埃之外。故其晚年之诗,格律益细,风骨益坚,无雕琢之迹;而摛藻清华,无靡曼之音,而寄情深远。倾复汇其二十年以来之诗,共若干首,为《蠹窗二集》,而授之梓。予谓《诗》三百篇,尚矣,其间妇人女子感时睹物,皆能言其性情,以登采风之选。汉魏而降,所称班姬、谢女,与夫秦嘉之妻、孝仪之妹,见于简策者,代有其人,而其诗或一二篇,多者或十数篇,已足名当时而传后世,而要未有如《蠹窗》之诗之多而愈工者。予知其必传于后无疑也。辉映艺林,鼓吹风雅,且将与古作者垺,又岂仅彤管香奁之盛事已哉!

吴泳《蠹窗集序》:湘门以佳公子宿学隽才,声名藉甚。夫人为相国闺秀,早工咏絮,宾友相庄。其诗原本深厚,包含宏肆,而怀古论世,生面别开,得向来之所未有,至于细推物理,旷识达观,凤慧再来,天真烂漫,自成一家,非复随人作计也。

方正玉《蠹窗诗集序》：夫人慧性，夙具读书内蕴，博洽充赡……其风格幽娴，词旨温厚……夫人以金闺珍护之身……卸华缛，茹荼蓼，相夫训子，甘淡泊以自适，其殆擅班姬之学、谢女之才，而兼桓少君之德者乎？

马源曰：文端公以鸿章巨笔，鼓吹庙廊，退而用所得，甄陶诸公子，皆蔚为国器，而以其余施于女公子。而夫人才性之殊，适承其际，朝夕一堂之上，以谋篇拈韵为恒课，以佳思警句为承欢。其学之积久而工且富，以驰声艺林也，宜哉！

沈德潜《清诗别裁集》评曰：夫人工古文，不专韵语，端本殖学，比于韦逞母之授经。

拟 古十九首选一

西北有高楼，连垣势崔嵬。沙堤森画戟，夹道荫青槐。冠盖遥相望，朱轮殷若雷。金貂垂七叶，列宿映三台。功业被生民，令德世所推。声华诚赫奕，沛泽及舆佁。我为旧鸡犬，仙去落尘埃。安得逐乌衣，衔泥巢高台？

不 寐

天将降阴雨，病骨必先痛。辗转不能寐，常至霜钟动。老觉近年增，愁自三生种。万虑积此时，疾苦非所重。逝者日以久，忧来谁与共？岁聿既云暮，穷鬼复难送。穷鬼长眠人，不醒钧天梦。

风雨夜闻歌吹声

北风凛凛欲拔木，惊心只恐卷茅屋。柴门独掩一灯昏，手把残书愁万斛。谁家歌舞向宵阑？急管繁弦竟夜欢。银烛清樽常似昼，锦屏绣幄不知寒。宴客高堂连广厦，玉缸春酒如涛泻。狎客称觞四座同，妖姬巧笑千金价。彼造物者乃无情，庑间空负伯鸾清。《五噫》歌罢知何处？老向夫差旧日城。

赐金园雨后即事

数峰微雨后,苍翠满柴门。归鸟冲残照,低云压远村。泉声搜涧合,树影冒烟昏。此际谁来往?松间牧笛喧。

苦 雨二首选一

三径环春水,浑如泛野航。天低云入户,瓦裂菌生梁。宿蝶藏花密,饥禽冒雨忙。据床成一笑,聊复咏沧浪。

秋日登楼二首选一

小楼堪纵目,四面列苍山。老树如人瘦,孤云似我闲。雨销虹影里,秋在雁声间。尘抱一时净,临风且放颜。

幽居杂咏三十首选六

社日匆匆过,年荒箫鼓稀。草随新节换,燕认旧巢归。弱柳拖烟重,残花挟雨飞。峭寒犹未减,寂寂掩双扉。

开岁多阴晦,炊烟傍屋低。饥乌冲雨去,归雁入云迷。苍藓缘琴石,残花印屐泥。楼头新柳色,冉冉绿初齐。

百舌鸣高树,幽人晓梦回。烟凝芳草合,帘卷杏花开。登眺消长日,迂疏养不材。花间来往惯,鱼鸟不惊猜。

身逐于陵子,躬耕老鹿门。发从今岁白,眼已去年昏。夜火烧松节,朝餐煮菜根。旧时闺阁侣,象服灿鱼轩。

暇日淡无虑,焚香清道心。雨晴朝放鹤,月好夜横琴。阁帖临黄绢,旗枪煮绿沉。柳绵飞似雪,不觉又春深。

欲语知无味,人前口重缄。且须歌《白纻》,何用湿青衫?身后诗千首,枕中书一函。放言聊寄慨,他日任芜芟。

七　夕

天上逢兹夕,双星又渡河。重烦乌鹊驾,暂罢锦云梭。帝子伤离久,庸人得巧多。泉台悲永诀,存殁恸如何?

小院残春

几树残红瘦不支,绿阴满地燕参差。春归细雨斜风里,客病轻寒薄暖时。斗草帘栊人寂寂,秋千庭院日迟迟。柳花飘荡东西陌,闲杀青青百尺丝。

夜坐对诸子有作

短烛残更掩敝庐,敢将萧散负三余。工嫌婢惰亲缝纫,学恐儿疏自授书。旅雁伤秋频作客,啼乌绕树剧愁予。管弦何处高楼月?未觉轻寒到薄裾。

井臼艰辛岁屡更,屏除习气闭柴荆。诗虽久废心难逸,琴未全烧手已生。困苦但存鸡肋在,劬劳喜见燕雏成。最怜娇小甘藜藿,动我萧条寄庑情。

数时食不继书此示子女

拂砚唯临乞米书,炊烟不继盎常虚。因删口数先除鹤,痛节盘餐不食鱼。翠管懒添愁里黛,白头犹曳嫁时裾。愿他儿女皆愚鲁,安富尊荣莫似予。

五亩园旧畜二鹤忽殒其一孤侣哀鸣都忘饮啄诗以吊之

西风一夜返芝田,仙蜕遗形尚宛然。旧过苍苔犹有迹,重来华表是何年?独临池畔悲孤影,唳入秋空泣暮烟。何处惹人情最切,严霜落木五更天。

惆怅吟 四首选一

忆昔承欢在谢家,封胡遏末斗才华。清言畅处风生座,丽句吟成笔有花。风里落红分涧席,秋来乳燕各天涯。每当飞雪添惆怅,太傅门庭冷旧沙。

读金石录后序追悼李易安

天涯漂泊剩残躯,斗茗论文忆得无。薄命不随《金石》尽,问君何事惜桑榆?文采风流世共知,陈编荒诞颇生疑。皤然霜鬓花冠妇,岂复重添狙侩悲。

双溪感旧 六首选一

苦谢华簪事耦耕,七年花木共经营。伤心永断龙眠路,亭子秋妍始落成。

先太夫人成秋妍亭后,即抱病不起。

读史廿四首 二十四首选二

青鸾吞噬几能全,世事真同螳捕蝉。纵使黄金如土贱,只堪贴地步生莲。

陈高祖欲使黄金同土价,孰知后世之奢败有如此者。

天心苦未厌干戈,五姓匆匆几载过。输与痴顽长乐老,于中博取好官多。

五代生民涂炭,就中自诩得计者,唯长乐老人。

过青阳 三首选一

粉墙华屋密层层,坊市家家署永兴。二月江南风味别,担头邀客买乌菱。

哭夫子 二十首选二

策献天人苦未收,几回肠断秣陵秋。可怜易箦无他语,犹恨生平志未酬。正坐长贫入世难,读书万卷误儒冠。冥曹倘索修宫价,楮锭犹能博一官。

——以上录自徐璈《桐旧集》卷四十一

步姑苏女仙碧箩原韵五首

壬寅秋,清河诸昆季请仙于修堂,有女仙降坛,自书"姑苏碧箩",作诗数首,有问者不甚酬对,但书"索蠹窗主人和之",予何人?

乃蒙仙灵见知，因感其意，爰步元韵酬之。

降乩诗

舒毫握管想纤纤，小阁清吟不卷帘。玉碎香销知有恨，何年窃药步银蟾？
何须追悔失光阴，往事都随劫火沉。恨不生逢珠玉质，早亲兰臭结同心。

玉簪花

相助卢家淡薄妆，莫疑青鬓早飞霜。晓奁落地无声腻，晚枕斜簪入梦香。
独具冰心宜谢女，难同钿盒寄三郎。蕊宫击节新诗好，浪掷瑶阶秋夜长。

秋海棠

密叶参差绿映门，千年不泯旧啼痕。土花化碧存三径，湘竹成斑共一园。
片石苍苔依翠袖，轻烟细雨琐芳魂。临风自写珊珊影，远胜春山蜀魄冤。

邯郸才人嫁为厮养卒妇

曾闻此腹负将军，枳棘鸡栖岂托身。青冢胡笳同此恨，由来天最厄才人。

——录自张令仪《蠹窗诗集》

玄冥

北户乃墐，凝阴迓寒。雷霆无声，雨雪漫漫。何以御穷，修其旨蓄。草木既胎，蛰虫咸伏。无视无听，以求多福。百尔君子，宜谨嗜欲。

西颢

大火既流，凉风荐爽。四时代谢，成功者往。是刈是获，东作乃登。馨香玉粒，神享其烝。率我妇子，中夜鸣机。凉霜戒晨，勿使无衣。

蠹窗对月

徘徊爱良夜，吾庐有佳趣。星稀月转明，冷浸空阶树。疏影自纵横，正对钩帘处。藻荇散庭除,水光还四布。曲槛好寻诗,修廊宜缓步。寒花浮酒盏,落叶添茶具。鹳巢松树颠,静夜如人嗽。高天鸿雁鸣,唳入秋云去。坐久欲忘眠,烦襟感凉露。欲写此时情,谁能展毫素?

春晖亭纳凉

夏木清阴合,凉飙飒然至。幽邃类山林,鱼鸟得所寄。落照沉西山,一榻当风置。短葛卧花阴,披襟忘暑气。陈迹论贤愚,礼义训童稚。游鱼浮绿水,新篁荫寒翠。相顾有余乐,聊以适吾志。因念宦游人,驰驱积劳勚。匹马犯惊沙,火云还炙背。辛苦勿复道,忧惧心常系。食前虽五鼎,豆粥存至味。谁言朱紫荣,得此政不易。

雨夜有怀

穷秋易生感,况复雨声乱。点点在心头,潇潇鸣耳畔。冷风袭敝帷,半壁孤灯暗。忧来非一端,相思增永叹。策蹇念儿子,泥深恐没骭。程虽百里遥,穷途岂云惯?乃父迫饥驱,遨游非汗漫。挟瑟向谁门?秋飙困羽翰。栖栖五十年,雪鬓朱颜换。堕此尘劫中,长夜何时旦?浙沥到五更,未及愁之半。

雪夜书怀

荒城戍鼓寂,不知夜几许。悉索破幽梦,床头啮饥鼠。布被冷如铁,辗转益凄楚。皎然非月光,虚白照庭宇。时闻泻竹声,乃悟雪凝聚。岁聿况云暮,破葛怜儿女。衰翁坐病废,百事困不举。无炊惭巧妇,忧来谁可语?明朝泥没髁,乞贷向何所?丰年虽有兆,生民自无补。

读伯祖母方夫人纫兰阁诗集敬赋一章

大家续汉史,茂猗书法工。缅怀古贤哲,安能生相从?山川萃吾邑,面面青芙蓉。闺阁毓才俊,秀气固所钟。捧读《纫兰诗》,三复难尽通。吐词贵温厚,深得《二南》风。淡永追汉魏,格律王孟雄。群龙戏沧海,孤雁唳秋空。味存太古音,岂屑筝笛同?墨妙擅丹青,如来金粟供。夫人及笄年,归我方伯公。予之伯祖母,华胄桂林翁。窃闻长者言,秋水剪双瞳。丰神乃玉映,气度山岳崇。敬顺备女德,门内咸肃雍。谈笑复豪迈,宽大兼能容。灿灿列小星,三五常在东。抚育后胤昌,训诲责在躬。伯祖固超逸,早年声价隆。风裁张绪柳,鹤氅羡王恭。清河贵公子,高第捷南宫。分符荆楚间,惠政如黄龚。圣主轸民瘼,屏藩于岱宗。秦晋半丘墟,齐鲁事兵戎。军储既内匮,外援复绝踪。慷慨报国恩,微臣死孤忠。竟符太母梦,血溅征衣红。齐太夫人产公,夕梦天降红旗,金书"血溅征衣"四大字。夫人得妙解,繁华知有终。从容就大义,托身洪波中。忠烈载国史,恤典重褒封。庙貌祀千秋,俎豆于无穷。芳名诚赫奕,匪独词藻丰。高山徒仰止,未获扣洪钟。拜手纪一言,小技愧雕虫。班门惭掉斧,景慕致微衷。

雨夜迟儿子读书

雨落檐花秋欲老,林皋败叶疾如扫。尘凝穗帐响凄风,荧荧半壁孤灯小。稚子琅琅诵读勤,城头击柝漏将分。凄清近似鹃啼月,激楚高随雁叫云。藜藿充肠犹不足,何处朱门厌粱肉?断简残篇守父书,捉襟露肘无完服。机丝轧轧就余光,寒入单衫夜有霜。病躯岂不爱偃息?还愁儿女无衣裳。逝者如斯行自念,齿发衰残筋力倦。劳劳胡为戕其生,驹隙流光逐驰电。譬彼深山戒律僧,修持心似碧潭澄。丹诚愿种他生福,慧业名场莫再登。

秋夜长

严霜倒浸帘栊冷,半壁孤灯寒耿耿。秋老啼残络纬声,月明瘦尽梧桐影。啼乌有意隔纱窗,窗里愁人泪一双。两两饥儿啼下国,迢迢赪尾滞寒江。机中锦字休裁怨,且织征衣还寄远。天涯若问此时愁,一江春水犹嫌浅。

北郭寻秋

野阔风吹袖,茫茫平楚间。秋随人意冷,云共客心闲。鸟堕将残叶,烟生欲暮山。怪他乌桕树,着意染衰颜。

晚窗对月

皎月当窗入,贫家省夜膏。叶残林影瘦,风静雁声高。衣薄寒差健,诗成兴转豪。长吟新得句,聊可破牢骚。

野 望

野望徘徊久,高林夕鸟喧。晚烟生密竹,春水抱孤村。红锁残阳岭,青回旧烧痕。柳阴低扬处,鱼网挂柴门。

秋日登楼 二首选一

清秋虽索莫,心赏不相违。叶落远山出,天长去鸟微。柳烟消翠黛,莲渚卸红衣。俯视人间世,黄尘滚滚飞。

晚春坐春晖亭 二首选一

十笏能容膝,芳时也自春。月明如泛艇,花落代铺茵。地僻门无客,窗虚鸟近人。道心清似水,何处着红尘?

江 行

秋江渺无际,一棹过桐君。低树半临水,远帆深入云。烟生荒戍近,风送暮钟闻。锦树千层外,斜飞白鹭群。

乌沙夹

萧萧芦苇岸,衰草映长堤。云外孤帆小,天边远树低。雁偎沙浦宿,鸦带夕阳栖。尘土劳行役,翻令客思迷。

秋日闲居

风逼寒林叶尽凋,深秋门巷太萧条。人能恕我容疏放,天似知予爱寂寥。一缕微烟香细细,半窗孤韵竹萧萧。霜丝渐欲生蓬鬓,壮志都从镜里消。

俗尘自不到吾庐,纵懒忘形与世疏。检点生涯三径菊,消磨岁月一床书。灯残漏尽孤吟里,茶熟香温午梦余。霜重芙蓉红有泪,西风憔悴似愁予。

二弟北上省两大人诗以赠别

落日西风酒力微,长途珍重客添衣。云连野烧千峰合,雪满关河一雁飞。到日笙歌当令节,多君彩服绕庭闱。为予致语双亲侧,膝下牵裾愿久违。

岁暮有感

空斋尘土锁书签,兀坐无心掩镜奁。酿雪冷云低碍屋,斗风干叶乱敲帘。人从百虑堆中老,寒向单衫破处严。短景萧条催岁暮,可堪愁病更相兼。

早春过西坞

高人胜地两相宜,泉石萧疏淡益奇。断岸春波新雨后,远山烟树夕阳时。数间老屋妻孥共,一叶扁舟书卷随。自是庞公旧栖隐,等闲未许俗人窥。

老梅香淡护疏棂,竹雨松风共一庭。小艇冲开春水绿,高台收尽远山青。何人不被浮名误,此地差令倦眼醒。欲傍清溪营小筑,凭谁为我报山灵?

信宿双溪喜晴

沙路无泥借短莎,呼晴隔树鸟声和。波纹绉碧裁烟縠,山色含青染黛螺。一棹菱歌秋水阔,半天松韵夕阳多。地灵草木争荣发,不独横塘满芰荷。

晚秋再过芙蓉岛

谷口溪流没旧沙,依稀犹认路三叉。蒹葭映水白于絮,枫叶出林红胜花。岚翠欲遮飞鸟路,秋光偏属野人家。东邻老圃曾行处,霜蔓离离尚有瓜。

北园亭榭落成长嫂夫人招饮赋谢

绿野重开营数楹,北堂花发足怡情。竹阴疏处见山色,松籁寂时闻水声。胜地高人差不负,清樽暇日许同倾。小亭还构花深处,千树红霞夕照明。

双溪夜归

为恋松楸近夜归,犬声如豹护柴扉。光生野水天垂影,月照荒村人捣衣。古堞昏鸦千点集,疏林远火一星微。依稀认得来时路,略彴斜通是也非。

送道充之梧州兼怀朗风夫人

初归冀北解征裘,又束琴书事远游。残酒灯前黄叶雨,片帆江上白蘋秋。诗过名胜添佳句,梦接池塘慰旅愁。寄语谢家相忆切,竹林良会愿难酬。

忆儿铉将渡黄河

倏忽征途十日过,今晨悬拟渡黄河。敝裘羸马冲寒发,野店山桥入梦多。世路未谙疏礼法,客程初历慎风波。潇潇细雨萦怀抱,其奈人生远别何。

归 梦

老树初来未发芽,今看满地落槐花。五更寒雨三更月,归梦无时不到家。

行 路 难

云中之鸟能高骞,侧身宇宙愁茫然。我生斯世乏双翼,何能奋发绝苍烟。蜀道蚕丛高接天,复有黄河当其前。毒蛇猛兽伺山谷,鱼龙出没临深渊。行路难,难如此,安能稳坐沙棠舟?片帆一瞬达千里!

又

昔者石文子,三人同赍粮。道远度莫达,赠友并衣装。风雨欹崖间,两两尸相望。唯存其革子,独得相楚王。君不见,侯嬴老作抱关吏,居巢范增疽发背。史迁蚕室岂其辜,屈子沉湘终不悔。又不见,李白长流夜郎道,杜陵诗客飘零老。明妃失意出汉宫,婕妤纳扇悲秋早。行路难,且休矣。庞公栖隐鹿门山,庞下伯鸾真解事。

关山月

大漠月如沙,清辉万里赊。孤烟生堡堠,戍角动悲笳。秋气入寥廓,征人何处家？铁衣卧霜冷,无梦到京华。朔雁又南翔,乃在天一涯。高楼有思妇,灯暗不成花。

子夜歌四首选二

初日照芙蕖,明妆映南浦。人言莲子甜,不识莲心苦。

闲花满路芳,碧草连天远。一寸芭蕉心,临风独辗转。

拟古诗十九首选四

行行重行行,销魂离别多。君子远行役,深闺结翠蛾。吴越为熟游,七闽再经过。饥驱适齐鲁,风雪渡漳河。太行登羊肠,彭蠡犯惊波。累岁长干道,秋风唤奈何。忧伤令人老,坐惜芳华槁。白日失东隅,藜藿苦不饱。

冉冉孤生竹,高节凌秋霜。托根于巇谷,玉质灿珩璜。松柏结同心,寒翠四时芳。令德比君子,美实餐鸾凰。深具山林缘,终难近庙廊。清风飒然至,幽韵时琅琅。不逢王子猷,闲园锁辟疆。愿言保孤贞,三径日就荒。

中庭有奇树,轮囷高百尺。上枝摩青霄,下根托盘石。苍皮渍苔藓,劲节饱霜雪。时序变凉燠,清阴常奕奕。不与众芳伍,萧然抱孤洁。伟哉栋梁器,宁终老山泽。

回车驾言迈,彷徨泣岐路。严霜滞马蹄,川长不可渡。仰视浮云驰,岁月不我与。轻尘栖弱草,如电复如露。寿命几何时,皇皇不宁处。利欲苦牵扰,更被浮名误。何时衡宇下,读书倚秋树。躬耕乐南亩,大义勉童孺。放浪形骸外,此中有真趣。

拟子美七歌七首选三

残书残书近百卷,朝吟暮把从吾愿。芸签缥帙满匡床,居然坐拥尊南面。红炉雪夜一灯青,冰花细结琉璃砚。呜呼二歌兮歌少舒,老我闲身作蠹鱼。

有草名兰产空谷,白石清泉伴幽独。自去骚人识者稀,春深苦被樵柯劚。城中富贵爱繁华,魏紫姚黄看不足。呜呼六歌兮歌声变,芳香满把如茅贱。

我生忽忽将四十,齿发衰残仅骨立。早偕仲子荷锄犁,少事梁鸿慕高洁。东家高楼艳红粉,轻绡欲试娇无力。呜呼七歌兮歌调成,草木欣欣尽向荣。

古　意

东家百亩田,储积高如屋。对之犹怏怏,恨不沾微禄。西家徒壁立,妻子苦枵腹。尽室免饥寒,安能十斛粟。贫贱固相因,富贵亦恒属。顾彼东家忧,有甚西家哭。要非造物悭,人心苦难足。

瞻彼首阳山,夷齐不可企。嗟哉后世人,仆仆求名利。干谒诚所鄙,苦为口腹累。屑屑升斗间,常恐失其意。未必动故人,毋乃羞廉吏。我愧仲子妻,廉洁守其志。何当隐岩穴,耕耘以没世。

灯下读放翁诗

青灯耿荧荧,肘腋风习习。不知夜何其,但觉寒气逼。秋高树有声,草枯虫唧唧。不寐殊寂寥,披读《剑南集》。寻绎味深醇,愁苦顿若失。因复念此翁,忠诚世无匹。置身草泽间,忧心筹君国。家祭自有时,中原定何日?孤愤动中怀,抚膺长太息。块垒乏酒浇,聊且啜茗汁。掩卷起徘徊,星没银河黑。

送湘门越游

寒风催授衣,木叶下如霰。游子为饥驱,不及辞巢燕。霜螯正甘美,篱菊犹芳蒨。故国多弟兄,把酒足欢宴。胡为事远征?宁不伤贫贱。巧让蛛网工,情同鸟飞倦。勿探孤山梅,恐致仙灵厌。勿上子陵台,俗尘污清巘。干谒非本怀,漂泊良可念。共挽鹿门车,何时毕吾愿?

严装亦已发,马嘶天欲曙。长男前致词,行色何匆遽?仲子牵衣啼,徘徊不能去。尚有襁褓儿,嘻笑感情素。太息抚诸雏,乃为汝曹故。疗饥少脱粟,掩胫无完布。既伤王霸子,有愧梁家姁。感咏《北门》诗,去去勿复顾。八口苦嗷嗷,待君生涸鲋。六桥杨柳新,早逐江云渡。

机杼歌

鸿雁嗷嗷秋渐老,严霜杀尽阶前草。梧桐叶落夜飕飕,偏是今年寒较早。小窗轧轧机杼鸣,秋风入骨使我惊。虫语不须频促织,宵灯惯度短长更。终夜劳劳不成匹,泪痕暗逐抛梭急。床头絮冷儿无衣,寒灶明朝绝珠粒。不辞十指遍生胝,辛苦犹嫌织作迟。朱门一曲清歌发,消破缠头十万资。

除草吟

草生天壤间,于人亦何仇?恒苦遭刈割,去之恐不遒。以其害嘉禾,丛杂遍良畴。膏泽为所攘,雨露偏能周。当春常怒发,一望何油油。横据陇亩间,黍谷为不收。曾闻耕田歌,非类胡能留?亦有好庭轩,花木罗清幽。蓬蒿混其中,芳华若休囚。茑萝附木荣,萧艾岂兰俦?空负三春晖,寸心安足酬。古者恶草具,深为楚使羞。欲借燎原火,代彼严霜秋。

寓 言 三首选二

古人敬爱士,无如四公子。华矣春申君,上客皆珠履。孟尝置幸舍,鸡鸣狗盗耳。买丝绣平原,斯言发妙旨。美人轻一笑,躄者重如此。升高望悠悠,大梁亦已矣。夷门老抱关,饥寒困闾里。车骑虚左迎,上客为惊起。刎颈送王孙,侯嬴得其死。

淮阴昔未遇,骐骥困尘中。俯首出胯下,不失为英雄。汉主且不识,安在责愚蒙。贤哉独漂母,高义凌秋空。只益须眉愧,难追巾帼风。淮水永无竭,千秋俎豆崇。

峡 山

四山环抱合,面面蠹青障。奇峰相对出,崔巍高十丈。苍秀罗紫翠,杰出岭之上。或如虎豹蹲,或如蛟龙放。兀突复玲珑,诡怪莫能状。大矣造化工,斧凿安可向?中处渔樵人,衡宇遥相望。何当谢尘俗,数亩得相傍。

西 湖 行

　　我慕西湖历年岁,一水双峰劳梦寐。岁当丁酉仲春时,五两轻舟遂宿志。新火初生过禁烟,六桥花柳各争妍。雕鞍陌上抛金弹,翠袖波心簇画船。碧瓦朱栏斜照里,娇丝急管太平年。酒楼遍供游人醉,佛火争施过客钱。千载精灵应不泯,瓣香先到岳坟前。荒丘凭吊多难识,塔影雷峰独宛然。黛色青青波面绿,略具西湖真面目。拂城松树尽樵苏,绕廊荷花半平陆。雕甍藻井尽祠堂,荒冢新阡满山麓。花明紫陌纸钱飞,月冷青磷狐兔哭。臂鹰腰箭半军装,西凉满酌横刀出。宝马轻裘意气扬,岂容寒素相追逐?忆昔风流太守好,香山居士东坡老。长堤委宛护陂田,勾留半为裙腰草。更有孤山放鹤人,玉梅花发千岩缟。南渡繁华委逝川,园林何处寻荒沼?红墙几处锁朱楼,犹幸当年翠辇游。雨露普沾新草木,风云犹护旧汀洲。龙章凤篆相辉映,胜地翻因宝翰留。不尽登临无限意,何时兰桨再来不?

送长男之大梁

　　行年五十七,衰病日相促。庑间吊孤影,黔娄先我殁。虽有两男儿,饥驱谋口腹。幼子寄燕台,泰华能顾复。今汝去大梁,三年归未卜。此行依渭阳,学业当益勖。良友三数人,讲究扩心目。青灯披览余,幽窗展书读。器宇宜恢宏,浮云看宠辱。慎勿侈豪饮,疾病此中伏。慎勿逞谭锋,多言伤厚福。暇日勿思家,中怀母郁郁。丈夫志四方,胡为守茅屋?予发虽种种,幸或未就木。寄语同气人,池塘春草绿。

读 史

　　开卷千秋恨事多,动人孤愤唤如何?秦车恰误沙中击,楚帐偏闻垓下歌。白帝丧师重卧病,黄龙直取诏停戈。拊膺更有伤心泪,憔悴江潭吊汨罗。

仿梅村先生题仕女图作八首选二

虞 兮

碧血横飞渍战场,土花千载尚遗芳。美人合向英雄死,不逐丁公事汉王。

出 塞

白草黄沙去不回,空留青冢使人哀。汉家金屋原难恃,况少相如作赋才。

春 尽

江南三月草连天,花事匆匆剧可怜。几尺沦漪收落絮,一窗冷雨和啼鹃。消愁难借荼蘼酒,买恨空飞榆荚钱。春困着人慵似病,好凭清梦送流年。

夜坐偶成二首选一

稚子经秋病始轻,晚凉暂许一开襟。谁言莲子中心苦?未似人间阿母心。

田家即事

遗民简朴古风存,鸡犬闲闲绝市喧。云树微茫衔远岫,烟波幻冥抱孤村。芰荷风外人垂钓,粳稻香中叟在门。此处尽堪逃俗累,何须重觅武陵源。

秋夜偶成

冷月凉风枕独欹,鸦啼金井漏声迟。悲欢难破百年梦,胜负偏争一局棋。心似枯僧徒有发,情同春茧愧无丝。知难竟自逃禅去,只作香龛绣佛时。

述志二首选一

浮世繁华久弃捐,欲酬鄙志卜何年。堪容啸咏三间屋,薄供饔餐二顷田。滟滟湖光翻素练,苍苍树色隐长天。移将竹榻浓阴里,静听泉声到枕边。

情

多少英雄未肯忘,阿瞒气尽尚分香。井中丽质怜陈主,垓下虞兮泣项王。子野闻歌偏惹恨,伯舆终死亦何狂。墙阴难泯千年迹,幻作秋花字断肠。

冒雪随严大人探梅双溪 二首选一

远浦无声冻不流,层冰积雪压枝头。也应愁杀梅花冷,一夜青山尽白头。

述 志 五首选一

心安体逸掩衡门,与世无求道自尊。玉食何如香稻熟,吴蚕未抵木绵温。

感 怀

历尽沧桑岁屡更,浮云变幻见人情。积迨难杜伤廉吏,古道全非多恶声。衣葛西华谁可托?辟纑仲子岂邀名?西山雾雨藏文采,粒食羞同野雀争。

秋日龙眠道中

扑面新凉细细风,野田平碧映秋空。晚禾有庆农夫乐,陇首歌声处处同。
最爱临流老圃家,平田十亩稻乂丫。迎门妇子朝餐罢,笑听秋虫絮豆花。

四十自寿诗

先世遗清白,回头往事非。湿烟炊破甑,霜月照寒机。疾痛人空老,蹉跎愿总违。那堪逢歉岁,八口苦啼饥。

题木兰从军图

忍使衰亲蹈骇机,红妆自洗出罗帏。一鞭星影驰金勒,十载霜华冷铁衣。壮志能完苏武节,全躯翻胜李陵归。雌雄似此何须辨,不独蛾眉世所稀。

过五亩园

绿野春光好,登楼意黯然。杏花初破粉,柳色远含烟。池涸鱼偎草,人归鹭在船。海山应顾笑,尘世易桑田。

梅花诗_{三十首选四}

好花偏发在穷冬,黯黯同云雨雪重。幽谷寒崖如避俗,冰肌玉骨若为容。临妆独爱波清浅,写影难施墨淡浓。自去暗香疏影句,谁能尘笔咏芳踪?

玉骨珊珊瘦不支,古苔苍藓半披离。暗香好结罗浮梦,冷韵全分姑射姿。冰雪浑堆当北户,阳和争发向南枝。疏帘曲槛容萧散,茗碗炉烟一卷诗。

柳色江城青眼微,清癯偏自敌寒威。春回灞岸寻诗去,雪满孤山放鹤归。独立不须怜寂寞,阿谁堪与斗芳菲?上阳寥落悲前宠,一斛珍珠泣故妃。

孤根盘曲古苔斑,雪作精神玉作颜。日暖珠玑倾大海,月明环珮在空山。凌寒啸傲心原冷,傍水横斜意自闲。山雀踏枝香粉落,小园终日不开关。

钓 鱼

钓丝轻软午风柔,水碧鲜鳞作队游。参破浮生平淡意,怜他贪饵误吞钩。

追和王阮亭先生秋柳诗_{四首选一}

憔悴江潭黯断魂,西风落叶响柴门。折残坝岸劳青眼,望远章台敛黛痕。雁带新霜过上苑,鸦翻斜照卧江村。笛声吹破繁华梦,翠冷香销总莫论。

晚 眺

渺渺归鸿点暮天,孤云落日思无边。小楼安得倪迂笔,淡写寒林一抹烟。

二叠前韵慰湘门

凭高暂与展眉头,莫叹明时不被收。杖挂一缗沽酒值,家藏万卷读书楼。

临风且作孙登啸,对景休悲宋玉秋。试看金门骑马客,抽簪翻羡卧林丘。

雨后行龙眠道上

似逐渔舟入杳冥,峰回路转水泠泠。河流激石吼银浪,山色含岚展翠屏。夕照晴笼芳草碧,烟村低接远天青。此中民物称淳美,菜麦连畦信地灵。

野 望

篮舆风日好,渐觉远尘氛。野阔天垂地,峰高树入云。稻畦千顷接,村落几家分。桑柘浓阴里,鸡声隔浦闻。

感怀用前韵

弱水迢迢榆树秋,罡风吹我堕峰头。尘缘只似春冰薄,心事都归逝水流。蝶化庄生同入梦,鹃思蜀帝枉多愁。杜门不管升沉事,荠菜和根饱即休。

伤哉岂止独悲秋,多恨安仁易白头。试看敷荣多小草,古来沦落尽名流。难齐荣启成三乐,懒逐张衡咏四愁。但以浮云看宠辱,白衣苍狗几时休。

吊文丞相即用其金陵原韵

安得长戈挽落晖,孤忠耿耿欲何依。江潮不至天心改,海水无情事业非。碧血竟随鹃共冷,黄冠难逐鹤同飞。冬青树老花如雪,地下苏卿仗节归。

题桃花扇传奇后十首选二

半壁东南事又虚,臣孤无策恸捐躯。江山不逐兴亡改,夜夜涛声泣子胥。

千里旌旗鼓角雄,誓清君侧见孤忠。扶苏运绝蒙恬死,百二山河一旦空。

游 浮 山二首选一

揽胜清秋愿未迟,路穿岚翠入逶迤。峰峦峭刻烟霞古,洞壑空灵造化奇。望去天沉湖水外,坐来云起客衣时。此中近接神仙窟,何用商山觅紫芝。

三闾大夫祠

《九歌》哀怨泣兰丛,泽畔行吟道已穷。浊世谁能容独醒?沉波翻幸托孤忠。还从湘水寻遗庙,何处章华吊废宫。千载精英知不泯,椒浆岁岁走村翁。

书怀呈湘门 四首选一

偃息丘园且饭蔬,底须辛苦带经锄。萧曹莫讶曾为吏,卫霍何尝解读书。汉代公卿多鲁钝,晋时名士慕清虚。怀中空有《天人策》,何处能容董仲舒?

北墅八景

步西冷顾次山韵,八首选二。

野碛溪声

尽日潺湲处,柴门枕碧流。飞花当渡口,垂钓坐矶头。弦管清音合,烟霞野色浮。莫教轻洗耳,牵引世间愁。

曲沼游鱼

春波浮赤尾,霞绮散晴曛。作队偎芳草,潜身匿片云。唼花成锦浪,吹沫见圆纹。何必江天阔,鲸鲵始可群。

次三家潭

野渡春流荡小舟,门前垂柳碧烟浮。村姬亦爱吴妆好,半幅玄绡学裹头。

五溪桥望九华

九子峰峦叠叠青,欹奇苍秀薄高冥。此中安得容尘俗,法雨天花信有灵。

陵阳道中

两山相峙夹清波,一曲潺湲雪浪多。苍秀幽深如画里,龙眠佳处未能过。
水抱云迷历万峰,熙熙妇子乐时雍。谁人发此机心巧,水碓家家代客舂。

晓发新安

寻芳不觉路迢遥,图画中行几暮朝。绿水如油梳石发,白云铺练锁山腰。
人穿鸟道寻烟岭,马滑霜痕上板桥。明月计程过越水,轻帆一叶泛吴舠。

平湖秋月

湖光潋滟漾晴空,雁浦鸥汀望不穷。远岫半衔春水绿,晚烟低衬落霞红。
何当良夜三秋候,想像清光一望中。斜倚石栏吹玉笛,谁云不是水晶宫?

归次钱塘江夜遇风潮

夜泊荒江风浪高,长年三老亦呼号。惊魂欲断凭谁诉?性命须臾等一毛。
风挟江潮势若山,孤舟飘荡浪花间。布帆无恙叨天幸,真是人从破冢还。

赋得湘灵鼓瑟

洞庭南望水烟弥,瑟瑟弦声动客疑。波底楚魂悲夜月,云中帝子拨秋思。
难摩古调临风处,似有轻轩渡水时。江上晚峰青历历,一天霜露堕寒枝。

将至德清时随二侄署橡也 三首选一

近水人家半石桥,西风芦苇影萧萧。前山烟锁蒙蒙雨,几点轻蓑泛小船。

展岳武穆墓

全家俎豆姓名馨,忠孝千秋永著灵。双干至今留老桧,诸陵何处哭冬青?
奸人巧合逢庸主,志士沉冤讨不庭。凛凛英风犹抱恨,苍烟古木昼常冥。

薄暮至广德州

柳阴官路石桥东,塔影凌云烟树中。倦客喜逢投宿处,女墙犹映夕阳红。

道中杂咏 二首选一

妇子家家纺木棉,麦苗豆甲满平田。河流一曲鱼鳞细,古柳斜阳系渡船。

过 宣 城

衰草连天落日斜,萧萧枯木点寒鸦。青山无恙横今古,何处能寻谢朓家?
宵来雨过沐烟鬟,云树孤村杏霭间。留得诗人凭吊处,青螺一片敬亭山。

渡 江

雨逐斜风上客衣,轻舟喜趁片帆归。沙崩古岸寒潮落,天接遥山远树微。
牛屋孤撑依晚浦,渔罾群聚守荒矶。耳边渐觉乡音近,重向禅林一款扉。

寒夜听雨

萧条景况逼残年,拨尽炉灰意黯然。古屋连宵愁积雨,荒厨明日断炊烟。
当风残烛如人瘦,刻骨严寒不我怜。却笑蠹鱼空老死,个中几见得成仙?

老 树

蟠根阅历几沧桑,藓剥苔封半欲僵。幸以不材逃斧凿,反因高节饱风霜。
宵深有月临孤影,岁久无花让众芳。宣武当时功业盛,尚悲摇落泪沾裳。

老 牸

瘦骨棱棱倦四蹄,犹怀舐犊恋荒畦。空林月满当风喘,南亩春寒带雨犁。
负重难叨刍豆饱,突围曾与甲兵齐。秋田获后疲筋力,陇首谁怜卧雪泥?

陇 雪

经春历夏冻难消,大漠穷阴涌玉潮。白草深埋辽海阔,红旗低卷塞云飘。寒迷孤戍烟无色,僵卧三军气不骄。一望冰天飞雁绝,子卿归梦正迢迢。

边 月

平沙漠漠足清辉,万里寒光照铁衣。画角一声人北望,疏星几点雁南飞。风飘旗影关门远,地接龙荒戍火微。千古不销青冢恨,芳魂还逐夜深归。

羌 笛

临风谁奏落梅花?绝塞征人正忆家。千里关山惊远梦,数声哀怨杂悲笳。黄牛背上音偏好,红袖樽前月易斜。不似高秋最凄切,严霜白草在龙沙。

塞 鸿

昨夜西风冷白榆,一行飞趁稻粱余。须防太守当关税,好致羁臣异国书。露宿荒洲怜作客,心惊野火少安居。高天何处无矰缴,远涉江湖慎勿疏。

雨中坐吼云亭观瀑

宿雨新添树杪泉,蒙蒙云气暗山巅。烟鬟乍失疑平楚,雪浪排空落远天。千尺玉龙初出海,一条冰练自何年?孤亭寂寞荆榛里,呜咽春流泣杜鹃。

馆娃宫

芳草年年发故宫,扁舟人去五湖东。歌尘久绝苍烟里,响屧难寻夕照中。舞袖几回倾霸业,蛾眉自昔困英雄。江涛夜泣鸱夷子,千载潮头怨未穷。

垓 下

气尽君王泣数行,楚歌清夜怨何长。乌骓不逝归亭长,红粉衔恩饮剑光。

终古山川成骯脏,至今烟树尚苍茫。汉家陵庙荒榛里,一样寒波枕夕阳。

青 冢

姓字长留天地间,胜他永巷老朱颜。芳魂断送归沙漠,春色携将出玉关。几点苍烟凝翠袖,一痕愁黛锁眉山。李陵台畔悲风起,荒碛寒云满目斑。

马 嵬

六军解甲意仓皇,白练捐生古驿旁。过客情迷残锦袜,君王肠断旧香囊。海南荔子犹陈奠,剑阁铃声助悼亡。宗社几危终不悟,可怜痴绝是三郎。

送长男孔銮北上

望远伤离毕此生,那堪垂老送儿行。纷华慎勿趋时俗,醇谨唯期保令名。短铗莫愁知己少,葛衣应动故人情。冲风弱羽心尤切,好附南鸿数寄声。

从来不作别离悲,此际真令有泪垂。寂寞荒棺未归土,萧疏华发浑如丝。寒衣针线劳亲手,应道关山系梦思。学足三冬须努力,渭阳相傍是严师。

寄儿銮

弹铗初为客,须知涉世难。谦虚终受福,缄默免忧端。旨酒先贤恶,卑宫往哲安。况当多事日,只作卧薪看。

寒夜检湘门诗稿

病怯新寒早闭门,读书儿共一灯昏。枯荷似剪衣难制,落叶煨炉火不温。露冷苍苔鸣独鹤,霜侵薜荔泣幽魂。故人凋谢摧心骨,贻我相思句尚存。

岁 歉

岁歉山田薄,其如八口何? 无方能辟谷,有吏但催科。旅燕巢依幕,枯鱼泣渡河。怪他秋后雨,不似泪痕多。

箪瓢居陋巷,落叶拥柴扉。原宪知非病,东方但苦饥。未能封马鬣,独自泣牛衣。弱息天涯远,经年音信稀。

辟地自锄菜,充盘苦未能。妄思餐豆荚,岂意抱瓜藤。荒圃已无望,秋田况不登。御冬何计足?饮檗但吞冰!

秋日过二姊殡所

相思无路再逢君,翘首秋空羡雁群。蝶化浮生俱是梦,草埋孤榇未成坟。断桥呜咽闻流水,远岫苍茫锁乱云。同气几人头总白,可堪风叶正纷纷。

薄暮偶成

黄云埋落日,风景送流年。曲月惊飞鸟,疏林织暮烟。草根生意动,梅信暗香传。小步回廊遍,诗成意黯然。

岁暮感怀

猎猎西风冻不开,寒烟衰柳对荒台。远天云染墨痕淡,老树春生香梦回。失学儿因谋食去,敲门客为索逋来。尘心热恼消难尽,不及红炉火易灰。

春晖亭对雪

已报楼头花信风,飞琼搏絮遍空蒙。深埋碧树千林白,微露缃梅一线红。春色暗藏银海内,幽人如坐玉壶中。小亭绝似孤舟泊,独少当年蓑笠翁。

登投子之巅

凭高望处思飞腾,叠嶂悬崖得共登。平远山光青一抹,浅深麦浪翠千层。俯临城郭看微渺,追忆招提感废兴。草没丰碑存古墓,松楸难保到云仍。

过田家

茅屋欹倾烟火迟,鹑衣鹄面把锄犁。野无旷土民犹困,赋有常征力不支。

比岁未登徒作苦,高天入梦望谁知?朝来婉谢催科吏,箔上吴蚕渐有丝。

先公集中有万事归田好不如农圃乐仿其意亦成十首 十首选三

万事归田好,休夸仕路优。逢迎官长贱,鞭扑吏民愁。五斗何堪恋,三升良易谋。不如农圃乐,松下尽科头。

不如农圃乐,尽室住江村。终老无离别,宜家长子孙。清波环竹径,高柳护柴门。早韭充盘美,松棚共一樽。

不如农圃乐,家世守东菑。雪茧丝成后,山田雨足时。藕花藏小艇,瓜蔓上疏篱。妇子朝餐足,相邀采葛宜。

秋日悼夫子

空庭又见树萧森,辽鹤何时返故林?急矣穷愁催我老,悲哉秋气感人深。空余染竹湘娥泪,难续《招魂》楚客吟。闭户一经唯教子,九原期不负初心。

夏夜语儿铿

花木萧疏月影宽,胡床冰簟话团圞。太平无忽安居乐,忧患须知涉世难。豆荚充盘常过饱,木棉成布足遮寒。由来祸福原相倚,最爱诗人咏《考盘》。

悼 世

薄俗因循礼法宽,中流无柱砥狂澜。死生能托交游少,逸乐深耽孝悌难。古道不行伤渐没,颓风难挽习而安。潜身远害思招隐,世态人情眼倦看。

暮春行龙眠道上 二首选一

公麟媚笔想当时,树石萧疏淡益奇。何处澄波堪洗耳,一湾清映烈侯祠。

金盆沐发 踏莎行

玉镜初开,兰汤沃腻,翠鬟乍解朝来髻。青丝濯处似临池,墨痕直醮波心里。　　鸦羽参差,湿云拖地,临风笑倩檀郎理。娇柔无力倚栏杆,温泉浴后将无似。

月奁匀面 踏莎行

淡抹轻施,新妆娇倩,薄霜偏衬芙蓉艳。琼窗宝镜射朝光,嫦娥何事分明现?　　欲去徘徊,几番留恋?芳华只有侬家见。桃花白雪旧曾歌,翻怪三姨夸素面!

玉颊啼痕 踏莎行

汉帝恩衰,萧郎情薄,酿成种种情怀恶。两行玉箸界残妆,翠鬟低处珍珠落。　　雨打梨花,烟笼芍药,啼多只恐秋波涸。时时偷揾绣罗巾,背人佯整秋千索。

黛眉翠色 踏莎行

几笔轻匀,双峰碧聚,幽情都向其间露。吴宫多病捧心时,清歌听到销魂处。　　芳草凝烟,远山含雾,珠帘独卷娇无语。春尖偷蹙湿啼痕,一腔心事凭谁诉?

芳尘春迹 踏莎行

斗草闲阶,秋千芳径,落红软处依稀认。雨余沙浅露微痕,苍苔翠滑偷尖印。　　檀屑铺匀,金莲娇衬,晚风欲起扶初定。马嵬人去尚留香,屧廊柱作千秋恨!

云窗秋梦 踏莎行

雾阙参差,云楼缥缈,芳魂游遍蓬莱岛。乌衣鸾佩奏清商,红尘不羡邯郸道。　　城列芙蓉,阶环瑶草,蕊珠宫里秋光好。惊回一枕小游仙,晓风残月鸡声早。

绣床凝思 踏莎行

闲里金针,早完朝课,无端惹起闲愁大。怪他有鸟唤鸳鸯,双双戏处青萍破。　　半晌神驰,心情无那,不知帘外花阴过。娇波凝睇九回肠,红绒嚼向何人唾?

金钱卜欢 踏莎行

鹊语无灵,灯花难卜,心期暗向青蚨祝。龙文掷罢费端详,依稀似许归期速。　　黛减螺痕,臂消红玉,寒衾一束和香宿。高楼独上更消魂,陌头杨柳参差绿。

月夜书怀 洞仙歌

好天良夜,添得愁多少,月满花阴寒悄悄。渐银河低转,碧天如水星光渺,衬一点孤鸿小。　　怪年来心绪,别样淹煎,触景处都成烦恼。况新霜时候,萧瑟寒风,残梧满院秋声老。纵无情对此也难堪,可想见孤窗,深忧怀抱。

春　闺 满庭芳

乍雨还晴,嫩寒轻暖,海棠不耐春暄。娇慵如醉,特杀可人怜。深院重门静锁,生憎杀燕恼莺喧。又是清明时候也,杨柳欲飞绵。　　年年当此际,鸾消翠黛,鸭冷沉烟。试罗衣宽窄,较不如前。多半因春消瘦,入膏肓愁病难痊。常则向锦衾窝里,捱过卖花天。

咏　雪 念奴娇

柴门乍启,怪朝来三径琼瑶堆积,试问青山愁底事?一夜都将头白。灞岸寻诗,谢庭雅会,剩有风流迹。前村路断,梅花难探消息。　　小楼闲上徘徊,凭高放眼,望处尤佳绝。万里寒云飞鸟尽,冻合江天一色。钓艇渔翁,片帆斜挂,独坐披蓑笠,长歌对酒,乐抵蔡州闻捷。

杏　花浣溪沙

小砌残梅雪未消,暖风催放杏花稍。几枝斜傍绿杨腰。　薄衬晴光疑半醉,淡笼烟雨不胜娇,只愁深巷到明朝。

夏　夜渔父

柳锁轻烟似远山,雾中楼阁杳冥间。新雨过,片云还,洗出遥天玉一湾。
茉莉香浮茗碗清,芭蕉雨过晚凉生。新浴罢,葛衣轻,隐隐雷车天外鸣。
闲阶植过海棠丛,小草尤怜霜叶红。瓜蔓底,豆花中,安排络纬织秋风。
露湿新荷香满庭,匡床闲卧数流萤。风细细,夜冥冥,一笛吹残鸟梦醒。

湘门别后大雨不止因成蝶恋花二阕蝶恋花

桃杏匆匆都过却,海棠帘外,又破胭脂萼。镇日风欺和雨掠,无情最是天公虐。　况复绿窗人作恶,客去天涯,何处堪栖托?野店残灯村酿薄,征衫湿透难温着。

别离已惯何曾悔?短蹇冲泥,那更貂裘敝。自是饥驱宁得已?凄风苦雨偏相戏。　晴光何日方开霁?默坐支颐,厌杀重云腻。怪底小鬟能会意,扫晴娘向檐前系。

登楼望五亩园庭院深深

夜雨池塘新涨满,翠痕如沐遥山。园林萧寂不开关,输他鱼翠,来往占花湾。　旧事已随飞絮散,海榴红泪斑斑。楼台高寄绿波间,柳阴垂钓,羡杀那人间。

己亥清明庭院深深

前岁清明游兴畅,扁舟西子湖头,六桥烟景望中收。极天歌吹,金粉簇层楼。　今岁石门酬令节,山光树色清幽,暖风轻扬钓丝柔。桃花流水,别自有丹丘。

寒　夜 庭院深深

霜剪芙蓉寒刺骨,纸窗破处风严,萧萧落叶打疏帘。药炉灰冷,贫与病相兼。　　陋巷箪瓢今已矣,一生常乏䣺盐,哀鸿和露堕穷檐。明朝双鬓,白发几丝添。

——以上录自张令仪《蠹窗诗余》

张宜雍十八首

张宜雍,字肃简。张元表、左北堂之女,蔡薰继妻。著有《衍华阁诗草》。黄秩模《国朝闺秀诗柳絮集》卷二十:字肃简,安徽桐城人。太傅文华殿大学士英来孙女,礼部侍郎廷璐玄孙女,右副都御史、湖北巡按若震曾孙女,同知曾牧孙女,副贡磁州州判元表女,副贡聪赟妹,举人聪贤姊,滦州知州、四川安岳蔡薰继室,齐曜、齐旭母。著有《衍华阁诗草》。

颐庄晚眺

芳园闲纵目,老树罨霜红。牧笛吹斜日,渔歌唱晚风。片云归远岫,一鸟下晴空。立久浑忘倦,松梢月挂弓。

玉簪花

官阁萧然夏日长,晚风微见一枝芳。梦回夜气清如许,落枕无声但有香。

——以上录自吴希庸、方林昌《桐山名媛诗钞》卷七

欲　雪

天低云四合,六出欲飞时。密雾笼前浦,清寒透薄帷。人闲寻断句,鸦冷踏空枝。东阁梅千树,含芳故故迟。

闻　蛙

纤月挂高树,蛙鸣子夜时。野烟笼碧草,新绿涨平池。鼓吹凭谁识,官私

只自知。纳凉凭水榭,静听起遐思。

新 月

半钩纤影出遥岑,人坐中庭漏未沉。归鸟防弓藏树底,游鱼惊钓匿波心。恍如玉镜开奁浅,却讶牙梳入鬓深。更待团圞三五夜,瑶阶光满助高吟。

双塔晴烟

双塔崚嶒峙半空,晴烟漠漠望冥蒙。光凝远树西山紫,影落寒潭夕照红。绝顶钟声离合处,十分秋色浅深中。登临倘许穷幽兴,笑语应教隔座通。

蕉 雨

篝灯夜坐篆烟销,雨打墙阴凤尾蕉。人在碧纱窗里听,绿天深处韵潇潇。

月夜坐梅花下闻笛

碧天无际远峰青,疏影横斜月满庭。香气袭人幽梦醒,一声玉笛隔墙听。

江 行

李白丛祠拥碧鬟,峭帆傍午过三山。梦回落叶声如雨,秋在江皋远近间。

丹桂秋香

残荷疏柳绕芳塘,赢得西风作嫩凉。秋满官斋金粟界,一庭珠露一帘香。

春 色

东皇司气日,春色媚晴空。溪水湘罗碧,林花蜀锦红。浅深迷舞蝶,艳冶待游骢。帘外棠黎月,楼头杨柳风。金摇莺羽媆,翠入画图工。满月新诗料,鸾笺吟不穷。

春　寒

阳春偏寂寞,料峭客衣单。织锦莺梭冷,裁波燕剪寒。雨霏花有恨,风急柳难安。陌少游人屐,庭闲玩月阑。红楼帘不卷,玉盏酒频干。盼得晴光暖,芳菲取次看。

春　阴

碧汉收晴日,芳园曲径阴。痴云笼野水,宿雾起遥岑。迟我游春兴,闻鸠唤雨音。不教花弄影,且喜鸟穿林。姹紫香魂断,嫣红晓梦沉。天公修吝涩,早放华月临。

春　晓

小圃鸡三唱,残星挂碧霄。莺鸣惊曙色,人起惜花朝。淑景真堪赏,晨光岂易描？香留蝴蝶梦,露滴海棠娇。芳草初阳映,春山落月招。晓风偏有意,轻舞绿杨腰。

新　柳

东风剪出万条丝,正是春光潋荡时。欲视夭桃开凤眼,暗临碧水照蛾眉。青青客舍迎朝雨,袅袅旗亭绾别离。一种轻盈原可爱,独怜张绪比丰姿。

层楼西畔小楼东,碧玉妆成画不工。三月江村摇晓日,一春灞岸舞回风。相依芳草王孙绿,作伴桃花人面红。请看纤腰无限媚,如何不入楚宫中？

十里隋堤春昼芳,丝丝柳线拂宫墙。最怜细雨初匀绿,多谢东风澹染黄。三起三眠知力弱,半迎半送觉情长。无端谱入关山笛,吹断天涯客子肠！

落　花

九十芳春一指弹,飞英落絮结成团。马嵬雨滴香魂冷,金谷风摇玉面残。黄鸟多情犹绕树,绿杨无伴尚凭栏。算来只有清溪乐,碎锦纷纷水上摊。

——以上录自黄秩模编辑,付琼校补《国朝闺秀诗柳絮集校补》卷二十

张采儒一首

张采儒,广东新安令姚虎侣之妻。著有《辍绣阁诗集》。

寄 外

妆台刺绣已秋凉,怕看南楼雁几行。荩箧典空犹束手,朔风吹透薄棉裳。

——录自吴希庸、方林昌《桐山名媛诗钞》卷八

张同尹二首

张同尹,廪生张礼斯之女,吴石似之妻。

七 夕

空斋风送宝珠香,帘幕低垂觉晚凉。四野寒蛩惊梦短,三宵玉露滴更长。素娥有意留纤月,织女多情恋夜光。寄语鹊桥还莫拆,盈盈秋水色如霜。

月 夜

挂起如钩月,愁人独坐看。清光逗户冷,夜色逼衣寒。遥忆天涯客,同惊岁月残。最怜裘已敝,何日解征鞍?

——录自吴希庸、方林昌《桐山名媛诗钞》卷九

张柔嘉四首

张柔嘉,张定生之女,姚典赓之妻,姚怡敬之母。

晚 眺

日落暮云横,疏林鸟弄音。红霞低远岫,绿绮静尘心。春草池塘晚,垂杨画阁深。四围山色里,新月上遥岑。

咏梅魂

雪点长廊月照村,春来何事不留痕。参横已醒罗浮梦,犹认伶俜倩女魂。

塞 上

西风猎猎卷旌旗,白草黄沙满眼悲。知否金钱劳夜掷,空山木落雁来时。

浪淘沙

岁月静中过,莫漫蹉跎,人生行乐乐如何?春去春来春不住,对酒当歌。　　底事觉愁多,雨织风梭,衔泥燕子舞婆娑。香径掠花红湿也,蹙损双蛾。

——录自吴希庸、方林昌《桐山名媛诗钞》卷九

张薇芳三首

张薇芳,孙春掖之妻。著有《淡香诗草》。

牡 丹

无端景物又重新,富贵花原不厌贫。莫笑茅庐多冷落。露凝香满一枝春。

望 雪

深闺日暮独登楼,寂寂无言泪暗流。欲卷湘帘凭怅望,满天风雪使人愁。

晚 眺

鸾影分飞黯自伤,呱呱绕膝倍凄凉。荒厨镇日无烟火,闲倚小楼对夕阳。

——录自吴希庸、方林昌《桐山名媛诗钞》卷九

张紫云四首

张紫云,张湘帆、董清映之孙女,张从善之长女,孙子超之妻。著有《紫云学吟草》。

秋 夜

万籁寂无声,长空过雁鸣。偶来阶下望,秋月一轮明。

新 秋

风清露冷早秋天,点点流萤绕画檐。夜静天寒征雁寂,风吹梧叶落庭前。

早 梅

春风先占百花魁,疏影横斜带雪开。庾岭曾闻春更早,冲寒遥寄一枝来。

清 明

花落花开又一年,踏青人在柳阴前。画图一幅春风里,怕听清明泣杜鹃。

——录自吴希庸、方林昌《桐山名媛诗钞》卷十一

张翠云四首

张翠云,字吴氏,张湘帆、董清映之孙女,张从善之女,张紫云之妹,年十三。著有《翠云学吟草》。

登 楼

登楼极目雨初晴,一幅岚光画不成。绿树青山无限好,夕阳影里最分明。

夏 日

何处薰风至?楼头四望青。一行飞白鹭,遥过夕阳汀。

田 家

桑柘阴阴日未斜,辛勤最是野人家。忽闻稚子惊相告,扁豆茅檐正着花。

秋 日

秋来风景最关情,闲倚楼头月正明。黄叶碧云相映处,清光一派画难成。

——录自吴希庸、方林昌《桐山名媛诗钞》卷十一

张茧松二首

张茧松,张瘦峰之女,张墨稼之姊,孙循绂之妻,嫁一年而寡,寻卒。著有《茧松阁诗钞》。

夜 坐

露冷一床梦,起来闻雁过。空阶和月坐,落叶苦风多。不耐萧萧气,旋添薄薄罗。巡檐重惆怅,天际辨星河。

欲 雨

卷帘人坐晚风前,十日浓阴作雨天。紫燕踏花春寂寂,病红残绿点榆钱。

——录自吴希庸、方林昌《桐山名媛诗钞》卷三

张嗣谢七首

张嗣谢,字咏雪。张茂稷、姚宛之孙女,张廷玮之女,孙循绂之妻。著有《茧松阁遗稿》。

汪启淑《撷芳集》卷二十六:张嗣谢,字咏雪,安徽桐城人。张廷玮之女也。十岁解按声律,从母读《毛诗》,了了能达。适孙循绂,年二十二卒。著有《茧松阁遗稿》。

张廷玮《茧松阁遗稿序》略:呜呼!女嗣谢亡矣!女之生也以癸亥,十岁

以上,能按声律,工组纴。十五而笄,二十而字。以甲申年,二十有二而卒。呜呼!以女之年,益而倍之不为永,而况其间,予以敝车羸马,日走月步,皇皇道途之间,赋离思别恨者几何年!是女之生二十有二,而余之于女,天性之恩,骨肉之爱,且十余年不及也。方余之为秦游也,女始十四岁,念寻常儿女子,安知所谓山地险径,川地广平者,而女牵裾执袂,道劳人羁士雨雪风霜之苦,泪潾潾相向,余亦为之饮泣。呜呼!令早知女之生为长别离,虽一日弗忍舍也。女生而端庄,寡言笑,少从母读《毛诗》,了了能达其意。余居家,间以唐人五七字课儿读,女同受其义解,自是遂工为诗。然其于诸姑伯姊之间,道家居琐屑外,绝口不及文墨,类愚无知者,人咸以为是女之他日福德基也。女之生,余不能抚以尽爱;殁不能抚以尽哀。唯兹笔床无恙,琴案依然,断简遗篇,累累犹在。女乃荒坟寂寞,孤冢迷离。月下啼乌,风中山鬼。抚忆怀亲之什,竟成绝命之词。吁其戚矣,能不悲哉!肶其遗箧,得所吟咏若干首,益以往来邮致之作,摭次补缀,哀为一编,非唯希踪大雅,博身后之名,以重伤女之夙志,要不忍其销沉灭绝,与草亡木卒者等。呜呼!岂不痛哉!又闻女之甫亡也。家之人悯其情,愤其事,悉其素所玩弄服饰之物,取焚之而扬其灰,然则残膏剩馥之中,安知无零纨断墨随之烬灭也乎?呜呼!惨矣!酷矣!情苦矣!余其益悲也已矣。

《见山楼诗话》:桐城闺秀张嗣谢诗,格调清逸,无柔弱之态。如《立梅花树下》一联云:"写愁春破影,映水月分香。"又《病蝶》云:"初疑着雨衣香褪,渐觉迎风气力柔。"俱清新可诵。

沈善宝《名媛诗话》卷七:诗本天籁,情真景真,皆为佳作……张咏雪《游五亩园》云:"朱栏红芍药,翠幕紫兰丛。"……皆有味乎言之。

三婶母召游五亩园

花径小楼东,油车委巷通。朱栏红芍药,翠幕紫兰丛。席散鸟啼树,天高鹤唳风。晚烟隔秋水,人在碧纱中。秋水,轩名。

夜　坐

露冷一床梦,起来闻雁过。空阶和月坐,落叶苦风多。不耐萧萧气,旋添薄薄罗。巡檐重惆怅,天际辨星河。

病　蝶

莺莺燕燕一春愁,叶叶翻翻到早秋。小啜绿房藏叶底,细拖红粉上帘钩。初疑着雨衣香褪,渐觉迎风气力柔。料得海棠花睡去,梦中应忆旧庄周。

大龙清明

轻风斜日作清明,天淡云闲草树平。独有沙棠残照里,纸钱灰冷杜鹃声。

题二舅画扇

梨花庭院月黄昏,小立花阴映月痕。应是雪消梅落后,罗浮山下美人魂。

晚春闲居

琐窗春梦起,香阁罢炉烟。帘卷燕双语,花移日几砖。新蒲长似剑,榆叶小如钱。一夜东风雨,残泥葬柳绵。

拟闺情用花名

踯躅闲庭思悄然,合欢无计只高眠。夜残子午迷蝴蝶,花谢长春怨杜鹃。流水空传桃叶渡,归人何处木兰船?抽将碧玉簪头凤,卜当金钱问远天。

——录自汪启淑选辑,付琼校补《撷芳集校补》卷二十六

张若娴一首

张若娴,字清婉,张英子张廷璨之女。著有《湘翠阁遗草》。

随三姑母游王相国恬园

何意人间有洞天,雕栏花木锁平泉。莺喉乍啭调新曲,柳眼初舒过禁烟。绿野佳辰容共访,兰亭雅集快随肩。相期不负春明景,红药翻阶续旧缘。

——录自光铁夫《安徽名媛诗词征略》卷一

张玉琴二首

张玉琴,岁贡张廷镇之女,同邑方林辰之妻。张廷镇清末曾掌枞阳白鹤峰学校,学优品洁。张玉琴既承庭训,娴文字,而方林辰又为当时知名之士,得其指授,故诗词益工。

忆外子时客武昌 浪淘沙

寂寞忆花朝,更种情苗,琴书检点笑君劳,密语殷勤依记取,归在春梢。　　惆怅汉江潮,雨冷云高,问君心事为谁挠?窗外榴花开遍也,尚误归桡。

和外子对牡丹有忆 鹧鸪天

留得名花十日开,香如春水发初醅。花神也惜人离别,着意迟君来未来?　　甚时节,清明外,春风春雨费疑猜。殷勤调护容颜好,惜取春光共遣怀。

——录自光铁夫《安徽名媛诗词征略》卷五

张绮窗二首

张绮窗,张廷璐子张若需之女,吴伦之妻。著有《雍喈阁绣余吟》。

挑　灯

子夜明光爇桂膏,芳心红艳玉檠高。轻裁入手裁新锦,照见鸳鸯扑剪刀。

对 雪

冻云凝不流,轻寒透幽阁。冰绡剪琼花,因风散珠箔。

——录自吴希庸、方林昌《桐山名媛诗钞》卷三

张椒花七首

张椒花,少詹士张曾敞之女,举人孙浴泉之妻,太史张世昌之母。著有《椒花阁诗草》。

雪 窗

冻结飞花压竹庐,冰壶朗浸夜窗虚。二分梅影三分月,冷逗香奁几卷书。

初度日谢金钿妹惠酒

冰镜初圆恰十分,醇醪醉我气氤氲。博庐慧悟原为戏,花月联吟本逊君。五色笔端飞柳絮,一声鹤唳出鸡群。引杯快读新裁句,欲借炉香一瓣熏。

和金钿二妹韵

庸才何幸遇诗仙,契结兰闺岂偶然?多谢高吟寄春雨,乌栏新写薛涛笺。

和紫蔚留别原韵

季子去何急,萧然客思兰。诗书心莫懈,菽水事都难。将父时归棹,思兄远陟峦。秋风须努力,转瞬已春残。

怀金钿二妹

春事忽忽尽,情怀暗里牵。愁看朝出燕,怕听夜啼鹃。深碧含新雨,娇红锁暮烟。相思渺无际,飞絮落风前。

新燕和金钿二妹韵

社雨敛微霁,垂杨带绿扉。何来新燕子,误认旧巢归。月槛窥人语,风帘映日飞。遥怜蹴花处,香影自菲菲。

寄问庵九弟

世泽承清白,河东正少年。克勤遵祖训,穷理贵精研。莫爱杯中酒,宜观架上篇。先人无长物,经史是家传。

——录自吴希庸、方林昌《桐山名媛诗钞》卷七

张熙春八首

张熙春,姚映湖之妻。诗才清丽。姚鼐曰:"后有君子录闺阁诗者,必勿遗熙春之咏也。"著有《培桂轩诗钞》二卷。

别墅纳凉

白茅为屋竹为墙,山色空蒙雨后凉。闲把碧筒拼一醉,好风时送藕花香。

闻 雁

月暗南楼夜,长空雁影微。一声催木落,万里带霜飞。愁客难成梦,寒闺罢捣衣。江湖矰缴满,莫恋稻粱肥。

送十婿道平赴广西

触起愁怀在别筵,此行能不梦魂牵?山程水驿三千里,雪鬓霜颜五十年。回首闺中成往事,含情江上且流连。临风挥泪无多属,唯望云衢早着鞭。

苦 雨

苦雨连宵不耐听,江城烟雾共冥冥。飞残柳絮沾泥径,零落花魂冷画屏。

望断寒云千里白,惊回幽梦一灯青。何时得见银蟾满,扶杖闲吟到草亭。

观野晚烟

凭高望远兴悠然,袅袅如丝散晚烟。隔树迷离人影乱,横空缭绕雁行连。万家楼阁春云里,一带溪山夕照前。最好风光添暮景,笔端应绘李龙眠。

春日游东皋

春到名园识化工,沧波亭子倚东风。差参修竹看无际,睍睆流莺听不穷。芳草过山千嶂碧,斜阳浸水一溪红。辋川自古如图画,樵唱渔歌隔树通。

有 感

漠漠难招月下魂,深闺寂寞闭重门。幽情暗逐伤怀抱,往事追思只泪痕。飞絮落花闲白昼,疏灯细雨伴黄昏。无聊心迹凭谁诉?只寄琴弦与酒樽。

次四婿宇春登大观亭原韵

高亭矗立大江隈,此日登临四面开。九华烟岚浮晓日,二龙风雨送轻雷。浪花遥蹴侵帘幌,帆影横过落酒杯。健笔凌云留胜迹,飘飘真有马卿才。

——录自吴希庸、方林昌《桐山名媛诗钞》卷六

张润芬一首

张润芬,兰溪县丞张裕钟之女,马镕之妻。

即 事

窗外萋萋芳草径,多时未到小池边。西风夜静凉如许,吹散萍芜放白莲。

——录自徐璈《桐旧集》卷四十一

张玉芝九首

张玉芝,张水容之女,方某之妻。与张瑞芝、张爱芝合刻《三芝轩诗存》。

射蛟台怀古

汉武南巡霁色开,千年遗址射蛟台。后宫歌舞归何处,前殿神仙总莫来。兵拓三边犹未已,嵩呼万岁漫相猜。月明野径频瞻望,飞鹜寒江似落埃。

暮 秋

蟋蟀鸣秋暮色阑,雁声悲咽白云残。金风到处飘黄叶,不管渔人江上寒。

冬夜二首

雁带霜飞月满陂,一窗灯影读新诗。梅开小院无人问,已是春风欲到时。
晴光一抹月初残,几树梅花照眼寒。夜半西风吹急雪,卷帘独自倚危栏。

惜阴亭怀古

遗庙空山烟雨深,当年贤杰爱分阴。廨中运甓贪红日,江上扬帆写赤心。古殿月明人已寂,孤亭风暖鸟还吟。岩花涧草争春发,往迹千秋不可寻。

绝 句

斜卷珠帘霁色开,夕阳山影共低徊。杜鹃声里春风晚,吹送残花到酒杯。

送 春

草色阴浓夕照闲,落红万点送春还。林烟一抹莺声滑,独自登楼看远山。

秋 风

小院金风至,纱窗对落晖。潇潇红叶下,漠漠白云飞。古树蝉声老,空庭燕影稀。吹残江岸柳,几处捣寒衣。

——以上录自吴希庸、方林昌《桐山名媛诗钞》卷六

无 题

露湿林花月到窗,新凉秋气满空江。倚楼为听鸣砧急,一夜虫声雁影双。

——录自徐璈《桐旧集》卷四十一

张清华二首

张清华,张尧阶之女,刘坤厚之妻。

光铁夫《安徽名媛诗词征略》卷一:桐城人,尧阶次女,陕西驻榆林营长同邑刘坤厚室。民国五年夏,坤厚在陕,因某团长蚀饷私逃,兵变,被难死。清华闻耗,悲恸绝食。运柩返桐,于里人公祭坤厚之晨,服毒以殉,年三十九。无子,以侄为嗣。清华能诗,所作无稿。今仅存殉节时与姊及女二绝。

与姊淑钗

此行了结不回程,后事纷纭恸莫名。老母惨伤祈劝慰,栽培弱息感恩情。

与两女玉麟瑞麟

今将遗物付双麟,害父深仇须记清。好待于归荣耀日,为亲雪愤莫仇轻。

——录自光铁夫《安徽名媛诗词征略》卷一

张湘月二首

张湘月,苏州王睍之妻。著有《兰石阁草》。其侄女王蕴贞,号小谢,为李提督锦鳞夫人,亦工诗。著有《松石山房集》。

芦 花

几家茅屋住江干,历乱飞花拂钓竿。晴雨半汀秋酿雪,薄烟二尺水生澜。移来官舫红旗冷,弹罢冰弦翠袖寒。曾忆橘黄枫紫日,一船凉月下严滩。

柬侄女小谢

侬家湖水东,汝家湖水西。同饮西湖水,相思两不知。湖东望湖西,湖水三十里。伊人不可见,宛在水中泣。朝见湖水来,暮见湖水去。中有双鲤鱼,不为将尺素。湖水去悠悠,风来湖上楼。湖东一片月,吹堕湖西头。

——录自恽珠《国朝闺秀正始续集》卷七

张爱芝十二首

张爱芝,张水容之女,张鹄之姊,董某之妻。与张瑞芝、张玉芝合刻《三芝轩诗存》。

晚 眺

风透疏林夕照斜,江天如洗吐晴霞。淡烟一抹青山远,遥见前溪八九家。

绝 句

轻烟寒碧夕阳开,闲坐纱窗数落槐。一带青山如画里,晚风吹雨入帘来。

送别大姊

风雨潇潇暮,空山落叶频。雁声何太急,愁煞别离人。正苦杯中酒,难为梦里身。殷勤相送罢,回首泣江滨。

惜阴亭

绿满苔痕晓露侵,惜阴亭上自登临。松花冷落无人问,竹叶飘零有鸟吟。想像当年曾运甓,萧条此地独闻砧。空山庙貌留遗泽,枞水东流自古今。

夏 日

云隐西峰日驭长,小池深碧芰荷香。半窗梅雨琴声涩,一榻松风鹤梦凉。

暮霭无边迷野径,落花如许下横塘。淡烟漠漠林端尽,春去啼莺尚弄簧。

经废宅

新月初明古渡头,蝉声断续动人愁。世间无限浮名利,恰似残花逐水流。

寄二姊

耿耿银河玉露团,怀君独自凭栏干。无情最是秋江月,长照深闺夜夜寒。

暮秋

斜阳一抹碧山隈,独倚危栏暮霭开。风冷长空秋月老,塞鸿无数破寒来。

江村晚望

风起秋江上,山明夕照边。疏钟鸣远寺,孤雁没长川。隔岸天低树,遥村雨带烟。数声渔笛晚,皎月一轮圆。

暮秋望八姑不至

孤烟寒碧雨纷纷,帘卷朱楼暮霭分。底事啼虫秋夜急,疏桐落尽不逢君。

冬日书怀

朔风清冽竟何如,几处寒梅向日舒。树搁淡烟笼野涧,风驱残雪入茅庐。萧条古驿人驱犊,寂寞寒江客爱鱼。闲坐小亭无限好,月明楼角雁飞初。

秋夜

园林寂寂水漫漫,万籁凄清白露团。十二朱楼明月夜,谁家砧杵捣秋寒。

——录自吴希庸、方林昌《桐山名媛诗钞》卷六

张瑞芝七首

张瑞芝,张水容之女,张鹄之姊,方祺之妻。著有《瑞芝阁遗草》,与妹张

爱芝、张玉芝合刻《三芝轩诗存》。弟张鹄序曰：余女兄三，皆能读经史，习诗章。余幼时因从辨四声、习典故。迨于归后，遂弃笔砚，而从事酒浆丝枲之功。原诗稿为吴中征刻闺秀者取去，今就所存录而奔之各为一卷云。

示 儿

奢侈非吾愿，艰难望尔知。即今传一饭，作苦费三时。堂构基休弃，膏粱习莫移。薄田惭数顷，负郭赖支持。

冬 夜

北风催木落，遥听岭猿鸣。云淡星河静，月明天地清。檐梅凌雪瘦，池水结冰轻。灯火邻家妇，机声彻四更。

芭 蕉

柄能作扇风余韵，叶亦宜书字欲香。何事独遭修竹忌，一封弹奏达花王。

返 照

日下西峰尚照楼，余光无定暮烟稠。绿杨堤畔蝉声急，遥看飞帆落远洲。

夜 坐

一轮残月淡烟迷，银汉星稀树影低。闲读秘书犹未倦，灯花落尽夜猿啼。

送 秋

篱菊花残野兴闲，潇潇细雨送秋还。园林寂寞砧声急，又见飞鸿过远山。

冬 寒

纷纷暮雪入窗寒,时有飞鸦噪夜残。一片白云吹不尽,数层梅影拂栏干。

——录自吴希庸、方林昌《桐山名媛诗钞》卷六

张凝十六首

张凝,姚检吾之妻,姚鉴含之母。吴希庸、方林昌《桐山名媛诗钞》卷八:副贡姚检吾先生室,年二十八而寡,以苦节闻。著有《宝素堂诗集》,警句如"鹿行知落叶,风动月窥帘",极佳。

红楼梦题词用男茂章韵四首

不问前身与后身,形骸一赋自相亲。世间无限痴儿女,岂独红楼梦里人?
情到真时泪怎酬,太虚幻境景偏幽。至今一片潇湘影,不卷珠帘恨不留。
鉴名风月影徘徊,镜里恩情梦里才。回首可怜诗酒地,秋来只忆菊花魁。
浮生如梦复如云,青埂峰前大道分。借得慈悲三尺剑,划开儿女泣离群。

古意四首

皎皎机中素,缠绵万道丝。只因成丈匹,安得不分离?
茑萝附乔松,婉转在枝柯。相接虽如此,无奈秋风何。
昔日溪边女,朱颜今在否?溪水自长流,庄生空击缶。
脉望期永年,三食神仙字。蜉蝣乐朝暮,转丸足其志。

和吴岳青先生闺情原韵四首

对镜簪花

粉粉朱朱着意参,自怜清影镜中贪。宜疏反密殷勤插,似正疑偏次第簪。
浸雨海棠红靥冷,探香蝴蝶玉钗酣。欲将春色堆云鬓,纤手轻拈露指三。

钩帘贮月

无聊情绪似恹恹,庭院深沉敞画檐。半榻勾留鹅鹊影,一轮高挂水精帘。玲珑玉忍因风碎,玳瑁钩轻带月拈。静夜焚香叩牛女,嫦娥应不羡双鹣。

挑灯话雨

秋情无限思劳骚,夜雨萧萧首自搔。剔尽玉虫还卜昼,滴残络纬又轻缲。共拈针指寒侵袂,话到征人泪似醪。淅淅泠泠偏不断,一篝青焰为谁挑?

垂幕留香

漫言荀令最风流,岂似芸窗竟日浮。画阁依依唯篆字,绣帏寂寂不闻钩。为怜宝鸭三更爇,未许轻风一隙投。纸帐梅花生意满,帘栊珍重暗香留。

和马庆旋先生咏柳原韵四首

柳　眼

凝眸遥盼酒旗亭,桥畔销魂意暂停。汉苑曾窥金粉盛,隋堤几见舞腰青。迷离春雨江干暗,睨睆莺啼午梦醒。惆怅辽阳在何处?含情无语自娉婷。

柳　眉

谱出春山别样娇,东风吹绽最长条。灵和影逗江山恨,灞岸神驰蹙额撩。浓淡每从无意展,笑颦自适不须描。任他螺子三千黛,妆点楼头未许招。

柳　丝

春愁如织陌头东,细雨微风黯淡中。络岸渔舟疑网绿,裁春燕剪蹴花红。千条未许羁征马,万缕偏能系汉宫。绾得韶华应不改,隋堤歌舞竟成空。

柳　絮

半落湘帘半落堤,韶华轻掷古亭西。寸阴是惜因投砚,大道明时故入泥。闲逐儿童非玩世,暂藏踪迹托香闺。一声杜宇春光老,江北江南任尔啼。

——录自吴希庸、方林昌《桐山名媛诗钞》卷八

张先娴二首

张先娴,张泊静、蒋淑敏之女。

除夕忆父有感

爆竹惊除夕,寒灯入夜沉。人家乐新岁,儿独倍思亲。

和余娴中采药图

半幅丹青风景幽,是谁采药此山头？林疏不畏蓬峰削,露冷偏宜月夜浮。持杖拨云觅瑶草,提筐随鹤摘松楸。阿娘梦寐萦慈济,服务精神倦不休。

——录自蒋淑敏《绿窗闲咏》

卷 三

姚宛二十三首

姚宛,字修碧,姚孙榘之女,张茂稷之妻。著有《缄秋阁遗稿》一卷。以孙张若淮贵,赠一品夫人。潘江《龙眠风雅》卷二十:姚氏宛,字修碧。玺卿石岭公之女,进士文熊之姊,国学张茂稷之妻也。幼读书史,好吟咏,端庄柔顺,不轻言笑。年十五归茂稷,闺中唱和如良友焉。年二十三而夭。自署所居曰"缄秋阁",有《缄秋阁诗稿》。其病中别夫子诗,最为艺林传诵。

送子艺入都

四邻唱鸡声,纱窗报天曙。何事心惨伤?游子今日去。别绪分乱丝,喉咽不能语。目送出房门,中怀似刀锯。泪下掩罗衫,两袖无干处。

小年夜同子艺侍饮北堂限韵

两两青春伴,依依白发前。灯花开半夜,爆竹送残年。换酒黄金钏,题诗白玉笺。羹汤亲手作,频到小厨边。

初 春

妆成离晓镜,帘幕日迟迟。书帙成堆处,茶铛自煮时。云穿当户影,风弄隔墙枝。几曲栏干径，春寒不可支。

倚　栏

倚栏浑不语，何事转愁赊？畏病思身后，伤情忆母家。远山屯暮雨，细溜湿轻纱。静里翻书帙，篇中夹落花。

随子艺游石门冲

同挽鹿车去，行行渡石溪。三春花事毕，一路杜鹃啼。树合青天小，山高白日低。他年卜偕隐，此处足安栖。

晏　起

风雨凄凄绣幕垂，啼霜乌鹊绕寒枝。愁心不耐醒来早，病骨难扶睡起迟。休把凤钗重理鬓，且将鸿案效齐眉。凭栏多少庭前树，一阵风来叶尽离。

赋得秋天不肯明

单衾初怯五更霜，遥听清砧泪几行。落叶卷风声惨切，哀鸿啼月梦彷徨。短檠欲续经宵焰，残火犹温隔夜香。盼得曙光惊坐起，自怜弱影衬绳床。

阶下孤梅步子艺韵二首

和蕊和花压短墙，已经残雪又残阳。影眠纸帐随琴寂，魂入芦帘拂袖香。瘦最可怜非是病，寒真无耐不成妆。曾闻三百林逋树，此似林逋第几行？

斜对窗棂正对墙，一枝初放占春阳。倒垂入镜窥鸾影，低亚侵书染蠹香。卧月漫劳留夜梦，因风谁令点晨妆？自知不畏封姨妒，结伴原无姊妹行。

秋日病中送望侯弟应试秣陵

文星熠熠下江湄，喜极关心泪忽垂。好事暂离何所恨？危疴相送觉堪悲。临行叮嘱无多语，努力功名及少时。笑指庭前双桂树，此花烂漫是佳期。

病中呈子艺

强下匡床曳布裙,颓然一拜道殷勤。今生未必能偕老,有子须知不负君。好树着花花着雨,韶光如梦梦如云。哀鸣欲学辞巢鸟,先自悲凉不忍闻。

雪 灯

素影移来玉斗,寒光冻破明珠。皓月庭前萤火,琉璃瓶柘珊瑚。蜡炬翻嫌有泪,银釭何处寻灰?宝镜朱颜独照,芙蓉碧水初开。

读小青诗

数首新诗雨夜听,卿卿梦续《牡丹亭》。天公做得风流巧,不妒何由见小青?

代子艺悼小鬟诗八首 集唐

杏花疏雨立黄昏,金屋无人见泪痕。风景苍苍多少恨,残阳细草哭新魂。
今日残花昨日开,野塘晴暖独徘徊。忆君泪落东流水,一寸相思一寸灰。
碧窗斜月霭余晖,物在人亡事已非。无限春愁莫相问,杜鹃啼处泪沾衣。
寂寥珠翠想遗声,未及酬恩隔死生。三尺孤坟何处是?烟花零落过清明。
零落残魂倍暗然,不知何处是西天。红颜未老恩先断,绣被焚香独自眠。
洞房帘幕至今垂,春到人间总未知。谁道五丝能续命?留君不住益凄其。
金屋无人萤火流,夜来携手梦同游。钿蝉钗雁皆零落,埋骨成灰恨未休。
泣雨伤春翠黛残,更无人倚玉栏干。此情可待成追忆,想像精灵欲见难。

——以上录自潘江《龙眠风雅》卷二十

拟征妇怨

朔风飒飒雪漫漫,屋角寒云压画栏。自分闺中容易老,相传塞外异常寒。

冻连鸾匣胭脂淡，愁魇蛾眉粉黛残。不及香炉心不冷，余烟犹得聚成团。

——录自吴希庸、方林昌《桐山名媛诗钞》卷五

姚凤仪二十七首

姚凤仪，姚孙棐之长女，方于宣之妻。著有《蕙绸阁诗集》。

潘江《龙眠风雅》卷六十二《姚氏凤仪》：姚氏凤仪，枢部戊生公之长女，诸生方于宣之妻也。所著有《蕙绸阁诗集》。其伯母清芬阁节妇叙之曰："吾侄女幼而敏慧，随宦瀫水，辄效谢庭韵事。适吾宗遂高，益覃心风雅，生一子二女。不幸遂高早世，女年甫廿一。其境愈苦，其节愈坚，其诗亦愈工。不意癸卯冬又弃我而逝。传其诗，正所以传其节耳。"呜呼！清芬氏之言如此。予录遂高夫妇之诗，既采四松之题辞，又掇清芬之弁语，毋亦以家庭之言为信而有征也与。

《康熙桐城县志》卷之六《列女》：诸生方于宣妻姚氏，封奉政大夫孙棐女，幼聪颖，适宣。宣素有羸疾，姚亲视汤药，疾呕，焚香乞以身代。及宣卒，一子二女且呱呱泣。姚依父母家，以鞠诸孤。母卒，归方，勤苦自食。岁值饥，辄脱簪珥佐之。闺阁之中，躬纺绩，服荆布。著有《蕙绸阁诗》。守志十五年，卒。子曾祐，邑诸生，有文誉焉。

题定远徐贞女卷

青青松与柏，结干傲秋霜。孤雁不成偶，哀鸣何可当。我闻徐氏女，未嫁守孤孀。十七方妙年，寂寞居空房。嗟哉黄鹄歌，谁为双鸳鸯？夜夜闻乌啼，泪湿罗衣裳。随母尽子道，奉事如姑嫜。荏苒五十年，中道失高堂。四顾无依倚，哀哀空断肠。诗书教两弟，努力攻缥缃。阿弟称双珠，声名腾四方。行将膺宠赐，姓名达君王。女子有此节，家门岂寻常？皎皎徐贞女，千秋彤管光。

丁酉仲秋曾祜十岁初度予欢甚回思夫子去世儿在襁褓中抚稚之难有谁怜恻谆谆示汝读书成名不负孀母之艰辛偶成一章用志勉策

有子有子名曾祜,岁才逾周已失怙。襁褓之时多疾患,辍寝忘餐倍茶苦。卜居截发敢言贫？侍侧时教中规矩。茕茕弱质掌上看,阿母百事尽艰难。天寒视衣饥视食,饮水茹檗耐霜寒。今汝十龄喜及肩,凝眸待着祖生鞭。新秋双桂当筵吐,祈尔绳绳望尔贤。

园亭纳凉

园林无暑到,亭敞日偏长。水润侵衣湿,风轻拂座凉。修篁声戛戛,古柏色苍苍。小憩凭栏久,悠然茗碗香。

初　月

新月如弓曲,含辉浑着霜。微微临小槛,宛宛过前廊。桂魄摇初影,银河漾淡光。移时虽渐落,流照亦何长。

哭　母

泪洒蒲觞后,俄惊一载余。长眠人不觉,薄命女如初。穗帐秋风冷,朱楼夜月虚。归宁当此日,礼拜倍唏嘘。

送大妹和仲之江宁

尚记归宁日,庭前款语时。看花同把袂,咏絮各成诗。忽望云山杳,休嗟雁鲤迟。有家须自立,听尔梦熊罴。

梦中与亡四嫂话旧有感

深山风惨栗,念尔泪双垂。渺渺魂何适？悠悠花自悲。苔阶无履迹,绣阁网蛛丝。空作相逢梦,殷勤似往时。

孤鸿曲

夜静虫吟寂,开帘见尔飞。数声和漏永,只影共星稀。塞外霜风劲,天边列宿微。可怜同此恨,辗转泪沾衣。

上元前一日喜八弟夏侯自山中归

春光宜笔砚,勉力趁芳辰。鸟语纷相伴,涛声响作邻。野梅随路放,幽草逐溪新。明日传柑节,君归慰老亲。

秋 月

夜半阶前似有霜,闲看秋色转苍茫。金波宛宛临朱户,玉树依依上画堂。露湿青苔侵砌润,风吹黄菊满篱香。清光偏照罗帏冷,倚遍栏干子夜长。

咏辛夷花步夫子韵

点缀春光小院中,开时还倩落梅风。流莺学语穿花杪,戏蝶寻香绕树丛。日照琼枝光灿烂,云连玉叶影朦胧。窗前徙倚闲无事,羡尔冰肌映碧空。

春 雨

柴门深闭少逢迎,浊酒相留弟与兄。巢结空梁多乳燕,枝摇野树有流莺。风来天阔山犹暗,春老云昏月未明。扫石摊书堪坐久,凄凄夜雨作溪声。

喜接家报

闲来独坐正沉吟,忽得家书果万金。读罢《离骚》愁夜短,歌残《别赋》怨春深。老亲百里传安堵,幼弟千山寄好音。细向雨窗看转剧,怀人两地亦同心。

怀大人

匹马饥驱何所之？经年未有曰归期。孤灯独咏《长相忆》，两地同歌《远别离》。旅客正愁闻信少，飞鸿犹恨寄书迟。江南江北多来往，消息如今总不知。

九日忆夫子

去年令节君同去，今日登临我断肠。野色宜人添怅望，秋山如画总凄凉。征鸿塞外全无信，丛菊篱边初有香。和泪题诗君不见，千峰忽忽又斜阳。

春日遣怀

空阶小树渐垂阴，旭日初融岚气侵。半卷朱帘人寂寂，斜薰宝篆昼沉沉。三眠杨柳舒新翠，百啭流莺报好音。春到更添愁与病，凭栏不觉泪盈襟。

读望云集赠孙夫人并步见赠原韵

林下风流邺下才，珊珊架笔傍妆台。应知汉史君能续，更见回文手自裁。佩得蘼芜和露种，梦回萱草望云来。惭予茹檗无情绪，诗思还因锦字开。

春日寄讯大妹和仲

离群长忆对婵娟，寄尔遥函望早旋。梅信好传芳意去，柳条偏惹别情牵。霜鸿天外飞成字，春鸟枝头韵似弦。可记辛夷花下坐，持杯呖呖听啼鹃。

十一月廿七日偶梦夫子自外归病容枯槁口叙生计之艰予一一应对犹如在日既醒而泪痕渍枕但闻檐前风雨声而已

遭家多难敢忧贫？荡柝纷如亦苦辛。授亩未曾铺弱子，寄栖一似作羁人。病容憔悴艰参术，生计萧条贯米薪。梦里逢君频对泣，醒来风雨尚沾巾。

予作梦夫子诗蒙大人及诸兄弟赠句再赋

只影多年累老亲,示予新句慰艰辛。每逢夜绩分邻火,几断晨炊待市薪。书积紫微堪共读,吟成黄鹄岂伤贫?二兄诗中云慈大人临诀时虑予贫苦。泉台纵忆孤孀女,呼吁谁怜薄命人?

上元前二日祜儿读书二兄竹笑轩作此勉之

王正淑气正新鲜,好鸟关关韵似弦。柳意知春条渐绿,梅花向暖色偏妍。萤窗灯火休虚夜,鹏路风云定有年。莫道一贫无长物,青箱旧业有家传。

麦 花

穗吐千枝乱,苞倾一半斜。风微生细浪,雨重落轻花。

河边新柳

青青柳色拂河滨,千缕长条日日新。轻掠波纹浮水面,风来乱挽钓鱼人。

夫子初度哭之

飒飒西风起暮烟,空嗟薄命怨苍天。当年此日君招客,今夕招君影不旋。

春日吟

散步凭栏春意迟,风摇嫩绿影参差。辛夷开尽蔷薇放,留得芳菲待我题。

春 怀

布帘深下怯春寒,偶见飞花带雨残。传语东风莫吹尽,犹留几片待人看。

——以上录自潘江《龙眠风雅》卷六十二

春日寄怀仲兄集侯

惜别穷冬杪,春来犹各天。白云千里隔,绿字数行传。剩水浮鹢鹈,空林响杜鹃。登楼徒怅望,引睇白门船。

——录自徐璈《桐旧集》卷四十一

姚凤翙八十二首

姚凤翙,字季羽,姚孙棐之女,方孝标子方云旅之妻,姚凤仪之妹,著有《梧阁赓噫集》。

潘江《龙眠风雅续集》卷二十:姚氏凤翙,字季羽。光禄戊生公之少女,蛰存兄弟之妹,而方子复斋之元配也。方、姚为里中鼎族,世俪朱陈,而光禄公与乃祖宫詹公少同砚席,不异同怀。光禄晚生最小偏怜之女,念辈行中无幼子可为婚者,适宫詹公患难中投荒万里,复斋还谒光禄于其第,爱其近句,遽属意焉,母郭太夫人因力赞婚议。夫人幼从其伯母方太夫人受业,即世所称为清芬阁者。教之以《内则》《女训》琚瑀珩璜之节,以暨经史、诗赋、书画之学,然深自韬晦,不欲以女子炫才华,间有吟咏,亦写其至性,弗矜藻缋。初入门,即迎君姑刘太夫人于毗陵,返里就养。躬潞瀡腆洗以娱晨昏,岁时伏腊,必迎郭太夫人与俱,其纯孝天性然也。复斋饥驱四方,恃夫人十指剪彩为花,鬻以赡养,无内顾之忧,姑妇相依者二十四年。性善病,左图右史以代药裹。服御鲜綦组之华,簪珥屏珠玑之饰,与侪伍处,不苟言笑,人颇以简傲疑之,自若也。所为诗甚富,然雅不蓄稿,存者什之一二,清真婉秀,别出机杼,即置之唐才媛如鲍君徽、张夫人诸集中,何多让焉。先太安人《松声阁集》中,曾为诗赠之,有云"自是香闺多学士,青山闲杀老尚书",亦可见其倾倒者素矣。早生二子皆殇,晚生子世庚、世康。卒年四十九。复斋不忍其内行之泯没也,为梓其《梧阁赓噫集》,而属余序之以行。余更为撷其崖略,附诸难兄之后,以效表章于万一云。

徐树敏、钱岳《众香词·礼集》:凤翙字季羽,桐城人,赠尚书戊生公女,适学士楼冈方公第三子云旅。凤翙幼博经史、善吟咏……既归云旅,分题梧阁,此倡彼和,诗成盈尺。其诗如:"窗爱月明开不闭,帘因风急卷还垂。""催寄远书双去雁,惊回好梦一声蝉。""无钱可买归时卜,有恨难传别后书。""何处金樽花下饮,谁家玉笛月中吹。""近日鲤庭亲杖履,经年鸿案冷糟糠。""薄田收俭征呼急,病骨愁深经理难。""花月自饶诗酒兴,晨昏间课子孙书。""影摇红烛横窗起,香逐银饼入酒来。""强分栀子同心结,空写梧桐别怨诗。""柳颦翠黛愁难放,花抱芳心冻不开。""金钗半付舟车费,彩笔多题离别篇。""山前虚咏满头句,席上空吹落帽风。""难染丹霞千尺色,徒凝玉露五更寒。""有意长同人缱绻,多情不逐世炎凉。""露濯新妆临宝镜,风翻翠袖拂华筵。""流入冻云和梵呗,飞来寒雨杂松涛。"皆警句也。云旅常游吴越,离别句多。明月流黄,春风堤上,尤德耀视伯鸾,未及偕老,早逝,能不悲欤?云旅检其遗奁,无金珠纨绮之饰,唯日读书数十卷,及自制《赓噫集》,含英咀华,深得风人之旨。其淑德隽才,姻党称之,艺林诵之。云旅伉俪情笃,肝肠摧裂,并附《悼亡》十绝,聊代双珍。丁丑九日,小阮、世涛同登高平山,手授全集。读之,多谢朓惊人句,选其倚声,如秦少游艳逸,以志云雁之情。

方云旅《悼亡》诗:

尚书小女掌珠怜,误认王郎缔好缘。薄命自伤如是了,半生期望总徒然。

昵欢曾画晓妆眉,斗艳还联刻烛诗。只拟穷通偕白首,那知中道遂分离。

岂独才华秉慧姿,胸中经济胜须眉。可怜郁郁何曾展,空剩香奁一卷诗。

同气都为富贵人,绝无攀附自甘贫。岁时罗绮诸亲会,笑傲浑忘荆布身。

几番分手约归时,最久无过岁越期。悔煞岭南三载别,到门已是骨支离。

孤儿八载俨成人,香楮灵筵奠夕晨。衰绖扶来还客拜,越知礼数越酸辛。

梦中执手赠诗篇,觉后余音在枕边。应上情根能解脱,故得恩爱一齐捐。

送别绸缪盼信频,归来剪烛话风尘。从今漂泊天涯路,若个关心念远人。

那忍青山骨便埋,特留孤榇守魂来。晨昏上食呼难应,渐渐悲风扬纸灰。

元相孙郎善写哀,哀情难尽写无才。吞声细向灵帷读,和泪摧挠寄夜台。

七 夕

瓜果庭前设,焚香乞巧丝。晚风鸣乱木,新月带疏篱。天上已欢聚,人间尚别离。初秋无雁度,何处寄相思?

月夜过访八嫂江夫人

对景忆知音,携诗一过寻。敲门惊宿鸟,立月爱花阴。烹茗赏新句,焚香弹素琴。论心未觉倦,玉露已沾林。

谢四姊赠梅花

一枝分绣阁,斗室忽生春。色带清霜瘦,香含微雨新。岁寒情共久,意好物堪珍。护惜妆台伴,时时对玉人。

不寐

不寐漏偏永,敲诗降寸心。苦寒知露重,多病为情深。落木惊风坠,残星带月沉。邻鸡声喔喔,好梦亦难寻。

屡寄书未达玉璿侄归自萧署悉客中近况有怀二首

数传吴越信,莫讶报书无。两附阿咸笈,俱成返浦珠。善愁潘鬓改,多病沉腰癯。徒有怀家梦,空囊滞远途。

平安凭侄报,拭泪启题封。半载敝裘客,孤灯萧寺钟。牢骚甘浪迹,寂寞想归农。极目天无际,云山一万重。

春日同嫂侄辈侍老母饮牡丹下时老母病新健志喜

小圃秾芳吐,慈亲病起时。清樽欢白发,细雨艳红姿。花冠三春色,觞称百岁卮。座中人四代,长与奉含饴。

同叶妹夜话因忆同盟诸姊妹存亡聚散感赋一律索诸姊妹和之

忆昔西园会,相期松柏心。沧桑更世事,存没念知音。性懒居同僻,交疏情愈深。雁行何日聚,搔首一长吟。

题石门山房次耕壶九兄原韵四首选二

闻道名园胜,悠然天地殊。虬盘双桧古,云吼一亭孤。眼豁晴山爽,情怡野鸟呼。拟将宗炳笔,写作卧游图。

悬岩飞瀑势,风磴忽阴晴。花径通云径,溪声疑浪声。天开群壑秀,月照万山清。来往乘幽兴,琴书无俗情。

不寐

倦极翻无寐,愁多剧五更。寒风酸病骨,春雨作秋声。屈指光阴迅,伤心离别轻。披衣占曙色,娇鸟报新晴。

初度感怀

四十韶华掷,蹉跎误此生。一身空有病,百事总无成。惹恨花徒放,惊心鸟自鸣。称觞怜稚女,娇慧解怡情。

春夜偶集诸兄小饮分得诗字

剥啄声传索饮时,瓶梅香绽两三枝。旋烧蜡炬谋沽酒,细剪春蔬学论诗。窗爱月明开不闭,帘因风急卷还垂。贫厨已愧无兼味,仍笑才疏得句迟。

病中偶成

弱骨经秋病转绵,无端憔悴若为怜。惭看蓬鬓虚青岁,懒对菱花整翠钿。催寄远书双去雁,惊回好梦一声蝉。栏干倚遍怀难遣,数尽归期人未旋。

偶感

百舌啼回晓梦余,镜台虽展鬓慵梳。无钱可买归时卜,有恨难传别后书。花惜艳阳争并放,人偏憔悴为离居。羡他燕子多情甚,双宿双飞迥自如。

十九嫂索书近诗时十九兄礼闱捷音新至因赋赠一律

姑射双双谪下方,仙姝自合嫁仙郎。鸳鸯带绾春闱少,鸿雁书传上苑忙。万柳宫袍争染汁,六珈朝镜待添妆。登堂不厌蓬门妇,分取琼花裛袖香。

绢美人 次梁溪女子原韵四首选二

体态轻盈倦若眠,相思懒去卜金钱。恍如有意邀新宠,又似含情忆昔年。宝髻未窥鸾镜影,绣裙常惹鸭炉烟。檀郎空爱芙蓉面,其奈红丝不可牵。

泥美人

万山深处是侬家,膏沐随人敢自夸。明月难照移素影,轻风吹不乱堆鸦。娇同嫩蕊愁春雨,懒问闲花驾宝车。夜半萧郎因酒渴,朦胧频唤煮新茶。

画美人

闲展生绡墨沈香,凭将朱粉斗新妆。春衫信手描蝴蝶,松鬓随时插海棠。不到仙山行暮雨,岂同凡质老秋霜?相看辗转心如醉,欲唤真真晓夜忙。

寄 远

无端裘葛顿相移,锦字难传别后思。荒圃菊同人影瘦,秋江枫动客心悲。鸿声惊梦残灯照,薤叶生寒独枕欹。莫叹萍蓬销壮志,应知囊富五湖诗。

谢七妹问病

柴扉昼掩卧经旬,知己相过不厌频。病里九秋愁似织,贫来三径草如茵。爱余情重言堪佩,迟尔茶香句得新。好订晴郊梅蕊放,一枝同醉岭头春。

寄 远

莫怅江天断雁鳞,愁多书到转愁人。寄难逢使梅空放,病懒登楼柳自新。

落拓车穷怜阮籍,凄凉貂敝感苏秦。归来朗诵湖山句,金玉铿锵未是贫。

七　夕

去岁兹辰两地思,又看牛女赴佳期。算来天上多欢会,翻是人间好别离。何处金樽花下酒,谁家玉笛月中吹?闲观女伴陈瓜果,针线慵拈乞巧丝。

枕上闻雁

露下西风寒气侵,征鸿嘹呖度前林。一声惊破三更梦,万事都归五夜心。病骨支离秋更剧,贫来俯仰力难任。欲笺幽恨传双翼,只恐愁多雁不禁。

偶　成

避愁愁转上双眉,作意娱亲强自支。借米暂供今日粥,挑灯且读古人诗。良医难疗伤心病,浊酒谁赊拨闷卮?剥极天心应遇复,莫将闲恨负花时。

过颂嘉草堂恭怀先大人

忆昔追随杖履频,音容泣别廿余春。一般三径千竿竹,万事双眸百感新。壁检蠹残遗笔字,门看草发旧花茵。梦魂常绕庭前雪,贫病谁怜咏絮人?

集江嫂虚阁赏盆梅限梅字

小阁新移雨后梅,数枝暖绽傍妆台。影摇绛烛横窗起,香逐清樽入酒来。傲雪冰心操素志,调羹令子赋多才。阿咸共唱阳春曲,欲和惭予驽下材。

秋　夜

别恨惊心秋又阑,归期何事负无端。薄田收俭征呼急,病骨愁深经理难。卜尽金钱人阻隔,烧残银烛泪汍澜。芭蕉滴破三更梦,雨过西风彻夜寒。

读怀玉集次十五侄铭右原韵_{五首选二}

杨柳难留入户枝,南园无复步相随。强分栀子同心结,空写梧桐别怨诗。

凤去玉箫添寂寞，题来纨扇寄相思。嫌他三五团圞月，偏照离人不寐时。

闻道秦淮泛小舠，莫愁湖畔百花娇。鸳鸯帐冷人初去，翡翠楼空香未消。岂是豪家罗粉黛？可怜薄命侣渔樵。韩翃休问章台柳，那得青青似旧条？

春　寒

寂寂春阴锁绿苔，满天风雪逼人来。柳颦翠黛愁难放，花抱芳心冻不开。题柱马卿何日遂？敝裘苏子几时回？寒侵病剧唯高卧，寥落空嗟岁月催。

莫　讶

莫讶众中常默默，应知语不合时宜。热中富贵从他羡，冷眼炎凉笑我痴。三月夭桃承露艳，九秋芳菊傲霜姿。荣枯自是循环理，何事哓哓较早迟？

社后燕不辞巢 秋日闲居即事八题选二

剪剪金风足稻粱，当归犹恋旧茆堂。清波冷掠芙蓉绿，翠羽香飘桂蕊黄。有意长同人缱绻，多情不逐世炎凉。梧桐寒雨敲闺梦，惊听呢喃绕画梁。

篝灯闻蟋蟀声

挑尽寒檠月侧轮，空阶絮语伴愁人。机床几度催梭急，客枕无端唤梦频。莫向朱门争斗力，聊依蓬户稳栖身。叨叨难尽中心事，那得知音慰苦辛？

清　明　雨

佳辰集饮泛霞杯，片片飞红点翠苔。薄暮忽惊山雨至，隔墙闻唤踏青回。

送　别

无端又束远游装，离别年年翻觉常。不敢君前频洒泪，恐教客路动愁肠。

题　扇

写就齐纨思更悠，欲凭鸿羽寄江州。离人不及丹青笔，鸟是双栖花并头。

述　怀

寂寞年来已惯禁，别离岂是怨孤衾。为怜傲骨千人拙，谁识艰难负米心？

病中感怀 八首选三

当年绕膝尚孩时，贵比明珠爱胜儿。俱长诸兄游宦远，晨昏唯我任娇痴。

珠翠盈头衣满箱，罗襦着意绣鸳鸯。于今剩有空奁在，几度开时心暗伤。

闲检残编心暂开，全凭诗句写愁怀。最怜娇小灯前女，也吮霜毫学画梅。

吊螺矶孙夫人

漫夸英武胜须眉，吴蜀兵戈有是非。拼得蝶江身一死，可知失计在东归？

春　怀

欲寄愁怀少雁过，湖山春色定融和。浪游曾念闺中否，去日瓶余粟几何？

帘内美人

芬芳兰麝透房栊，掩映云翘珠箔中。轻唤小鬟添篆缕，依稀莺啭百花丛。

镜中美人

仿佛倾城学笑颦，绿窗闲斗晓妆新。水晶宫里芙蓉面，一样双眉有画人。

秋怀杂咏 八首选一

玉露金风透小窗，白蘋红蓼冷秋江。兰含嫩蕊枝枝并，雁写高天字字双。

和怀玉诗 十五首选四

　　玉者，侍儿名也，玉去而怀，情所钟也，戚党偶有是事，一时竞相唱和，亦戏为之。

忽惊双燕绕梁声,唤起离愁怨不平。目断盈盈春涨隔,连朝白发镜中生。
空效罗生赋比红,飞花无主各西东。临歧记得频回首,悔杀当初月下逢。
销瘦容光剧可怜,娟娟新月照孤眠。遥知泪湿胭脂颊,恰似池中雨后莲。
幽栖茅舍暂为家,难觅天台洞口麻。每爱妆成花满鬓,今应羞插并头花。

代玉答十五首选三

自甘薄命岂尤天？剩粉残膏敢说妍？何事檀郎情太重,误垂青眼到侬边？
飘零谁肯惜残红,薄命桃花逐晓风。妾住溪南君在北,蓝桥只合梦魂通。
萍梗何方是妾家？菟丝今已附蓬麻。春风不管人肠断,故放枝头并蒂花。

甥侄辈赋香奁诗依韵三十首偶戏和之选八

朱楼旭日映帘栊,晓理新妆宝镜中。淡画春山嫌粉涴,宿酲犹润海棠红。
懒画蛾眉倚绿窗,牵人愁绪在湘江。已憎庭树开连理,又触离情燕一双。
睡起鲛绡倦莫支,偶来花下共敲棋。赌郎十笏江淹笔,微笑纤纤落子迟。
结伴寻芳春色佳,露凝香径腻弓鞋。落花风扬云鬟乱,笑倚垂杨整凤钗。
一曲《骊歌》欲断魂,临歧无语对芳樽。恐将离思伤郎意,暗展罗巾拭泪痕。
暖日和风春昼闲,相将斗草百花间。侍儿悄助宜男蕊,阿姊输侬双玉环。
闲坐花茵爱月明,娇歌轻度绕梁清。漫夸识曲周郎顾,试听侬今误几声？
漫垂红袖学和南,心事难传语半含。早遂合欢消别恨,金镂大士宝莲龛。

癸酉秋日复斋客羊城寄怀十章依韵和答选三

辛苦年年惯别离,鸾笺无复寄相思。近来新受观空戒,花月情深不赋诗。
不识云山几百盘,经时空盼雁书难。堪怜八口啼饥苦,敢怨三冬枕簟寒？
二竖无端侵四肢,病中辗转苦难支。寄书两字平安报,不欲详言恼客思。

春　归

子规啼处百花阑,可惜春光病里残。闻说蔷薇开满架,倩人扶起卷帘看。

华发惊添镜里丝,愁中岁月病中驰。殷勤好把啼鹃嘱,休唤春归唤客归。

病中述怀

百结回肠脉脉情,盈盈皎月对凄清。惊风败叶啼霜雁,和我长吟到五更。

剪缯口号

　　雨雪凄其,岁云暮矣。米珠薪桂,觍颜欲告何人;室罄囊悬,无策将谋卒岁。偶然剪采,戏尔为花,凭予蓬户金刀,艳彼朱楼云鬓,易甘馐而供菽水,换牲醴以备蒸尝。呵冻催成,遑恤寒侵病骨?挑灯勤作,宁知愁结回肠?口占四绝,非敢言诗,俾长女录存以志而母之苦心云尔。

剪刀声里带春风,吹绽繁花顷刻中。八口三冬凭活计,敢夸巧手夺天工?
淅沥檐风透碧纱,薄罗不耐夜寒加。天心自兆丰年瑞,乱剪空中六出花。
爆竹声声逼短墙,纷纷红紫竞芬芳。辛勤晓夜宁辞倦,欲办厨中十日粮。
堪怜弱女最聪明,指下娇花香欲生。作意承欢多笑语,晨昏赖尔慰闲情。

——以上录自潘江《龙眠风雅续集》卷二十

忆王孙 秋夜

薰笼夜静篆烟微,残月侵帘。梦破时,一阵秋风冷透帏,泪沾衣,卜尽金钱人未归。

桃园忆故人 春闺

乍晴乍雨清明候,初试罗衣寒透。满目繁华铺绣,恨杀东风骤。　　春光岁岁犹依旧,不管愁人消瘦。百舌唤残芳昼,羞掷相思豆。

风中柳 和韵

时序关心,闻说春来偏恼。恨萋萋,侵阶芳草。痴情无那,把飞鸿私告。

系红笺,报君知道。　　羞对菱花,瘦影堪怜堪笑。不成眠,相思梦杳。临歧曾订,聚首庭梅早。百花残,又看春老。

菩萨蛮 对月

清光暗入红罗帐,无端照着愁模样。消瘦若为怜,嫦娥伴独眠。　　遣愁愁转甚,求梦难成寝。风透薄衾凉,秋来觉夜长。

卜算子 雨窗

晓梦怯春寒,病骨腰围褪。细雨帘纤不肯休,点点添孤闷。　　目断岭云遥,不见鳞鸿信。连朝何处滞征帆,搅乱人方寸。

酷相思 闺情

清夜寒蛩吟草树,秋雨缠绵彻曙。恨惊回好梦无寻处,偏迷却郎来路,不迷却愁来路。　　欲寄相思千万缕,好倩宾鸿住,把泪磨残墨,题新句。书去也,神随去;神去也,愁难去。

满江红 春日偕诸姊妹雅集西园并饯五妹张夫人北上

杏雨桃风,好园林春光如画。把当年,兰亭曲水,新翻佳话。女伴喜传青鸟字,夫人肯降红鸾驾。道今朝美景与良辰,千金价。　　牡丹砌,荼蘼架,紫燕语,黄鹂骂,又何须丝竹舞台歌榭。闺秀尽同张氏妹,论诗更有多才谢。恨香车指日上皇都,分离乍。

满庭芳 送五妹张夫人偕任长安

宝幰兰桡,江梅驿柳,与郎携手朝天。鱼绅象笏,似一对神仙。多少青山绿水,都收入画卷诗笺。更喜双双窈窕,含笑侍妆钿。　　愧蓬门陋质,蒹葭倚玉,相爱相怜。有酒樽茶灶,月下花前,蓦地生生离别。思量煞,聚首何年?但愿取鸾章凤诏,莱采舞翩翩。

齐天乐 送侄妇吴夫人偕任宣城

榴花如火薰江暖,箫鼓一帆初发。鹈啭花梢,莺啼柳外,装点敬亭风月。郎君才藻,乃谢朓前身,郡楼重谒。道韫留题,山川倍觉今生色。　　还识此行不久,借绛纱经史,同朝天阙。彩戏娇儿,香添侍女,都是欢娱时节。笑余蹇拙,只岁岁携觞,送人离别。翘首秋鸿,寄新诗冰雪。

——以上录自徐树敏、钱岳选《众香词·礼集》

姚凝晖二十二首

姚凝晖,字陆舟。姚文然之长女,马方思之妻,以节孝称,著有《凝晖斋集》二卷、《陆舟吟》二卷、《玉台新咏》一卷、《闺鉴》三卷和《陆舟日记》。

韩菼《凝晖斋集序》:马君伯逢、仲昭母,节孝姚孺人,吾师端恪公长女。学行俱高,有名媛之则。先是,马正谊先生有才子六人,其幼江公最俊,端恪公器之。念正谊先生与赠光禄公同年交契,固父执也。先生闻孺人贤,乃以为请,而订姻盟焉。江公清才笃学,不幸早卒,孺人誓绝粒。众责以抚孤,乃缟衣蔬食,督课二子。师必名宿,友必端士。塾中日课,夕必复之,惰必予杖。伯逢兄弟未弱冠,已能文章,声誉藉甚,孺人不以为喜;既久困场屋,孺人不以为戚。且诫之曰:"汝曹学问宜求诸己,穷达宜听之天。"嗟乎!此非贤明而能若是乎!孺人夙工吟咏,具有风格。宗伯张公尝言龙眠闺阁之盛,明有《清芬阁集》,国朝有《凝晖斋集》,其眉目也。其生平仁厚好施予,自奉俭约,治产有法度,自纺织以至醯浆蔬菜,造作之细,具见于《陆舟日记》,而经史、传记、诗文,旁及九章算法,六壬数术,亦间见云。

马其昶《桐城耆旧传》卷十二《马节母传第十》:节母姚氏,端恪公女也。八岁知声韵,能为小诗。九岁,母夏夫人病目失明,为茹斋祈福,代治家事皆井井。先九世伯祖兵部公,于端恪为父执,闻女贤,为幼子方思字江公聘焉。年十七来归。江公有清才,体羸善病且剧,刲股救之不效,誓死殉夫。众责以抚孤为大,乃不复言死。缟衣蔬食,教督二子。日课必复,惰必予杖。长子源,号菱塘,少有检操,文誉藉甚,母不以为喜;既久困举场,母不以为戚。曰:"吾出入两家,见科第仕宦多矣。愿汝曹无忝祖考,行益修,学亦绩;至于穷达,非所宜计也。"其后菱塘为凤阳校官,母谓此席卑贫可居也。寄诗云:"勿因闲长惰,须以俭成廉。"见者传为至言。

送　别

江上惊寒夕,风前送远人。母将千里别,不胜一樽醇。落落缁尘客,栖栖白发亲。临歧何所语,珍重病余身。

悼　亡

忆自伤黄鹄,三年未梦君。人间频献赋,天上定修文。只见丹铅碗,空余白练裙。父书能卒读,属望在儿勤。

感　怀

哀此孤帏者,应知职益恭。百年原有尽,一日未能慵。文史催儿诵,饔飧课妇供。筋骸勤更固,或是后凋松。

梅　花

敝庐北窗下,梅放两三枝。夜雪初晴候,春风未到时。荒庭人莫识,幽意鹤先知。那易逢吟赏,闲行独咏诗。

寒澈真遗世,清空不染尘。更看檐际月,相依梦中人。疏影幽窗夜,孤芳小院春。石床闲留久,仿佛悟前身。

兹　园

小筑何嫌近市阓,园林引兴共跻攀。卷帘楼阁千家雨,照席烟岚四面山。花径风来香冉冉,柳塘水漫碧潺潺。低徊常抱思亲恨,华表何时化鹤还?

读清芬阁集

夫人秉贞淑,靡他志夙矢。峻节凛冰霜,耄年弄文史。诗教阐宫闱,风徽被乡里。慷慨平生事,寄托悲歌里。龙山何迢迢,皖江何弥弥。高躅信在兹,孤芳莫与比。展卷发幽情,谁能嗣厥轨?

灌 梅

爱兹老梅树,香雪数枝冷。记取月清寒,横斜逗疏影。

雨 过

雨过空庭寂,新凉景物幽。月生林际夜,风动竹闲秋。尘事随年迫,时光逐水流。坐看苔藓湿,小院露华浮。

夜 坐

夜阑残暑尽,坐久薄寒侵。寂历叶初脱,悲凉虫苦吟。微风摇细竹,冷露下高林。渐好东篱菊,因时见素心。

——以上录自吴希庸、方林昌《桐山名媛诗钞》卷三

植 松

有弟黄山来,盆松远相贻。留待岁寒时,茅斋积苍翠。

种 竹

直节既陵云,清阴似广厦。只此数十竿,伴我幽窗下。

莳 荷

质不染淤泥,花宁畏炎热?亭亭复亭亭,自有真清节。

分　菊

勿惜栽培力,毋忘灌溉时。看花到秋日,孰是傲霜枝?

倚　岚　轩

柴扉无事昼常关,西北诸山共往还。最爱一峰投子色,四时苍翠泼窗间。

——以上录自徐璈《桐旧集》卷四十一

兹园探花

见说园林春已动,横斜忽见数枝梅。正逢朔雪初晴后,那识东皇作意催。瘦影当檐怜古干,暗香满座送春醅。篮舆不厌频还往,三径清寒孰肯来?

——录自光铁夫《安徽名媛诗词征略》卷一

移　石

玲珑一片石,移取向岩扉。流水何能转?立空无所依。

艺　兰

空谷有幽姿,无人香自逸。采之庭阶前,又见兰芽出。

夜坐示儿

闲坐空阶夜气凉,渐看皓月下回廊。风摇翠竹清还劲,露浥红蕖净更芳。万卷遗书思手泽,十年问字热心香。能文莫倚机云誉,宗伯韩公、张公赠诗有机云句。须识王家四世箱。

病中示儿

年高身转健,衰病忽相侵。闭户嫌风入,装绵怯夜深。只须餐饭减,勿复药炉寻。稳卧心无恙,新诗尚偶吟。

晓起示婢

寺钟初动披衣起,莫叹辛勤夏日长。三伏炎蒸无避处,却贪残月晓风凉。

秋　夜

一夜西风下竹梧,破窗打雨听模糊。不知霜树红多少,稍胜林间落叶无。

——以上录自姚凝晖《凝晖斋诗存》卷一

姚鹿隐一首

姚鹿隐,姚文然之女,邳州学博左之柳之妻。著有《鹿隐阁集》。

和夫子喜晴

日长无个事,独坐思千端。书展看云懒,篱编养鹤宽。爱晴常早起,得句或忘餐。不是能消遣,何由系冷官。

——录自吴希庸、方林昌《桐山名媛诗钞》卷三

姚若蘅七首

姚若蘅,字芷湄,号沅碧。姚保申之女,江阴夏诒钰之妻。自少至老皆随宦辙,治家不改儒素,通晓治体,戒子勿为牧令,有贤母风。著有《红香阁诗草》。

徐乃昌《闺秀词钞·闺十五》:缪荃孙《云自在龛随笔》:"外姑姚宜人与上元张雪鸿先生有戚谊,从张氏受六法。笔墨超逸,不类闺阁中人。归外舅夏范卿先生。从宦二十年,主持内政而不废绘事。晚年愈臻高格,诗词并工。"

憩园秋兴易州署中

园林雨后聚秋光,花影还依月影长。小沼水清苹叶老,曲栏风暖桂枝香。野云行尽生岚气,山鸟飞来话夕阳。种秫公田多逸兴,固应人境两相忘。

挹爽楼眺雪次韵

一夜虚窗朔气吹,朝来世界换琉璃。楼头顿失青山影,林下联吟《白雪词》。冻雀无声花自落,寒梅有梦月应知。眼前竹石皆图画,欲假毫端试取奇。

泊渡口驿感怀

风风雨雨新霜候,一点秋灯旅思凉。松菊未营陶令宅,琴书犹拥陆生装。时闻犬吠知村近,渐少更声觉夜长。莫向扁舟怨漂泊,连宵儿女和诗忙。

兴济镇

大旗摇曳出疏林,寒垒荒屯傍水浔。却忆承平廿年事,军门细柳已成阴。

过静海县

水城百堵见廛间,鱼米生涯乐有余。渐觉津沽风物近,青红儿女钓人居。

——以上录自徐世昌编,闻石点校《晚晴簃诗汇》卷一百九十一

菩萨蛮·自题望云思亲图

行人不共秋鸿返,劳劳盼断看云眼。悄立倚桐阴,忆亲停素琴。　蕉心秋共卷,梦绕天涯远。不见华峰青,晚风吹竹林。

如梦令

一夜小庭疏雨,添得绿苔如许。晓起自凭栏,几簇玉簪才吐。无语,无语,闲看虫丝一缕。

——以上录自徐乃昌《闺秀词钞·闰十五》

姚芙卿一首

姚芙卿,字镜宾,姚鼐之曾孙女,方传尹之妻。著有《绣余诗》一卷。

光大中《安徽才媛纪略初稿》：姚芙卿，字镜宾，桐城人。刑部郎中姚鼐曾孙女，同邑方传尹妻，贤而多才。于归甫一年，城陷，恐为人辱，赋《绝命词》，自缢死。

断　句

到此何妨拼一死，好留清节在人间。（《绝命词》）

——录自光大中《安徽才媛纪略初稿》

姚瑛玉一首

姚瑛玉，生平不详。

泳园纪游

村坞云遮曲径斜，垂杨一带暗窗纱。风回树杪惊栖鸟，水绉波纹聚落花。山色全归残照里，晚烟平罩野人家。闲心共话当年事，看汲流泉煮建芽。

——录自汪启淑选辑，付琼校补《撷芳集校补》卷三十三

姚绮霞三首

姚绮霞，姚回夫之女，邓柏卿之妻。著有《绮霞诗草》。

立　秋

新晴天气爽，一叶落梧桐。丹鸟传秋信，青蝉咽晚风。明河常达曙，皓月自悬空。残暑欣将退，凉生小苑中。

七　夕

玉露催良夜，牛郎奈若何？相逢唯此夕，惆怅别离多。

对　镜

临妆晓起画眉峰,含恨含情减玉容。顾影自怜憔悴甚,不堪明镜日相逢。

——录自徐璈《桐旧集》卷四十一

姚德耀七十二首

姚德耀,字景孟,姚士封、张令仪子姚孔钑之女,通判马占鳌之妻。著有《清香阁诗钞》二卷。

长白完颜董兰芬《序》:马宜人为皖桐姚氏贤媛,长于诗律,亦工楷法。乾隆庚申,马君补泉河别驾,挈宜人之任。予亦居夫婿总河任所,遂得与宜人晋接,因缔盟好,以姊妹称。粔籹花胜相遗外,无非酬赠以诗,沐宜人之诗教,诚匪浅矣。予旋归京邸。庚午岁,姊夫马君内授中城指挥,姊亦来署。不图良晤,再逢益笃,情好依然,以诗相往复。一日,宜人出其旧作,属予选订,辞不应命,宜人谆谕再三,乃略为去取。嗟乎,人生若梦,聚散无常。异日姊归江南,我居燕北,望风怀想,心甚凄然。顾念佳什,必剞劂传世,倘不以地远人遥,乞将卮言赘诸牍尾。庶几见文字之交,知心之雅,不独男子然也。

王洛《序》:亲家马君载阳淑配姚宜人,通涉经训,深明大义。于归事舅,克尽妇职,事载阳事无巨细,一身任之。纾其内顾之忧,而一门之内,敬老慈幼,尤能恪恭逊顺。其夫兄一斋先生,笃学多疾,主讲吴中,疾忽大作。宜人适省其尊公副使于苏松,急使迎至官阁,亲视汤药,累月祗肃不倦。当时咸啧啧称其贤,不愧名门闺范,非寻常所可几也。

姚棻《序》:从姑马宜人,为叔祖惠潮观察长女。素娴内则,性喜为诗。归扶风马氏望族,宜人躬秉诗礼,逮事舅以孝养闻,而闺阁中唱随歌咏,互相师友,不减梁孟。至其临事善应,措置有方,巾帼中不可多得。姑丈书香先生服官中外,宜人内政具修,暇则课子,拈毫成咏,与吾母太夫人情好素笃,而爱棻倍挚。与吾母唱和诸什,发于性情之际,虽间隔数千里,赠答往还无异几席间。呜呼!其可思也已。

恽珠《国朝闺秀正始集》卷七：余久闻先叔、曾祖姑与夫人有相知之雅。乾隆初，随宦山左时，粗粝花胜而外，日以诗笥赠答，然终未得见《清香阁全集》也。辛卯夏，浙江盐曹马公培章奉差来汴，闻余编《正始集》，亟出其曾祖母诗稿质之大儿麟庆，余披而读之，见第一序即先叔、曾祖姑所撰。数世心交，忽焉再聚，文字因缘，信有之矣！

姬传六侄馆选集放翁五古以志喜

在昔祖宗时，诗书守素业。名字振当代，人才分杂沓。规模三百年，努力光竹帛。岂唯人所怜，颇觉耳目愜。小子今何幸，清问方侧席。取尔二三策，鸣呼岂人力？

景运方盛开，飞腾上楼阁。笔落九天上，万丈扫寥廓。风云正苍茫，相望要不怍。佳事喜稠叠，吾诗安不作？

枞川射蛟台怀古

拔山力猛驱洪水，老蛟何来遽集此？石破天惊秋雨翻，民其为鱼家室毁。汉皇神武何雄哉，锦帆一片枞江来。兆民遮道诉蛟患，余勇一鼓强弓开。旌旗云拥江浔阔，水分两道势先夺。手落飞鱼金仆姑，不假吴钩试一割。消除民患笑谈中，安澜永奠真奇功。骨青瘿白浮水面，浪花翻血长江红。千秋盛事不可没，高台人向江头筑。武帝雄风今尚存，丘山零落悲华屋。有客乘舸渡秋水，目击古迹犹如此。蒿莱满地罨荒烟，长歌萧瑟江之汜。

茅屋行

于茅结屋深山中，佳人寂寞依花丛。门祚繁华易消歇，妆楼犹记当年红。只今瓮牖愁风雨，侍儿纤手牵萝补。谢家轻絮扬帘栊，门外春光原媚妩。西邻女伴过疏篱，艳称金屋藏娥眉。菱花不是驻颜药，可堪辜负芳菲时。翠袖甘向空山老，不愿人矜颜色好。君不见，苎萝村里一通名，锦绣吴宫成茂草！

夫子与予同届七秩诗以志喜

十八归君早,同庚愿不违。七旬今已届,双寿古尤稀。佐政随冰署,还家拜锦衣。百年春正永,鹿驭乐相依。

纶沛堂新居落成

卜宅新营屋几层,穿帘贺客燕先登。小园唯富筼筜竹,老壁还留薜荔藤。十载客归金岭驿,一家人似玉壶冰。儿曹渐次看成立,自觉门庭喜气增。

寄候董兰芬夫人

云散风流两地思,频传尺素见心知。燕门不少归鸿去,疏懒常嫌作答迟。云泥迢递仰闺仪,几度春风柳色垂。千里怀人劳梦想,吟笺长诵谢家诗。

寄遵贞太夫人 并序

嫂氏遵贞能诗善画,敬绘白描罗汉册页,侄菜入觐进呈,仰蒙圣主品题,入于内府秘苑珠林,俾得与古名媛墨迹并传不朽,诚异数也。予闻之,喜而赋此。

白描妙手重当时,百拜焚香献御墀。试问凤城千命妇,几人翰墨九重知?

以桂花一枝供瓶玩

一从金粟影中过,谪向人间历岁多。把酒问花花不语,嫦娥消息近如何?

春日漫吟

乾鹊声声噪画檐,春风吹散雨帘纤。莓苔绿满庭阶静,落尽杨花未卷帘。

暮 春

十日山城雨散丝,残红飞尽绿阴垂。不知春色归何处,帘外声声叫子规。

对　月

寒透窗纱衣薄绵,晚来小步曲廊边。举头忽见乡关月,已向虞山几度圆。

子　规

何人泣血问衔冤,底事声声郭外村。天上空悬新濯镜,枝头犹剩旧啼痕。伤心故国三千里,过眼群芳廿四番。春满锦城君未返,不如归去向谁言。

渡　江

波平如镜午风清,舟似浮鸥一样轻。行到故园三百里,月华初上皖公城。

湘庵道中

半钩月挂柳阴中,络纬声声和草虫。曾记去年停泊处,白莲香满一帆风。

秋　怨

寒鸟投疏林,微霜被野草。感此节候移,使我百忧扰。登楼望夕阳,山川何杳渺。征人盼寒衣,深闺和泪捣。

至夫弟乐山丹徒官署

五年踪迹寄烟萝,偶向花封览胜过。白发解围余我老,青云得路羡君多。江城久著循良绩,海市频传乐只歌。天与团圞官舍里,举觞邀月吸金波。

——以上录自吴希庸、方林昌《桐山名媛诗钞》卷三

叔父归园守赣告归

宦海倦知还,高风未可攀。官贫唯鹤在,身退伴云闲。菊爱陶公径,诗题谢朓山。赐金频买醉,良友接欢颜。

——录自徐璈《桐旧集》卷四十一

春 行

绿杨丝挂小红桥,曲径幽偏远市嚣。絮落乍惊春欲老,那教人不惜花朝?

途中偶成

剪剪春风至,萧萧暮雨零。却怜官道柳,多傍酒旗青。

——以上录自光铁夫《安徽名媛诗词征略》卷一

闲 吟

西爽窗前理旧书,风飘兰气满襟裾。秋来尘事方除却,也学评茶午梦余。

夏日游五亩园

上相名园好,幽林暑不侵。闭门无俗事,凉月夜横琴。

喜季父三崧先生馆选

登瀛曾说紫霄翔,恩遇今看出上方。视草独宣苏易简,举贤不待贺知章。冰衔清要归金马,铃索深严爱玉堂。从此石渠窥秘笈,荣分莲炬有辉光。

寄怀师经堂诸娣姒

计别乡云五载中,行踪漂泊似飞鸿。凭栏何处相思最,花落春残一院风。绿阴如幄护春山,小阁幽偏静掩关。虞岭莺花随处好,问余何事不开颜?

寄书金香二妹报次见殇

一病无多日,伤心永别离。纵难期远大,何事殒娇痴?色笑才娱目,晨昏颇敬师。不知泉路上,风雨倩谁持?

世事原如梦,痴情未肯除。有兄能慰我,哭弟更悲予。闲舍新年榇,匡床旧日书。佛言能解脱,省悟我何疏?

惨极真成痛,全抛十载功。虞山留稚魄,皖水筑元宫。姊妹情徒切,潘杨愿竟空。衷情纷缕缕,冷月照楼东。

舟行即日

画鹢窗开望眼宽,绿波千顷倚栏看。江风送棹添帆力,鸥鸟忘机近钓竿。一片绮霞天外散,几枝菡萏雨中残。平澜更有怡人意,鼓枻长歌放下滩。

自里门如虞山舟中作

澄江如练布帆安,欲续官斋旧日欢。望里乡关才咫尺,忽惊舟已出江干。

舟次有怀金香二妹

同气相亲意最殷,那堪才聚又离群。扁舟渐觉春寒重,遮莫怀人过夜分。
苍茫烟水大江滨,来往唯思白发亲。堕絮漂萍应似我,三旬两度绿杨津。
主持家政见心裁,闺阁群推未易才。十月岭梅花放后,宾鸿应带尺书来。

和南召二兄途中述怀原韵

望隆泰岱喜莺迁,特简循良圣主前。兆姓望尘迎五马,大廷奏绩正三年。烟浮麦浪千层绿,雨润桑条万井鲜。见说风流经过地,甘棠遗爱至今传。

送夫弟镜山回里

薄宦还家计最贤,客中相对转凄然。送君夜度岭头月,怜我迟归湖上田。风入马蹄尘满袖,星移龙尾服装绵。故乡枫叶霜多少,登眺何时好句联?

喜观涛弟会试入都过姊

喜尔正华年,公车到日边。故乡经别后,夜雨话灯前。闲说亲颜健,难忘客思牵。我今如倦鸟,两鬓雪皤然。

白绣球

阿谁赌技碧云端？抛却玲珑玉屑攒。疑是落梅香未散,东风收拾更团圞。

哭松月妹

七载空悬玉镜台,饮冰茹蘖不胜哀。承欢代侍堂前膳,身是闺中一老莱。大梦浮生幻影齐,北邙谁不草萋萋？伤心贞节生平事,只待旌门御墨题。

景州旅店有怀娣姒

一路征车强自持,萧萧野店倍凄其。朦胧枕畔三更梦,犹是联床话旧时。柳绕平堤客路长,莲铺浅渚晚风香。故山惆怅烟云外,新月如钩雁一行。

并蒂兰歌

客从荆郢来,遗我九畹兰。养以黄磁斗,环以湘竹栏。细叶何葳蕤,绮石亦巉岏。习习光风汜,湑湑清露漙。位置南窗下,朝夕供盘桓。抱瓮不辞劳,灌溉资渚湍。分根除虫蠹,不使枝叶瘝。幽丛霭绀碧,芬馥充门栏。畹静而致幽,茎紫而颖丹。缥带连理枝,同心如合欢。嗟彼三春花,荣落易改观。独秀怀幽贞,亭亭异草菅。允矣彼君子,岂徒娱郎官？十步足吟玩,一室如涧盘。抱琴坐其间,古调时独弹。颓阳皎夕阴,披襟浥高寒。何须饮坠露,相对已忘餐。

夫弟牧斋授内阁中书

内史薇垣重,叨依日月光。冰衔推掌诰,画脊并含香。须称三才誉,休夸五字良。黄扉清切地,初步入文昌。

留别遵贞嫂氏

清洁春兰尘不染,许教小草结芳缘。素心投契非朝夕,冷暖相知三十年。

墨庄自昔赖慈亲,内教如君复几人!琥珀将成松未老,敬姜端合是前身。
倦鸟归林未几时,又随帆腹背风驰。于今翻恨枌榆会,惹得秋风怅别离。
柳絮新词远寄将,离愁万斛写成行。循环盟诵知音语,潭水桃花意更长。

重游金山

一山突兀大江干,玉宇琼楼锦绣攒。千里风帆连楚越,万家烟火接峰峦。
布金佛地有辉光,两度来游到上方。一自翠华临幸后,岩花犹带御炉香。

焦 山

苍翠盘旋别有天,禅房花木白云巅。汉朝隐士归何处?三诏芳名万古传。
美景良辰作胜游,绕云穿树足勾留。凭高放眼多寥阔,几点苍烟见润州。

夫弟映山设席茅氏园林

我来千里片帆轻,季子筵开在润城。四面溪山晴昼永,满园花草午风清。
全家共叙团圞乐,小集弥深缱绻情。却愿他年重聚首,也酬斗酒听流莺。

秋 夜

萧萧落叶扑窗纱,几上残灯尚有花。鸿雁一声惊旅梦,西风吹鬓月初斜。

中秋夜月忆长男春福

高高秋月皓如银,大地山河共一轮。身在故乡殊不觉,独怜汝作远征人。

喜香苣侄成进士

天门金榜姓名香,十载风尘气始扬。慈母春晖酬凤志,乃翁潜德发幽光。
螭头视草春泉涌,马上看花日影长。自此鸣珂趋玉陛,儒生报国在文章。

三侄春仪继长男春福病殁京师痛惨靡已诗以哭之

老我无端运数颠,阿咸一病竟难痊。那堪弟死随兄后,更痛儿亡在侄前。画荻丸熊孀妇累,残编断简煢孤传。泪痕重叠青衫湿,欲赋招魂何处边?

池上梅

老干能留太古春,依依池上涴纤尘。香随流水闲无话,影落寒泉自写真。仙子凌波罗袜小,美人对镜粉妆匀。横斜清浅传高咏,独喜林君格调新。

佛手柑

爱尔手同佛,攀供宝珞边。儿茎天竺笋,一握虎溪烟。指月影留掌,拈花香到拳。不分纤且素,把玩绿窗前。

雁

万里孤飞雁,边关归路赊。西风吹片影,何处落平沙?

理琴

百花丛里暮烟沉,香散深闺弄素琴。月白风清人静后,窗前竹籁和余音。

登西埂楼

百尺危楼雉堞前,西山爽气接遥天。朝来十二珠帘卷,人在飞香翠色边。

哭十妹德承

飞仙辞世返瑶台,玉碎香消信可哀。青鬓遽看封镜去,白头还见抚棺来。锦囊遗草诗千首,著有《退安斋集》。穗帐招魂酒一杯。从此谢庭舣咏日,高吟谁是出群才?

秋日同诸弟游南园

季父当年游钓处,严君暇日酒樽陪。白头人去经秋老,碧海云深盼鹤来。先泽尚留风雅在,藻思今见画图开。平生心折池塘句,谢草吟成好梦回。

游龙眠山

一水一丘围翠霭,半村半郭弄朝烟。石如天马奔泉出,山似神龙抱月眠。太傅种松亭宛在,公麟卜宅画犹传。逍遥谁继两公后,茶鼓粥鱼参夜禅。

甲午秋日喜辉如侄北闱捷音

江南多鹗荐,冀北复鹏抟。梓里科名盛,是科桐城中十三人,北闱八人。天家雨露宽。鸿文疑濯锦,多士庆弹冠。老去无他望,唯添门祚欢。时渭川弟与侄同榜。

冢妇五十初度时余年七十有三矣喜成一律

忆汝来时屋一椽,承家唯有旧青毡。养成弱女窥屏雀,抚得孤儿力砚田。半世已教嗟命薄,此生终合享天全。衰姑把酒无他祝,但愿余年是汝年。

贺恭寿堂太夫人新居

华厦新开美奂轮,金萱花茂百年春。一门令德光先世,万卷缥缃启后人。宸翰褒嘉星日垂,御赐"柏贞萱寿"匾额。郎君行马荷隆施。久闻政治传瀛海,又见恩纶下凤墀。时铁松擢江西布政。

愧我年来老态增,簪花咏絮一无能。樽前回忆当时事,刀剪声中共一灯。

燕

巢营深巷认乌衣,竟日呢喃入幕飞。里社喧时雏既老,秋风秋雨送将归。

十月窗前桃花忽放数枝

小春花事斗芳妍,活色生香雨露偏。天意似怜人寂寞,早教红艳放窗前。

——以上录自姚德耀《清香阁诗钞》

姚含章六首

姚含章,姚孙森之女,张英之妻。著有《含章阁诗钞》。

张英《诰封一品夫人亡室姚氏行实》:予自二十染疾,经三年,簪珥尽行典鬻,手自调治饮食果饵之属,三年未尝一刻倦,予疾得稍起。庚子予病愈,从事于帖括,咿唔之声,终夜不倦,家事悉听其料理,予绝不置问。暨癸卯登贤书,公车再上,生计益贫。丁未获隽授翰林,旋以忧去。扁舟南归,舟中至不能给朝夕。抵家,益窘迫,夫人安之,从不肯向人言贫。间或亲友偶有馈问,辄面赤不肯受……入闱后,家人经旬乏食,搜得家中有面数斗,遂举家食面汤将一月……夫人为吴兴望族,祖湘潭公丁未进士;父龙泉公为龙泉学博;兄彦昭己酉举人,峡江令,羹湖己亥进士,封翰林院编修;弟玉青候选同知……家世鼎盛,而夫人愈自谦退,事母方太夫人至性纯孝。

《清史稿·卷五百八·列传二百九十五·列女一·张英妻姚》:张英妻姚,桐城人。英初官翰林,贫甚,或馈之千金,英勿受也。故以语姚,姚曰:"贫家或馈十金五金,童仆皆喜相告。今无故得千金,人问所从来,能勿惭乎?"居恒质衣贳米。英禄稍丰,姚不改其俭,一青衫数年不易。英既相,弥自谦下。戚党或使婢起居,姚方补故衣,不识也。问:"夫人安在?"姚逡巡起应,婢大惭沮。英年六十,姚制棉衣贷寒者。子廷玉继入翰林,直南书房,圣祖尝顾左右曰:"张廷玉兄弟,母教之有素。不独父训也!"卒年六十九,有《含章阁诗》。女令仪,为同县姚士封妻,好学,有《蠹窗集》。

辛未夫子思乡特甚诗以解嘲

高人天性爱烟霞,归计难成只自嗟。鸿雁每从乡国至,关心频问古梅花。

孟夏游玉蛛桥

夏日经过太液池,绕堤垂柳绿参差。波光一片明如镜,最爱新荷出水时。

双溪看梅

层层琪树入云端,玉种蓝田十亩宽。最是深宵明月夜,数株疏影上栏干。

——以上录自吴希庸、方林昌《桐山名媛诗钞》卷二

秋 葵

秋花又见一枝新,绝似临风绰约人。不共春华斗颜色,淡黄衫子迥无尘。

连日大雪

如盐似絮与阶齐,瑶岛琼林望欲迷。若使连朝飘玉粟,普天安得有穷黎?

孟夏游玉蛛桥

寻芳偶尔到蓬莱,玉殿琼楼瑞气堆。北阙云连鹓鹭观,南湖树绕凤凰台。千株御柳参差碧,几处名花烂漫开。自是太平多景象,薰风遥拂五弦来。

——以上录自光铁夫《安徽名媛诗词征略》卷一

姚珮蘅一首

姚珮蘅,汪正堃之妻。著有《姚华阁吟笺》。

海 棠

点染余春赖此枝,轻阴好护雨中姿。试将银烛高烧看,恰似华清睡起时。

——录自吴希庸、方林昌《桐山名媛诗钞》卷十

姚如兰八首

姚如兰,太学生张莲继室。王晴园曰:如兰诗才娟丽,吟咏甚多。如《荷

花》云:"满湖烟月留珠佩,十里笙歌接画船。"《梅花》云:"连朝小院多霜雪,好嘱东风细细开。"皆佳句也。①

秋 夜

太息韶光逝,萧条又一年。乍寒霜堕地,入夜月横天。柝响千门寂,风声万木连。更愁南到雁,清唳白云边。

纨 扇

齐纨纤洁似轻蝉,玉剪裁成素影圆。自画乘鸾来雾里,偶持扑蝶到花前。合欢漫写班姬怨,相见还教谢女怜。时爱清风生袖底,秋来岂忍便相捐。

——以上录自徐璈《桐旧集》卷四十一

乌栖曲

乌飞哑哑啼朔风,夜阑栖向吴王宫。吴王宫里正夜饮,玉卮美酒清若空。西施自舞王自醉,珠帘不卷春重重。态浓意合相欢娱,银烛高高清夜徂。漏壶不注东海水,东南日出惊乌起。

春 柳

花谢花开绝可怜,百花丛里绿如钿。淡烟疏雨迷深院,碧水红桥隐画船。太液春光犹昨日,灵和风月忆当年。此时江北江南路,多少行人为泫然。

春 草

茸茸如雾复如茵,近染遥拖半未匀。十里碧萦飘翠带,一痕青破怨香轮。阶前旧迹侵帘浅,池上新诗入梦频。休恨王孙归信断,雨中烟际又经春。

---

① 引自徐璈辑录,杨怀志、江小角、吴晓国点校:《桐旧集》卷四十一《姚氏如兰》,合肥:安徽大学出版社,2016年,第 8 册第 285 页。

迎春柳

柳从春后青,此独迎春放。若使栽河桥,欲折翻惆怅。

——以上录自吴希庸、方林昌《桐山名媛诗钞》卷四

春 柳四首选二

二十四番风信微,丝丝新绿映朱扉。声娇院落莺初转,香满地塘燕不归。晋代王孙姿濯濯,隋家天子梦依依。琅琅旧日谁亲种,惆怅重来事已非。

章台回首欲魂消,曾与宫人赌细腰。妩媚尚怜张静婉,轻盈空忆董娇娆。一春绿涨连三径,四月花飞满六桥。毕竟白公吟赏处,至今风景未萧条。

——录自何成伟《枞阳风雅·清代》

姚秀儒二十四首

姚秀儒,姚子敬之女,张子宽之妻。著有《绣余阁诗草》。吴希庸、方林昌《桐山名媛诗钞》卷十:诸生子敬女,张子宽室,警句如"家贫不卖旧藏书""萤火纷飞出豆篱""西风几阵雨如丝",俱幽艳可诵。年廿五年卒。遗诗千余,足称闺中之俊。著有《绣余阁诗草》四卷。

汨水怀古

千古称忠烈,怀沙屈大夫。三湘悲梦杳,一水叹魂孤。旧曲听渔父,遗砧忆女嬃。牢骚吟泽畔,庙宇尚存无。

湘江怀古

帝子千年恨,茫茫一旦来。苍梧魂已杳,斑竹泪堪哀。北渚人何在,东流水不回。唯余湘浦月,犹照楚江隈。

吴江怀古

尚有英灵在,祠前羽盖飘。蠡矶凭泪洒,鱼腹叹魂销。赤壁知难复,红颜

未易描。招魂更何处,愁对浙江潮。

塞下曲

白露为霜风凄凄,草木黄落烟影迷。秋闱月夜敲砧杵,打点征衣寄陇西。银河无声星月皎,远塞烽烟何日了?宾鸿未至信音稀,两字平安殊不晓。春花秋月忙时节,不管征人久离别。肠断萧关力不支,万里情牵塞下客。王事靡盬觅封侯,此日乡思南望愁。黄尘漠漠嘶战马,一片雄心壮戍楼。锋射寒铓拂匕首,风鼓云旗冲刁斗。虎啸长林木叶悲,鸢鸣古道尘沙走。日落荒城画角鸣,海天秋思旅魂惊。胭脂山下行人少,玄兔城头冷月清。嗟吁乎!十年许国忘生死,气似长虹按剑起。英雄不羡霍嫖姚,功成方显奇男子。君不见,饮马长城古战场,单于台上暮风凉。玉关秋老霜笳起,寄语征人莫望乡。旋歌一奏离沙漠,不负胸中黄石略。归来一笑掷刀环,英名早入凌烟阁。

雁字二首

纷纷嘹唳过楼前,远塞飞来路几千。浪迹风尘酣雨露,纵横笔阵落云烟。数声咽断潇湘水,一字长拖楚国天。偶向琴边劳目送,泠泠犹听拨冰弦。

鸟迹平沙亦有神,凝眸莫认草连真。悬从月下题金镜,遁向花前咏玉人。芦管森森青可镂,苔笺迭迭静无尘。西风万里斜阳路,多少秋光写未匀。

柳线

如缕如烟态最妍,低迷小院影垂垂。欲邀风剪裁新绿,更借莺梭织嫩丝。挂向余晖情不断,飘来芳絮意何迟。舞腰斜袅河桥外,惯惹征人怅别离。

雪美人追和先严韵

色羞黛绿与脂红,一种幽姿冷淡中。不效素娥夺皓月,可陪甘后立当风。如卿始信真冰面,对我何尝有热衷。尘世那堪常寄迹,还宜魂返水晶宫。

怀鉴含女史二首

晚妆慵整恨无穷,悄立幽轩待好风。两地相思对明月,夜来都在一轮中。
绮窗曾未接余欢,但把新诗仔细看。记得相逢在何处,半宵残梦一灯寒。

怀静宜阁

亲情纵不乏心知,谁似君家情更痴。灯畔共传衷曲意,花间时斗眼前诗。看书便是忘忧日,觅句难逢得意时。惭愧缄封无所寄,题诗聊复慰相思。

感　怀

浮生忽忽真如梦,岁月徒淹恨转深。再买彩丝休浪掷,鸳鸯莫绣绣观音。

绿　珠

花为容貌雪为肤,身价真同百斛珠。不是女儿应自洁,那能情重守财奴。

怀鉴含女史三首

一曲骊歌落纸愁,愁听蛩语和更筹。归期拟向黄花节,邻杵敲残白露秋。
舒枕但堆伤感事,封书惯写别离忧。可怜百结柔肠意,传语吾俦亦泪流。
行色匆匆未及辞,强封俚句赠临歧。枫林菊径添秋思,云树山光怅别离。
此后停毫无杂咏,从今屈指数归期。挑灯茅屋眠难稳,便是闲吟忆我时。
短梦偏惊欲别心,眉尖旧恨惯相侵。西风十里斜阳路,幽梦三更夜雨衾。
白雪歌来愁嘱和,绿窗月上约重临。断肠底事伤情意,代作相思一夜吟。

寄鉴含女史四首

相亲记向月中行,庭院深深幸识荆。促膝夜阑曾小醉,一枝花影绮窗横。
梦回舒枕弱魂飘,每怯春寒不自聊。莫对韶光弹别泪,一般多病负花朝。
偶启湘帘立小轩,谁家玉笛断人魂?痴情欲向嫦娥诉,无奈宵来月又昏。

谁云命薄误聪明,搔首呼天恨不平。博得诗名传我辈,何妨挥手谢浮生。

秋　日

落叶纷飞石径凉,萧萧秋雨近重阳。柴门莫道无清景,时有西风送菊香。

落　花

荷锄聊作扫花僮,芳草萋萋衬落红。我欲留春春去也,几番惆怅怨东风。

莺

绿杨深处一枝栖,唤得春回自在啼。莫怨隔窗频报晓,梦魂几见到辽西。

燕　剪

路觅乌衣巷口通,双飞紫燕掠轻风。襟沾落絮三分白,剪蹴飞花一片红。
衔得残泥抛琐碎,冲开绣箔坠玲珑。欲裁水面春波皱,更入梁园小院东。

——录自吴希庸、方林昌《桐山名媛诗钞》卷十

姚浣薇四首

姚浣薇,字紫卿,张杞田之妻。

题七巧图四首

游情小物兴陶然,偷取真闲即是仙。月卸酒阑人静后,窗虚几净晓风前。
瓷缸玉碗试新芽,嫩白频煎陆羽茶。争羡燕闲清供好,兴来诗酒对名花。
妆楼春老换春衫,锦帨香囊手自缄。粉黛慵添临镜晚,空梁泥落燕呢喃。
剪罢春衣日正迟,柔桑折尽远扬枝。雨前忽报新芽长,又是隔篱呼伴时。

——录自吴希庸、方林昌《桐山名媛诗钞》卷九

姚怡敬一首

姚怡敬,姚典赓、张柔嘉之女,张晓麓之妻。

偶 题

妆成闲倚画楼东,春在江城满阁中。一带夕阳山翠里,何人吹笛遏征鸿。

——录自吴希庸、方林昌《桐山名媛诗钞》卷九

姚鉴含三十二首

姚鉴含,姚检吾、张凝之女,赵伯衡之妻。著有《浣愁轩诗集》。

吴希庸、方林昌《桐山名媛诗钞》卷八:副贡检吾先生女,赵伯衡室。年二十四而寡,以苦节闻。著有《浣愁轩诗集》。马庆旋先生题词云:"把卷闲吟幼妇词,消愁唯有浣愁诗。莺花自觉无情绪,只为孤鸿失路时。领异标奇思不穷,不烦雕琢自然工。新愁旧恨知多少,尽在诗人一卷中。"

春 柳

绿暗春河畔,深深柳色新。六朝真画稿,三月艳阳辰。舞向风前瘦,描来雨后匀。依依劳送别,漫折赠行人。

秋 夜

飒飒凉风至,平添客子愁。一天霜月夜,千里梦魂秋。雁叫中宵切,蛩吟四壁幽。谁家吹玉笛,凄绝过南楼?

山庄晚眺

向晚依槐下,清风到竹床。炊烟林外起,荷气静中香。蝉咽音偏苦,溪流声渐长。旷怀天地阔,山月正苍凉。

易水怀古

壮士悲歌地,千秋发浩叹。昔时人激发,今日水空漫。慷慨英雄志,凄凉道路难。秋风经古渡,犹似剑光寒。

汨水怀古

一自行吟后,伤心此地多。清名留泽畔,孤魂未消磨。枯槁形难觅,潇湘水自波。江滨渔父少,谁洒泪滂沱?

湘江怀古

人到荆湘路,难辞泪涕零。空流三峡水,不见二妃灵。云梦烟痕白,苍梧墓草青。夜深唯有月,鼓瑟韵冥冥。

秋日怀秀儒女史

弹指分襟日,西风倏报秋。黄花开曲径,紫燕别妆楼。月下怜新句,窗前惹旧愁。何时一樽酒,重与快赓酬。

新　秋

西风昨夜过南楼,一片潇湘景色幽。何处微吟声渐起,早教蟋蟀报新秋。

读石溪舅氏诗集志感即用集中韵三首

当年同泛木兰舟,时郑畹香姨丈同游。廿四桥头镇日游。风景依稀人面改,须知王粲悔登楼。

二月春风杨柳天,莺啼深树韵如弦。几回欲向天公问,楚水吴山又几年。

最是吴声唱竹枝,一闻咿哑一相思。他乡风景应如故,欲赋招魂在几时?

纪　梦

记别高年秋复春,忽寻苔径到宜民。外祖母住宜民门。依稀二十年前事,竹马斑衣笑语频。

春日寄闺友

寒闺寂寂不成眠,人静更阑叫杜鹃。湿透杏花春雨急,挑灯检点浣愁篇。予有《浣愁集》。

山庄怀秀儒女史

何处秋声动客心,几回枉向梦中寻。松风一枕过寒户,山月半轮窥短衾。近水人家多捣练,荒村无处不闻砧。倚栏忆昔同欢笑,四壁蛩鸣助苦吟。

塞下曲

猎猎秋风动翠幕,晚妆忽觉罗衣薄。遥知此日秦关外,草木黄兮半寥落。空谷何来砧杵声,散入悲风满故城。惊破东邻思妇梦,梦回不得赴长征。征人年年戍不返,关山夜夜吹芦管。将军飞马出辽西,匝地烽烟魂欲断。昨见邻家战士回,昔时勇猛今衰颓。父老亲朋来相问,两泪如梭心已摧。将军日夜开筵宴,军书不顾来千卷。边笳羌笛日相催,内无谋虑外白战。可怜十万铁骑兵,销磨精锐空纵横。不闻战士荣归日,侠骨徒然了此生。天寒月黑鬼夜哭,磷火荧荧竞相逐。日色无光掩大旗,悲风惨淡声萧肃。我闻身为好男子,力效沙场何惜死!但得英雄志莫违,貌图麟阁名垂史。试看黄昏月暗流,朔风吹雁海天秋。关西老将头如雪,夜半横刀上戍楼。用成句。

秀儒过访不遇诗以报之

蓬庐昨日谪仙来,把晤缘悭两费猜。笑我闭关非采药,知君到此欲寻梅。案无长物余诗稿,座有佳宾少旧醅。寄语朝来更乘兴,雪中端不许空回。

昭 君

忍将国色入边庭,马上琵琶不忍听。原识汉皇非好色,千秋荒冢为谁青?

春 日

绿肥红瘦最销魂,宝鸭香沉气尚温。满地无声三径雨,一钩新月正黄昏。

送别闺友

花钿宝髻束装新,杨柳依依最怆神。旅馆共谁商刺绣?妆楼从此锁芳春。半帆明月天涯路,两岸青山画里身。唯望渔书常不断,平安远报故乡人。

送赵氏妹于归南湖

极目高楼远送君,阳关未唱泪纷纷。归期我卜湘江水,征雁书封岘首云。

春 夜

庭前寂寂有余清,细雨霏微梦不成。明日小园凭栏望,一池新涨长浮萍。

白 牡 丹

铅华洗尽杳无痕,色相天然倩女魂。淡淡新妆羞富贵,任他红紫斗朱门。

秋日病中

亭亭弱骨苦延绵,春去秋来倍黯然。若问病中新况味,满城风雨菊花天。

中秋柬秀儒

静掩柴扉欲断魂,新诗何日细重论?最怜此夕多秋思,细雨空阶月色昏。

哭秀儒女史八首

忽闻鹤唳月明中,轻剪琼枝五夜风。从此谢庭多寂寞,任他飞絮舞长空。
暮春时节雨如丝,正是钟期绝调时。回首可怜成谶语,却从何处觅新词?
忆得当时结盟初,芸窗不绝锦笺书。而今生死天涯阔,何处临风问起居?
文生情处语还无,情到难言墨转枯。不为病魔收什去,几行清泪笔模糊。
回思聚首旧香闺,话到忘机月已西。此夜清光人寂寂,空山偏听杜鹃啼。
江南细雨暮春天,寒食凄凉古禁烟。三尺孤坟新筑起,纸飞蝴蝶墓门前。
常抱离怀不自聊,凄其风雨又今宵。挑灯欲赋相思句,哭向长空拟大招。
东风吹恨到天涯,绿尽平芜絮作花。唯见帘前双燕子,衔泥来去主人家。

——录自吴希庸、方林昌《桐山名媛诗钞》卷八

姚素九首

姚素,一名兰,字韵兰。张萍香之女,淮安程某之妻。著有《绘后阁集》。

张曾虔《绘后阁学诗草序》:女甥韵兰,为吾姊萍香第四女。吾姊住在京师,随侍先大夫侍讲府君,学作韵语,后习诗于伯兄台亭詹事,时得惊人句,早著有专集矣。韵兰敏慧天成,喜读书,明大义。少闻母夫人说诗余续,颇娴韵旨。适淮安程氏,乃年逾三十而赋黄鹄。遗一子,又未及弱冠而夭。茹荼之境,言之鼻酸。独贤而才,摒挡家政,内外肃然。偶以暇日赋诗,不轻示人。嘉庆辛酉、壬戌间,予主淮关之文津讲席,去其家近,时过从。索视所存诗草,则已成帙。其间笔墨秀润,发为菁藻,有操觚家所不及者。因喜之学之有得,为选入《冰衾录隽》编内。今年春,韵兰展孝思,买舟涉江淮来桐城,省事父母茔域于龙眠之石门冲。留月余返棹,予为护行。千里江天,扁舟风雨,唱予和女,韵事纷纶,甚适也。抵淮后,又索其全稿,为删订之,得一百三十四首,略见一斑。由此陶咏古人,日臻进境,可步蠹窗老人后尘,韵兰方逊谢不遑。予亟劝之付梓,借就正有道焉。

和雄县旅店壁间武林十五龄难女韵

遥想音容锦句中,娇痴无那命偏穷。才人自古招天妒,弱质如何逐断蓬?薄命生嗟少小时,风埃历录泫芳姿。多情唯有天边月,夜夜墙头照尔时。玉碎香消想昔年,空留遗恨墨痕鲜。贞魂欲问归何处?化作春鹃叫可怜。

二十四桥

何处箫声歇,空余草色新。伤心桥畔月,曾照旧诗人。

哭五妹

忆昔依依泪不干,那期再见此生难。人惊大别伤先故,花未全开痛即残。风雨空留天外想,音容唯向梦中看。芳魂太息归何处,定许骖鸾借碧翰。

淮阴咏古和表弟张缃藁孝廉韵

林疏木落水茫茫,有客凭临气莽苍。酾酒无人墟墓古,赠金何处钓台荒。枚皋宅畔生秋草,赵嘏楼头下夕阳。往迹消沉风色改,笛声寒裂雁飞翔。

蕉

湿云拖碧映疏棂,棐几湘帘借助青。一片萧萧深夜雨,梦回酒醒有人听。

江舟值雨和蠡秋舅氏韵

江村连夜雨,晓色淡烟笼。远岫迷浓霭,扁舟趁好风。帆摇波影里,人在画图中。搦管酬佳句,微吟韵许同。

小泊六安沟

十日江上行,连宵雨风发。小住亦复佳,柳阴见新月。

——录自吴希庸、方林昌《桐山名媛诗钞》卷六

姚倚云一百九十九首

姚倚云,字蕴素,姚慕庭之女,著名同光体诗人范当世之继室,姚鼐的第五世侄孙女,生于同治三年(1864),卒于民国三十三年(1944),享年八十一岁,著有《蕴素轩诗集》十二卷、《沧海归来集》十卷。光绪三十二年(1906),姚倚云出任南通公立女子学校校长,成绩卓著。民国八年(1919),姚倚云应安徽女子职业学校之聘出任校长。业绩炳然,受人敬仰。她是近代著名的女教育家。抗日战争爆发后,她曾去马塘避难,回通州后,当过红十字会会长,积极参加抗日救亡运动。

姚倚云不仅是一位杰出的女教育家,更难能可贵的是,她还是一位才女,诗才横溢,琴棋书画无所不精。她生长在书香墨韵的环境之中,从小就酷爱诗歌,一生吟咏不辍,诗作繁富。她的道德操守、淡泊名利的思想品质都表现

在诗歌作品中。她与范当世结婚,有《呈夫子》诗,她写道:"富贵安所重,儒术唯可珍。文章增纸价,诗书未全贫。林泉堪养志,穷达任曲伸。"其思想境界由此可知。夫妇二人情投意合,联袂唱和,共同切磋诗文。她对自己的婚姻极为满意,为找到了理想的、志同道合的范当世而庆幸。不幸的是,范当世英年早逝,其悲伤痛绝可想而知。

徐昂《范姚太夫人家传》评述曰:伯子先生以穷诸生游四方,篇什传诵,声闻溢公卿,而漠于势利,不营生产,门以内屡空,太夫人质簪珥,不闻之夫子。自所天丧徂,迄今四十年,太夫人秉持礼法,力守清苦,代夫子之职而终前室之志,慈爱下及于孙曾,至衰老卧病,寄托吟咏,不怨不尤,以正其命,其于令妻贤母之道,尽且久矣。而其生平复推其所怀,施之女子教育,旁逮他郡,冀蒙其教者,异日为令妻为贤母,以相引翼。呜呼!世道陵夷极矣!国不可以无礼义廉耻。礼义廉耻之维系于人心者,不可以无学;学必有所承,而后能知所守。太夫人之有造于范氏且有造于乡邑者,盖得名门家学之渊源,而蔚为巾帼耆英,其涵濡诗礼教泽,岂偶然也耶!

顾公毅《蕴素轩诗集序》曰:秋初,起居先生(姚倚云)正曝书于庭,检一小册示公毅,上署《蕴素轩少时诗稿》。稿蝇头小楷,谛视之,先生之手笔也,而评者为吴冀州(吴汝纶),就所识年月考之,则已越四十年。墨迹如新,粲然夺目……冀州于其《送别二兄》"黄鹂紫燕舞春风,水碧山青绕江村。长天杳杳看归鸿,短梦依依闻杜宇"句评曰:"顿开异境,飘洒不群,吾家梅村恐尚未到此。"于《初秋闲理小园寄仲兄》"蝉噪高林际,蚓鸣砌草根。秋风穿牖冷,疏雨扑帘繁。庭树纷残叶,壁苔长细痕"句评曰:"如此方谓之情景交融。"于《中秋月夜怀二兄三弟》"秋露凝花坠,凉风掠袖生。徘徊良夜永,游骑杂歌声"句评曰:"韵味悠永。"《雪夜忆仲兄》"佳日宜人增怅望,严寒萧瑟倍思乡"句评曰:"逸气横生。"《送三弟之江阴》"独念川途劳,勉慎风尘劣。儒生任穷达,励志追先哲"句评曰:"纵横如志。"《三弟诗来索和答之》诗凡八章,章各有评。曰:"一往情深,言情之善则也。"曰:"疏宕。"曰:"奇幻不可思议。"曰:"琅琅有声。"曰:"沉痛。"曰:"韵态天成,不事雕琢。"曰:"此篇气势为奇纵。"曰:"情韵深美,而于卷端大书特书。"曰:"风格高秀,体裁淡雅。绝无闺阁之态。固由毓德名家,濡染有源,亦是天挺瑰姿,非复寻常所有也。"公毅披览再四,无任景慕。昔闻冀州评伯子先生诗,谓为海内无对。于先生诗,评又若此。其力任为介宜矣。先生之诗,老而益工。所历即艰苦,一视乎义命而安之。故其为言极舒迟澹泊之致,世更有冀州其人,不知作何赞叹也。

姚永朴《蕴素轩诗稿序》曰:吴挚甫先生尝见妹诗于戚姻家,为之惊喜。会通州范当世丧其室,乃自冀州遗先考书曰:"肯堂诗笔,海内罕与俪者,君为贤女择对,宜莫如斯人。"先考以道远难之。吴先生一岁中申言至七八,妹由是字范氏。其后先考重莅故任,肯堂来就婚。夫妇相得甚,闺中唱酬,如鼓琴瑟。

春日即事

袭人花气扑闺帏,风暖小园蝴蝶飞。野水差差波漾影,溪光山色两依稀。
风荡帘波旭日迟,碧藤芳树绕吾庐。当阶花影笼春色,时听黄鹂唱柳枝。
东风吹雨长溪痕,霢霂山前麦浪青。开遍杜鹃红间紫,落花飞过小沙汀。
小鬟沽酒到前村,绿径深藏茅店门。何处人言太平世,此间大有古风存。

送别漱芳叔母

山云透日不成雨,曙色初开犹带烟。暂别忽如千里隔,论交相忆五年前。
独怜心矢茹冰志,深愧囊无买酒钱。此后相思何日慰,愁看堤柳碧如川。

偕大姊晚眺

何处钟声逐晚风,碧天云净夕阳红。渔人隔岸弄明月,白鹭衔鱼出柳丛。

山居思母

曲折清溪映嫩晴,水车汩汩隔林声。难将今日人间景,以慰当时泉下情。
两部乱蛙喧草堰,一双蛱蝶绕瓜棚。永留爱日椿庭茂,更喜重闱鹤发荣。

夏日即事

残梦鸟啼醒,山窗旭日临。箨舒新竹响,山借白云深。蛱蝶穿花径,幽虫吟邃林。此间栖隐地,何必觅知音。

早　起

清露微凉透小轩,鸡鸣月落五更天。微风动树残星尽,一片人家上晓烟。

山　村

幽涧风来起碧波,牧童横笛背人过。村前暮霭寒林白,扁豆花开秋正多。

庚寅人日偶题

安成三度岁华新,朝夕趋庭任屈伸。适意好山能放眼,多情明月最宜人。谋生世味怜夫婿,遣嫁衣装累老亲。人日正当风景丽,碧云天外放初春。

悼侄女莲

啼笑浑如昨,重泉隔死生。二年吾失望,一病汝无声。梦里犹闻唤,悲来见旧情。可怜提抱处,双袖泪纵横。

雨中阅耕

细雨蒙窗扉,檐溜侵小阁。忽听前畴人,往来事农作。疏风失夏序,时觉衣裳薄。罢绣一登览,新秧满村落。平芜开水镜,秀色空霹霂。隔溪鸣黄牛,绕林飞白雀。好景足放怀,毋为荣辱缚。山中养心志,大可弃城郭。古来避世士,怀抱甘淡泊。阴云散尽一朝晴,峰头顷刻生光明。亦知世事虚浮里,唯有精诚是至生。

参观学校到沪赠项趾仁梁冰如两女士

平生江海几经过,哀乐惊心可奈何?芳草凄迷含宿雨,春云缥缈荡晴波。

眼中但觉交情厚,世上由来险境多。今日逢君怜契阔,倾觞且为醉颜酡。

夜雨有感因忆仲兄

杳杳长空群雁声,夜窗独坐觉愁生。新诗吟罢听山雨,知有风涛阻客行。

茉　莉

暝烟渐上碧溪头,独倚栏干起暮愁。底事又逢开口笑,一庭茉莉四山秋。

殇稻侄兼慰三弟妇

最痛汝幼小,生年不满周。岂知啼笑处,翻作死生愁。泪逐山云落,形随逝水流。强颜慰君思,人事亦悠悠。

秋夜怀漱芳樽者

残萤度小阁,曳辉明窗纱。夜静万籁清,空庭舒桂华。轻霞笼新月,积露润寒花。徘徊栏干下,忽视星斗斜。临风怀幽人,渺渺积思遐。遐思不可释,迢递秋云碧。人生几美景,慎勿负佳夕。烹茗呼女童,独坐对方册。朗诵古圣言,欣然有所适。闲居可养志,淡泊远心迹。阶前素魄沉,檐际犹余白。掩卷起挑灯,良为忆畴昔。

为熙伯族弟遂园图

山水清晖相照明,遂园风景眼中横。林花绰约秋容澹,乔木苍凉旧感并。古谊最怜敦友道,残年未死怯虚名。一樽情话悲今昔,共怆神州几变更。

送别二兄

奉君美酒盈金卮,但为尽醉勿复辞。作客不须愁远道,海内交游好寄辞。独惭无以赠行旅,舒怀卓荦敢献诗。北去须知白发念,南来莫使尺素迟。后年桂子传消息,正是挑灯话旧时。暮雨丝丝杨柳坞,春风叶叶桃花浦。黄鹂紫燕舞春风,水碧山青绕江树。长天杳杳看归鸿,短梦依依闻杜宇。功名早达慰高堂,奇才终当酬君父。丈夫抱志在乾坤,安能踥蹀垂其羽。珍重吾兄善自谋,别后临歧慎辛苦。

送三弟之江阴

幽庭盈积雪,皎皎残辉洁。凉月挂疏树,似为离人缺。池水解鱼沼,炉火烹雀舌。迟迟话清夜,朗朗更筹彻。欲饯芳樽酒,共惜明朝别。清辰送子发,冷露侵车辙。春来始柳芽,枝条不堪折。系缆长江楼,见柳应心绝。尺书慰重闱,远致慈颜悦。参差碧草荣,峥嵘青山列。独念川途劳,勉慎风尘劣。儒生任穷达,励志追先哲。岂夺庸人心,凄凄徒惜别。

书　感

平生历历数经过,多少辛酸枉泣歌。白发空惭长养拙,江山虽壮奈愁何?绵蛮乔木辜黄鸟,寂寞蓬窗负碧萝。万事不如归去好,乘潮鼓棹勿蹉跎。

三弟诗来索和答之

少小共游戏,谁解别离忧。长大为贫迫,驰驱千里游。宾鸿横天际,翩翔逐同俦。视此感我心,何以释新愁。日出东山隅,龙眠晓烟收。仆夫催发驾,珍重意淹留。相送登车去,此心良悠悠。

既送叔弟行,期以经岁远。暮雪压青山,晨光明翠巘。渺渺月余思,忽报客子返。惊喜慰重闱,壶觞庆岁晚。

骨肉得为乐,聚散良有已。除夕荐芳樽,共对如梦里。承欢白发前,绕膝孙曾喜。侧听爆声喧,坐待晨光紫。但恐开岁来,复作远游子。

新岁直佳节,是尔重经别。生平棠棣情,恋恋凭谁说?含涕问归期,期在梅花节。肩舆发已远,送罢心酸裂。两老举目望,<small>时外祖母亦在此。</small>去久犹哽咽。

嗟吾与叔弟,失怙两相怜。弱小共依依,情好无变迁。瞬息十余载,未结青山缘。痛恨深闺质,自惭子平贤。吉穴在何方?碧草徒芊芊。茫茫天地间,此恨向九泉。每当风雨夜,寸心常欲穿。

窗明天欲晓,枝头鸣好鸟。花片雨霏霏,柳丝风袅袅。行眺小圃中,郭外春山绕。云白横林端,烟青屯木杪。时忆西山麓,对景思少小。偕尔启柴关,共爱山月皎。

芳春逢佳日,山水可适心。良友二三子,壶榼时相寻。南吊季札墓,北眺君山岑。溪花含妍态,啼鸟弄清音。虽怀乡思多,登临亦散襟。嗟我处闺闱,遇景负春深。遥念游子乐,短章系飞禽。寂寞芸窗下,庭院日西沉。

群雀噪檐过,斜辉挂疏枝。绿兰方披径,白蘋已盈池。对景怀远道,临风忆此时。幕府肃清高,春光上书帷。诗书伸大雅,文藻发英奇。愧我乏优句,远慰风雨思。安得桃花源?骨肉永无离。

过小孤山奉怀姨母

苍波万顷起遐思,寒日茫茫忆别时。芦白枫丹秋色远,轻舟载过小孤祠。

峡 江 县

浦远沙长见蓼丛,峡江江畔倚征篷。双峰岞崿连云碧,万树参差映日红。芦雁萧萧江岸阔,钟鱼寂寂古庵空。他年重过应陈迹,漫咏新诗一棹中。

次大人枯柏鹊巢韵

古柏何年种?危枝久宿禽。青森轻过眼,孤直不回心。近户怜春色,依栖弄好音。荣枯终底事,一为叹消沉。

呈 夫 子

岁次在己丑,其时乃孟春。万物吐宿秀,草木刚怀新。结缡事君子,于归赋良辰。同心欣静好,燕婉愧蘩蘋。富贵安所重,儒术唯可珍。文章增纸价,诗书未全贫。林泉堪养志,穷达任曲伸。贤者固乐道,超然遂天真。闻述先世德,始知堂上仁。清族传盛泽,孝悌昆季淳。陋质虽不敏,焉敢惮劳辛?老亲择士艰,十年得斯人。岂惜丝萝弱,千里缔婚姻。足慰生平意,冰雪谊相亲。少君躬出汲,良妻自荷薪。续史承优召,解围对嘉宾。懿行去以远,文采留经纶。东风展群芳,日暖名花香。青青窗前柳,蔼蔼春山光。暝烟横翠岫,庭际余残阳。官阁一凭栏,归鸟凌虚翔。纤月破黄昏,寒辉绕曲廊。疏星悬树杪,幽院起苍凉。静观生意满,美景皆词章。瞬息将三旬,何时见高堂。无违在凤夜,勉力侍姑嫜。欲穿望云心,迢迢川路长。失恃惭妇德,思之诚恐惶。书此聊自勖,勿作俚辞忘。

赠冯香卿

木落萧条山抱城,三年待宦得时清。升沉暂聚怜踪迹,离合难期慨世情。燕去故巢频有恨,雁来客舍带寒声。秋高王粲伤神泪,无限金风满院生。

六月十五夜寄怀夫子

清辉万里抱城郭,白云缥缈天际薄。遐思迢迢欲飞翻,青灯焰焰慰寂寞。流萤低飞光入帏,蟋蟀凄鸣声绕阁。微风细浪漾池蘋,冷露无声藕花落。空庭俯仰独萧条,忆君孤帆何处泊?

用大人乐字韵怀肯堂

心闲忘岁周,凝寒亦云乐。朝来翠巘间,皑皑微云阁。天边翱翔鸟,傍我庭木落。不觉望征夫,轻帆作未作。淡泊忘屈伸,宁静任美恶。扰扰蜉蝣子,何知龙与蠖。

侍宦来章江,三载趋庭乐。秋水共长天,遥忆滕王阁。文章海山奇,风云助我作。何者见天心,几点梅花落。嘉言终益美,佞言徒益恶。变化看无穷,日耀青黄蠖。

送别大姊二兄

岁暮寒凝山雪白,长江孤帆送归客。卮酒离堂饯远行,红烛清樽对凄切。

盈觞且为兄姊醉,明日分襟与子别。穷冬君鼓东归棹,叔也新年循北辙。痛我空怀罔极思,青山望子安窀穸。聚散寻常莫过悲,夜雨他年话今夕。话长更短鸡已鸣,挥手苍茫无限情。归来小阁生惆怅,赖有梅花相对清。

题大桥遗照

初生月魄挂庭木,窗外莎鸡噪深绿。卷帘风定妙香来,使我清绝忘荣辱。堂高室净多天籁,灯火青荧秋肃肃。清夜沉沉诵《楚辞》,慷慨悲歌忘检束。停杯掩卷起徘徊,聊尔披图豁双目。嗟哉此画所绘谁?万柳凄迷涂其幅。人间结境有许哀,从来此事伤心目。纸上传心不传真,大桥魂魄今何属?义为一体不相亲,蘋蘩自愧为君续。甘贫乐贱非我谋,不期富贵从君淑。遗诗有"唯应作贤者,富贵不相期"之语。天意并许归斯人,纷华安得移素欲?揽图援笔百感并,写我凄凉致我情。人生泡影安足瞬,徒尔哀哀清泪横。他日黄泉会相见,眼前人事归吾营。会须凭吊苍烟处,慰尔穷愁老父兄。

随夫子登滕王阁

我离膝下悲不释,况复阻风三四日。章江门外阁腾空,乃是滕王古遗迹。夫子慰我携登临,快览凭高爽心目。春云渺渺压檐低,杨柳依依当户绿。临高下视尘寰小,万里苍茫入怀抱。朱颜绿鬓不常好,文采风流乃为宝。当年胜事安能讨?只今寥落余文藻。离愁涤尽消烦恼,从君共返家山道。回舟酌酒但高歌,试听长江声浩浩。

登滕王阁寄怀大姊

章江门外系牙樯,滕王阁下浪花长。暮雨欲沉云黯黯,离人初到景苍苍。天涯有姊难为别,胜地无文思不遑。此去那堪回首望,庐山过尽即吾乡。

舟行大孤山书呈夫子

大孤山下四经过,又对湖山泛碧波。飞鸟渐看天际没,春帆犹带夕阳多。

不将别恨挠君思,但放襟怀与我歌。今日推窗同极目,波光万顷欲如何?

九江诗人熊香海借肯堂索余赠言明日复以书来请义不能却勉赋诗书扇赠之

我来浔阳江头泊,春水春山满四侧。千艘横系不能窥,使我心神顿不怿。人生莫作闺中人,徒对名山少登陟。此间夫子有故人,磊落胸襟作词客。洒然独啸匡庐间,掩蔽诗名隐其迹。嗟哉浮世何为者?年年奔走天南北。岂无青山可放闲?乃为清贫之所迫。此公向子乞吾句,出扇勉力为之赋。嗟我牢愁满腹中,焉有琳琅向人吐?涂鸦且复应其命,何必从此邀世誉。明朝解缆更东去,万里苍苍看烟雾。人生邂逅听所遇,志士怀抱安吾素!

游石钟山

春乘碧水胜游多,从我夫子曾经过。泛览江山入湖口,奇峰峻石高嵯峨。好风反阻游人意,忽忽东归未得憩。春水既落秋水新,复从吾兄省吾亲。扁舟载得湖山美,又作石钟山下人。试携仆从盘旋上,清光万叠空苍莽。羁愁离恨一时消,心目为之豁开爽。重楼绮阁何迢递,画栋珠帘绝幽敞。嗟哉宇宙何滔滔,观空法界灵台广。左峙南康右九江,云飞浪鼓江风长。倦游小憩临虚廊,参差竹绿秋花黄。与兄谈笑坐叹息,人生邂逅当倾觞。斜阳欲落且回棹,溟烟淡淡天苍苍。男儿壮游已非易,况我闺阁宜其藏。缄诗寄上津门道,聊尔于斯志徜徉。

次仲林韵赠吴挚甫先生

风月溪山在我傍,烟涛海岳忽他乡。平生有托成真感,诗境无华入老苍。满地关河相怅望,一天兴会未消亡。莫须放棹津桥畔,桦烛清宵泪几行。

先生健者复婀娜,所学真能不畏诃。夫婿平生甘下拜,小郎才思已无多。茫茫客路嗟何着?杳杳长天幸可歌。携卷他年各归去。得钱誓买碧山阿。

次夫子和李伯行唐花韵

十年奔走湖山傍,登山涉水真寻常。四时花卉常过眼,万事如梦随风扬。只今飘忽度辽海,伯通庑下聊偕藏。初来北方愁苦冷,飞尘漠漠同云黄。风定云开亦晴霁,但见莹莹冰雪光。君归备述贤公子,笔阵横扫无人当。不对名花沽美酒,自有凌霄逸兴长。此花富贵本有待,眼底绚烂徒罹殃。蝇头细人夺造化,一朝捧上公侯堂。我自清贫亦不羡,那有黄金可解囊?金屋银屏诚足贵,吐艳非时安得芳?谁怜孤馆空庭际,独有寒梅傲雪霜!

和夫子用山谷韵

君诗纵横泻自口,何以酬之酒千斗。芜馆萧然夜闭关,清境一过何时还?勉力唱和博君乐,岂望留传于人间?清风吹幕月痕上,铁笛何人发深赏。南斗依稀北斗横,灯火万家歌绕城。苟能遂我还山志,那羡蝇营逐世荣。琴书消忧堪仰止,高哉有妇于陵子!从君小隐公卿里,北窗能咏亦自喜。斯文磅礴大才难,细响卑卑不用弹。三年梦绕江南道,一别林泉远莫攀。谁知扰扰津桥下,亦有闲人怀海山。

为大兄题斗影图

西　山

汩没风尘里,开函旧径存。繁花红满院,平陇绿当门。樵唱出云杳,渔歌和水喧。凄凄十年事,飘忽为谁论?

三芝庵

众岭涵奇秀,孤峰入太清。深春犹雪积,傍夏已云生。瀺瀺溪流速,辉辉皎月明。怨恩多少思?破梦听钟声。

曹 冈

人逐升沉散，存亡废草堂。桃花浓暮雨，桐叶醉朝霜。艇卖鲜鱼美，村沽薄酒香。可怜俱是梦，回首剩苍茫。

枞 阳

水远山东岸，归人且系舟。暮云平野树，斜日遍清秋。小市旗风展，荒洲荻浪浮。悠悠百年影，得失亦何尤。

东城旧宅

钟韵轩前竹，别来长几竿。春城花扑发，秋苑木凋残。彩戏弟兄乐，相承大母欢。慈颜今不见，援笔泪辛酸。

安 福

侍宦安成昔，讼稀闲簿书。烟辉金芍药，日丽木芙蕖。卷幕迎凉月，开轩敞燕居。老亲昏定暇，觞咏趁公余。

凤林桥

五载栖凤啄，何曾识此桥？长河绕烟郭，皓月挂清霄。发我无端感，谁怜有尽宵？阿兄抱雅兴，携侣试吹箫。

湖 口

滚滚鄱阳水，滔滔送岁华。江干人眺倦，山畔鸟飞斜。雪拥凝云气，风扬揽浪花。上流乘棹者，来迓若还家。

武昌杂咏

邂逅年华迫，淹留意兴长。御寒聊以酒，感寓独成章。人事一江水，浮生几电光。近闻沧海上，烽火阵云黄。

且为亲情住,栖迟鹦鹉洲。风屯汉阳树,月满武昌楼。胜地宁相负,冰天好记游。孤吟但自遣,于世又何求!

　　快览晴川阁,翻怜岁暮中。微茫涵淡日,呜咽展长风。浦远村烟白,江深夕照红。殷勤主人意,归路感无穷。

　　独抱平生慨,登临适所之。古台徒有迹,乔木又何知？不见当时杰,空悲往日诗。欲穷无限思,湖水白渐渐。

还乡有感因用仲兄韵呈姨母

　　劳役频年复故关,自怜华鬓损朱颜。莫惊海上风波险,独感人间兴会艰。一地辉沉花弄影,九天露浸月成斑。徘徊漫拭凄凉泪,喜对当时满眼山。

立春前三日偶书

　　寒鸟枝头已变音,周天酿雪昼阴阴。微风不到烟丝定,静见人生曲直心。

同夫子和顾延卿见贻原韵

　　公等赫赫声誉早,我独怡情诗境小。适心何用世有名,眼中唯觉溪山好。景风吹云作波澜,忽变奇峰常缥缈。大圜运化无停机,静者舒怀观众妙。境来顺逆保其真,理得何烦心悄悄。澄澄巨鲸潜海底,忽乘风雷起麟爪。大器抱才终有用,遇合寻常百年了。上相周流穷五洲,辛勤不羡天边鸟。时闲举目望高明,无际青空何杳杳。莫因兴废感荣枯,宵露瀼瀼在原草。来日艰难未可知,历劫不磨始为宝。君之朋侪只顾吴。学行如斯心暗倒。定论千秋自不诬,真伪风尘徒乱扰。我亦何关儒术哉,只愿与君善其老。

夫子吊于江右乃余少时侍宦之地今吾父殁矣夫子以诗寄念感且涕零步其原韵

　　秋深肃霜露,木落槁山容。正忆添新作,诗来悲旧踪。世艰成晚象,十口警朝饔。死丧枯吾泪,生机独子从。有亲长已矣,无术说横纵。回首趋庭日,清宵梦不逢。

和三弟忆西山原韵

坐看寒潮上海门,忽然回首忆山村。迎窗麦雨千畦润,入户松风万木喧。搅镜怯窥今日鬓,闻钟若悟旧时魂。天涯兄弟维珍重,勉尔加餐慎自存。

晓窗即事书闷和夫子韵

晓窗浑不辨阴晴,旅燕归飞意自惊。莫恨年光只虚掷,欲将色相证无生。朝开淑日推云气,夜听回风送雨声。眼底沧桑偶然尔,海波终古那能平!

用韵赠刘秋水兼示阮绩青

平生历江海,回环老征装。忽睹明秀姿,使我心魂凉。譬彼撷芳草,当春扬真香。造物本无情,何处求仙乡。唯以厉所学,来日方绵长。女子患无艺,岂曰不能翔?世态空委蛇,政治悲羔羊。广厦不造士,女师更渺茫。英年贵自立,积学如积粮。嗟我事米盐,辜负书盈床。四十颓然老,结想徒彷徨。徘徊中庭夜,明月如秋霜。

寄怀佩君斐卿

老去孤怀为国伤,救时无术意彷徨。但期锐学如潮长,莫遣柔情遇物妨。贫病我藏危世拙,飞腾汝竞少年强。海隅能被文明化,比似山中日月长。

悼亡二十首并序二十首选十一

萧瑟金风,百感难消。今日凄凉,玉露千端。怯忆向时,援笔书来,写我哀思无已。引杯浇恨,哭君硕学徒宏。中正琴声,只许年华。十五和平,诗教那堪。历劫三千,已矣斯人。文墨于兹,运绝伤哉!弃我余生,难待精消。痛至于斯,万难自已。聊写哀词,以志余悲。

医学中西孰劣优?卫生无术愧推求。兔毫莫写吾心恸,此恸绵绵到死休！

情协金兰太可怜,回思去影泪如泉。唱随十五年间事,今日何期化作烟。
行年四十虽云暮,顾影茕茕悔独存。唯有梅花知此恨,冷香和月伴黄昏。
风雪归招爱国魂,雪光惨照泪光深。最怜第一伤心事,辜负生平教育心。
最怜素志未能偿,知道泉台隐恨长。危世病驱徒弃我,自嗟云鬓亦成霜。
平生肝胆倾豪俊,毕竟穷途仗友生。感激沪滨临命际,真从生死见交情。

丧中一切皆赖张季直、刘一山、白振民三君之力,真可感也。

兴学乡邦不伐功,济人利物意无穷。彬彬文质遭时厄,德惠雍容柳下风。
千篇佳句抗苏黄,健笔雄辞追盛唐。慷慨悲歌今已矣,只余才调发清扬。
夫子文章信可传,澄怀至性未能言。彼苍岂有真天理,何事偏悭仁者年。
任从毁誉独存真,大孝终身但慕亲。默抱宏才轻利达,勇于为义不违仁。
襟怀磊落如秋月,富贵从来淡若云。正喜伦常堪并美,人天谁料已先分！

初夏书感

一日不死当自立,双鬟婆娑悟大千。国溺安能援以手,才雄或可事堪肩。渐离击筑徒悲世,俞伯焚琴应绝弦。笼日碧深河畔柳,嫩荷浮水万钱圆。

秋夜读饮冰室文有感

壮丽山河世事非,空悲女德太沉微。维新孰识真三昧,守旧今成浩叹唏。生此未分清浊世,聊因先解利名围。米盐送我寻常老,愁对高秋痛泪挥。

用两当轩赠友韵寄仲厚

男儿重然诺,女子贵言行。嗟哉吾与子,栖栖何以鸣？自我丧其偶,已断平生情。邂逅忽逢君,孤怀竟倒倾。和歌聊自遣,岂必他人惊。湘水常潺湲,琅山徒峥嵘。缥缈飞楚云,飘摇连吴京。时誉那足许？众毁乌可轻？劲草战疾风,始识千秋名。人生幸遭遇,海水何时平？

赠吴芝瑛

每惜孤怀未易轻,空余热泪洒江城。他年或践西泠约,今日毋忘海上情。夹道电光能蔽月,层楼秋气倍迎晴。与君同抱伤时憾,谁使神州弊政清?

自题菊花条幅

裛露凝霜缀落英,东篱石畔最关情。与君已共秋心淡,云白天青听雁声。阅透人情世味凉,且将怀抱托秋芳。高风彭泽千年事,爱尔丰姿可傲霜。

步春绮和师曾悼亡原韵

有子峥嵘汝不亡,惊心家国我堪伤。眼前但觉情投合,身后何妨论短长。乱世谋生惭黠慧,残年未死学愚狂。海隅一角幽栖地,羡尔寒梅独擅芳。春绮名梅未。

申江舟次用两当轩韵赠吕惠如校长

祖国好江山,相对增郁怏。驾言游沪滨,实为贤者访。神交颇有年,倾慕思还往。世事不可论,嗟哉多幽枉。日落余斜晖,烟暝屯林莽。生平无所欢,烟霞惬心赏。吕子诚俊人,怀抱清秋爽。大江日东逝,瀼瀼涛声响。慷慨酒一樽,纤月明虚幌。

闻战感书

妇子流亡哭窈旻,孤怀恻怆吊黎民。谁无骨肉伤心目?碧血横飞惨不仁。

丙午年退嗇二公召兴女学于兹九载自惭学浅无补于教育所幸前后诸生不乏美材今以老病乞休差慰归欤之志再叠前韵以写余怀

闲踏青郊逸兴生,芳春花鸟动归情。但期桃李均成实,莫遣桑榆殉薄名。应世不才能独去,隐身有策可长行。乘风誓买沧江棹,猿鹤溪山续旧盟。

校中避暑戏用杜少陵夏夜叹原韵

惮暑盼日暝,炎蒸炙我肠。皓月渐东升,微风吹绨裳。池水旱欲涸,火云敛夕光。长廊独徘徊,荷华静含凉。四时有代谢,寒暑循其常。清辉本皎洁,乌鹊空翱翔。广厦犹畏热,念彼战边疆。豺狼扰秦晋,出入互相望。生灵苦涂炭,逃窜无宁方。幸我生南土,遨游全家乡。安得猛烈士,同心矢奋扬。扫清古国土,吾民寿且康。

新秋寄怀易仲厚长沙

长袖虽善舞,要必存大节。毁誉那复论,但求寸心洁。平生历哀伤,双鬓已如雪。自怜亦自嗤,谋生惭驽拙。感此怀故人,心迹颇同辙。忆昔我与君,一见肝肠热。倾谈斗室中,古意两奇绝。真率不隔胸,友谊互磨切。分袂六经秋,何时共愉悦?新知安足恃,验久知豹别。我愚百无成,子义追前哲。仰视高秋爽,星宿凌霄列。凉风吹白云,纤月忽明灭。秋荷馥方塘,荡漾波纹缬。校舍独俯仰,砌草虫鸣咽。千里聊相慰,缄诗寄披阅。

质言留别诸生

碧树阴翳长,春去夏复至。琴歌杂书声,孜孜勤苦意。忆昔十年前,壶教伤幽秘。鄙人负微知,此责焉忍避?那揣新识浅,承乏权造次。教育吾岂敢?提倡姑初试。不得道大光,勉强发真粹。训练惭不敏,学术诚抱愧。英英玉树姿,自是后来器。君子默自修,宗旨向道义。所以言行间,渊冰唯恐坠。小人怀嗜欲,私心期干利。道德之蟊贼,蝇营务朋比。义利之分途,坚贞唯尚志。女子赋天职,功在家政备。须知国之兴,实始家之治。圣贤立明训,千秋不能易。良规万世师,遇事善引譬。文藻固可珍,大节犹当识。国学学之源,经史必心醉。所业贵有恒,功成慎一篑。宝此少年时,学行毋暴弃。嗟余乏黠才,但以愚诚致。殷殷感诸君,服从见真挚。怡然无闲言,情好敦古谊。幸造后起材,足以为吾嗣。可以乞自休,老病不余畀。努力各自勉,莫洒临歧泪。岂不苦相恋,学谚愁汝踬。鉴别馈勖辞,聊为诸生志。

孟鲁见余质言泫然出涕性情真挚见诸胸臆余恻焉
心感不可言状赋此以答厚谊并示孟青

讲席空惭已十年,《骊歌》才唱感凄然。离情黯淡云笼日,怀抱澄清月在天。脉脉露光花坠泪,依依柳色草涵烟。嗟余白首伤迟暮,教育艰难君辈肩。

吕惠如校长偕游清凉山登扫叶楼和其题壁原韵以赠

山光湖影接层峦,高阁清秋尚未寒。今日胜游君记取,相逢莫作等闲看。
卅年三度白门过,往事凄凉不忍歌。劫后江山悲落叶,新愁似较旧愁多。

去岁为诸生所留瞬息流光又经一载自愧无补于教育
而余病益深矣临别再赠一律以尽余意

忆昨伤离道谊坚,殷殷诸子集群贤。源泉混混希深造,哲理渊渊期大全。先觉自惭居讲席,后凋心事惜残年。劝君此别毋惆怅,努力春华共勉旃。

有感示黄蔚青徐寓静二生

江山虽好不胜愁,草木凋零已送秋。黯黯冻云迷远岫,萧萧暮雨暗汀洲。唯希旧德求根据,慎向新知悟自由。解放要当存所守,莫因习俗逐潮流。

舒畹荪黄庐隐二女士创办女子兴业社举余为
名誉社长辞不获赋二绝以勉之

豪迈英姿舒与黄,振兴女业勇提倡。须知教育相关处,分付君家仔细量。
自古前贤畏后生,但期来日胜于今。有恒譬彼春源草,滋长虽微日渐增。

己未三次至皖办女子职业校舟过芜湖与
皖省第一女师范校毕业生相遇赋赠

赭山塔下共经过,浩浩长江感慨多。乔木参天云缥缈,楼台映水影嵯峨。

无穷学业希君辈,已往凄凉逐逝波。倚槛不禁清泪落,中原民气竟如何?

与璞君及惠若夫妇论近时教育感赋二绝

学乘世变逐潮流,固有文明不自求。太息碧天悬皓月,清光空照古神州。
俯仰无惭事本难,要从诗礼幼时娴。渊源培养成资性,善保良知基础间。

书　感

平生历历数经过,多少酸辛枉泣歌。白发空惭长养拙,江山虽壮奈愁何?
绵蛮乔木辜黄鸟,寂寞蓬留负碧萝。万事不如归去好,乘潮鼓棹勿蹉跎。

余至女师范校附属小学避生日之烦嚣适值游艺会之期孟青玉衡起予颂梅净玉懋斐毓和北强诸君编花好月圆人寿附会中表演之以寓祝而数百学生无不欢然鼓舞备极美满之情复设宴称觞余甚感焉嗟乎以当今世风浇薄之时而此校师生独尚敦厚之古道可为德育之模范矣余裒此六字赋诗以谢

师弟交逾骨肉中,感情欢喜到儿童。昔尸绛帐惭时雨,今值新潮有古风。
花好正如人意美,月圆常与道心融。华筵卮酒称吾寿,吾寿诸君学业隆。

杭州即席赠女子职业学校余菊农以下教职员诸君

义侠千秋照胆台,清愁无限且衔杯。萍踪共此湖山胜,眼底中原事可哀。
振兴女业仗诸君,众志咸同善合群。衰朽自怜成放弃,空余薄醉对斜曛。
山翠空蒙欲染衣,六桥烟水望依微。高歌默识西泠景,夕照苍茫一棹归。
环湖风月本无边,意惬朋侪不计年。山好更兼人谊好,客心欲去尚留连。

宋苏震买舟同泛西湖作此以赠

豪迈多情属宋君,朗吟春水遏轻云。停桡极目苏堤望,山色湖光两道分。
芳树长堤翠接天,尘襟到此觉飘然。三潭印月真堪画,九曲莺声更可怜。

伯顺秋圃以余遭叔弟之丧偕游鲁谼山谷林寺赋此以志悲感

悯我悲思去复还,为寻幽壑款禅关。云凝乔木秋容俊,石漱清泉野色闲。平畦高低千顷稻,层峦苍翠四围山。胜游今日留鸿爪,此景相存纪念间。

市酒携螯至校与璞君玉衡北强致纯畅饮
三布皖校持螯集同人原韵相赠

皖水栖迟忆旧醅,琅山对菊又衔杯。哀余老境空存泪,醉后悲歌慨劫灰。慰我生平唯弟子,怜他岁月苦相摧。眼前聚乐毋轻视,时异情同去景回。

春日有感

燕子呢喃春日长,花明小院竞芬芳。自营陋室惭吾德,理达人天心境凉。闲思六十余年事,大半消磨忧患中。多少存亡余白发,且吟短句醉颜红。

校中读史有感

寒雨潇潇不可听,徒悲家国几番更。谠言知遇犹遭忌,何独伤心是贾生!

过枞阳四首选二

推蓬遥望惜阴亭,贤宰遗风直到今。德泽千秋承母教,留宾封鲊昔时心。
<small>晋陶侃官此所建之亭。留宾封鲊,皆其母夫人之教。</small>

万姓居民被水灾,结茅山顶市群材。遥怜武汉浔阳地,遍野惊鸿更可哀。
<small>今年鄂、赣水灾尤甚。</small>

——以上录自姚倚云《蕴素轩诗集》

避七十生日于石港陈氏渔隐山庄赋谢稚樵先生

惕矗轩前月,春和澹荡风。残年悲世乱,高谊感情隆。嫩柳含烟碧,夭桃带雨红。范公堤上路,芳草遍青葱。

和陈公良见赠原韵

清贞早赋《柏舟》诗,甘苦平生只自知。独立卅年头渐白,传经雉水作名师。

维持懿德眼中稀,唯子淳风可嗣徽。悟澈佛儒真妙谛,自然心境解重围。

咏　柳

和风袅娜扬疏丝,媚眼拖青不自支。攀折从来唯惜别,更凭红豆寄相思。

外子降乩感赋

身世悠悠百感并,卅年前梦不堪寻。清愁万斛谁能识,义务空劳后死心。

送李振麟游学美洲

新凉八月海天秋,文艺期成万里游。今日离筵须尽醉,长风破浪出神州。

贺姨侄孙马茂元授室

桐城大孺孙,世族诗礼系。英姿幼不凡,绳武定可继。贤母赋《柏舟》,教养成文艺。忆昔尔祖慈,希望兼保卫。偕我戏庭前,有楼名双桂。今当授室辰,慈母施衾帨。申戒意谆谆,齐家付伉俪。清和人月圆,双清增福慧。我欲参婚礼,远为云山蔽。琴瑟咏六珈,和乐鱼水契。学术属青年,但期进志锐。静好宜室家,其昌兴百世。

诵经自忏

心澄志定念弥陀,功到圆月却百魔。从此精灵离浩劫,西方路近出娑婆。

残年七十光阴短,身世迍邅不必愁。安命乐天随分过,莲池佛界是前途。

——以上录自姚倚云《沧海归来集·续集》

月下怀大姊

万里明如镜,寒光一片清。长天群雁叫,空谷草虫鸣。对景增幽思,临风动远情。忆君同此夕,两地各愁生。

山中晚眺

薄暮山前木叶飞,晚霞遥映碧峰晖。野航横系无人渡,风送樵声入翠微。

偕大姊晚眺

月上东山一望赊,野塘波影绕桃花。晴空烟树无人径,春水长天接落霞。

自曹岗归山途中口占

水绕垂杨一径花,草庐篱落野人家。远峰横翠天将暝,一片残阳飞暮鸦。平芜麦浪艳阳天,陌上风光着意妍。蝴蝶引人幽径去,山花夹路发溪边。

夏 夜

夜静挑灯坐,空山约四更。半窗残月白,一院暑风轻。市远声常寂,心闲梦自清。悠然淡吾虑,凉月满柴荆。

泊枞阳访潄芳叔母不遇

晚泊枞江岸,千峰映夕阳。潮来寒雾白,日落暮云黄。枫叶红如火,芦花白似霜。雁凫投野渚,烟火聚渔梁。放眼乾坤阔,舒怀宇宙长。到来何寂寞,空去意悲凉。雅爱思高谊,交情忆草堂。挂帆秋水上,天际碧沧浪。

过灵泽夫人庙

古庙秋风起,舟行乱水凫。江声千古慨,寒日一帆孤。忆帝常怀蜀,依兄恨在吴。经过空怅望,暮霭落芜湖。

秦淮杂感

栖霞山影带朝烟,杨柳初舒泊钓船。无限春风吹古渡,桃含宿雨隔溪妍。春水凘凘绿浸堤,前朝兴废付芹泥。烟丝无复台城柳,空有飞鸦野外啼。客思凭栏望落晖,娱亲深愧老莱衣。重闻笑指天边雁,谓我鸿归人未归。

泊铜陵

停棹泊芳洲,湖山纪胜游。暝灯横似带,江月屈如钩。荻港明渔火,枫林现酒楼。青青原上草,今古动乡愁。

山居春日杂兴八首选六

遥见松梢挂夕阳,归鸿又过两三行。一时诗思清何着,只在山容与水光。
涧上精庐近翠微,四时风景有清晖。门前溪水连山绿,满径花开蝴蝶飞。
桃花零落尚轻寒,柳叶舒长春色阑。更有一庭书带草,渐移晴翠上栏干。
雨润园畦春菜肥,老农社酒荷锄归。花边采蜜黄蜂闹,溪上衔鱼白鹭飞。
照眼芬芳尽可诗,风和日丽影迟迟。黄鹂清脆鸣乔木,白蝶翻飞扑钓丝。
鸟倦花飞柳欲眠,寸心开处即安便。椿庭但祝常清健,好把新诗托碧川。

由静观草堂回城题呈姨母四首选二

地僻幽栖不计年,绿杨墟里起孤烟。人间美景宁能少,谁结溪山静处缘。
忽听催耕布谷啼,长松苍翠草萋萋。桔槔声里斜阳晚,千顷秧针一剪齐。

题秦良玉传后

闻说巴江烽火生,夫人百战剑光横。至今石柱悲风起,犹带凄凉暮角声。
盟心万里蜀江清,宝剑光寒五夜鸣。野老至今传断袖,骚人何事说东平。

茉莉

娟娟璧月挂峰头,细细泉声绕石流。忽有幽香来槛外,玉英半吐正新秋。

中秋月夜怀二兄三弟

庭桂幽香发,清霄月更明。感时怀远道,佳节倍关情。秋露凝花坠,凉风掠袖生。徘徊良夜永,游骑杂歌声。

寒夜思母

自惜髫龄废《蓼莪》,廿余岁月只蹉跎。谁怜失恃清宵泪,更比萧萧寒雨多。

——以上录自姚倚云《沧海归来集·选余》卷上

题西山图次三弟原韵五律四首

客里披图画,峰峦到眼中。参差山果紫,浓淡苑花红。林厂来游屐,潭澄下钓筒。坐看飞鸟没,清思欲翻空。

廿载惭无学,新篇强唱酬。年华轻过眼,春思展枝头。冰解鱼儿泳,晴暄鸟韵幽。谁怜丘壑意,淡泊不知愁。

竹石侵茶灶,藤萝绕荜门。放怀忘检束,列坐杂卑尊。樵子穿林杪,渔人钓石根。好将清绝景,付与画师论。

骨肉幽栖乐,悠悠任性天。闲情弄风月,生意托山川。久宦劳车马,归耕问舍田。冰绡能写意,应与此山传。

春日漫题有怀夫子信笔书来聊以拨闷八首选四

幽闺子夜怯春寒,遣兴挥毫强自宽。最是可怜天际月,不知此夕共谁看。

玉兰初放夜香寒,杏蕊将残长嫩蚕。万斛寒光同此夕,心随明月到江南。

别来况味念相如,一种心情未忍书。春自无心恋兰芷,芳香空绕绿庭除。

带雨山容秀绕城,闲愁触处总关情。空庭一片婵娟月,凉透帘栊入梦清。

补和舅大人寄家君韵八首选二

漠漠黄尘宇宙蒙,乾坤清浊那能同。风号万窍宁须我,独抱澄怀味自浓。

忆昔西行正落枫,牵衣儿女未能从。最怜伫立看帆尽,泪堕江流咽呜风。

马田夫人挽辞

乾坤健设人间世,坤德实居教育源。纵观古今贤哲士,多出母教能宏宣。今诵马母之懿行,生平甘苦谁能言?训育诸即成其学,相夫真不愧蘋蘩。劳则家兴逸则败,敬姜千古之名论。夫人操守能实行,故积福泽遗子孙。家治端为国之本,困穷方显道义尊。淑慎勤俭孝且慈,我虽未识素闻之。音容虽杳德可法,徽音永垂后世师。

——以上录自姚倚云《沧海归来集·选余》卷下

避乱马塘邓氏义庄用去年病后谢亲友韵以谢翰芬侄婿

去年今日喜生还,今日重逢倍觉欢。霜稻未登瓜芋熟,木樨欲放芰荷残。相依贫老怜离乱,古谊周旋照胆肝。满地烽烟虽未靖,成城众志莫心寒。

丁丑冬夜不寐

风雪盈窗映眼明,寒宵辗转念苍生。无穷家国安危事,卧听邻鸡唱五更。

南北各省以炮弹丧亡者,不可以数亿计。

马塘初春杂兴八首选二

田舍人家亦整齐,竹篱花放隐鸡栖。鸭群浴水知春暖,芳草萋萋听鸟啼。

久居安境赖亲情,堤柳舒青春日明。笋脆菜甘村酿熟,浇愁唯有盼升平。

严敬仲世讲赠梅花后二日大雪赋诗致谢

客窗静坐悄无事,何处春风飘暗香。严生雅士抱雅致,走送红梅置我旁。岂其预料有春雪,云助清兴情何长。虽非放鹤亭间景,点缀虚斋意已良。冰姿耐冷如高士,霏霏柳絮凌风扬。平原万树皆皎洁,旷怀才解怜孤芳。须臾天霁明月出,庭前交映开清光。对梅把酒诚足乐,慨然洒泪哀流亡。横飞碧血骸遍野,民生无辜罹祸殃。嗟哉头白遭乱世,幸有亲友留斯乡。我愧清贫何以谢,聊赋新诗贻子藏。

避乱秦家园赠杨芷芬

杨君义侠亦豪雄,小隐农村季布风。萍水我来尊白发,相看青眼乱离中。

农村散步

潺潺野水环农舍,平陇青青麦浪深。乔木枝头发天籁,临风好鸟弄清音。

敬仲延汾相邀小住清谈数日道义可感适遇中秋有感家国赋诗赠谢

离乱逢佳节,羁愁寄异乡。金风云惨淡,玉露月凄凉。古谊怜衰朽,交情感意长。如何问兴废,身世两茫茫。

闻仲兄避乱秦中有怀复以自劝

残年风雪越关山,离乱谁怜道路寒。五十年来悲远嫁,桑榆珍重不须叹。

余归范氏五十余年,历尽艰辛。今逢乱世,无家可归,较之兄则路犹近矣。

闻河北警报示王桐生补录

亿兆同心始奋扬,谁衽金革北方强。风过荷径香穿户,月上槐阴影拂廊。谁哭秦庭能践誓,独怜漆室枉悲伤。腐儒亦有兴亡感,北对河山泪几行。

乙卯潮桥商校暑假三年级学生倩曾孙临乞诗赋此贻之

百里能安赖宰贤,平畴万绿稻芒田。齐家治国男儿志,还我河山属少年!

潮桥遣闷

己卯吾年七十六,遭乱无家心局促。日薄西山愁累人,生不逢时思反复。三载烽烟无好怀,辜负春兰与秋菊。挚友贤徒阻江海,畴昔欢娱那能续。尝诵古人旷逸诗,消遣烦忧转可淑。朋侪弟子交情真,爱惜衰老怜风尘。且复作诗聊自慰,有孙伉俪能相亲。次孙在此为商校教员,吾故依之。忽忆伯子有警句,悼其前室悲情频。我用其语以解闷,得福当足蒙天仁。若为近死复愁苦,达者胡为不自宁?末二句伯子诗,真青二韵通用。

——以上录自姚倚云《沧海归来集·消愁吟》卷上

闻女师迁至丰利书以慰劳玉衡等诸弟

客舍遥怜诸弟子,舟车风雪正萧萧。只缘教育储才地,跋涉寒江不惮劳。

渔隐山庄岁暮杂感九首选五

何者称三友,岁寒松竹梅。冷香和碧色,风雪不能摧。门外琼瑶洁,庭前飞絮斜。枇杷枝上积,似放款冬花。枇杷经冬不凋,花名款冬。

患难能相恤,真当骨肉看。一樽白腊酒,可以御严寒。谓次樵先生及慕昭。

忽报吾兄丧,哀深泪反干。亦将精力尽,排遣强以宽。仲兄殁于桂林。

避乱三年客,消愁唯借诗。况当值岁暮,归棹返何时?

天霁冻云散,孤怀万斛清。衰年无所祝,希望只承平。

冬日晴暖义庄散步述怀

今日天气佳,但恨无明眸。川原好风景,唯有心能图。冬晴鸦鹊喜,飞鸣绕高楼。轻风吹我袂,日暖如深秋。久客聊自遣,策杖场圃游。本欲遂归去,亲朋情再留。难竣太平日,姑且返故丘。人生处浊世,譬如不系舟。环境虽恶劣,安命复何尤。残年近八十,世乱空怀忧。艰苦嗟难度,安乐如朝露。所恃诵佛诚,只待慈航渡。

余自避乱以来于兹四载慕昭弟每岁亲迎情意备至复承陈氏父子兄弟青眼招待此次来迎余以事未果而令其空劳往返余心恻然感愧赋此致谢

车辙冲寒晓雾侵,载驰感我故人临。青天千古悬朝日,照耀寰中道义心。

示不平者

事遇不平当自反,常存责己勿尤人。胸怀恕道能容物,好为儿孙种德因。

孙静宜吴允诚二君以余目力昏暗邀至市购镜以助光明未得如愿怅然而返此情此义铭感于心赋诗致谢

师生道重义难寻,更比桃花潭水深。患难交情如子少,残年爱护感知音。

——以上录自姚倚云《沧海归来集·消愁吟》卷下

踏莎行 津门雪夜同外子作

月色欹斜,雪光掩映。庭前飒飒寒风劲,良宵旅馆对梅花,与君共卜来年庆。　　冻竹无声,彤云漾影。青灯动壁间题咏,呼童沽酒破寒颜,围炉笑乐三更竟。

青玉案 忆昔

闲来追想青山趣,吟雪月,餐风露,水冻山凝云满路。红梅花下,幽闺深处,旧迹知何去?　　三年湖海惭虚誉,往日溪山剩思慕。邂逅津桥权小驻,半庭红萼,一天飞絮,且觅消寒句。

好事近 即景

供养水仙花,开到盈盈欲折。一片岁寒清思,共芳香幽绝。　　碧天云净雪初消,又见风吹叶。人意钟声俱远,有一轮冰月。

蝶恋花 春日郊行柬师曾

二月春郊风似剪,晴日苍茫,光罩苔痕浅。嫩柳初舒烟尚敛,差差碧水纹如篆。　　隐约青山明黛巘,草没长堤,漫踏芳尘软。冰艳梅开香满苑,清辉斜映春云展。

临江仙 秋宵遣兴

碧天皓魄浸楼台，萧森玉露疏槐。忽听秋声一片来。风吹梧叶落，香透木樨开。　　淡泊自可免忮求，琴书适性消忧。贫居陋巷且优游。凄凉砌虫语，幽绝古城秋。

惜分飞 送别马君玮侄女

离合悲欢皆色相，以此排愁自旷。片帆海上来慰我，哀思已无量。　　庭前冰艳梅初放，才见《骊歌》又唱。情话一灯青仍成，去影空惆怅。

鹧鸪天 春寒

闲种庭花带雨锄，隔篱红杏几枝疏。东风剪剪春寒劲，柳色青青映短裾。　　花未放，草先舒，遥知原上已平铺。课余饭罢今无事，默听诸生晚诵书。

又 春游

麦映桃花分外明，风和草长啭莺声。扶筇偕友登楼望，愁对江山百感并。　　寻芳径，径幽清，画桥人渡水盈盈。天边云合深林霭，化作山前翠黛横。

南柯子 秋夜

林薄秋声散，黄花遍地开。雨余微月入帘来，嘹唳冲云过雁数行排。

滴滴金 题易君左半月报

凭将眼底江山影，笔端描，芳菲景。倾写遨游消昼永，惜孤怀谁省？　　优游文史嗟萍梗，释清愁，舒新颖。风月无边供诗境，任主人长领。

贺新郎 和黄学艺原调即以赠之

听蝉鸣高柳,欲语芙渠暗香馥,晚凉时候。忽颁来新词绮句,知道君年卅九。北堂喜有遐龄母,况夫婿文坛泰斗。玉树盈庭皆为俊秀。欢歌舞,进卮酒。　　当门万绿深林薮,鸟唱林间清脆远,乐其佳偶。却忆卅年前旧事,黯淡神伤逝友。僻处穷乡惭老朽,谁是出群雄?整顿河山治国安民。学术新,道德旧。

减兰 新秋示景石侄孙

风起疏桐,玉露如珠月似弓。桂子飘香,渐消残暑觉新凉。　　旧感新愁,云淡天高满径秋。学成及早,萧萧白发重堂老。

江南好 寄呈舅大人

思归客,残岁忆江南。遥度高堂观雪月,翁孙煮酒对梅醅,脉脉冷香含。　　横醉眼,千里费详参。隔巷柝声寒不禁,新词须好未尝谙,妙旨试初探。

　　　　　　　　——以上录自姚倚云《蕴素轩词》

卷 四

吴怀凤一首

吴怀凤,字梧阁,大司马吴用先之孙女,杨某之妻,少寡。

鹧鸪天

几许情怀恨未完,花枝常向病中看。渐依人面春云薄,欲拾榆钱夜月残。　　愁没绪,思无端。低徊镇日自凭栏,东风芳草浑无赖,弱质偏教耐晚寒。

——录自光铁夫《安徽名媛诗词征略》卷五

吴令则七首

吴令则,吴应宾之长女,何如申子何应琼之妻。潘江《龙眠风雅》卷八:应琼之妻。何应琼少负文名,与左侍御、倪宫谕、江峨眉、璩武宁结怡园会。吴氏博通经史,少从宗一公学诗,声调婉丽,尤能相夫佐读。艰于嗣,为广畜媵侍,著《环珠室集》以见志。晚年卒无子,手摩尼珠而逝,宗党哀之。王端淑《名媛诗纬初编》卷一:桐城人,谕德应宾公女,茂才应琼妻。颖敏贞静,雅好诗书。遵闺范,尚礼义,孝父母。于归二十余年,朝夕问安,亦有之子也,敬其嗣。每临清风明月,索句咏怀,辄焚其稿。唯有姻亲所藏数首以传之。故桐城向有"太史女丈夫"之称焉。

再寄玉之

君去门萧瑟,草径少人行。躅足差萱信,徘徊梦不成。鸟倦思依依,蝶舞正营营。迢遥超一载,闷积何曾改?东风宁带愁,盈盈落沧海。常忆送别时,含泪复含凄。安能生羽翼,飞去与君齐。雁逢春北向,燕来寻故栖。游兴若飘扬,焉速还故乡?逆水荡孤舟,顺风久非长。罗袖斑痕迹,君闻能惨伤。白昼懒妆束,花钿沉空箱。

昼 倦

日高鸟乱小窗前,风暖花明四月天。晴踏香阶红砌地,倦扶竹几碧生烟。堪怜残鹃春啼血,渐看新荷夏叠钱。且撇米盐随笔墨,好吟诗句二三篇。

返 照 值玉之初归日

日暮寒塘落水溅,残云归岫露新弦。蓼花入夜偏能好,枫叶先秋即自怜。清涧倒垂天际影,夕阳斜坠月边泉。那堪千里重携手,回首烟波思惘然。

掌 珠 吟 有序

予之挽鹿车于夫子也,廿余年矣。长庚之梦杳然,充闾之庆难再,虽荆钗裙布日操作而前,然未托掌珠,维忧用老。今夫子鉴予淑忱,属尔新占服媚,有怀跃跃,情见乎辞。

匕鬯频占寤寐思,鹊巢端可博螽斯。宵征月映芝兰秀,夜告心将萱蒯知。梦里石麟应有种,怀中玉燕自多奇。桂花宫锦归来日,好为宁馨问煐廖。

春日病起

闲门春色晓悠悠,绿柳红梅不解愁。何事离人经眼去,一回攀折便成秋。

——以上录自潘江《龙眠风雅》卷八

闻子规

柳浓花谢多愁容,月映幽林啼杜鹃。何苦催春春已老,空留明月照窗前。

——录自季娴编《闺秀集》

忆玉之

春来草色想河关,远道绵绵不可攀。翻恨白云飞去疾,夕阳千里露桐山。

——录自徐璈《桐旧集》卷四十一

吴令仪十五首

吴令仪,字棣倩,吴应宾之仲女,兵部侍郎、巡抚方孔炤之妻。著有《黻佩居遗集》。潘江《龙眠风雅》卷十九:性颖慧幽闲,孝翁姑,相夫教子,具有仪法。喜读书史女传,作长短句,随宦闽、蜀,辅佐清政。以善病,早逝,亲党为之流涕。其姑方维仪搜其遗稿若干首。

方孟式《挽吴宜人诗序》:吴宜人,太史公仲女,吾弟淑配也。佳儿佳妇,美善于归。宜室宜家,名香闺秀。善事公姑,曲得欢心。克相夫子,以永令誉。至诗、字、琴、画、刺绣、酒浆,出其余力,种种精绝。余比昵十六年,两心莫逆。每闻令教,如捧和璧。重以庶雏,令姻玉树。言念高谊,佩以百世。壬戌桂月,余从宦芝城月余,家邮惊闻仙逝。盈盈一水,竟成永别,涕泪无从,肝肠尽碎。聊述长歌,用寄哀况云尔(见王秀琴《历代名媛文苑简编》卷上)。

方维仪《诔吴宜人文》云:宜人能文、诗,喜书史,乐禅妙。能读《楞严悟真》诸篇,上卫夫人《笔阵》,诗曰《黻佩居遗集》。

《玉镜阳秋》云:夫人诗清新婉丽,神骨秀绝。七绝佳处,所云一唱三叹,有遗音者矣(参见傅瑛《明清安徽妇女文学著述辑考》)。

严陵钓台

扁舟过陵濑,富春入云外。悬崖十九泉,苍松发幽会。钓竿有余乐,云台何足绘？天子本知心,故将轩冕赉。

次幔亭道中有怀何氏女兄

新雨出多峰,舟来镜中沐。美人自远方,三春隔幽谷。与姊痦瘵时,老亲有舐犊。而今各差池,忝命副华毂。杏花奈何殇？兰枝有深哭。阴阳于贤人,亦已太百六。今秋闻有秋,料不怨馈粥。福泽自因时,鳞次听寒燠。我之所伤心,落霞与孤鹜。谁复惜凤凰？朝朝任篯箙。大椿多病年,见姊为啜菽。何时赋《归来》,山车挽双鹿。千里涕复洟,轻霜薄黄菊。

寄潜夫夫子时谒选主爵

君去觅封侯,金闺第一流。文成知虎豹,价重得骅骝。诗思春归锦,乡心月在楼。素琴随采鹠,忘却捣衣秋。

遣　怀

几树孤村外,空船倚暮云。风来衰草色,日荡去潮纹。群雁江边语,凄猿雨后闻。无端钩月小,人影各单分。

三峡寄伯姑张夫人

三峡孤帆忆楚兰,丹崖翠壁坠云端。欲将镜里琴中意,巧画裙拖寄姊看。

舟发江陵潜夫卿将自襄阳入计赠别二首

去年西蜀两游人,春入江流花正新。今日与君分燕婉,却从归路泪沾巾。
寒风峭急雨声长,珠泪千垂不尽行。莫恨石尤江泊夜,只愁容易到襄阳。

江上久泊

三暮三朝下峡愁,解维还系楚江头。乡关有路应须到,只恐明年又远游。

夜

新月不来灯自明,江天独夜梦频惊。长年自是无归思,未必风波不可行。

琴倦

独坐舟中弹玉琴,弦中山水自清音。遣愁假寐驱闲思,梦入愁城愁更深。

呈姚维仪姑姊

与姑为伴十年余,胶漆金兰总不如。忆得峨眉山下住,相思唯有一双鱼。

从家大人祗谒鲲池神道二首

细雨斜风拂面吹,杏花欲谢柳新垂。此行不为怜春色,也学清明上冢儿。

一望鲲池几断肠,舆中不语泪千行。自怜身是裙钗辈,无复年年拜墓旁。

奉和伯姑张夫人如耀赠婿

尚方拔剑羡卿卿,曾听楼中两凤鸣。兰畹春风多少意,紫芽初见一株荣。

——以上录自潘江《龙眠风雅》卷十九

长溪灯寿诗

拜舞深深出锦闱,瑶池王母赐光辉。试来麦穗垂三异,供此灯花成九微。春暖凤毛斟柏酒,月明鲛羽进萱衣。连宵东瀚扶桑影,士女欢娱得所归。

——录自王端淑《名媛诗纬初编》卷一

吴坤元八十一首

吴坤元,字璞玉,一字至士。潘江《龙眠风雅续集》卷四:前太学九茎先生讳金芝之元配也。曾祖方伯菲庵公一介,祖明经霁宇公应寰,父文学鹤滩公道谦。少承父祖诗礼之训,读书,识大义。父病革,刲股肉进,母张夫人无子,友爱庶弟德音至老不衰。适九茎先生,事祖姑汤、孀姑陈以孝称。九茎公不禄,丧祭殡葬尽礼,邑乘谓其不临镜修容,年七十犹鬌而椎髻,盖实录也。教子孙以孝友、多读书、慎取友为训,毋汲汲于富贵。所著有《松声阁》前后三集、续集行于世。尤工书画,写大士像,年八十以寿终,守节凡四十余年。所司上其状,大中丞为之闻于朝,礼部案验不妄,请得表厥宅里,制曰可。以康熙辛酉(1681),建坊于居宅之左,乌头双阙,旌门有闾,邑里荣之。

钱澄之《松声阁集引》:吾邑有吴夫人,吾友潘子蜀藻之文母也,孀居一阁,二十余年。纂纫之暇,不废吟咏,于是以"松声"名其阁,以"松声阁"名其集。又《书松声阁集后》:吾友潘子蜀藻母吴太君,有《松声阁集》,余既为序之。今太君殁,蜀藻捧其集,悲泣不胜,属余更书数语于后……太君既善诗,又能于古今诗之体格、气韵,一一定其高下,尝以余诗在杜、白之间。余每入城,蜀藻辄延至所居石经斋,太君尽出笥中稿,属余为之点订……盖太君好苦吟,诗成,一字未稳,数自改易,经余订而后信以为稳,蜀藻不能赞一词也。太君之知余如此,是故太君殁,而余有知己之恸焉。

张英《潘木崖诗序》:蜀藻母夫人,予姑之子也,高节博学。有《松声阁》前后集行于世。蜀藻少孤,奉母夫人教为多,今七十余矣。

吴坤元诗饮誉海内,著名诗人王士祯读《松声阁》前后集,大加赞赏,专程来桐城拜访她,潘江由此与王士祯成为诗友,在桐城诗坛传为佳话。

追悼令芬

我生少逢迎,不借亲与故。唯尔绕膝前,恩爱日以固。固知辨慧人,造物多相妒。或者终吾身,岂意遽焉去?从兹老来情,泪尽泣日暮。俯视砌上花,仰看庭前树。金埋犹可寻,玉坠无觅处。后会已茫茫,此意渺难住。

长孙仁树就外塾

立秋方十日,渐觉火云移。凉飔西南来,一枕颇相宜。午梦犹未足,因思孙与儿。何以老耄人,而多儿女悲。我姑五十四,孙妇已来归。我今年相若,孙始就学时。不知事纸笔,嬉笑犹自怡。七月月朔日,乃令其从师。徘徊不忍遣,中怀喜复疑。初意欲少间,又恐其娇痴。子妇俱恻恻,我心亦如之。从前五枝秀,殇折唯一枝。六岁尚不满,莫辨贤与非。虽不事姑息,未免舐犊慈。读书首孝悌,富贵非所期。愿言良弓冶,厥意在裘箕。

戊子仲春夏氏妇三十初度赋以示之

忆尔于归时,即能明大义。至性与人殊,妇道差不愧。所贵俭与勤,针黹犹其次。痛哉壬午春,吾儿忽见弃。永日独悲号,长夜亦不寐。伉俪甫七霜,弱女犹娇稚。宝镜厌清辉,妆台冷珠翠。厥志矢靡他,从一已四备。乱离仍相依,憔悴弗敢坠。回思乙酉秋,踉跄归不易。予病在膏肓,汤药必亲试。芳年曾几何?倏忽三旬至。凄凄秋复春,教女能识字。因汝念吾儿,伤心生死泪。勉笑为尔欢,不忍强尔醉。老病无所贻,嘉言永为记。

六十初度有序

余少不敏,奉母教,读《列女传》《礼经》《毛诗》,心窃向慕之,展卷辄不忍释手。及笄,执箕帚于河阳,恪相鸣旦,夙夜持筹,日皇皇周旋于上下诸姑,几二十年不复亲翰墨矣。自吾夫子见背,衰毁之余,始著有《愁添集》,嗣成《松声阁集》,多遗佚无存,然亦不欲见知于世也。唯教子一念,耿耿历数十载如一日。每览古贤母义方之训,心切思齐,而卒不能致所教于青云,天乎?人乎?余复何言!及阅吾乡齐母方太夫人行状,齐为金宪泰衢公之母,余大母之祖也。幼娴壸范,卓有内政,人情物理,率能察识。于公虽钟爱,教之必严,每出必问所与言,公具述以对,母悉昭,题之曰:若是宜与,若是不宜与。是所宜言,是所不宜言,且以为诫。公能束修其行,得母太夫人之教也。余览未竟,跃然曰:是岂先得我心哉!抑百余年遗风尚迹耶?惜时有遇不遇耳!方今,夫为布衣之士,妻亦辟纑之妻矣;子有簪笏之荣,母即冠帔之母矣,余又何敢恃人言以邀不朽哉?虽然,人子之事亲,悦耳目服食皆可以自尽其心焉。若欲祝颂称扬,则必欲多人一口而诵说之,即无论其贵贱矣。是以吾儿江自寿其母,又欲使人寿其母,余固不能禁其行也已。今年秋八月,值余揆览之辰,当酷暑中,宿疾立愈,加以风鹤之警频惊,一时,佳什下颁者六十余人,是亦人之寿余,天之所以寿余也耶?余因踧踖起谢曰:余不敏,幼奉先人教弗敢怠,春暮又遭余姑之变,何以寿为?然琳琅满座,蓬荜增光,或者琼玖有待。偶成六十韵,自抒胸臆,适与年相符也。俚猷不文,用求郢削。

我姑寿六十,称觥于此庐。转盼几何时,我年亦相如。每惜阶前玉,甘心檗自茹。人皆称令子,我独忆吾夫。人皆念罔极,我独怀吾姑。但看膝下趋,不闻堂上呼。既伤琼树折,还哀猿啸孤。虽有兰与桂,翩翩集庭除。门楣与宅相,济济足欢娱。而我常不乐,自觉成向隅。四丧未举一,无计归丘墟。百年知如何?生死两忧虞。心同发俱悴,形与神俱枯。拜瞻增感激,行立空唏嘘。古人贵适意,驾言托莼鲈。青鸾翔碧空,梁燕嗤其迂。黄鹄摩云中,鸣鸠笑其愚。我欲陈此情,此情竟莫舒。凝为冰与霜,结为璠与玙。寸心已九折,子婿忽起予。撰为百千言,累累如贯珠。往往希世珍,常多韬海嵎。将谓南山豹,抑诚北溟鱼。弱息复献酬,罗列皆簪裾。岂知衣白纻,黄金非所须?薄纩差足温,短褐不厌粗。常餐无兼味,煨芋不剪蔬。已矣哉舐犊,吁嗟兮哺乌。不见斗牛缠,宁闻尾毕逋?女嫁不易从,男贫难受需。吾方惭柳母,儿益类黔娄。余生羞画荻,何岁不输租?庚癸日以迫,石田仍荒芜。百卉倏已变,三径未教锄。世情争向背,礼法久模糊。荣枯各有时,白发忽须臾。病因寒不瘳,秋风霜露初。短檠煤已烬,凉月幸同余。闻昔方夫人,内范冠名姝。王母之王母,遗教安及吾?何以百年后,冰心若合符?堂构还无恙,岂必在充闾?所嗟白日暮,更悲清夜徂。菊花全未吐,桂影半萧疏。中怀正摇摇,俗累犹区区。驹隙真幻梦,羽化亦危途。未若栖禅定,且借暄暖扶。晌午始礼佛,礼毕日已晡。安能香一炉?安能水一盂?逸我以遐日,遂我以容与。稽首维摩前,百忧尚驰驱。况乃衰惫人,久不事诗书。偶成口头吟,不用章法拘。猥蒙诸君子,嘉言惠教殊。捧读辄自愧,三复皆名儒。所得既已盈,所誉或恐虚。不揣碔砆质,谬欲附琼琚。板舆如可待,彤管未应无。

有感示江男

甲子倏云周,六十非期颐。眼昏与齿落,何以忽衰羸?所嗟膝下人,壮年数独奇。读书穷万卷,贫窭尚如斯。晚成亲不待,安用富贵为?以此长叹息,恐为燕雀嗤。菽水可承欢,藜藿可疗饥。庭闱有真乐,五鼎非所期。他日千钟粟,只合饱妻儿。但存喜惧意,毋令风树悲。

乙巳八月重茸松声阁偶成

何用爱吾庐?松阁亦吾寓。借此容膝居,时或纵闲步。闲步足莫支,无心偕去住。悠悠西风来,又见落花聚。凭几朝录诗,老眼如罩雾。两腕且不举,虽醒犹寐寤。参术总无灵,厥疾仍如故。唯此澹泊心,三反为谁语?日中始礼佛,倏忽夕阳去。窗隙窥青山,白日衔高树。开门见梅花,恍惚前朝路。_{阁下亦梅花当户如旧居}秋花红满阶,秋雨碧如注。闲吟砌下蛩,闲身草头露。为问膝前人,何时彤管附?安得千尺松,偃息相对晤。卮酒亦成醉,菽水亦可茹。未亡三十年,贞操其殆庶。佛灯杂藜火,落霞照孤鹜。以此识天真,翻觉向禽误。多感明辨言,鄙衷借以固。日奉古先生,莞然发深悟。

寿方夫人五帙 _{夫人为密之元配予姑也}

寒宵耿不寐,怀旧意弥迫。凉月穿我帷,霜风吹我席。因思初见君,君发未齐额。岐嶷迈等伦,光彩耀晨夕。弹指四十春,沧桑屡迁易。记君历粤峤,艰难事行役。厥志既已酬,岂畏烽烟隔?夫子第一流,挥麈归迦释。君才并柳母,内外借筹画。德教兼义方,孝慈被仁泽。寒夜与君言,淑气暖前席。暑日与君言,清风生两腋。君如合浦珠,我若寒山石。贵贱虽有殊,气味本无逆。令子媲薛凤,伫见飞腾翮。诸孙俱神骏,渥洼产汗血。宅相及门楣,皎皎皆和璧。君诚厚福人,祝厘声啧啧。孟冬十月朔,青鸟翔君宅。阿母何所贻?应进南山核。

仲春十有三日狂风大作庭前老榴摇摇几折不禁风树之思因有是作

阁前山石榴，五十余年矣。闻昔张太姑，手植乃偶尔。其干久不繁，其根半枯死。昨镇以两石，此意良有以。今晨风怒号，晌午犹不已。根株皆动摇，石亦为之起。残枝虽欲定，其如风不止。感兹念吾亲，中怀忽如此。益兴风树思，欹枕泪如水。

树孙二十志勉

余有内外孙，二十二人矣。其中有女五，余则皆男子。长者能属文，少者亦媲美。三孙孙居长，二十今朝是。进退颇雍容，趋庭复唯唯。落笔成烟云，读书明义理。尔固知爱鼎，予尤掌珠视。岳母即姑母，珍惜如芳芷。阿翁有夙好，图史盈床几。勿但事皮毛，要知得其髓。请看一月前，三十乃尔姊。两亲虽壮年，余已当暮齿。岁月疾如流，书囊靡底止。骐骥若伏枥，蝼蚁过之耳。所期志千秋，非徒取青紫。愿尔聆余言，声名从兹起。

仲冬朔日偶于男江几上见次安仁悼亡诗因援笔和之既哀亡妇方氏兼用志慰三首

寂寂春徂冬，忽忽寒燠易。小别亦凄然，况当生死隔？生死信有命，涕泗亦何益？翻悔孙与儿，春仲事行役。行役日以远，忧危苦备历。尔本端居人，忽欲履游迹。出郭探园林，归家倚四壁。似与夙昔殊，从兹心弥惕。岂知燕去巢，先秋雁影只。吾儿踉跄归，号恸难分析。相顾不忍言，潜归泪频滴。神伤与心忧，两两从中积。叹息指唾壶，鼓缶应无击。

繁露至寒霜，郁郁苦无端。每止游子恸，城钟已夜阑。临晨入汝室，只伤形影单。既虑独子疾，复忧三孙寒。三孙夜读同，凉月方胧胧。少者先兄归，索果不忍空。食罢依阿爷，枕席来悲风。我闻亦惨戚，辗转思音容。音容不可见，感极摧心胸。永怀不能已，披衣复强起。起立聆啼声，声声酸我耳。曙光透窗隙,呼媪讯儿子。安仁已半百,诔词已可纪。茫茫大块中,蒙庄未可鄙。朝谓针可瘳,夕胡竟长逝!每忆握手时,烈日炎蒸厉。涕号向余言,魂魄已潜翳。所嗟秋风觞,谓余仲秋七十也。不能假半岁。屏累却繁忧,怆然转难制。出入掩泪过,节序聊一祭。汝逝曾几时,暑退凉复尽。举笔漫成诗,触绪悲旋引。区区病废身,戚戚其谁愍?叶落春犹荣,人亡若星陨。星陨不归天,弦断难续轸。欲纪疾革辞,搦管吾何忍?潦倒不成寐,中夜独踟蹰。室无满座怀,愀然成向隅。伤怀那可极,魂返来也无?黄泉如有路,伫立望云车。已矣衰白人,泪尽悲有余!

题定远节妇徐夫人褒贞册

古来节妇称淳化,是以夫死妻不嫁。矢志《柏舟》以靡他,良人瞑目黄泉下。后世孰能明此义?徐氏有女诚不二。顾影自誓何磷磷,引刀断鼻犹为易。至今五十尚如斯,可怜滴尽千秋泪。昔人但称共姜贞,未闻其能报所生。以兹比挈较更胜,华宗赖之家道成。奈何寡妇逢凶岁,母教安能全两弟?哀哀悲鹄只自知,翩翩花萼连棠棣。厥弟雄才穷二酉,有姊如此如事母。燃须不惜亲作羹,承颜指日拖黄绶。予亦久称未亡人,逡巡未敢步芳尘。何日鹓雏方鹊起,几时捧檄及青春?只因同病怜同调,遂令相忆即相亲。伫看郡邑传青史,旦暮丝纶出紫宸。

月下观水仙花不开率成长句

东方忽忽冰轮上,衰白娇青两相向。隐见含葩四五枝,生憎一月难开放。玉质空留兰蕙帏,芳姿不先梅花帐。良辰三五竟何之?春风七五浑无恙。殷勤细嘱再叮咛,无令新诗徒怅望。只恐花开转眼空,翻同柳絮随风浪。

江男三十初度志勉

记尔悬弧于此宅,皆言地吉生人杰。忽忽头颅如许年,几翻颠倒《天人策》。挟策何时疗我饥?漫将雨泪洒莱衣。不惜锉荐方陶母,欲励子舆每断机。断机苦为时所消,薄俗焉知崇古教?蹉跎安敢步前人,俚语聊为尔一陈。乱世拮据劳瘖瘵,永夜悲歌动四邻。莫谓悲歌岁月长,回首堂前失义方。王母七旬余半百,眼看尔子渐成行。独不见,怀县板舆称色养;又不见,毛义捧檄深惆怅。殷勤劝尔酒一卮,毋轻日月随流浪。

井公婿拟初夏南游时久雨经旬因作久雨行

浩浩乎,井公此行日为雨所阻。淋漓半月积庭除,疾风几夕穿户牖。历阳湖上春已归,投子山前频折柳。不睹红日从东来,唯有西望青天一回首。回首闲吟日始长,可怜玫瑰未凝香。风摇嫩叶花全紫,冷浸疏枝蕊半黄。拂枕偶然朝起晏,行看落花飞如霰。世间万事每如此,高飞且视梁间燕。须臾云散月徘徊,明朝拟定一帆开。老人剪烛时看历,稚子牵衣日几回。君不见,去年客思与旅况,霜晨肃肃秋江上。如今维夏又南游,南游一月须西向,毋令登楼倚间两相望。

挽韩孝妇母女殉节歌

海门之山秀且纷,我思孝妇气氤氲。海门之水流且沄,我思烈妇清粼粼。闻昔左师陷皖时,母子孀孤更苦贫。生事尊章孝者少,孰有死卫两棪犹逡巡?贼执弱女亦弗顾,目送茕茕归水滨。母能捐躯不辱夫,女能守义不辱亲。此事传来十五载,双贞虽没名不泯。君不见,共姜矢志只一身,未闻母子同时杀身以成仁。愿使后世不贞不孝辈,改行易操知为人。

重葺松声阁诸公惠诗漫赋

我慕松风响天末,我爱松涛振林壑。我心匪石岁寒深,三十六回秋草擇。<small>夫子以瘵疾捐馆,今三十六年矣。</small>贞松百尺伤吾衷,斗室自署松声阁。窃比弘景割松风,安期枣核非灵药。饮冰常忆鹿门虚,褰帏不怨牛衣薄。有时啼笑起烟云,有时写绣存大略。有时顶礼三世天竺身,有时燃灯半偈呕心索。犹能细书蝇头张内史,围棋每厌东山乐。虽然琴书解娱人,巾帼谁堪此酬酢?曾向西邻买数椽,俯视余生或可托。五载于今檐柱颓,纷如秋木同摇落。吾儿重茸亦偶然,瓦石松杉劳斧凿。从兹菽水日承欢,犹望龙钟更矍铄。岂知含饴茹檗人,旦暮将随云中鹤。庞公已逝卫玠亡,谓夫子及粟村婿。泪迸芳蘅与兰药。吾儿同学诸名儒,高文绮句纵挥霍。琅环珠玉蓬荜辉,不鄙衰朽为糠粕。煨芋还思锉荐时,荬蔬聊当鸡黍约。时投诗者数十人,吾儿留饮。安得彼苍尽使穷途无亲疏,奋翼云霄辞矰缴?黄河清流滚滚来,起此枯鲋与尺蠖。

四孙仁樾入塾

若翁采芹最年少,齿同标孙今年秋。标孙年十一矣,江男游泮正此时。寒燠忽更三十六,七上《天人策》未收。从来才士多数奇,瑜瑾翻为碔砆羞。虽然落落不得志,长年著述甘黔娄。汝今七龄就外傅,犹忆初生气食牛。魁梧不比豚犬儿,支干久识非常流。勉汝孝友力学自今日,图史博学亦如汝父之搜求。寒门不敢望充闾,即此便足绍箕裘。我已花甲既周又逾七,婚嫁久毕可优游。若翁克家能养志,若母椎布兼和柔。三孙肩随出入事纸笔,无烦龌龊身后谋。昨岁宅后茸小阁,《贝叶》丹经任较雠。今年秋帆倘无恙,若翁从兹破浪抒壮猷。埙篪好共相酬和,勿谓但希富贵为身谋。纷纷竞势趋炎炙手热,老眼视之如云浮。

戊申重五后七日男江五十

尔生之辰梦李白,内外咸称谪仙谪。甫生三日气食牛,准拟将来搏鹏翩。尔时我父未生儿,爱若掌珠与和璧。河阳尊人司马公,含饴怀抱悦晨夕。十龄采芹世所推,从祖伯舅每啧啧。谓余从祖宗一公、伯舅钟阳公也。生平笃好在诗文,连屋盈床尽典籍。邑里祝诔为人忙,长年著作如山积。不需清醪与白鹅,时时只向枯肠索。间以新诗娱老亲,卅年朋好还如昔。架上有书凭取舍,囊中金尽都无惜。须发虽然尚未斑,不觉春秋已半百。石经时听有吟声,草堂无时无屐迹。至今胶漆复几人?相识天下谁金石?朝游西楚暮游齐,书剑年年频作客。纵逢安邑馈猪肝,几见亲知济当厄?吁嗟乎!刘蕡下第终亦售,仲舒竟掩《天人策》。举世纷纷身世谋,但希官税私逋两无责。不然且课三豚儿,亦犹尔父当年之严核。白云深处足怡情,勿但劳劳事行役。暇时骨月可盘桓,阁后前楹只咫尺。更有苍苔锦石对青岚,薰风朗月连天碧。

当时外孙二十

古者二十冠而字,当时父字尔何意?顾名思义慎毋忘,努力青云须自致。惜乎尔父赍志名未扬,至今令余徒心伤。贤哉汝母抚训俨义方,饮冰茹檗泣风霜。艰虞愁苦世无二,周旋中外犹其易。理纷就绪时所难,如兹七载成忧瘁。汝今弱冠欣采芹,有志还期事竟成。河阳宅相花千树,桂林堪折一枝荣。独不见,都门七贵旧阀阅,牙章金印声名赫。又不见,里中曩昔一书生,高车驷马耀南陌。愿尔倾耳聆余言,博闻强学砺晨昏。更念渭阳时剪拂,成名乃可报亲恩。

村居怀长女伯媛兼寄江男二首

夫婿仍漂泊,微躯敢一言?从离千里路,更历几家村。拙性归无策,思家泪暗吞。何人怜驽马,束帛赎都门?

不得真消息,安知阿姊存?眼穿新血泪,衣着旧啼痕。恨别愁难托,思深语复吞。友于唯尔笃,虽死亦招魂。

送孙女归陈氏四首

依依杨柳丝,袅袅繁花枝。喜汝于归日,桃夭正及时。春风吹幔暖,淑气入帘迟。勿但伤离别,还听敬戒辞。

怜汝将分席,而翁忽启扉。展吟方五字,清泪已双挥。卖犬良非易,乘龙实可依。叮咛唯婉娩,妇德在无违。

梅疏影未全,落月半窗边。童稚还如昨,连床倏六年。女十岁即与予同榻。出唯依母侧,归必过予前。今日宜家去,清吟独悄然。

鸿案期偕老,鸡窗早唱随。青春欣问字,白发愧无辞。忽漫牵衣处,犹思悬帨时。勉旃能自爱,吾亦慰衰羸。

闻　钟

晓月初沉后,晨钟忽动时。秋风刚十日,伏暑已潜移。短葛何妨弃?单衣着正宜。老来情话减,谁与细论诗?

儿江应试金陵书此志勉

僻巷由来久寂寥,朱门未必尽人豪。三冬雪夜窥图史,八月秋风振羽毛。乱世穷愁唯我辈,半生辛苦属儿曹。从前锉荐非无意,努力前驱莫惮劳。

仲春朔日送方婿井公之和州

湖山烟水尚悠悠,岂是萧郎爱远游?却为刘蕡犹下第,遂令王粲又登楼。三春杨柳催行色,隔岸桃花莫系舟。屈指绛帷休暇日,可知少妇亦知愁?

示季女韫倩

当户梅花正早春,独怜椎布佐清贫。不辞井臼空依母,解识诗书更可人。别去凤台归梦早,重来鸾镜画眉频。莫疑才子多情少,双照灯前泪满巾。时井公婿甫之历阳。

赠居巢张夫人

扶风门下尽康成,绛帐渊源旧有名。不是皋比来敝邑,何由鸾珮慰平生?风牵葛藟归樛木,日映蓝田出紫琼。翟茀香车知不远,春明驿路马蹄轻。

立春前一日闻外祖母张太恭人归窆感赋

最是恩深外祖母,相怜四十有余年。回思昔日牵衣处,都到今朝泪眼前。淑德遗芬同皎日,春风吹暖入黄泉。佳城葱郁应难得,定兆绳绳奕叶贤。

自　讯

老较于人几事全,春风小阁日高眠。世间冷暖非吾事,身后诗篇或可传。

故旧回头谁握手？孙甥满目渐齐肩。此生甲子如周历，犹且长吟六七年。

和州王氏五烈女诗

二女投崖事已奇，一门五烈更堪悲。当年淑范归何处？此日芳名正在兹。碧落共惊风雨夕，黄昏争啸月明时。由来一死人皆有，赢得清贞万古垂！

寄怀龚氏甥女三十初度适合肥龚孝绩

已知三十将初度，惭愧疏慵六七年。尺素每凭鸿雁寄，寸心遥托彩云边。宁家宅相推君长，谢氏庭中觉汝贤。为问瑶池春色满，兰汤曾浴几儿钱？

步江男济幕原韵

莼羹思并入椒盘，冷署霜帷等一寒。正喜书从天外至，更怜珠自掌中看。挑来生菜催春至，落去梅花送腊残。最是含饴争笑处，满堂独忆尔承欢。

姚鲁斋孙婿以黄白菊花见贻赋答

九月篱边菊未华，感君投赠映窗纱。金茎露种黄龙甲，玉蕊风开白雪花。自叹衰年同草木，却怜弱质比蒹葭。阶庭更有芝兰种，取次来看□树芽。

哭方婿井公四首

几度看君拭泪痕，归来只觉减常飧。夜凭郑婢专司药，日遣奚奴一叩门。世上知无留汝计，床前强作慰余言。最怜寂寞黄昏语，唯有城头鹎鸟喧。

卫玠神清子幼文，每愁消渴似文园。居常嗜茶，余已深虑之。参苓倍用医方误，饮啖能忘佛慧存。性定肯挥儿女泪，交深但觉友朋尊。临行不独余心痛，多少亲知哭寝门！

回舆愁听五更悲，忍看双雏入塾迟。予以两孙入塾前一日从女家归。衣上痕添慈母泪，床前担付阿兄知。病笃时执儿手云："又添兄一担矣！"多时不见萦怀抱，静夜才惊永别离。此际泉台曾慰否？延君良友课君儿。

《蓼莪》读罢泪空垂,惨淡书床重所师。衣钵自然传秘藏,箕裘岂独在奇疑?莫言《薤露》初无定,益信兰交永不移。泉路若逢张孺子,为言一室四孤儿。古愚以张方四孙同一室云。

寿姨母何太夫人七十

钟山佳气霭云烟,忽忆华堂乐事全。锦绣文章归伯仲,琅环孙子见曾玄。鱼书好系先秋雁,江棹难乘此日船。记得射蛟台畔柳,临风攀折十年前。丙申晤姨母于枞川。

冬初偶见方邓两公挽秋诗依韵率成二章

游人无计挽秋归,约伴寻芳入翠微。村舍家家编竹户,茅庵处处掩柴扉。疏篱客至花无主,曲径人稀草自肥。黄叶丹枫飘未尽,清吟或可驻斜晖。

游人无计挽秋归,闲步城南秋色微。总以诗词供笑傲,原非裘马爱轻肥。石斋竹劲霜难到,松阁梅开雪未飞。何事安仁饶唱和,分题分韵逐玄晖。阁下朱梅九月即开数枝云。

丙午冬日送江男之齐鲁

膝下年年惜别离,须眉也觉渐如丝。长途日暮停骖早,野店霜严上马迟。梁燕亦知春社至,归鸿不待暖风吹。还家拟定垂杨绿,莫忘清明上冢时。

写大士像偶成

空色原无相可思,濡毫约略忆慈悲。安能写到庄严处?却要心如禅定时。三拜起来开慧眼,瓣香袅去染修眉。吾宗道子遥堪仿,此地公麟近可师。敢谓闺中传阿堵,偶然阁下暂追随。年年不惜为人画,最爱晴窗日上迟。

怀长女四首

残腊曾相讯,期归在早春。眼看春又去,宁不念慈亲?
三徙江南北,伶仃只影孤。凝情遵母训,犹自说从夫。

十年愁绪结,坐久一灯微。风雪空怀汝,朝朝静掩扉。
独醒谁为侣？中天月正孤。遥怜愁思者,为问亦同无！

书　感

常哀羊子妻,益慕孟轲母。我亦勤机杼,牖下空白首。

瓶梅半月奄然欲谢因折枝剪纸作帐檐额喜赋二首

为爱梅花洁,移上寒帏幕。春风吹不去,日傍松声阁。
□□瓶中枝,幻作窗前雪。可知珍重情,尚有经年别。

甲寅春樾孙北上率笔示之二首

入墩同予起,停灯俟汝归。归时过夜半,能得几牵衣？
稚孙如少子,竟是老来儿。朝出暮还忆,宁堪远别离？

遣江男迎长女不果

春来消息到今稀,忍见秋风一雁归。此后相逢唯有梦,他乡何处哭庭闱？

梦母氏

痛别慈闱二十年,今朝幽梦忽相牵。可怜白昼消魂处,不及黄泉伴母眠。

哭方氏外孙女令芬

性敏慧,早殇,又予孙媳,情之所至,成诗百首,节存之。

前月今朝问字奇,挑灯污却借来诗。偶然叱汝吞声立,俯首低眉不语时。
欲寻幽会唯寻梦,汝去茕茕我更孤。可识今宵明月夜,还能乘月一来无？
禁屠买得鲜鱼至,反复无能辨活鳞。悄语水中即可辨,便愁不是世间人。
魂消影绝夜如年,坐叹行吟倍惨然。只记平生欢笑处,石榴花下后堂前。

七夕同树孙

七夕星筵处处同,偶陈瓜果小庭中。老人长祝三秋稔,稚子须乘万里风。

六月朔三日悼亡姑大祥兼怀江男

忆昔年年当夏至,回廊独坐趁薰风。午余想像归何处,仿佛音容帷幔中。姑在,喜廊后清风,过午即卧北窗。

寄张敦复夫人

五云深处来芳讯,贻我名香翡翠枝。可记好风清昼永,小楼同看和梅诗?

寄樾孙手绣送子像

口诵《楞严》出手裁,久藏石室为谁开?慈悲应念惓惓意,历尽千山抱子来。

即事感怀

四十六年事事乖,含悲掩涕向谁揩?横山幸剩一抔土,不用荷锄死便埋。

——以上录自潘江《龙眠风雅续集》卷四

晨 兴

天曙不欲眠,晨兴领朝气。开眼盥漱毕,举目饶幽致。或向花间行,行行理诗思。日中始一饭,饭后或假寐。从午以及西,时聆香山义。恬淡心如水,磊落将身寄。北窗好风来,豁达无暑意。以此足余年,即是归山计。以此悟无生,恐亦非难事。

千里弟新构草堂因成长句兼订游期

闻说东篱下,晴日好优游。山花迷曲径,修竹俯清流。其中有幽人,笑傲凌王侯。亭深宜客至,树密鸟常留。既无城市喧,但闻钟磬幽。春色已过半,春云日夜浮。高斋如葺罢,期我一来游。

夏日奠叔母杨孺人归来志感

登堂一恸穗帏寂,回首笑言曾几日。生平所爱及所亲,老存二三少六七。张妹已亡二十年,吴母忽忽归黄泉。人生聚散有何定,白杨荒草空寒烟。君不见,驹隙电光无停歇,弹指朱颜生华发。自叹老至减心情,空负秋前闲日月。

梦长女伯媛

三年不见汝,今夜忽相逢。岂信枫林黑,还余血泪红。可怜皮骨在,无复语言通。生死知何处,魂惊五夜风。

村居苦雨

山城十日雨,正是暮春时。南圃闲花径,东风倦柳丝。烟岚随处合,云树望中移。檐溜声声滴,频催雨后诗。

乡 行

夜对寒村月,晨侵茅店霜。野花犹带艳,落叶未全黄。倦鸟投林急,孤云逐雨忙。不堪回首处,山色隐斜阳。

村 居

偶尔离城市,村居迥不同。蝉鸣秋霁后,雀聚午烟中。云树连天碧,霜花带雨红。翛然幽事足,自觉万缘空。

仆 归

忆昔轻离别,如今见面难。仆归传未死,书至喜平安。五月裘应敝,三年骨正寒。柔肠方百折,何日话团圞?

喜浩庵叔见过

动是经年隔,乡城会晤难。云低烟入户,风骤雪盈栏。夜静偏宜火,谈深未觉寒。明朝又离别,莫厌酒杯宽。

清明寄怀井公婿客历阳

清明雷雨益凄其,别后时牵卫玠思。游子青衫应有泪,老人白发已如丝。共知时事难长啸,偶忆诗篇一解颐。井公时有书寄慰。地北天南归雁少,春风莫遣马蹄迟。

题石经斋

好友时来门不掩,北堂无事亦相寻。新移竹树当窗户,旧拥琴书自古今。眼看尔曹虽适意,静思吾老益沾襟。他年诗句如常在,白水青灯即此心。

丙戌赠方婿井公赴秋闱

南国多佳士,唯君最妙年。骐骥能独步,燕雀敢争先。壮志凭三策,雄谈动四筵。江宁新郡邑,建业旧山川。苏季貂裘敝,马融绛帐悬。蛟龙奔巨浪,雕鹗荐秋天。岑寂书斋里,光辉列宿前。已分太乙火,犹觉斗牛缠。觽佩他年事,丝萝近日牵。雀屏连翠幕,碧玉种蓝田。下里谁弹瑟?中原早着鞭。扬雄新赋好,会见国门传。

燕子楼

灯下看诗复几回,无端幽思逼人来。至今空有楼前月,可向春风照劫灰。

病留韫倩宅观柳

静坐儿家暂解颐,小窗细语莫凄其。试看杨柳依依绿,不向春风绾别离。

——以上录自吴希庸、方林昌《桐山名媛诗钞》卷一

吴榴阁三首

吴榴阁,字允宜,吴日昶之孙女,方育盛子方云骏之妻。赋性幽闲,能诗词,工书画。与方云骏为姑表,结缡后,彼唱此随,兄先妹后,不减梁孟。

长命女 春日闲吟

东风悄,女伴秋千双拜巧,花落春应少。　　意倦思归,画阁扑蝶,轻纨力小。额上梅花妆谢了,眉淡呼郎扫。

鹧鸪天 送夫子游吴越

晓起牵衣强送行,承欢客邸和皋鸣。秋江一路芙蓉艳,并蒂花开独有情。　　吴水白,越山青,西湖花月虎丘灯。兰桡到处都佳境,囊里应多忆内吟。

踏莎行 送春

莺老红残,绿垂满树,匆匆又送春光去。问春何事去忙忙,楼头燕把归心诉。　　雨压梨云,风翻柳絮,晚钟将到催天暮。再来端的岭梅开,花间坐卧休还误。

——录自周铭《林下词选》卷十一

吴氏四首

吴氏,号栖梧阁主人,江苏六合汪渭之继妻,著有《秋鸿集》。钮琇《觚剩》卷三:桐城吴氏,年二十五而寡,以其所居有栖梧阁,世遂称为栖梧阁吴氏。秉性高洁,好读历代群史,而艳词小说,屏绝弗观。今闻其年六旬有奇,已届梳雪之辰,尚勤操觚之业。著有吟咏,苍古悲凉,无脂粉气,若置之《朱鸟集》中,又为闺阁另开一生面矣。余于番禺宰姚公官署,得《金陵怀古》诗八章,录其四而存之。

金陵怀古 八首选四

咏南齐

六贵同朝激虎彪,横江勒马下雍州。银枪酒市春双屧,玉屟莲台月半钩。赵鬼西京谐《汉赋》,阿兄东阁压通侯。谁知讲武旄头入,芳乐筘吹碧麝秋。

咏南梁

同泰斋中拜佛地,寿阳千骑渡江波。金瓯突向中原缺,蔬绝空嗔万卷多。五月谁勤君父难,七官先反弟兄戈。江淮废后襄阳促,秋草台城放橐驼。

咏南陈

临春阁上万花妍,宝帐朱帘袅蕙烟。鼙鼓飞冲朱雀路,军书压损绣床边。嫦娥入月昏银镜,狎客还家碎锦笺。剩有景阳宫畔井,胭脂春水咽残弦。

咏南唐

江南一剑卷秋霜,半壁山河入洛阳。百尺楼空连叶碎,翠微亭冷鸟声荒。临城凄怆填宫曲,辞庙仓皇听教坊。日夕泪痕谁洗面?锦书封恨报红妆。

——录自钮琇《觚剩》卷三《吴觚》下

吴中芸三首

吴中芸,吴中兰之妹,齐梅生之妻。著有《挹香阁诗草》。

哭子二首

哭汝肠欲断,望汝眼已穿。汝死百八日,明月四回圆。死者则已矣,相见复何年。伤心万古泪,流不到黄泉。

墓草青青柳絮飞,梦中见子尚依依。不知梦去还来否?犹自山头望汝归。

新　柳四首之一

江村应妒草青青，嫩叶如眉玉露凝。流水断桥知有梦，晓风残月客初醒。

——录自徐璈《桐旧集》卷四十一

吴氏一首

吴氏，吴询之女，光聪谐之妻。著有《云芬阁诗》。

光大中《安徽才媛纪略初稿》：云芬阁，桐城人，诸生询女，大中之高曾祖母。著有诗稿一卷。先高曾祖讳聪谐，字律原。嘉道间，由进士官至直隶布政使，引疾归里，生平著作甚富。又汇刻乡贤遗著，为《龙眠丛书》，宦成而事风雅。高曾祖母实内助有功，诗词其余事也。

光铁夫《安徽名媛诗词征略》：幼读书时，父以"自古以来天气好"诗句命对，即应声曰："放怀之处世情疏。"父奇之。于归后，佐治之暇，所吟咏，深得三百篇之旨。著有《云芬阁诗》。

示子妇

立身贵俭朴，喜尔亦能知。薄有田园乐，毋忘贫困时。按：先高曾祖妣诗无刻本。咸丰之乱，原稿散佚。累世相传，只此五绝一首。兹据省县志摘录事迹，特敬录之，以存手泽。

——录自光铁夫《安徽名媛诗词征略》卷一

吴氏一首

吴氏，字又兰，生平不详。著有《笔花轩集》。

题　画

猗猗新绿上窗纱，报道阶前日未斜。最黠小鬟催迫甚，倩侬笔上自生花。

——录自吴希庸、方林昌《桐山名媛诗钞》卷十

吴锦苏二首

吴锦苏,字蕙窗,诸生吴扶青之女,国学姚似倩之妻,姚典赓之母。著有《蕙窗诗集》。

送 外

归来又赋断肠诗,稚子牵衣泣别时。最是关山人去后,浓阴一片雨如丝。

络 纬

络纬声声竹影斜,秋光一片敞窗纱。最怜啼破三更月,小院风清放豆花。

——录自吴希庸、方林昌《桐城名媛诗钞》卷九

吴珠光二首

吴珠光,附生张昆虞之妻,著有《珠光阁诗钞》。

暮春登济宁署小阁

小阁逼云窝,登临拂薜萝。花飞春色暮,树老夕阳多。绿柳垂青黛,微云锁翠螺。龙眠图画里,佳趣复如何?

答济阳二姊

课儿心苦母兼师,一片襟怀姊自知。诵佛茹斋聊永日,碧纱窗下写新诗。

——录自吴希庸、方林昌《桐山名媛诗钞》卷八

吴孟嘉八首

吴孟嘉,字维则,吴诒申之女,方凤朝之妻。幼聪慧,读唐诗即了解音韵。稍长,酷嗜歌咏。事姑以孝闻。早卒。著有《秋山楼诗草》十二卷。

咏　怀

木兰昔从军，慷慨黄河滨。秋风日暮起，白马渡河津。功名立千载，可以图麒麟。谁谓深闺中，乃无英雄人？

四　皓

千古商山老，长吟采紫芝。须眉俱已皓，名姓亦何奇。偶为留侯出，闲扶太子危。避秦兼避汉，心事赤松知。

孟城坳 和右丞辋川诗二十首选一

我家孟城口，秋蝉咽烟柳。何必悲古人，山川此长有。

辛 夷 坞

徘徊辛夷坞，幽林发香萼。爱此春山空，鸟啼花亦落。

寒　食

寒食东风燕子斜，萋萋芳草接天涯。微风细雨离亭路，送尽行人是落花。

——以上录自徐璈《桐旧集》卷四十一

文 杏 馆

高馆此何人，空山结茅宇。黄叶声萧萧，山窗听秋雨。

渔　父

八月湖风凉，蒹葭多白露。水清山色佳，遥见江南树。何处笛声来？苍苍日已暮。明月上寒蓑，秋江人晚渡。

春　草

碧窗深处绿含香，暗吐新芽日渐长。细雨无人生小院，晓风吹梦入横塘。

飞飞好鸟偏凝翠,片片名花似点妆。借问春来江上水,王孙曾否忆潇湘?

——以上录自吴希庸、方林昌《桐山名媛诗钞》卷五

吴娥娟一首

吴娥娟,吴巨瑄、刘蕙阁之女。

春日即事

花间小阁两三间,最好韶光不上关。隔院蕙风香冉冉,半窗松影月珊珊。龙涎细爇珠帘静,雁足频调宝瑟间。池水又添波一尺,还分鸭绿写春山。

——录自徐璈《桐旧集》卷四十一

吴娥娟二首

吴娥娟,吴巨瑄、刘蕙阁之女,吴娥娟之姊。

秋日寄家大人

楼头含泪送行舟,一别俄惊两度秋。千里离怀凭去雁,随风飞过古扬州。

——录自徐璈《桐旧集》卷四十一

再寄仲姊

曾寄诗篇劝姊回,缘何又约石榴开。金炉香烬谁添火,玉笋林深自扫苔。幔里解围怜有识,字中织锦愧无才。可知老母贫兼病,为问如期来不来。

——录自何伟成《枞阳风雅·清代》

吴芝瑛三十七首

吴芝瑛(1868—1934),字紫英,吴汝纶兄吴康之女,无锡廉泉之妻,近代著名爱国女士、书法家、诗人。著有《帆影楼纪事》《剪淞留影集》《吴芝瑛夫人诗文集》《帆影楼旧藏画目》,辑《小万柳堂丛刻五种》等。其父工画,吴芝瑛能

传其掌法。初学董香光，有《小万柳堂摹古》四卷。端尚书方见之，谓可乱真。《桐城县志·人物传》：光绪二十六年（1900）庚子之役后，清廷为满足侵略者要求赔偿的欲望，加捐各种税务，势家富户乘机高抬物价，国人饥寒交迫。吴芝瑛叠箱当桌，瓦片作砚，于街头挥毫卖字，募"爱国捐"。并上书清廷，提出"产多则多捐，产少则少捐，无产则不捐"的主张，因有损于达官显贵的利益，遭权贵们百般诋毁。吴芝瑛愤激而倾向革命，暗中与革命党联系，以其名望和身份，掩护遭清廷搜捕的革命党人吴稚晖等。吴芝瑛居京与女侠秋瑾为近邻，二人同有匡时济世之志，遂结为至交，互换兰谱。光绪三十年（1904）夏，她筹资助秋瑾赴日本留学。不久，吴芝瑛随夫南下，于上海曹家渡建小万柳堂归隐，自号"万柳夫人"。翌年，秋瑾归国筹办《中国女报》，她与女友徐自华解囊相助。光绪三十三年（1907），秋瑾在绍兴被害，芝瑛闻讯，悲恸欲绝。与徐自华营葬秋瑾遗体于杭州西泠桥畔，徐自华撰墓表，芝瑛书丹，题墓碑"呜呼鉴湖女侠秋瑾之墓"。世称其事、其书、其文为"三绝"。继而在小万柳堂筑"悲秋阁"以示纪念。同时还发表了《秋女士传》《秋女士遗事》等文章，并作《西泠吊秋》七绝四首。清廷对此恼羞成怒，欲加害吴芝瑛、徐自华，但慑于国内外舆论压力，未敢贸然行动。袁世凯专权称帝，袁氏之子袁克俊是吴芝瑛小女儿的未婚夫。在共和存亡的关键时刻，吴芝瑛毅然投入反袁斗争。其致袁氏书说：总统者，为吾民服务之首领，文言之总统，质言之一服役之头耶，服役之头儿之位，何篡……公朝去，而吾民早安；公夕去，而吾民晚息；公不去，而吾民永无宁日！早年其父在桐城遗产有良田数百亩，她不顾族人反对，慨然捐作办学之用，在浮山创办"鞠隐学堂"，使贫困子弟得以就读。

楞严书竟敬题二首奉呈夫子并海内外诸长者居士于时南湖新月正流照写经室窗户也

写藏惶悚真心住，启请殷勤道力全。无漏愿修三妙学，空华尽缚一狂缘。五重烦恼实惊怖，百亿浮沤决弃捐。失笑旅亭指明月，更从是处见林泉。

十方尘象法轮转，八部天龙大众俱。拥护沉冥生觉海，思维穷露获明珠。

翘诚泪雨宣神咒,顶礼迷云霭圣湖。发猛同舒金色臂,楞严成就首浮屠。

南 园

枫叶微红已着霜,南园秋色晚苍苍。十年种得溪桥柳,输与诗人廉夕阳。

南园与连仲甫方伯唱和诗有"夕阳穿树补花红"之句,一时传诵,为谓"廉夕阳"云。

哀山阴

爱书滴滴冤民血,用天根句。能达君门死亦恩。今日盖棺论未定,轩亭谁与赋招魂?浙人对于此狱,独无清议,是可异已。

天地苍茫百感身,为君收骨泪沾巾。秋风秋雨山阴道,太息难为后死人。

时将赴山阴,为秋女士瑾营葬,故作此诗。

余与寄尘既葬鉴湖女侠于西泠岳王坟之东戊申正月廿四日寄尘集学界士女四百余人于凤林寺为女侠开追悼会并谒墓致祭行路感叹有泣下者余因病不能至诗以哭之即示寄尘并秋社同人

同人仿林社例在西泠立一秋社以便岁时祭扫并议善后事宜

昔日同地游,今朝来哭君。百年谁不死?三尺此孤坟。时事那堪道,英灵自有群。行人痛冤狱,掩泪话殷勤。

碧血千年事,悠悠那足论。此心天可白,一死我何言?玄酒空山奠,孤亭落日昏。旧交三两在,谁与诉烦冤?去冬寄尘寓书:"卜地西湖,深合鄙意。能在栖霞岭左右,相近岳坟则更佳。犹记今春二月,与鉴湖泛棹西湖,日暮至岳王坟,伊徘徊不忍去。妹促之,始归。回首昔游,能勿伤心一恸乎!"故诗言及之云云。

戊申花朝西泠吊鉴湖女侠四首

大樽放饮尔如何,回首江亭老泪多。今日西泠拚一恸,不堪重唱《宝刀歌》。

往年女侠东游时,余集京师诸姊妹于城南陶然亭饯之,以壮其行,女侠有《宝刀歌》,传诵一时。

忍忆麻衣话别时,天涯游子泪如丝。独看落日下孤冢,别有伤心人未知。

丁未正月,女侠以母丧归里,来吾小万柳堂话别,不知其遂成永诀也!

独荐寒泉证旧盟,可堪生死论交情。罪名莫更王涯问,党祸中朝尚未平。

不幸传奇演碧血,陈君铁侠著有《轩亭血传奇》一种,述女侠历史最详,文笔亦雅洁。居然埋骨有青山。南湖新筑悲秋阁,风雨英灵倘一还。余今在南湖之滨结茅数椽,中建一阁,名曰悲秋,以为纪念。

梁溪秦岐农为作西泠悲秋图成而女侠之墓已平遗骸由乃兄归葬山阴感赋二绝句以当一哭即书图尾

风雪渡江去复还,故乡归骨为兄难。前年葬女侠于西泠,秋兄曾来会葬。挑灯漫纪山阴狱,恐有冤魂泣笔端。

杜鹃啼血土花新,海内争传法外仁。莫向西泠桥上望,更无风雨亦愁人。

与南湖同访慧珠道人不遇四首

十年契阔尔何求?潭柘莺花不解愁。闻说能文兼好武,剧怜家世本凉州。

天竺归来不可招,空余烟水思迢迢。钟声隐约斜阳外,知在西泠第几桥?

道是红羊劫后身,故宫回首泪沾巾。芒鞋踏遍孤山路,满眼梅花不见人。

到处逢人说慧珠,岳坟西去冷菰蒲。伤心莫问前朝事,碧血于今有鉴湖。

神州女报题辞有序

《神州女报》行出版矣,为题七偈,借以告哀。即日将赴山阴为秋女士寻拾遗骸而改瘗之也。丁未大雪节。

我闻古来言,不幸作女子。吁嗟闻此言,女子真休矣。乾坤辟混沌,想来但有男。倘谓此语妄,如何女下男?

男正位于外,女正位于内。圣人训大义,非我所臆改。男女正内外,未言位高低。定神试一想,如何权不齐?

我思权不齐,厥咎仍在己。我今心平论,不尽咎男子。自己既放弃,男子复压制。悠悠成习惯,遂无两立势。

女权日以靡,男权日以烈。忽忽不自觉,女权尽消灭。岂无圣善人,饮恨以抑郁。充其毒所极,女子比玩物。

女子比玩物,惨哉地狱黑。方今开通时,世界无此国。如何我黄裔,流毒到今日?痛心一猛省,回拦岂无术?

伟哉秋女士,抗心誓雪耻。振臂而疾呼,家庭革命是。演谈一何壮,平权此宗旨。无端横祸来,轩亭断头死!

轩亭断头死,神州女报始。神州女报始,头断心不死。我今题此偈,一泪凝一字。一泪凝一字,吁嗟我姑姊。

塔影楼与咏霞夫人论诗

好鸟依庭树,杂花明远川。物情欣有托,孤客谁为怜。一病阻良燕,端居日如年。论诗得之子,哀乐情多牵。生小弄文翰,开衿赠兰荃。多才嗟堕落,此道宁汝贤。

访女孝友墓庐

山水本一致,清景无增亏。赏心惬所遇,始愿今已随。言陟茅家埠,翁仲立当楣。浮云忽已邈,姓氏无人知。卓哉文孝子,兰若跨清漪。守贞独不嫁,至行世同推。雨过石泉冷,林深山月迟。忧欢变华发,潇洒惜幽姿。回首已陈迹,清尘嗣更谁?

集时贤句题津楼惜别图一首即次南湖诗韵

小阁重楼落日寒,伯严。谈禅说鬼有余欢。樊山。名山谁信身堪隐,苏堪。客里相逢岁又阑。子言。枉叠华中绾空鬓,寒厓。可堪梦窄较春宽。穆忞。绿波南浦情何限,泳霞。顾曲频登旧将坛。澥生。

从军乐

大哉中国岂无人?一怒能教四海惊。蠢尔蛮荆休窃笑,请看今日少年军。

绝塞飞登下朔荒,黄沙万里渺茫茫。路无山水遮行进,好个男儿驰骋场。
炮兵守后骑兵先,步卒横抄曲水边。万颗弹花飞不住,轰成天地黑如烟。
将军布阵若游龙,出没无常变化工。十万轻骑横扫去,胡儿血染战袍红。
万柄钢刀逐电来,北追穷寇渡冰山。冰山高立三千丈,作我中原纪念碑。
凯旋门外歌声震,大厦将倾拼命撑。阿母对儿欢喜说,做娘心愿至今偿。

题 菊

拣得东篱最好枝,挥毫和墨露团时。凭他人世争浓淡,写到秋容只自知。

为吴受卿题驴背吟诗图 辛亥寒食

灞桥诗思偶然耳,湖上风情今已非。别有一般心事在,亭皋木叶下斜晖。

奉寿唐母吾姊七旬之庆即题吴丁两老画师岁寒北堂幅子

春江衡守久相望,多愧未登孟母堂。令子知名满瀛海,使君遗爱有甘棠。
丹青数笔文人画,苍翠千春至德坊。信是吾宗盛徽美,强扶病腕起歌唐。

剪淞阁

遗山词句吴兴画,文采风流好细论。一曲淞波谁作主?他年应似谢公墩。

——录自吴芝瑛撰,郭长海、郭君兮整理《吴芝瑛集》

吴肖萦十七首

吴肖萦,字君婉,吴复振之长女,光大中之妻。赋性纯笃,寡笑言。自幼读书善笔札,作字点画不苟。婚后辛苦处理家事,家故贫,隐忧积累,时惧弗及人,闷极,则取唐、宋人闲适之诗,吟哦仿效以自遣。所作多不留稿。民国十七年(1928),以病卒于安庆,年三十一。光大中继妻刘淑玲为检其诗付印,名曰《吴君婉女士遗诗》。

偕吾夫君游菱湖公园

初春新雨后,出郭并肩行。为爱名园好,到来俗虑清。湖平四望阔,岸远一江横。待得荷开日,重游趁晚晴。

从四叔病殁京师哭之以诗

春明数千里,慷慨访兄投。时余父在京。羞作逐贫赋,宁为负米游。辞家才一载,人别竟千秋!儿稚萱堂老,弥留痛念不?

安庆浮居诚非长计屡与夫君谋返桐城故宅卒以各方困难未能如愿漫成长句聊写思归之切

闻道龙眠旧石庄,数间茅屋对芳塘。迎风修竹鸣清籁,涤暑芙蓉送晚香。老圃四时蔬菜足,名山三面画屏张。浮居江上非长计,夜夜思归梦故乡。

瑞麟按:吾夫前室君婉姊,四德俱备。生平事略,详见先翁《石庄小隐文存》内《闵述》篇,及吴江金丈松岑所撰墓碣。余曾题其遗诗曰:"淑德于今少,诗遗白雪音。惭余无一及,何以慰夫心?"吾夫和云:"糟糠时痛念,弦续嗣前音。莫说惭无及,相看要赤心。"其贤可想见已。

慰吾夫

人生贵适意,否极泰来时。耻作牛衣泣,糟糠乐共支。

说三儿

长儿才七周,天赋颇聪慧。莲花生日出,不愧名门裔。
次儿忽五龄,终朝寡言语。能读五言诗,资质亦不鲁。
弱女去秋生,掌珠为郎宠。平权贵实施,期望如儿重。

吾夫又承李范之道尹接济赋此为志心感

灶突无烟对夕晖,伴郎吟咏正忘饥。忽来将伯从天上,如此怜才世已稀。

咏蚕戏语莲儿

二月春风日渐长,乡村农妇饲蚕忙。须知做个虫儿小,也有经纶腹内藏。

送夫君之芜湖

计入君门已七周,家园团聚意绸缪。明朝珍重前途去,莫恋私情泪共流。

贫 甚

又典衣裳换米回,穷愁强作笑颜开。恐郎更重心头闷,沽得新醪劝一杯。

闻小姑母逝世悲痛不堪成二十八字

烦恼人间一梦过,此行极乐是如何？平生知己伤君去,月夕花晨涕泪多。

余生平与小姑母四叔婶暨二妹三人相处最契。今小姑母忽然物化,能不伤余心哉!

枞阳送二妹返孔

枞川避乱正秋酣,雁序分飞苦不堪。我亦有家归不得,羡君此去对晴岚。
手足情深未惯离,廿年形影总相随。要知别后江头去,半是思君流泪时。

去秋军兴以后吾翁暨吾夫均赋闲居生活备极艰窘山穷水尽或见花明柳暗之村否极泰来当有吐气扬眉之日爰赋三绝以慰吾夫兼志不忘贫苦耳

自古人心本不平,侏儒歌饱朔难生。管鲍道丧钟期死,文字于今更贱轻。
又听新蝉噪绿阴,昼长人倦绣停针。莫愁明日无柴米,好和渊明乞食吟。
事到难时莫畏难,冯生长铗岂空弹？天心默运循环力,至理须从静处看。

——录自《吴君婉女士遗诗》

吴氏一首

吴氏,吴越之妻,生平不详。

赋诗三首以壮夫行_{三首选一}

劝君爱国爱同胞,几个男儿意气豪。愧我无才能共事,莫因离别赋牢骚!

——录自何伟成《枞阳风雅·近代》

卷　五

潘翟十九首

潘翟,字副华,潘映娄之女,方以智之妻,著有《宜阁集》。潘江《龙眠风雅续集》:从祖宪副次鲁府君之仲姬,方文忠公密之先生之元配,而江之从姑母也。母少与江同受经于张孜如先生,十七归文忠公,能屏去宛珠傅玑,有德耀少君之风。文忠公年方弱冠,文名籍甚,母鸡鸣虫飞,克执妇道。及释褐通籍,遽罹国变,母勉以大义,万死不屈。南都党祸起,文忠公避而之四方,爰挈少子中履,间关万里,由闽之粤。寻以江南初定,君舅疾笃,归而上事贞述公,下抚子女,死丧婚嫁之累,一身任之,以纾文忠公内顾之忧,成其大节。长斋奉佛,独居四十余年,年八十二而终。文忠公为完人,母为完人妇,可谓死者复作,生者不愧也已。《宜阁诗集》成帙,失于回禄,中德、中通为追所记忆,并绵缀时诀别诗十余首,以存崖略,惜未获全稿云。

钱澄之《田间文集》卷十九《方太史夫人潘太君七十初度序》:吾里方曼公先生夫人潘太君,以今年阳月七十初度,旧从先生游者,檄征四方诗文,为夫人寿……夫人与太史结发为婚,膏火笔砚,相守者二十余载。自通籍以来,太史未尝有一日仕宦之乐,夫人亦未尝一日以鱼轩象服之荣耀其间里,唯是生平患难辄与共之,盖有不得共而必求与之共者矣。今太史往矣,门庭寂寞,夫人生长华贵,子婿姻党科名鼎盛,曾不少动于中,而诚励其子孙趋时以求荣也。田伯、位伯俱以笔墨游诸侯之幕,素伯称处士,著作为业。诸孙皆有俊才,或脱颖而出,虽不之禁,亦漫不为意,以诸子之才,岂不足以取高第,求禄养哉?而甘心于此者,夫各有其志也,即夫人之志,太史之志也。

张英《笃素堂文集》卷六《方母潘夫人七十寿序》:元配潘夫人本名家女,谨于《内则》《少仪》,尤炳然于忠孝之大义。先生少而天才卓荦,出则交天下贤俊,登坛坫,执牛耳,以与四方君子相酬酢。入则读今古书,穷搜极讨,所编摹纂述不啻汗牛。夫人为之治家事,庀酒浆以礼宾友,何有何无,黾勉从事,俾先生得以肆力于学。既而成进士,官禁林,海内翕然奉之。先生之为才人、为学人,而夫人成之者如此。遭时多艰,中丞公罹于厄,先生方号呼得请。国事不支,遂弃身世,披缁衣,遁空门,树奇男子节。夫人不以家室儿女子之累或挠乱之,为之孝养中丞公,教三子皆有闻当世,经理婚嫁咸中礼法,俾先生得遂其百折不屈之志。先生之为忠臣孝子,而夫人成之者又如此。《易》曰:"地道无成而代有终。"则夫人不待别有所表见,凡先生之所成皆夫人之代终也。

闻冯妹出家有感

万里寻夫惨,回思九断肠。归家儿女忆,不忍落他乡。

忆长子入粤

孤身千万里,跋涉受艰辛。白发他乡苦,伤心念汝贫。

叹仲子羁尊经阁

患难从来有,羁身只为亲。怜儿幽阁闭,不觉泪沾巾。

忆少子病

忽有家书至,行行洒泪看。念儿身体弱,何日报平安?

四侄西省归里

风波出意外,白雪望苍天。辛苦怜儿病,驰驱赖侄贤。去路千山远,回家九月边。感君情不尽,追悔暂时还。

少子及诸孙随杖将度岭阳月廿六日值夫子初度

不避投荒去,义人相遇艰。诸孙扶白发,病子伴衰颜。拜祝南山远,团圞异地闲。天怜忠孝事,佛祐速归还。

闻夫子讣音泣和二媳韵

寒冬苦雨正凄凉,闻信惊魂恸满堂。半世风波因善病,千秋道德属他乡。临危只入三更梦,旅榇徒教百结肠。那得庭前重序语,炉中空爇一枝香。

哭夫子六首

岁岁望君归故里,谁知跨鹤向云天?伤心抢地唯求死,何日追随到佛前?
回忆分离出世外,吾携稚子返家园。全君名节甘贫苦,无限伤心不敢言。
一别天南逾廿年,思君容貌亦端然。余心实望能挥日,此去光阴再弗还。
辗转思恩肠寸断,寒帏寂寞泪如泉。望君点醒南柯梦,只恐凡魂命可怜。
伤心一别竟成真,万里还家只苦辛。追忆当年心已碎,还期速度未亡人。
一生大节已完全,两地伤心只问天。无限风波悲不尽,可能相见在重泉?

喜三儿纳妾和媳韵

历尽艰辛妇道成,多年忧病有贤声。自来阶下金钗乐,唯望庭前玉树生。从此门喧重叠庆,但听雀噪喜犹惊。承欢绕膝知非远,异日还期报尔情。

病中别歌二首

飘笠天涯数十年,相逢只合在黄泉。儿孙满目虽云乐,唯有青灯向我怜。

患海辛勤老更愁,那堪屈指话从头。但将苦节还天地,悉听花明水自流。

别 大 儿

念儿身体弱,不必泪千寻。遵我遗言语,九泉亦慰心。

别 二 儿

只为家贫苦,相牵鹤发情。飞身难得见,唯听断肠声。

别 四 侄

一别怨黄昏,踌躇无限恩。老身今已去,相托梦中言。

——录自潘江《龙眠风雅续集》卷十九

潘志渊一首

潘志渊,字梦男,潘世庄之次女,诗人潘田之妹,张济孙之妻,著有《孝烈遗集》。

光铁夫《安徽名媛诗词征略》:潘志渊,字梦男,桐城人。世庄次女,名宿田之妹,同邑张济孙室。夫死无子。迨姑殁,营丧葬毕,留书及绝命词,自经卒,年二十九。时宣统元年也。著有《孝烈遗集》。

先母忌日

忆丧慈亲已六年,每逢忌日倍凄然。遥知兄嫂登堂祭,愧我难将一拜虔。

——录自光铁夫《安徽名媛诗词征略》卷一

潘氏二首

潘氏,潘国柱之女,马应泰之继妻,著有《呕香吟草》。

古 意

我有一纨扇,团团似明月。月亦有时亏,扇亦有时歇。

对月怀夫子扬州

流萤几点映疏星,独坐偏教百感经。愿寄愁心托明月,随风直到竹西亭。

——录自徐璈《桐旧集》卷四十一

马氏四十四首

马氏,马占照之女,姚乔龄之母,著有《鱼窗闲咏》。费丙章跋:同年姚君问松,母马太孺人,幼通经训,兼娴文史。问松少时,尊甫以家贫,授经四方,太孺人教之学,讲授有法,俨如人师。既尊甫捐馆,问松后以选拔入都,太孺人教两孙亦如之。问松每述懿德,辄流涕不已。平生颇喜吟咏,以非妇人所重,不自收拾,殁后,仅存百数十余篇。问松辑以见示,盥手读之,无愧名媛之什也。

夏日睡起

高卧窗前意未央,隔帘无那鸟声忙。惊回一枕松风梦,月影低徊过短墙。

不寐

征雁鸣何急,离怀不自由。夜寒风入户,人静月当楼。不寐愁如结,残灯焰欲收。更声催枕畔,懒向梦中游。

幽居即事

频增老态意茫茫,夜短憎眠怯昼长。眼倦每因开卷久,心闲偏为种花忙。寻来野味余佳趣,涤去烦襟却病方。自笑余生知有几,不须遇事过端详。

夜课两孙书此示之

老眼模糊共一灯,蝇头细字认难真。满天风露初寒夜,并坐棠华正好春。既读诗书须习礼,可知孝悌始成人。青春不再休嬉戏,勿负深宵诲尔谆。

送四侄献吉

还家刚一月,又复束征鞍。可叹依人苦,都忘暮岁寒。老怀畏离别,何日复团圞。无计能留汝,音书早报安。

中秋忆乔龄

游子驰驱际,予心日夜悬。又看汝北去,正值雁南旋。造物知人意,中秋靳月圆。相携良友在,醉后应安眠。

喜五弟雨耕归里

雁行重聚首,各慰别来思。喜汝精神健,嗟予疾病随。久为莲幕客,应有草堂资。即此归田里,无须又别离。

——以上录自吴希庸、方林昌《桐山名媛诗钞》卷四

春暮即事

含桃节过春将去,岁月催人两鬓华。阶砌久萦书带草,园林渐放米囊花。怡情漫展残书帙,解渴频煎细露芽。百草飘零风雨甚,喜添蕉绿映窗纱。

寄　外

恹恹睡起落花天,满院残红正可怜。有梦每嫌莺唤觉,多愁翻恨月常圆。客中况味如前日,病里光阴又一年。慰我尺书频见寄,别离情绪总难捐。

连朝风雨偶得一绝呈夫子

骊驹唱动旅人愁,又束征装事远游。飒飒连朝风雨夕,多情天意为人留。

丙寅元旦

强扶病体酬佳节,自顾形神甚觉癯。老去尚思浮柏叶,春来忽又换桃符。

怕看新历嫌增寿,喜见诸孙尚不愚。未识明年身健否?且携堂上饮屠苏。

——以上录自光铁夫《安徽名媛诗词征略》卷一

除 夕

韶光何太速,忽忽岁云终。阶下梅英素,尊前蜡炬红。衰亲吴会际,弱息梦魂中。酒罢灯残后,思牵几万重。

秋夜纳凉

窗下摇纨扇,微闻络纬鸣。乍惊秋已至,何故暑难清。月下花移影,风过竹有声。漏深眠不得,几次易桃笙。

首 夏

首夏如何暑气融,终朝才散夕阳红。畏炎难觅迎凉草,坐向窗前待晚风。

秋夜偶成

风细帘疏夜气清,小窗掩映月华明。空阶寂寂虫如诉,何处吹来落叶声?

河墅夜坐

辗转愁心与事违,炉烟香尽冷空闱。清风飒飒来松径,翠篆娟娟护竹扉。霜气侵宵萤暗影,月华似水雁孤飞。朦胧有梦频惊觉,岁晚天涯客未归。

除夕灯花和夫子韵

金钱问卜盼还家,人至灯开称意花。梦笔无灵时自笑,夜檠送喜兴同赊。赛神饮福频相促,守岁征祥未有涯。试看绛台双结蕊,定知秋实并春华。

春暮感怀

韶华肯为少年留,九十春光去不休。槛外落英飞满径,陌头垂柳倦登楼。

壮怀仆仆居无定,病体年年梦亦愁。萱草空教庭际茂,无聊还自学清讴。

梦慈大人

喜我无端侍膝前,寒窗色笑尚依然。惊回一枕黄粱梦,叶响虫吟月满天。

书　怀

心绪浑无赖,朝来闷转添。形偕神若失,愁与病相兼。憔悴频看镜,凄凉畏卷帘。韶光真似水,无计得迁延。

雪　夜

残灯无焰漏迟迟,独拥红炉冷不知。竟夜朔风杨柳岸,行人只恐误归期。

岁暮杂兴

易去流光似掷梭,年来百事总蹉跎。浮生却喜身无事,闲听村姑一曲歌。
雪压梅梢岁欲除,了无俗事费踟蹰。迂疏自笑生平惯,抱膝狂吟意有余。

晚酌戏呈夫子

寒梅香满觉春融,花影频随烛影红。欢聚莫辞今夕酒,一钩新月映帘栊。

河墅霁后晚眺

园林新霁杜鹃啼,小立柴门望欲迷。云外青山添浅黛,风前碧水汇深溪。骑牛稚子横吹笛,戴笠耕夫远荷犁。散步却妨村路滑,无边春色剩香泥。

感　怀

忽忽韶光又入秋,人间无地可埋忧。身因落魄频年病,心似离魂竟日愁。涉世已知皆大梦,此生未卜几时休。何当早谢尘寰去,紫玉双成得共游。

忆亡女

汝殁十余载,予心终不忘。读残书在几,绣罢物存箱。寒暑时相倚,参苓味遍尝。西山一抔土,老泪洒千行。

夜雨不寐

雨多长夏冷,不寐拥衾卧。寂历无人声,迢迢更漏过。

阅四弟古愚遗集

偶翻遗迹倍凄然,天与聪明不与年。五字已工童子笔,八叉空赋帝京篇。梅花明月惊妖梦,桂子秋风谢世缘。应是蓬莱少仙吏,召君归去玉楼前。

寄乔龄

三载居京洛,予怀总未安。爱身宜节饮,慎疾在妨寒。贫贱依人苦,功名到手难。所期修德业,在远亦承欢。

春日即事

和风细雨困人天,隐几悠悠昼不眠。千卷诗书消永日,几行花草媚余年。每寻蟫迹犹贪曝,已去蛛丝更浥泉。堪笑老来清兴在,书田畲罢又花田。

苦雨

昼永人多困,何堪久雨天。檐间声沥沥,槛外水涓涓。倦思如中酒,枯怀似入禅。披裘当五月,造化亦茫然。

读书

自笑非男子,平生爱读书。一编时不释,百虑尽皆除。谢女知难匹,班姬愧不如。只宜号书簏,迟钝自嘲予。

重 九

忽忽重阳节,惊心日月驱。虽无人送酒,亦少吏催租。鸿雁随天远,黄花满地铺。余年翻自笑,又得佩茱萸。

得乔龄信

欲求微禄羁千里,无奈残年过古稀。我病兼旬愁不释,书来亦自说当归。

春暮燕居

三月春将暮,幽居避世哗。榆钱铺草径,柳絮扑窗纱。瓮贮千金菜,瓶盛百结花。闭门无剥啄,自谓野人家。

重 九

佳节无风雨,登楼秋渺茫。雁归黄叶路,人醉菊花庄。畏老惊时速,多愁少药方。茱萸霜鬓插,自笑亦疏狂。

哭带虹表弟

年方过甲子,天忽促归期。老母时衔泪,孤儿更倚谁?生平不言利,殁后少余资。援手惭无力,为君赋五悲。

夫子先君去,同为落魄人。谢庭虽族弟,芸馆亦嘉宾。对酒同歌哭,连床话苦辛。相违十余载,泉路倘相亲。

冬 月

寒窗堪适性,残菊有余香。掩卷因神倦,忘忧却病方。拨炉余活火,搜句索枯肠。大块容吾懒,浮生空自忙。

除夕忆乔龄

酒阑不寐发悲歌,无定萍踪可奈何。岁月堂堂容易去,六年此夕客中过。

遣 兴

日长恒午睡,萧瑟掩柴荆。开卷接千古,锄花散六情。家贫无客至,地僻有书声。晚膳难兼味,唯宜掘笋萌。

春 日

燕子方来送远鸿,当街社鼓贺年丰。衰残自笑身无事,乞取邻家酒治聋。

楼 上

楼上望春春可怜,东风吹雨落花天。雏莺学转声犹嫩,乳燕初飞语未全。陌上游人担野檻,城头稚子放飞鸢。分明一幅公麟画,水绿山青到眼前。

——以上录自马氏《鱼窗闲咏》

马生佩四首

马生佩,姚某之妻,无子,青年夫故,志矢柏舟,以苦节称。

祀 灶

搦管忽如痴,醉心只自知①。境穷无处诉,命薄望神司。白水三杯洁,清香一炷迟。莫嫌仪太薄,夫死又无儿。

贫家妇

辛苦贫家妇,双眉不敢颦。终年事机织,裙布不遮身。

东皋作

秋风何处来,秋色至于此。我来秋院中,坐看秋池水。院中宽且闲,池水

---

① 醉心:《国朝闺秀正始续集》作"愁心"。

清且弥。不知秋可悲,但觉秋可喜。曰秋曰秋秋九月,秋兮秋兮秋十里。

哭　夫

风风雨雨薄罗衣,如醉如痴是耶非。最是无情闺燕子,双双梁上去来飞。

——录自汪启淑选辑,付琼校补《撷芳集校补》卷三

左如芬三十首

左如芬,字信芳,左光斗子左国林之女,进士姚文熊之妻。著有《缞芷阁遗稿》。

潘江《龙眠风雅》卷五十:左氏如芬,字信芳。郡丞鹤岩公之仲女,进士姚非庵之妻也。幼聪慧过人,读唐诗至千余首,背讽不忘。年十三归非庵,太夫人方操家秉、菡绂之外,益得研求书史。因从非庵学诗,出口便有林下风味,兰闺倡和,几无虚日。迨非庵成进士,谒选得浙之江山,单骑之官,不能挈家累,忧郁成疾,甫及三十而殁。所著有《缞芷阁诗稿》。非庵为之授梓而属其世父眠樵先生序之。

姚文熊《缞芷阁遗稿序》:缞芷阁者,予内子左信芳之读书处也……内子为少保忠毅公第三子鹤岩公之次女,母夫人则余之从姑也……内子少余三岁,甲午秋时,当从宦岭南,以余故特留之,随祖母归,盖不欲以跋涉累余也。十三即归于余,余两人相得甚欢,余妹视之,吾母女视之,内子亦以兄母事余及吾母。母夫人雅爱之,仍躬理家政,亦不欲以操作累弱息,所以报乃母乃翁也。以故,内子梳裹之外,益肆力于书史,从予学诗,一学即工,斯固其天资之颖异,亦其渐渍陶淑之情深也……内子之著作,每不以示人,辄云此非女子事也,故余不令梓行以商夙志。今子女辈校订全稿,固请付剞劂以问世,且请余一言序之,夫缞芷阁之诗,非余谁能序?然余未搦管,早已泪下沾襟,咽不成声。

左国棅《缞芷阁遗稿序》:维时张太君主家政,望侯闭户潜修举子业,女自定省问侍外,手持一卷不释。每归宁时,余谓之曰:"女好学博览,欲为女学士

耶?"女应之曰:"亦何不可?"……望侯谒选得江山,以温衢贼乱,单骑之官,不能携家室儿女,盻望烽火,忧郁成疾,一旦朝露……余读集中诸什,强半思念望侯,次则珍惜儿女,又次则想与望侯同之官署,暂释家累也。

毛奇龄《缥芷阁遗稿序》:余与吴子应辰、何子卓人、吴子征吉、陈子山堂,皆以文字知于非庵夫子……鸣琴之暇,尝以诗酒晨夕唱和,剧论今古,性酣时,往往称述夫人闺训,几至呜咽,不能自胜。若夫《缥芷阁集》,固向所什袭,不屑为一二俗人道者耳。一夕,忽手是编,嘱余数人序跋,并谋得良劂工付梓……余因持稿以归,亟呼童子烧烛竟读,如遥山吐月,如秋水流云,如烟波泛艇,如萝薜裁衣,类似淡远处,使人把玩不尽。微论乍离乍合,或泣或歌,绝似须眉男子,搦管濡毫,曲曲写出,并能举须眉男子之所欲言与不能言者,一经夫人之口与手,无不豁然跃然。

姚士在《缥芷阁遗稿评例》:余母苦多病,与药为缘。当家大人令江山时,以阻兵不赴,淹留湖上,遂不克之官而病益剧。家居时独处缥芷阁,较论古今书史,偶为诗,辄流涕,或得佳什,间亦自喜,窃叹曰:"余恨不能为女学士耳!"

怀吴姑夫人白下

修阻难相聚,离惊近一年。因吾情辗转,添我泪潺湲。梦向愁中觅,心从病后牵。烽烟今渐息,好为寄鱼笺。

纳 凉

向晚深闺静,流萤绕槛飞。竹摇窗影乱,花落树阴稀。带露风初动,移云月渐辉。欲眠愁未稳,炉袅麝香微。

初 夏

忽忽薰风度,韶华病里过。不知春色尽,但见落花多。拈韵消长日,看书醒睡魔。晚凉新月上,清影照藤萝。

秋夜忆夫子

送君才匝月,秋色又将阑。不觉流光易,偏怜久别难。梦随江水远,寒念客衣单。良会知何日,离情已百端。

寄怀随鸿阁钱夫人山居

卜筑成高隐,安贫赖尔贤。承欢同彩服,伴读共青毡。久别常相忆,新诗总未传。征兰曾有梦,消息寸心悬。

移 花

为惜闲庭旷,移来隔苑花。根深和雨种,枝弱避风斜。倚槛从予好,成阴望尔赊。芳菲应计日,珍重护窗纱。

咏灯花

雨露何曾见,开时不必春。质偏宜向暖,情独畏逢辰。落蕊侵残局,余光惜比邻。深闺伤远别,夜夜卜征人。

夜闻孤雁

孤雁冲寒度,悲凉似不平。因风声最苦,照月影偏明。念汝离群意,添予别恨生。惊心怀远道,敧枕梦难成。

庚子七夕夫子应举江宁诗以赠别

清江风静浪初平,身逐孤帆一叶轻。天上恰当欢聚日,人间偏有别离情。蛩吟幽砌闺心碎,月落寒汀旅梦惊。为嘱天门须射榜,桂花香处好逢迎。

送夫子公车北上

霜风萧瑟入帘帏,别思萦怀酒力微。梅欲绽时人远别,杏都开处燕高飞。

九重天上开金榜,五色云中赐锦衣。从此曲江春宴后,紫骝蹀躞踏花归。

偶见雪片雪珠共成一律

六出花飞绕玉栏,和风和雨白生寒。飘扬似絮沾衣少,旋转如珠着线难。径外半随人迹尽,枝头多被鸟衔残。却嫌党尉贪歌舞,何不烹茶话夜阑?

春　闺

惜春翻易掷晴曛,小阁晨钟梦里闻。燕剪轻裁桃锦绽,莺梭细织柳丝分。炉声沸处时时雨,香篆飘来片片云。情绪不堪愁向晚,无端窗月白纷纷。

初度书怀

屈指于归十七年,如宾窃羡古人贤。毫挥却喜花生笔,葭倚偏惭玉并肩。绕膝佳儿披彩绣,承欢娇女诵诗篇。相看不禁思亲泪,消息安能慰九泉?

寄怀五姒张夫人

深闺惜别记残秋,每念音容泪暗流。入梦兰花应结子,趁栽萱草可忘忧。乍抛故里情如失,双侍名姝愿已酬。指日迁官同返旆,挑灯重与话离愁。

菊月夫子北上诗以言别

强叠征裘泪暗垂,秋风瑟瑟又将离。晓天霜月常随马,晚岫烟霞尽入诗。野店闻砧惊客梦,荒庭落叶动人悲。欲知别后思君处,小阁残灯夜雨时。

见　新　燕

小径深深长绿苔,乌衣还记社前来。临春画阁衔泥入,傍晚纱窗带雨回。絮语似怜人寂寞,双飞却羡影徘徊。凭栏爱尔添诗思,拂砚惭无作赋才。

秋日病中喜诸姊夫人过访留饮

强扶弱体起绳床,抱病经旬未作妆。握手反怜人久别,论心却喜夜初长。

月窥玉镜藏鸾影,花拂青缃染蠹香。他日分飞违雁序,池塘春草梦难忘。

夜坐怀夫子

闲坐翻书强自宽,孤窗寂寂泪空弹。风摇纸帐梅花落,月浸芦帘树影寒。短蜡无心和漏尽,疏钟有意报更阑。应知旅夜怀人处,宿酒微酣客梦残。

感怀寄夫子

廿年荆布效齐眉,中馈余闲学赋诗。花下弹棋春永日,樽前刻烛酒阑时。才惭谢女联吟早,情似高柔作宦迟。此日武林潮信近,好缄双鲤慰相思。

题　画

树色千峰里,清流与岸平。片云停不动,小鸟寂无声。

雨夜不寐

一夜潇潇风雨声,愁人枕上最牵情。孤帏寂寞浑难寐,欲暗兰釭又乍明。

咏　柳

带雨拖烟拂小楼,枝枝摇曳动人愁。柔条纵有丝千缕,不向江头挽客舟。

闲　居

竹阴笼日映窗纱,袅罗炉烟一缕斜。蝴蝶不知春去久,双双飞上石榴花。

题美人看花图

薄薄罗衣淡淡妆,花阴密处影深藏。幽情不妒双飞蝶,婉转秋波盼海棠。

暮春即事

纸阁香销午梦残,起来无力倚栏干。桃花飘尽莺声老,零落春光不忍看。

秋夜夫子赴芸圃酌酣饮达旦

静掩纱窗避晚凉,挑灯独坐夜偏长。无情最是初生月,不待人归上短墙。

拟宫怨二首

苔色深深隔绣帏,经年玉辇不曾归。一从独闭长门后,羞着承恩旧赐衣。
连朝愁病罢晨妆,药饵无征暗自伤。独有能言鹦鹉鸟,也将离恨骂君王。

梦 回

银蒜双垂锦帐低,梦为蝴蝶意还迷。痴魂欲度寒窗月,怪杀邻鸡夜半啼。

暮春病中书怀

懒拭菱花理鬓蝉,参苓镇日伴愁眠。连朝买卜从无准,檐鹊欺人也浪传。

——录自潘江《龙眠风雅》卷五十

左青霞一首

左青霞,左光斗之曾孙女,许耕华之妻。著有《青霞阁诗钞》。

夜 坐

小坐读书堂,幽人兴未央。雨余琴借润,花下月闻香。

——录自吴希庸、方林昌《桐山名媛诗钞》卷三

左绍光十九首

左绍光,左之毅之女,方鉴湖之妻。著有《宜阁诗钞》。

吴希庸、方林昌《桐山名媛诗钞》卷五:左绍光,进士果岑公之季女,国学方鉴湖公室,淡如先生之曾王母。贤孝之称溢于里党,茹苦食贫,唯耽吟咏。著有《宜阁诗钞》。

寄示儿政

世泽本诗书,仁慈推祖考。福善岂虚言?贱贫慎自保。虽为糊口计,岂独觅温饱?学业信无穷,晦明勤搜讨。编蒲赖尔贤,画荻惭予老。努力莫逡巡,青云致身早。唯悲门巷凋,敢羡华簪好?我生时命乖,遭际多潦倒。良人归地下,游子隔天杪。鸾孤血泪枯,雁断音书杳。万虑寸心堆,百感中怀扰。因忆儿别时,绿树栖黄鸟。忽忽已经年,又听莺声巧。儿迹等孤鸿,随处印泥爪。我益类春蚕,到老丝还绕。敝庐风雨多,萝径人迹少。抚景叹流光,为文气枯槁。岂云事笔墨,聊以摅怀抱。儿曹莫浪看,特此是遗草!

同诸姊看梅步韵

桃李羞争艳,寒花独自开。能拼冰雪里,不让雨风摧。瘦影宜明月,幽香散绿苔。一樽偕姊娣,永夜共徘徊。

同夫子夜饮

偶沽村店酒,亲作野蔬羹。境苦情逾厚,愁多诗转清。暗香花半放,新绿竹初成。对景浑无奈,更阑月倍明。

移 居

一枝聊借息,不必厌蜗牛。地僻心常远,人微品自优。迁巢雏惜羽,忌器鼠难投。世道秋云厚,淳风我自留。

无米呈夫子

自作君家妇,蹉跎叹遇穷。一身唯有病,双鬓渐如蓬。甑冷尘多积,厨荒日已中。恒饥怜稚女,嬉笑倚门东。

元 旦

蓬户远嚣尘,梅花送早春。人情还似旧,时序又更新。白发添青镜,丹书带紫宸。椒盘余斗酒，未肯说家贫。

坐大侄斋头赏荼䕷二首

为爱幽栖地，来过小阮家。竹门无守犬，高树有啼鸦。嫩绿争春艳，深红灿晚霞。主人清彻骨，只恐厌繁华。

近市三间屋，绝无尘事侵。案横三尺剑，壁挂一张琴。诗句新衰眼，蔬盘惬素心。花前欣聚首，斜月置高林。

不 寐

孤灯悬素壁，独坐数残更。发向镜中白，诗从枕上成。虚窗迟月上，衣敝觉寒生。辗转难成寐，霜天一雁鸣。

雨中次大兄韵

小窗昨夜听鸣鸠，雾锁长空雨不休。一带烟岚随处合，几重云树望中浮。风翻古木山川撼，水涨青溪瀑布流。四野农人歌大有，荒厨依旧米薪愁。

送大兄迎龙庵读书次夫子韵

携剑担琴过小溪，离家数武下书帷。窗前掩映千竿竹，架上参差几部诗。僧舍茶烟闲得句，池塘春草梦相随。莱衣应念趋庭阔，朝夕无愆定省期。

怀 两 兄

纳凉同坐小茅亭，鸟语溪声觉可听。池草应添今日绿，峰峦不改去年青。芰荷香里垂纶钓，杨柳阴中饮醁醽。欢剧可知怜女弟，萧条风景户常扃。

春日归宁喜赋

为爱幽居绝市喧，一樽邀月坐黄昏。水涵花树翻红浪，云拥峰峦补断垣。槛外松阴连竹翠，庭前萱草护兰荪。天伦聚首欢无极，好鸟声声叫远村。

秋日喜紫叔过晤同夫子夜饮

入坐秋风月点波,一樽沽酒任高歌。江淹纵老才难尽,颜子虽贫乐自多。纸阁香生瓶桂放,空庭影落塞鸿过。荒厨不厌无兼味,杖策频来访薜萝。

过旧居感赋

小径依稀位置移,闲阶徙倚步迟迟。半窗纸破穿新月,满壁尘封失旧诗。投鼠未能因忌器,迁巢暂许借高枝。追思桑土绸缪意,难禁潸然泪暗垂。

春昼偶成

午梦初醒坐短廊,莺声林外弄笙簧。红铺曲径知春老,静拥残书爱日长。花诰争如荆布乐,膏粱未抵菜根香。烹茶洗砚容疏懒,任笑痴颠任骂狂。

乙卯孟春送儿应试北闱志勉

匹马长安献策初,牵衣无复更踌躇。荒村月夜窥图史,野店鸡声慎起居。两字功名唯望汝,半生辛苦倍伤予。庭前丹桂垂金粟,早报泥金慰倚闾。

中秋夜忆儿家书不到

永巷无人静似村,碧天如洗月无痕。开怀只有书千卷,酬节还余酒一樽。亲作豆餤劳弱妇,闲拈诗句课雏孙。关心游子音书滞,盼断征鸿日倚门。

移　居

身似飘萍无定庐,三年城郭两移居。未能避俗还依市,幸有明窗可置书。小阁风来花气永,疏帘影入月明初。路人共指颜家巷,蔬食箪瓢乐有余。

——录自吴希庸、方林昌《桐山名媛诗钞》卷五

左慕光四首

左慕光,字松石,号尽心老人,知县叶馥之妻,侨寓济宁。著有《青筠轩诗草》。

恽珠《国朝闺秀正始集》卷十二：字松石，号尽心老人。安徽桐城县人，知县叶馥室。著有《青筠轩诗草》。松石年五十始学为诗，女中之高达夫也。夫故，携二子侨居济州，日手一编，自是学益进，诗益工。与史倩仙、湘霞两女史酬唱，每遣小婢持诗简往来。

孔昭佶《青筠轩遗稿序》：《青筠轩遗稿》，外姑左孺人所著也。孺人桐城望族，通书史，善笔札，既归外舅春树先生，佐治中馈，克勤克俭。外舅殁于汶上县署，宦囊萧然，不能作归计。孺人卜居济上，旋迁肥城，无何，内兄去世，异乡流寓，情景孤寂。孺人不以自悲，唯日课幼孙，以简册为事。每当风雨无聊，米薪匮乏，辄为长句以自遣。然孺人初未工于诗，至是始尝为之，其用意真挚，出语天然，往往不让古媛，岂非欧阳子所谓穷而后工者耶？

沈善宝《名媛诗话》卷三：诗人少达多穷，故有"穷而后工"之语，不幸闺中亦蹈其辙。如江苏许宜媖（权）之"饥餐蟛食精神减，病卧牛衣感慨多"……桐城左松石（慕光）之"春衣似笋层层裉，质券如书日日翻"。

书闺秀叶柏芳诗后

雕龙剪烛当经看，土炕跏趺不觉寒。愿效庄周化蝴蝶，随风吹上玉栏杆。

——录自徐璈《桐旧集》卷四十一

感　怀

寄迹异乡非本意，强支门户万分难。衣裳似笋层层剥，质券如书日日看。可奈空箱无长物，更兼多病减朝餐。一腔块垒谁堪诉？闲坐中庭闷倚栏。

月夜闲吟

闲庭露冷润苍苔，小立孤吟诗思催。原不求工聊适意，只堪排闷漫衔杯。怀人感旧空凝望，镂月雕花笑费才。衰鬓已残身作客，几曾索句遣愁开。

小婢灯下看诗

小婢生成娇且痴，浑然无语又无知。腹藏未满三千字，灯下居然看古诗。

——以上录自光铁夫《安徽名媛诗词征略》卷一

左北堂十首

左北堂,字蕉窗,左洛文之女,张元表之妻。张聪贤、张宜雍之母。著有《北堂诗录》。

张聪咸《北堂诗录卷后》:右诗凡三十七首,吾母吴太安人作也。左氏为桐城望族,父讳洛文,行重于世时,以子宗人府主事衢贵,赠如其官。太安人幼慧,好读书,通晓大义,尝学诗于兄主事君。年十七归先府君讳元表,大学士太傅文端公元孙也。文端生礼部侍郎廷璐,侍郎生湖北巡抚讳若震,巡抚生两淮盐运使分司讳曾牧,是生府君。自文端公至分司皆娶于姚,与左氏亦世为姻娅,太安人之母即府君从姑也……聪慧之任,训之曰:"州县官不易为,汝与聪贤皆膺民社,吾喜且惧,唯期洁己爱民,不令百姓怨詈,玷污先人,吾愿足矣。"……今岁三月三十日为八十称觞之辰,聪贤等不敢以官物为寿,请校诗卷之梨枣,不许;请检卷中诗篇有俾妇道、母仪者,刊藏于家,许之。嘉庆十九岁在甲戌孟陬月吉男聪咸谨识。

恽珠《国朝闺秀正始集》卷二十二:安徽桐城人,州判张元表室。同知聪贲、聪贤母。北堂事亲最孝,训子成名,乡里钦重,卒年八十有八。

八十自寿并训儿辈四首

从宦西秦阅五春,官声唯恐玷先人。介眉幸得跻中寿,欣沐丹霄雨露新。
淡泊襟怀八十年,不求安乐不忧煎。芳名那得如钟郝,愧读群贤锦绣篇。
乐生畏死有同情,既欲延生勿害生。此日莫教沿俗例,门前婉转谢簪缨。
精神犹喜保康强,却忆家园兴未央。愿尔全名我全福,板舆归养水云乡。

志怀诗十六首训诸子及孙曾辈 十六首选六

从来功德贵于阴,救蚁埋蛇一点心。迂腐莫嫌无锦句,须知言浅意偏深。
追维遗憾泪沾巾,未获高堂久事亲。幸喜孙枝皆得隽,九原稍可慰先人。
未报生身抚育恩,私衷含恨不堪论。儿曹代我酬高厚,善视吾家一脉孙。

依园池馆久凋残,垂老荒厨缺粝餐。同是夏佳亭畔荫,南枝须惜北枝寒。耕读成家善主持,养儿切忌纵娇痴。修身立品须从幼,莫到知非后悔迟。不费推敲信口成,贤愚可得共遵行。杯棬易碎言常在,尽我殷殷未了情。

——录自吴希庸、方林昌《桐山名媛诗钞》卷七

左氏一首

左氏,生平不详。

春夜课子

旧业清门感式微,荒村望子夕阳归。一椽风雨心同苦,万卷图书手重挥。落枕先愁明日米,论寒深悔典春衣。课儿珍重先人泽,雏凤他年振翼飞。

——录自吴希庸、方林昌《桐山名媛诗钞》卷八

龙循二十一首

龙循,字素文,望江人。进士龙光之女,桐城吴元安之妻。著有《双清阁剩草》。

吴元安《双清阁剩草序》:今阅《双清阁剩草》,亦能剪雪镂冰,不屑作巾帼吐属,殆其亚欤?……外舅茗麓公以诗文名海内者数十年,诸内兄皆彬彬雅雅,克嗣前徽。双清以深闺弱质,少从宦游,花朝日夕,奉教裁笺,故其诗无柔媚态,多雄厉风,良有以也。予少不谙家人生产计,且好远游。双清以一弱女子摒挡家政。其事先赠公也以孝,待庶弟也以慈。虽家贫操作,不废啸歌。及索米长安,夙兴夜寐,十余年如一日。寓斋隙地,辄课小奚,莳花种菊,点缀秋光。予退食暇,每闱韵倡酬焉。双清为人好施予,重然诺,磊磊落落,多丈夫气。凡有题咏,必寄托遥深,非浪费笔墨者比。大儿珠垣、次儿国耘,俱以幼冲侍母左右,诵读余功,即教以声韵之学。故两儿稍知平仄者,慈训之渊源有自也。惜乎双清之生不遇时,使其早归予家,获从梧阁老人游,其所造就,必不止于此。即不然,而家本素封,凡米盐琐屑事,一切不关于心,而唯肆力

于文墨,吾知其所进,亦必不止乎此也。唯是离索之、抑郁之、困顿之、劳苦之,而犹能自成一家,克自表见如是,使由是而沉浸浓郁不懈而及于古,又何虑夫诗学之难言哉!

《清诗备采》:双清龙太君为雷江茗麓先生之淑媛,吴君讳元安之德配也。吴君籍系桐城,寄居金陵,园有六朝松,双清阁在其侧,即太君所居,故以名集。

渔　唱

帆影渔歌缥缈间,桃源深处带潺湲。数声欸乃云归浦,一曲沧浪月在山。菡萏风翻鸥影静,薜萝烟锁浪声闲。此中似有逃名客,鼓枻垂纶自往还。

月夜闲步

满径残梅路不分,钟声细细隔林闻。月明中夜人声静,独立荒阶看白云。

封　寄

树色苍然弄晚晴,西风怕听断肠声。楼头一样清秋月,分作关山两处明。

诸同人游天阙山

诘朝征伴访仙踪,直上江南第一峰。碧汉遥开千嶂月,白云深锁半天松。四围山势摇晴树,十里江涛接暮钟。旷劫几经余胜地,至今剩水尚溶溶。

隔江闻钟

何处疏钟使客惊,顿教风度隔江鸣。烟迷野寺千山迥,响趁寒潮一水清。夜气欲阑残梦断,月华将满晓星横。伤心十五年前境,一样钟声两样情。

寄九侄宇一 时出牧新兴

吾宗多奇杰,阿咸次居九。方其脱颖时,英气动户牖。弱冠即长征,声名压侪偶。盘根利器别,折节万夫后。昔为汗血驹,今作济川手。驰驱燕赵间,赤悬符频剖。板舆承色笑,潆瀰尝旨否。清白励儿曹,佥曰贤哉母。予时客帝都,岁月亦已久。每因簿领暇,竹林一聚首。脱粟饱粗粝,浊醪倾瓦缶。语我别后事,自辰常至酉。闾阎知汝贤,村村醉花柳。同僚知汝贤,屈指必某某。上官知汝贤,荐剡越牝牡。天子知汝贤,捧檄趋南斗。滇中古益州,六诏今何有?唯余昆明池,灌溉亿万亩。新兴隶澄江,路南为臂肘。湖山揽胜概,金贝中原走。使君威信具,自足绥童叟。忆汝先大父,五马闽疆口。形胜甲珠崖,允称货财薮。归装唯载石,远坿郁林守。至今海隅氓,烝尝岁不朽。尔今虽未达,刺史俯拾取。前后数十年,银章映龟钮。非尔材独良,实缘先德厚。率乃祖攸行,抅谦庶无咎。道阻唯赠言,愿尔置座右。

过兰风阁侄女题剪箱巢别墅

剪箱巢枕半湖干,掠尽秋光不遣残。绕径泉声云外落,卷帘山色画中看。枫林渐赤犹含翠,橘实才黄薄带酸。底事素娥偏见妒,不将清月照人寒。

九日登清凉山翠微亭

翠微亭上独徘徊,览胜寻幽未许回。数片云帆天外去,几行秋色雁边来。荒凉废馆人何在?风雨重阳菊自开。归路云深迷旧径,双鬟笑指过山嵬。

牧　笛

夕阳村树雨将晴,蓑笠归来笛有声。吹破岭云山自静,梦回牛背调初成。珊珊流水响空涧,冉冉春云拂太清。徙倚柴门偏听得,梅花谁遣落江城?

江水行赠别八兄双白

江水东流不回顾,千里万里朝还暮。波涛澒洞鼋鼍骄,总是人间离别路。北风吹浪过江南,芦荻萧萧雷水潭。妹家白鹭洲前住,阅尽江声离思谙。十年才一得兄书,满纸烦忧写素居。郢中烟树扬州月,双鱼欲报且踌躇。无端索米长安道,扫地焚香供笑傲。诘朝忽闻剥啄声,喜君已买津门棹。异地相逢皆白首,破除万事唯诗酒。持螯饱看傲霜枝,那堪更问旗亭柳。兄忆莼鲈妹巾帼,燕云楚树分南北。买得五湖三亩宅,壮游休倦凌云翮。吁嗟乎!江水悠悠可奈何,留兄无计往来波。遥知今夕乡关梦,暗逐霜风到潞河。

秋雨夜坐

夜静摊书拥一灯,萧萧四壁尽蛩鸣。梧桐泪与芭蕉雨,断送秋光无限情。

——以上录自吴希庸、方林昌《桐山名媛诗钞》卷四

春日散步

雨过苔痕滑,风清花欲燃。松高青蔽日,林远绿依天。山鸟时来去,孤云独往还。微茫堪咏处,天外数峰悬。

丁亥除夕

金云除夕忙,我独言无与。日非异往日,夜亦无增去。半宵即戊子,笑为丁亥虑。昔者韩昌黎,曾作送穷疏。讵耐文不灵,穷在文空著。此夕世间人,苦乐各异趣。富贵欢满堂,贫家愁急遽。如何田舍翁,采蕨炊山芋。甲子混泥涂,岁终喧嫁娶。抱膝对寒檠,不觉天将曙。

竹　影

独立者谁欤?吟风心自虚。此君真似我,顾影亦疏疏。

送　春

病衰那堪春又去,落花和泪点莓苔。几回欲作留春句,无奈东风唤不回。

——录自汪启淑选辑,付琼校补《撷芳集校补》卷三十

题沈夫人白菊花册

寒士难为言,寒花难为色。皆言春华荣,重色不重德。清霜抱朴心,时人岂易识?搁笔几踟蹰,踟蹰复叹息。

祝外五十初度二首

渺渺白鹭洲，皎皎洲前鹭。耿介立清波，羽毛时自顾。隔江桃李花，烂漫几千树。紫燕与黄鹂，巧哢向人吐。独葆洁白姿，频添花边步。虽逐鹓鸾群，浓淡各异趣。

郁郁西园松，皓皓松下石。松生自六朝，石与松同白。共抱岁寒心，繁华讵能易？磊落映三台，苍翠凌千尺。采花酿美酒，扫径苔痕碧。百年共相将，于此觞仙客。

题明妃图

琵琶独抱去昭阳，谱出新声调激昂。玉勒一行随雁塞，金貂两鬓逐寒霜。眼前毡帐同番语，梦里羊车伴汉皇。莫谓和亲无远思，好留青冢阅沧桑。

秋　柳

一幅灵和落照图，淡烟残绿看如无。秋风送得寒鸦色，弦管声销兴未孤。

适　意

此心久与世情疏，容膝茅斋只自如。适意几杯棋后酒，消愁半部案头书。晓山入画春无际，夜雨敲诗兴有余。似此幽闲贫亦好，笑他名利总成虚。

——以上录自光铁夫《安徽名媛诗词征略》卷一

江瑶八首

江瑶，字墨庄，江皋孙女，左沅之妻，著有《蘸溪诗钞》《墨庄遗稿》。张令仪《序》：己未夏日，左子松仪持其母江夫人遗稿见示，捧读之下，深叹其乐道安恬，得风人之旨。其夫子湛涵先生怀才抱器，屡屈于有司，不得伸其志，愤激而游名山大川，以抒胸中块垒。夫人则魂消南浦，梦断高楼，故怀人望远之词，恒多于闺中唱和之什。未几，而弱不胜愁，忧能致病，遽返仙驭，永辞尘寰。嗟乎！夫人与予同生盛世，幼同里闬，境遇坎坷复相同，忝在姻娅，觌面失之,弥深怅惘。盖夫人深娴内则,不以才自炫,故著作鲜有知者。三复遗音,追思莫及,夜台有知,实鉴此诚也。

夜　话

夜色碧沉沉,风寒月满林。清樽留别苦,细雨入愁深。强作干人计,难违抱道心。莫因无识者,轻碎伯牙琴。

雨窗偶成

雨霁片云收,鸠啼小径幽。得闲应不偶,知命颇忘忧。吟就教儿咏,厨荒厌婢愁。繁华当日境,移作梦中游。

晚亭即事

林木阴森积暮烟,篱花香落草芊芊。频芟蛛网妨罗蝶,为灌园蔬汲活泉。雨气暗生三径竹,秋声忽听一枝蝉。小窗清绝无人到,碧玉壶中注白莲。

闻　鹃

叫破春云第一声,就中独有客心惊。来时每不过三月,听处偏多在五更。蜀道魂消愁更结,芳林花落恨难平。怜君泪血年年苦,未尽江天离别情。

野蔷薇

几年萧瑟委苍苔,也傍疏篱烂漫开。春意却从闲处得,幽香时向静中来。名轻不与群芳妒,性冷偏宜僻地栽。莫羡上林花事好,飘零一样混蒿莱。

题　画

春鸟无言花不飞,渔翁携得钓竿归。夕阳影里千寻塔,疑有钟声出翠微。

——以上录自徐璈《桐旧集》卷四十一

来　鹤

九皋何见复何闻,注眼孤村下夕曛。浊世有谁堪与偶,青霄底事不容君。恐无芝草餐和露,犹喜松梢卧得云。物理近来宜用晦,可能俯首立鸡群。

失　鹤

误信林泉得所依,难甘雌伏又雄飞。才衔花去啄岩石,不共月来窥钓矶。尘世何方非借境,海天有路忽怀归。超然未受樊笼苦,慎勿轻投朱户扉。

——以上录自吴希庸、方林昌《桐山名媛诗钞》卷三

徐氏一首

徐氏,南京人,桐城张某之妻。

袁枚《随园诗话》卷三:金陵女徐氏,适桐城张某,夫久客不归,寄诗云:"残漏已催明月尽,五更如度五重关。"又有鲁月霞者,嫁徽邑程生而寡,有《扫花》诗云:"触我朱栏三日恨,费他青帝一春功。"陈淑兰读两诗而慕之,题其集云:"吟来恍入班昭座,恨我迟生二十年。"

寄　外

萍踪空老客中颜,书寄公麟画里山。残漏已催明月尽,五更如度五重关。

——录自吴希庸、方林昌《桐山名媛诗钞》卷六

徐蕙文十首

徐蕙文,字素存,孙香庄之妻,著有《赐文堂诗钞》。

三嫂至

数日积阴雨,闲阶长绿苔。竹篱闻犬吠,蓬户为君开。韭叶供厨馔,松花入茗杯。相逢难话别,明月共徘徊。

暮秋怀大姑无极官署

秋老苦阴雨,疏烟月上时。夜寒蛩语急,风劲雁声迟。客岁别离意,经年寤寐思。官斋团聚乐,荆树满庭枝。

秋　日

雨雨风风压暮烟,寒来不耐换吴绵。雨花妙旨空三月,霜叶争飞又一年。无主白鸥随漠漠,有情黄菊自娟娟。夜阑枕上时倾耳,孤雁微声半在天。

读　史

米盐琐屑脱簪珥,家政纷纭勤料理。滴露研朱粉碗旁,闲扫妆台读旧史。

夜　坐

露湿花稍重,窗明新月生。鸟栖山语静,流水和松声。

书　怀

径草山隈春已回,黄花丹叶晚秋开。重帘欲卷犹嫌急,新雁一声微雨来。

忆清水塘看桃花

水自潺湲日自斜,一村锦色照溪涯。年年画意诗情里,每到春来少在家。

——以上录自吴希庸、方林昌《桐山名媛诗钞》卷六

归鲁谼山房

离别近三月,思归幸得归。老亲行策杖,弱女泪沾衣。万木深秋瘦,千峰晚日微。白云诗在手,终日共忘机。

春　夜

片月纱窗满,春风自掩扉。灯光焰不定,炉火暖相依。更静鸟声怪,山空

树影稀。老亲栖止处,夜夜赏清辉。

碪山漫兴

十亩阴藏一径斜,眠牛山下雨如麻。夕阳芳径延孤座,断崦寒云罨几家?仅有乌啼将落月,杳无人问未开花。茶柯麦穗分丛绿,最爱芄芄带晓霞。

——以上录自汪启淑选辑,付琼校补《撷芳集校补》卷二十五

钟文淑十五首

钟文淑,字学姑,舒城人,桐城张榕轩之妻,太史青士、知县正邦之母,著有《清华阁诗钞》。宁端文先生评曰:"兰心蕙质,锦悦珠囊。有鬘鉴之精神,无玉台之习气。意和语润,允开闺媛之宗。天澹云闲,刚称大家之体。"妹钟文贞亦工诗善琴。

春　晴

为爱晴光好,朝来步浅沙。绿酣烟外柳,红醉日中花。波暖双鸥戏,风轻一燕斜。不劳歌管设,溪畔有鸣蛙。

夜雨读书

春阴漠漠雨来初,徙倚高楼更读书。砌拥落梅香不扫,路遮芳草碧须锄。摩挲黄卷情无限,领略青灯乐有余。却是新年诗思满,不知工拙竟何如?

敬步家严春日午眠元韵

悠悠春昼永,午睡绮窗晴。花影移阶瘦,松涛落枕清。入帘唯旧燕,破梦有新莺。起坐呼童子,茶烟一缕生。

春雪即景

冷烟和雪作春寒,春色还从静里看。红紫任他零落去,小窗自有碧琅玕。

晚　眺

诗思悠悠向晚添,黄昏独步小楼前。乱莺啼处归春坞,双鹤飞来破夕烟。吹面不寒风满座,照人偏好月当天。贪看淑景凭栏久,树影参差罩碧泉。

斜　日

晚霞如绮映秋塘,最好凭栏玩夕阳。徙倚莫愁余影尽,松梢新月破昏黄。

牡　丹

绿叶扶疏护几重,带烟和雨亚栏红。许多富贵骄人态,不耐东皇一夜风。

奉怀大姊

深闺惜别岁将阑,芳苑伤离春又残。未有长途千里隔,却怜圆月四回看。心惊啼乌知应碎,泪溅飞花不易干。却喜归宁占有日,香车迎处合门欢。

海　棠

猩红初绽一枝枝,嫩色凝香影半欹。何似太真新睡起,东风斜倚玉栏时。

春日即事

尽日霏微雨织丝,春寒恻恻昼帘垂。金炉烟袅香初爇,正是闲窗伴读时。

喜榜弟病愈

阿弟何孱弱,忧多易损身。病连三两月,愁尽一家人。药碗今抛却,芸窗志欲伸。及时须努力,莫负故园春。

雨　丝

朝来云气薄遥山,小雨如丝入望闲。织就赋心偏缱绻,牵成诗兴忒回环。

风吹不断窗扉外,烟与为缘竹树间。湿透林花光欲滴,草添生意石添斑。

午　眠

凉风习习北窗幽,为傲羲皇学卧游。堪笑市朝方执热,可知枕簟早含秋。梦清应化花间蝶,心远原偕水上鸥。料得醒时当著句,先安笔砚对溪流。

晚　步

夕阳冉冉下孤岑,水北花南取次临。满沼绿荷裁碧晕,数声黄鸟写清音。槐阴覆阁春常在,山色含烟晚更深。剩有题诗情未了,回看新月且追寻。

垂　钓

鸥自忘机水自流,棹来小艇一竿投。羽沉最喜才衔饵,纶掣何妨惯脱钩。双桨夕阳红蓼岸,片帆明月白蘋洲。等闲收拾蓑衣去,把酒高歌傲五侯。

——录自吴希庸、方林昌《桐山名媛诗钞》卷七

钟文贞二十四首

钟文贞,字睿姑,号偶憩,舒城人。钟世镗之女,钟文淑之妹,桐城吴绹之妻。著有《临漪诗草》。

袁枚《随园诗话补遗》卷二:芜湖有钟姓女子,名睿姑,字文贞,能诗、能画、能琴,兼工时文,受业于宁孝廉楷……宁故宿学之士,余宰江宁时,与秦大士、朱本楫诸公受业门下。五十年来,群贤亡尽,而宁年八十,巍然独存,又得女弟子以衍河汾一脉,亦衰年闻之而心喜者也。

吴希庸、方林昌《桐山名媛诗钞》卷七:字睿姑,号偶憩,文淑妹,贡生吴绹室,著有《临漪诗草》。善琴。《正始集》选《蝴蝶花》《游冶父山》二首,非老人得意句也。

方濬师《蕉轩随录·冶溪故里吟》:博士龙眠奉女宗,谓桐城女师吴先生。深闺展卷习雍容。书声忽地琴声和,窗外蟾辉分外浓。桐城吴夫人钟文贞馆予家十

年余,予母陈太夫人、叔母宣太宜人暨诸姑祖母、诸姑母咸受业焉。吴夫人刊有诗集行世,即《随园诗话》中所称钟睿姑也。

游冶父山

笋舆重去访名山,枫叶才红绿未斑。自把瑶琴傍溪树,乘风一奏白云间。无梁殿冷石门秋,铸剑池空水不流。苔藓照人心自古,满天晴雪落峰头。树里湖光一镜开,水精宫外有楼台。散花不到维摩室,亲捧云珠供佛来。

——录自袁枚《随园诗话·补遗》卷二

蝴蝶花

不向花间晒粉衣,偏从花底斗芳菲。谁云祝女裙边幻,岂入庄生梦里飞。曲径烟浓春欲晚,南园风暖绿初肥。香心素艳浑无许,好借滕王妙笔挥。

邹司马张夫人延教女学舟次阻风二首

晚泊孤舟临水寺,轻雷隐隐雨偕来。山连万壑云峰回,水叠千层雪浪回。愧我无才酬厚遇,累他迎楫滞江隈。那堪镇日东风起,缆住船头不放开。

处处浓烟锁绿杨,桃花红间菜花黄。闲愁不共闲云散,别绪偏从别梦长。只为饥驱随远道,谁怜稚子隔他乡?剧怀堂上椿萱景,白发无凭更可伤。

竹

生成直性爱干霄,雪际霜前傲骨饶。结实只堪留凤食,取材争愿作鸾箫。薰风画阁天无暑,急雨柴门夜长潮。我亦多情王学士,忍教一日此君遥。

病中作

泛梗终何极,凄凉病裹身。秋风罗袖薄,夜雨客愁新。余息残灯烬,清光堕月晨。瘠肥难自视,何况越同秦!

顾始南斋雨中即景寄怀诸同好

南河甚夏似深秋,积雨连宵忆小裘。检点琴书思旧侣,满园新绿倚江楼。

志 感

悠悠浮世五旬身,笑对榆钱不疗贫。壮志都从谋食尽,旷怀难自窭人伸。《巴歌》曲艳人同羡,《白雪》音希世罕珍。念到无家小儿女,一时涕泪满衣襟。

雪夜有感

北风吹雪晚漉漉,万籁声沉夜寂寥。在客有愁肠百结,行踪无定思千条。久经世态风波静,细阅人情道路遥。盼到梅花香满院,同归绕膝度寒宵。

方小八请弹琴喜而赠之

我年过五十,未向人言琴。今来冶溪地,忽得小知音。其年甫四岁,两耳聪且明。见我挥素弦,伏案悄无声。凝神注太虚,棱棱侧耳听。似解良宵意,月明风露清。万籁声俱阒,天光耿数星。再弹复再听,芦花江上秋。长空度鸣雁,零落下汀洲。银河倒泻云无迹,金屋香销客有愁。或志在高山,复乎何岌嶐。来千崖万壑,收竹露松风。缥缈虚无不可企,杳深奥折谁能踪?只可意会非言传,幽情无际恍罗胸。或志在流水,泠泠先洗耳。幽咽泣松根,潺湲漱石齿。万顷惊涛指下生,凭虚御风差可拟。须臾再三弹,更曲复更音。墨子悲丝操,明妃出塞吟。去国离家总是悲,文繁质简能无闷。美人学士最多情,丝桐写处终难竟。弹罢山居韵转长,优游大雅坐明堂。富贵崇高庆太平,起居自适乐徜徉。万古千秋知者希,子期而外维文姬。今遇孩提谙雅乐,能不题诗志解颐?

病中闻方慧娥世妹病诗以问之

妹似雨中花,侬比风前烛。可怜颜色须日暄,有限光明何地复。愿同旧雨化新云,万载千秋时相逐。

还 砚

三月追随笔墨亲,无端心事向伊陈。今朝辞我归原主,更与殷勤写洛神。

春 晓

海棠花上雨如丝,料峭春寒入幕时。枕畔一声惊远梦,新莺飞向最高枝。

示禄章长男

无才无命复何伤,卅载酸辛细细尝。井臼半生从黾勉,颠连毕世识炎凉。身如老树空虚尽,气比游丝断续长。寄语儿曹须努力,勤修文行继书香。

晓 窗

绿暗红疏昼漏迟,清斋息静两相宜。那能消得琴书乐,不是愁时即病时。

岁暮有感

囊空愁度岁,病剧怕迎春。有子家期振,无财愿未伸。风寒勤塞户,几洁动清尘。去去行何滞,徒为绊此身。

寄怀张德尊夫人兼示女弟子曹琼仙

三年长作别,一面苦难经。往事如流水,羁人若散星。凄凄龙岭月,渺渺凤城亭。遥忆客楼上,应同涕泗零。

寄怀镇江毛畹香闺秀

一幅清词冠上流,乾坤淑气笔全收。优柔才藻春云丽,餍饫情文海月秋。遥想玉堂林下韵,从封金屋画中俦。生憎地僻无由见,白发何堪已上头。

白 牡 丹

剪玉裁瑶异样妆,白罗衫衬绿罗裳。好从淡处观其质,不待华时见所长。立地崇高称极品,旷怀皎洁谓天香。万家春色安排定,又见花中有素王。

题金圃族再侄狎鸥亭诗

君身有仙骨,何居俗自居。鸣谦尊而光,无那太拘虚。明月入怀抱,清韵满襟裾。文才仰山斗,诗句琢璠玙。晓风含竹柏,初日照芙蕖。永为同调人,相观善有余。世人常白眼,尔汝多名誉。学期臻圣域,经训乃菑畬。行将腾踏去,犹记顾蟾蜍。

哭采蘋再从妇早折二首

一朵仙云顷刻无,一思温润一沾襦。人间自此埋良玉,天上当年降宝珠。佐读深宵灯火寂,将雏几月泪痕枯。尤怜病剧全佳妇,强起承欢事阿姑。

我哭君时秋雨繁,我思君疾倍难言。凉宵永昼悲思切,断粉零脂小阁昏。花气袭人疑过汝,竹声凄院讶归魂。我生久矣难开眼,老泪挥余问九阍。

——以上录自吴希庸、方林昌《桐山名媛诗钞》卷七

蒋淑敏五十七首

蒋淑敏,江苏人。幼聪慧,父母特钟爱之。七岁入私塾,后入秋瑾女士创办的哲民小学。将毕业,徐锡麟事发(1907年),革命军起,乃归里。与桐城张泊静结婚后至义津镇张氏旧居,后移居安庆。著有《绿窗闲咏》。

乌以风《绿窗闲咏序》:桐城蒋淑敏,女诗人,为望族闺秀。幼秉聪慧,长攻诗书。从亲远游,关怀国事。曾随秋瑾先烈参加革命。后遭离乱,旋返故里,晚年卜居龙山之阳,菱湖之滨,以诗书自娱。诗人学有渊源,诗出自悟,精岐黄,通医理,虽年已耄耋,犹吟哦不辍,而又悬壶度世,济贫救人,不以为劳。盖皆出于诗人一念之诚而不能自已者,平生所作诗词,仅留二百余首。惧其

散失,乃辑成卷,题曰《绿窗闲咏》以存之。

寄外子泊静劝归隐

寄语吾夫子,何必栖栖然。世风日浇薄,大难当在前。举世尚韦脆,吾子性刚坚。举世好粉饰,吾子暴其天。凿枘既不入,胡不理田园。村醪清而醇,野花香且妍。素风怀往哲,箕山有古贤。挥手速归来,无为百忧煎。偕隐余所愿,高明谁择焉?

雨霁偶成

雨后嫩晴天,花容分外妍。蕉窗鸣滴露,竹阁响流泉。莺婢翻红树,鸦孙乱翠烟。此间饶妙景,尘世亦神仙。

雪夜泛舟

一叶下平湖,何人独钓鱼?雪堆千丈涌,风急半帆浮。野寺钟声远,空江棹影孤。举头望天际,牙月小如梳。

避乱途中(1938年)

陡觉烽烟逼,乘车走日斜。一心趋楚水,无意看桃花。新月和云卷,炊烟带路遮。欲前行不得,投宿老农家。

自枞阳搭夜行船赴安庆过菜子湖遇风浪(1942年)

柳色依依翠盖擎,轻舟趁放晚风晴。山余岚气浓如滴,水带琴声夜自鸣。浪急乍惊魂欲断,帆飞直与月同行。江涛到耳难成寐,欲见天明总未明。

夜泊宜城(1913年)

舟子停桡自扣舷,渔歌闲唱五更烟。浪花击岸疑鸣鼓,塔影横江欲上船。露冷破帆和月卷,宵深孤枕伴鸥眠。来朝我亦登高去,不怕风涛势拍天!

偕圣琴诸友游莫愁湖鹤鸣楼

芙蓉花下放扁舟,好趁晴光烂漫游。十日秋风惊客梦,百年偕友几登楼。遥怜烽火连天动,太息虫沙历劫愁。时局如斯无限感,且随云水逐鸥游。

登迎江寺塔(1924年)

浮屠七级渺层层,高仰青霄有路登。依角不平铃欲语,建瓴得势鹊如腾。托身最上难谐俗,礼佛其中只见僧。我落人间未仙去,淮南鸡犬尽飞升。

追悼姚淑贞义妹

小步依依似雁行,一提往事一心伤。愁来屡倩温言解,病剧偏劳侍药忙。知我嗜桃亲摘果,避人礼佛暗焚香。自从握别龙山后,玉碎珠沉柱断肠。

送圣琴好友之京江干咏别(1925年)

一缕幽情系客舟,水声离思两悠悠。阿娇竟许藏金屋,箫使今看引玉楼。此日彩帆天际去,维时红叶客中秋。江南胜友知多少,可向新交忆旧游?

山居闲眺

堤排疏柳绕晴川,彭泽门前别有天。细雨滋花红滴露,轻云褪月淡浮烟。蝶酣恋蕊迎风舞,笋锐穿篱破壁填。行到小桥溪水外,金鳞出水一枝鲜。自注:吾乡俗例,渔人网得鲜鱼,以枝柳穿之出售,故曰"一枝鲜"。

同外子泊静游菱湖遇雨

夏日初长访碧芜,平明景色入菱湖。花垂水面牵萍转,叶颤波心倩荇扶。避雨闲鸥擎翠盖,迎风新露滚银珠。倚栏高咏频呼酒,小坐忘机醉一壶。

菱湖晚眺

一泓湖水一桥横,夹岸垂杨荫晚晴。露滴绿荷珠万颗,波摇碧藕臂双擎。

忘机鸥与花相狎,澈耳蝉从树底鸣。归去者番回首望,淡云微月暮烟轻。

咏　梅

凌波仙子试新装,点额含颦映画堂。瘦影珊珊水清浅,幽情脉脉月昏黄。生来素质三分白,赢得冰肌一缕香。傲骨那同凡卉伍?格高自不畏风霜!

山居晚眺

曲槛回廊小阁开,孟梁偕隐此徘徊。天生碧草山铺席,手酿黄花酒满杯。云卷夕阳归岫去,水含明月逐波来。林泉雅趣知多少?怪底严陵爱钓台。

寄苏小梅同学(1928年)

廿年久别果何之?散太匆匆聚太迟。促膝谈心才几日,临风分袂又多时。不期千里楼头月,重照三更雪后诗。此去归期犹未卜,可将红豆慰相思。

和高君冠三咏菊原韵四首 四首选一

凭栏袅袅暗消魂,独向西风战荜门。雨后荒苔轻印瘦,月中倩影淡留痕。烟横老圃莹三径,露染疏篱傲一村。太息渊明归去后,此中真意与谁论?

感　怀

世味年来薄似罗,那堪时事更蹉跎。重帘不卷非人懒,掩户原防俗客过。月影摇波鱼怯钓,雹花泻弹鹊惊窝。幽居博得天然乐,云幻红霞鸟唱歌。

同外子游南京莫愁湖(1934年)

翠盖红渠带雨鲜,莫愁点缀自嫣然。香传千里荷风扬,诗读三篇杜牧颠。湖倩玉人成胜迹,楼移月影贴花钿。今朝伉俪同题咏,不负当年景物妍。

带病月夜有感

恹恹一病损吟肩,瘦比梅花更可怜。蕉叶增人愁脉脉,柳丝含恨意绵绵。

去年玩月联诗处,此日登临失所天。苦我情怀消不得,挥毫聊写薛涛笺。

忆杭州西湖有感

少小曾经住此州,三潭印月纪闲游。细铺软草阶前碧,笑数斑痕竹径幽。翠盖擎擎浮水鸭,桃花红点踏春骝。遥知风景依然在,回首双亲泪暗流。

感谢吴健吾先生

回忆先夫诸友好,忘形莫逆数吴君。明如朗月心同洁,论若奔潮气不群。雪案联吟留逸韵,菱湖把酒有余芬。凋残文字烦商讨,念旧高情上薄云。

兰州退职归来重游菱湖

菱湖翠柳仍芊绵,犹似春深翠叶牵。鹦鹉绿分眉上黛,芙蓉红映水中天。岚光山色都成画,鸟语松声尽寓禅。更有晚归云外鹤,翱翔空际舞翩跹。

菱湖早春

菱湖日暖绽新枝,绘出江南二月时。水畔轻寒风似剪,亭前绿柳细如丝。碧桃乍放春犹嫩,红杏初开蝶未知。堪笑恋香诸女伴,含情徐步故迟迟。

怀陈惠如老友

久别关山隔,分飞各一天。故人遥念我,千里寄瑶笺。

述志二首

不作炎凉俗态苛,香泉橘井起沉疴。原为一滴杨枝露,世世生生却病魔。

不羡金玉积成仓,唯爱诗书满架香。嫁得高才闲可贺,终朝把酒话羲皇。

马肇年女弟进白藕一盘嘱咏

原是冰肌洁白身,玲珑心曲本天真。漫言埋没无颜色,一出污泥便可人。

夏日月夜放舟

枞阳堤畔水粼粼,夹岸垂杨映晚晴。明月当空清若画,扁舟摇曳橹声轻。
一泓湖水半湖莲,又夹红菱绕桨鲜。世外仙源诚妙境,春风拂拂叶田田。
浅水微风放小晴,半帆斜挂晚霞明。扁舟何幸湖边泊,十亩莲花任意寻。

咏棉花

魏紫姚黄且漫夸,含真抱璞有奇葩。世人莫道无颜色,泽被苍生只此花。

宿淑贞卧榻有感

半榻孤灯欲断魂,穿窗残月淡无情。深宵寂寞人何处?只有虫声伴到明!
妆台如故镜生尘,睹物怀人泪自横。潭水深情如果在,应乘残梦话平生。

平居闲咏(1936年)

守分安贫幸得天,悬壶课子竹篱边。灯前诗稿窗前月,伴我清吟夜不眠。

咏 梅

清到梅花性耐寒,踏冰冒雪下云端。羡他几点胭脂颗,唤得春回大地欢。

蜡 梅

天遣奇葩下玉堂,黄冠衣腊倍芬芳。孤山别有仙人种,雅淡无言独倚廊。

中 秋

遥望冰盘挂碧空,围圆皎洁小玲珑。含情无限心头事,尽在无言不语中。

怀儿梦境

绿荫墙缺透湖光,细草春深映海棠。遥望隔林花似锦,一桃一柳一回廊。

喜睹娇儿面目新，英姿挺秀倍精神。无端又被晨钟误，惊却寒窗梦里人。

老 农

雨润松花绿渐肥，炊烟笼罩督耕归。山居别有清闲乐，牛背高歌唱晚辉。
手把丝纶钓白鸥，绿荫深处小勾留。等闲不是江湖客，暂作溪边一度游。

游北京昆明湖

凭栏湖水碧迢迢，逐浪轻波带月摇。柳岸红楼春意满，教人俗虑一时消。

游白云寺

白云寺畔石栏边，矮塔亭亭翠柏间。山色曙光自今古，松筠翁郁接高天。

菱湖久雨水满

连朝阴雨满前汀，一水盈盈阻病人。四面湖光明似镜，钓竿只合立蜻蜓。

中美建交前夕喜得文儿芝女消息

卅年思汝肝肠断，烟水茫茫何处寻？今幸天开红日现，顿教母子又通音。
天外飞鸿喜报来，愁眉消散笑颜开。更瞻彩色儿孙像，个个英姿出众才。
绿树成荫果满枝，娇儿亦作阿翁时。团圆家宴期何日？望眼将穿汝可知！

追念秋瑾师

同盟会后赋归来，目睹侵华愤满怀。救国呼声惊蝶梦，革命勇气到裙钗。
中华革命数群英，巾帼牺牲第一名。此去泰山当并重，九天风雨作雷鸣。
髫年负笈在师门，谆谆垂训沐深恩。今隔云天难报德，每逢秋雨发愁吟。

示媳程瑜

白手成家赖汝贤，相夫教子一身兼。而今子女都成立，伉俪和谐笑语妍。

应长子邀至兰州沿途赋诗

临歧春雨正蒙蒙,回首江城缥缈中。寄语故园诸友好,休将离恨怨无穷。
几度徘徊懒上船,雨声离绪两悠然。江村美景浑如画,何忍当春作别筵。
夹岸桃花鲜且妍,春山如雾又如烟。游人来往声声赞,底是江南三月天?
翠柏覆仙梯,空灵路不迷。天开一轮满,云压万山低。
松小如人立,峰高累马蹄。修然绝尘俗,淡泊静无泥。

——录自蒋淑敏《绿窗闲咏》

卷 六

章有湘六十三首

章有湘，字玉筐，又字令仪，号橘隐居士，章简之女，孙中麟之继妻，著有《澄心堂诗词》《望云草》《再生集》《诉天杂记》。

潘江《龙眠风雅》卷五十五：章氏有湘，字玉筐，又字令仪，号橘隐。华亭行取县令章公简之次女，进士孙振公之继妻也。女兄弟五人，咸通书史。幼时尝背诵《捣衣篇》《长恨歌》，一字无讹，父奇之。随宦游闽中，絮盐唱和，流传八闽。乙酉，父抗节殉城，玉筐始归振公，生子殇，又生女，亦殇。早夜佐读，刺绣其旁，相庄如宾。振公举南宫五日而殁，玉筐抢地呼天，绝而复苏，以有后，勉为抚之，扃居一室，长斋事佛，姻戚罕见其面。所著《澄心堂诗》《望云草》《再生集》《诉天杂纪》，皆孤猿寡鹄，自写其忧伤哀怨之音，君子读而悲其志焉。

陈维崧《妇人集》卷二：云间章玉筐，名有湘，龙眠孙进士名中麟妇也，工才调。尝作诗《寄姊》云："忆昔同在翠微阁，飞文联句夸奇作。那知江海各天涯，青鸟无情双寂寞。苏合房中愁索居，尺素遥传锦鲤鱼。为问江淹五色笔，拟成团扇近何如？"此诗亦何减唐人韩君平也。玉筐著作有《澄心堂集》《望云集》，姊瑞麟、妹玉璜并擅诗名，妹回澜、妹掌珠，俱以文章显。

荆隐君《序》曰：夫人之诗，其旖旎则月中杨柳，露下芙蓉；其沉郁则寒峰际霄，白云不动。琉璃锦匣，联翩刘氏之风流；翡翠笔床，掩映徐家之名胜。

晚　眺

岭峻隐青猿，松高飞白鹤。山云挂树梢，风卷残英落。新蒲已抽芽，细草媚岩壑。景物最伤心，桃李还如昨。谁家少女郎，背立秋千索。貌怯衣不胜，欢笑风前乐。春来无所为，斗草争花萼。何事深闺人，终朝常寂寞？

上清芬姚老夫人

前岁春王正月时，相逢邂逅称相知。促坐合樽浮绿蚁，赋诗往往同襟期。清芬一卷香拂纸，君家才藻世无比。谢韫休题柳絮诗，班昭漫续东观史。书法绝胜卫夫人，画像并传吴道子。堪叹孤灯五十年，湘灵哀怨托冰弦。此志争光唯日月，《柏舟》不数共姜坚。一生只在闺中老，铅华罕御曳素缟。可怜鹤发白如丝，膝边更少宜男草。我为君悲作短吟，愧无佳句比南金。相思未得常相见，怅望枫林白露深。

寄怀振公二首

分袂看君去，那堪客思侵？辞家来楚水，多病作吴吟。漂泊惭归雁，凄凉怨晚砧。梦魂依左右，惜别指前林。

看月怀连理，闺中只一身。君书青鸟绝，妾恨翠蛾颦。堤柳疑驱腊，江梅欲报春。夜深寒犬吠，或是远归人。

和外初七夜见月有怀

卷帘频怅望，含泪见婆娑。忆尔征途苦，怜予旅病多。阶除无玉树，天际有姮娥。偏照同心客，娟娟奈尔何？

病　中

天涯只一身，百病日为邻。庭雪思诸妹，山云忆老亲。葛裘频换岁，药饵不知贫。薄命应惆怅,愁来泪满巾。

九日雨中有感

每到茱萸节,思亲泪满衣。难禁心耿耿,况对雨霏霏?故国秋莼老,他乡客梦稀。登临怜弟妹,竟作彩云飞。

秋　怀

露华寒夜滴柴扉,留滞天涯未拟归。吴下云深鸿雁杳,楚江秋老鹧鸪飞。穿针结缕人谁共?咏絮吟风事已违。闻道故园莼菜熟,他乡回首泪沾衣。

得家报和姊来韵

五夜飞霜月色寒,苍茫云树隔江看。虫吟枕畔心全碎,雁过窗头泪欲弹。独喜梅花能寄信,应怜萱草缺承欢。梦中不记家千里,依旧谈诗共倚栏。

寒夜忆弟

虎丘分手已三年,彼此含情更惘然。异地独栖唯涕泪,乡关遥望隔云烟。自思将母惭余拙,所喜传家赖尔贤。缭绕鸿飞看不得,江心何日动归船?

次玉璜妹来韵

记得西窗剪烛时,鸰原回首忽天涯。梦魂不觉吴山远,愁绪唯应夜月知。画阁焚香春泛泛,绣帘飞燕昼迟迟。相期泖水归宁日,重与殷勤话别离。

雨中即事

檐前两日绸缪雨,江上三春黯淡风。启户忽惊芳草碧,登楼初见杏花红。呢喃渐有寻巢燕,嘹呖徐闻出塞鸿。景色新亭应不异,空劳痛哭怨途穷。

同外和船上韵

离乡千里到天涯,枫落吴江雁影斜。夜久不眠虚梦蝶,村深有树隐啼鸦。

凉生玉露侵衣袂,水漾金波荡客槎。遥望荻芦秋瑟瑟,愁中容易度年华。

别四叔母

楚泽招魂事渺茫,一门忠孝死何妨？覆巢尚赖持门户,破产那能觅稻粱？梓里相逢如梦寐,河梁此别又参商。一经不废孤儿业,织素空余两鬓霜。

三十初度

占星犹幸见长庚,弹指流光易变更。攀树几挥杨柳泪,翻诗偏动蓼莪情。云边仿佛来铜狄,帘下依稀听玉笙。欲采紫芝歌一曲,齐眉且为祝卿卿。

送外公车北上

雪夜殷勤奉酒卮,临歧何必泪如丝？一群鸿雁离家日,三月莺花得意时。咫尺燕台云路近,平明金殿漏声迟。相怜不尽回肠语,只在濒行几句诗。

哭夫子十首

一自公车去不还,从今信有望夫山。赤绳虚系三生约,红泪唯余两袖斑。诀别未亲真恨事,梦魂时傍见欢颜。也知修短原无定,岂料荣枯顷刻间？

千里良缘合唱随,于归不满十年期。最伤薄命分鸳侣,犹幸高名占凤池。故国泥封闻信日,长安春色看花时。无端遽赴修文召,不管空闺怨别离。

日日伤心静掩门,每因春草忆王孙。空闺形影那堪问,满架图书今尚存。十六年前灵谷梦,夫子读书灵谷寺,梦谒帝,有"五日进士"之语。三千里外杜鹃魂。孤灯厌听梧桐雨,偏送愁声渍泪痕。

父子夫妻总幻因,夫子先有鼓盆之感,又屡罹西河之痛。夜台相见可相亲。无端生死偏摧我,不定功名却误人。遗得文章惊四海,寄来锦字恰三旬。三月得泥金报,四月讣闻矣。待乘双凤君先去,寂寞兰闺未死身。

几度悲秋秋已阑,回纹裁就向谁看？锦衾人夫鸳鸯冷,银蒜帘空翡翠寒。无复音容还故国,空余旅榇返长安。昨宵梦里分明见,依旧看花倚画栏。

遥忆牛衣相对悲,那堪富贵便分离?姓名始入黄金殿,丽藻终传《白雪》词。泪洒在原当此日,魂归华表竟何时?孀闺寂寂肠应断,玉镜台空忍画眉。

银汉霜华下井梧,愁心曾耐夜啼乌。月移妆阁侵书幌,风动形容出画图。<small>夫子临别以写照一幅示予。</small>咫尺相看言笑隔,依稀偏怪梦魂无。含情独对芙蓉帐,一任香销金鹊炉。

挑尽残灯泪满衣,空阶细雨正霏微。愁凝长夜难成寐,梦到相逢不忍归。<small>梦同夫子至云间省母,二人相对泣下。</small>人去依然同色笑,觉来何处觅庭帏?悲凉此际还家日,枫冷吴江一雁飞。

瘦影临风忆所思,冰心裂碎更谁知?分栖怕睹连枝树,续命空传五色丝。阁下招魂怜有弟,墓前执绋痛无儿。闲来到处搜遗稿,开箧篇篇黄绢辞。

蜀魄啼鹃道路长,鹡鸰无复雨连床。中郎事业书千卷,子敬人琴泪几行。不死丹心终化石,余生青鬓总成霜。与君不共齐眉案,纸阁芦帘瘗孟光。

哭四妹盛夫人兼得遗诗感赋二首

翠袂遥分意惘然,春心何处寄啼鹃?招魂白发垂双泪,薄命红颜葬九泉。潘岳悼亡诗正苦,左芬啄木语堪怜。别来犹忆深闺内,枕被曾同十二年。

人去妆台冷画眉,残脂零粉倍凄其。挑灯共剪兰苗日,玩雪同吟柳絮时。荒径寒烟埋弱骨,阴房磷火泣芳姿。纵然魂逐香云散,犹有亭亭玉树枝。

松声阁潘太夫人和予杂感诗赋谢二首

柳絮吟成同辈惊,知心血泪各伤情。娇儿佳婿魂难返,萱草椿庭恨不平。我为今年残玉树,君曾旧岁哭冰清。苍葭白露秋风际,共有愁怀诉月明。

《天问》词成只自哀,是谁传送到妆台?劳君秘帐多奇句,愧我他乡乏赋才。花落花开忘节近,秋深秋浅任时回。诗肠难尽伤心语,病里霜华上鬓来。

九月四日先母忌辰感悼口占焚寄泉下

仙逝今朝已六周,时经风雨菊花秋。阴房有子斑衣奉,冷墓无儿玄兔游。

身后连遭双妹死,三妹字玉璜,七妹字掌珠。生前只为一人愁。他乡洒尽松楸泪,遥祭凭空奠几瓯。

昭君怨

紫塞一身去,琵琶带泪弹。可怜埋骨处,青冢古今看。

婕妤怨

忆昔曾辞辇,承恩此日疏。长门虽有赋,不用买相如。

白头吟

皎皎琴台月,涓涓锦水春。《白头吟》已就,好谢茂陵人。

秋夜新晴见月二首

几日纱窗外,秋声杂雨声。遣愁愁不去,始见玉钩明。

蟾光照湿树,鸿雁叫清秋。无限凄其意,伤心独倚楼。

思归二首

百花开遍又春残,独在天涯别泪弹。离恨欲烦青鸟寄,云深水阔到应难。

为怜离别思悠悠,不扫蛾眉掩翠楼。杜宇似知人客久,不啼春去过墙头。

冬夜同振公步月言怀二首

落叶萧萧月满庭,怀人无语倚朱屏。谁家笛奏《梅花》调,游子那堪隔院听?

生不归乡老若何?免教时刻泪痕多。不如化作天边雁,也向秋来一度过。

过采石望太白祠

江天遥望水云连,荒庙人传是谪仙。今日我来君不见,芳魂疑向酒家眠。

初　春

折取池塘嫩柳枝，一年风景换新时。深闺思妇征途苦，多少春情夜月知？

至日泊舟江上大风有怀

令节初逢起问程，停桡还喜片帆轻。旅魂欲到亲帏侧，一夜江声梦不成。

家园白牡丹

天风昨夜曳仙裙，缥缈高台一段云。好共海棠春睡足，不将浓艳嫁东君。

赏花忆外

月明把盏对瓶梅，窗外芳菲取次开。却忆看花人未到，好留颜色待君来。

作书寄长安口号

接得泥金喜气新，孟光从此不愁贫。今朝见说来青鸟，寄与长安得意人。

仲秋哭子悲感遗物八首

床　帐

卧床铺设起尘烟，祖母恩深望鹤旋。死别忽经三月后，至今穗帐尚空悬。

鞋　靴

锦靴朱履趁新裁，戏彩莱庭日几回。出入未尝离乳母，孤行争得到泉台？

纱　袍

每睹空箱拭泪痕，几番夜月待归魂。锦绫绣缎衣俱化，唯有纱罗箧内存。

珠　帽

珠翠玲珑八宝妆,见时犹得想容光。梨花粉面人何处?博尽慈亲泪万行。

端　砚

一方紫石巧雕成,曾伴娇儿一二更。带草连真无限字,自从魂断暗尘生。

龙　墨

砚水争如雨泪多?双龙冷落事如何?晚来携取灯前唤,不见纤纤玉手磨。

锦　笺

心痛难将旧物看,云笺字迹尚弥漫。欲知阿母情何限,湿透金花泪不干。

彩　笔

大父曾教把彩毫,羲之家法自然高。生成伶俐超凡骨,不与人间作凤毛。

秋夜礼佛二首

人生劳碌欲何如?富贵恩情总是虚。长跽慈悲求指引,早开慧眼一怜予。
寂坐蒲团心自明,敢将儿女苦萦情。恩仇了却今生事,从此弥陀一念诚。

——以上录自潘江《龙眠风雅》卷五十五

读宝灯夫人诗寄赠

蒲团贝叶静焚香,忽睹新诗自药房。红袖栏杆人倚处,春风吹送汉皋芳。
俊逸清新庚鲍流,载来珠玉五湖舟。人间黻佩难消受,莫怨萧郎爱远游。

读此诗,知橘隐非寻常女子。

——录自邓汉仪《诗观初集》卷十二

浣溪沙 旅怀

此夜难分怨晓钟,梦魂偏又到吴淞,愁情先上两眉峰。　　沧海一身临远道,兰桡千里破长风,可怜回首隔江东。

——录自周铭《林下词选》卷十一

晓　思

窗外鸡初唱,花间露未干。欲临明镜照,犹怯翠眉寒。宿鸟翻林树,归鸿振羽翰。不知乡国信,何日报平安。

秋日寄家姊俞夫人

八月秋风振山谷,黄花初放银塘菊。一枝手折欲赠君,远道茫茫愁极目。闻将玉纸写新诗,新诗赋就动远思。萧萧鸿雁随云度,寂寂虮灯拥漏迟。

忆昔同在翠微阁,飞文联句夸奇作。哪知江海各天涯,青鸟无情双寂寞。苏合房中愁索居,尺素遥传锦鲤鱼。为问江淹五色笔,拟成团扇近何如?

闺　情

坐对鸳鸯草,行看蛱蝶花。那知春复夏,游子未还家。

——以上录自汪启淑选辑,付琼校补《撷芳集校补》卷三

陈舜英十三首

陈舜英,字玉佩,江苏溧阳人。陈名夏第三女,桐城方以智次子方中通之妻。著有《文阁诗选》。

方御《文阁诗选序》:弟妇为溧阳陈芝山先生第三女,与老父为布衣交,重以文章,申以婚姻。及后先登第而交益笃,海内咸推为"陈方"云。当弟妇于归也,值芝山先生枚卜,弟妇曾不以宰相女有几微骄矜色。入门持巾帨,执妇道尽礼,又通诗书。每刺绣暇,辄与余拈题分韵,鼓琴较弈,闺中之乐,如吾两

人亦无加焉。一旦念及吾亲远隔岭表不能侍奉，因辍食太息泣下，弃母家所遗产业在金陵者不受，立随弟归桐为迎养计。时大弟田伯先自浙归，两弟遣仆迎亲于苍梧郁林间，弟妇则脱簪珥，函衣裳，遥寄堂上……先是，大弟已娶司马孙公女，逮余母携三弟素北归，娶司马张公女，余亦归里门，此番故乡团圆，破涕为笑，十倍金陵矣。定省之余，得与诸弟妇暨马妹吟咏唱和，用是娱亲。当是时，姚祖姑居清芬阁中，余辈每就订正，争妍竞胜，不异举子态，悬甲乙于试官也，而一门雍睦，实为桐邑冠。至弟妇刲股救夫，鬻婢济难，尤不可及。余妹归马门在弟妇未归之先，一见弟妇，俨如同产，虽贵贤，不少变，盖弟妇之德令人敬，才令人服。故余与妹皆愿以女为弟妇妇也。三十年间，余归宁者四，篇什颇多，惜乎被灾，而弟妇之诗付之秦灰楚炬矣。今将复起文阁，而文阁中之诗记忆者十不二三。余检匧笥，凡所存弟妇诗尽录以寄，并为数语以志之，他日锓版，或即以此为序，亦不负吾两人金陵之遇为最初云耳。

潘江《龙眠风雅续集》卷十七：陈氏舜英，诸生方中通妻，溧阳相国名夏女，幼读书明大义，年十七归通于金陵故第。时舅太史公遁迹岭表，姑万里追寻，陈弃母家所遗产业不受，鬻钗钏迎姑归桐，极孝养。通染重疾，陈吁天，刲股入药，乃苏。通矢殉父难，陈佩一刀与共生死。迨难平而家日落，通客游数十年，家政悉陈经纪，训子孙以学行承先志。通垂白病归，陈复刲股不效，哀泣终丧。年七十七卒。著有《文阁诗集》。

忆伯兄沈阳时老母寄居都门

自到龙眠归敝庐，辞家屈指四年余。鹡鸰有赋空伤别，鸿雁无情不寄书。万里关河人去后，一天星月梦来初。慈亲已觉燕山远，恐为辽阳更倚闾。

同二女夜坐

虚窗遥见斗牛横，携女同看夜景生。月上花枝风过影，霜铺茅屋雁来声。迢迢世路关山阻，寂寂城楼鼓角鸣。四壁萧然无一语，炉烟消尽泪盈盈。

——以上录自吴希庸、方林昌《桐山名媛诗钞》卷三

雪中思家

嗟余生长相公家,怨别惊心各一涯。积冻阶前冰似镜,狂风天半雪如花。轻帘欲卷衣裳薄,重露难开竹树斜。千里故园音信断,高山流水梦魂赊。

辛亥粤难作夫子被羁

世外犹遭难,人间敢惜生？便捐男子血,成就老亲名。君指天为誓,余怀刃是盟。一家知莫保,不用哭啼声。

夫子守榇万安遣儿琫易归就狱

羁栖未了复奔丧,寒入双江去路长。那许衰麻留血骨,更教累继走冰霜。慈亲抱痛犹扶病,稚子含悲亦断肠。惶恐滩头今日泪,随流知已下浔阳。

遣儿珠往万安扶榇归葬浮山

西上五云去,棺移水月旁。难中先弃世,身后始还乡。骨肉泉台聚,_{墓在吴太淑人墓侧。}衣冠草土藏。报亲庵在望,烟雨梦存亡。

母大人讣至设奠写哀

讣自平陵至,仓皇畏启封。一山应合墓,千里认遗容。_{时夫子寄吾母小照。}奠酒先挥涕,焚钱但击胸。他生犹未卜,此世不相逢。

子女皆分散,临危少哭声。别离过一世,患难尽今生。空受夫人诰,唯传贤母名。九京难瞑目,只为忆辽城。_{伯兄未归。}

哭张娣友阁

三十年来未别离,清闺咫尺一帘垂。俨同弟妹饔飧共,又作宾朋日夕随。阶下可怜秋雨梦,楼头空赋落花诗。思君为上灵床哭,抚得琴声恐不知。

寄夫子岭南

十年岭外总心酸,云度风高日影残。流不尽唯儿女泪,悲无穷是室家寒。病投烟瘴身原苦,老客江湖路更难。慈母日来思万里,天南鸿便报平安。

——以上录自潘江《龙眠风雅续集》卷十七

寄寿夫子六秩

先人世好本相怜,倏忽婆娑六十年。惯我裙钗供典鬻,思君魂梦隔江天。一从遭难因多负,又为逢灾结数椽。荼蓼自来同味苦,萧条遥祝海云边。

牡　丹

姚黄兼魏紫,都自宋州移。去秋,儿正珠自宋州特移数种。却喜楼成日,时复楼落成。刚逢花到时。栽临西牖外,开虑晚春迟。岂料知人别,先期含五枝。

送儿庚同就塾

吾儿刚六岁,今日便延师。膝下才离母,怀中早诵诗。功名知有分,学业可相期？屈指三年后,埙篪并奏时。次儿丹器,少兄三岁。

——以上录自光铁夫《安徽名媛诗词征略》卷一

葛嫩四首

葛嫩,字蕊芳,孙临之妾,才艺无双。著有《蕉贞咏》。

余怀《板桥杂记》中卷《丽品·葛嫩》:葛嫩,字蕊芳。余与桐城孙克咸交最善。克咸名临,负文武才略。倚马千言立就;能开五石弓,善左右射。短小精悍,自号"飞将军"。欲投笔磨盾,封狼居胥,又别字曰武公。然好狭邪游,纵酒高歌,其天性也。先昵珠市妓王月,月为势家夺去,抑郁不自聊,与余闲坐李十娘家,十娘盛称葛嫩才艺无双,即往访之。阑入卧室,值嫩梳头,长发委地,双腕如藕,面色微黄,眉如远山,瞳仁点漆。叫声"请坐"。克咸曰:"此温柔乡也,吾老是乡矣!"是夕定情,一月不出,后竟纳之闲房。甲申之变,移家云间。间道入闽,授监中丞杨文骢军事。兵败被执,并缚嫩。主将欲犯之,嫩大骂,嚼舌碎,含血喷其面,将手刃之。克咸见嫩抗节死,乃大笑曰:"孙三今日登仙矣!"亦被杀。中丞父子三人同殉难。

西地锦

人在重帘深处,日移危坐席间。一双海燕栖华栋,呢喃春堕花筵。

前　调

轻透描鸾绣裤,微挑刺凤金莲。罗衣试减寒犹在,临轩翠袖低偏。

师师令

薏腾乍起,正云鬟未理,手按裙带倚床栏。但说道困人天气,娇眼半开犹似睡,怕镜奁如水。　玉容懒把桃花醮,却自然妖丽,彩毫约略扫眉峰。春已透粉香堆里,一见教郎终日喜,拼小楼同醉。

清平乐

东风无力,吹梦无踪迹。昨日似今今似昔,不与些儿将息。　断肠人在天涯,春光不恋儿家。到底吹完柳絮,偏生留着梨花。

——录自徐树敏、钱岳选《众香词·书集》

任淑仪二首

任淑仪,字若韫,怀宁人。知政任疏齐之女,明经桐城姚逊修之妻。幼极聪慧,九岁能诗词,通经史。姚逊修亦名家子,博学长才。结缡后,妆阁分题,萼楼拈韵,不减张绪风流。著有《婉真阁集》,多清新隽逸之句。

烛影摇红　丰台看芍药

流转韶光,早红药翻阶时节。名花盛处说丰台,竟游人如织,因见和风丽日,也乘闲兴寻芳陌。看来铺锦,望去蒸云,花光欲滴。　　羡杀轻盈,嫣红嫩紫同娇白,逡巡小步绕雕栏,衣袂幽香袭。随宦喜依亲膝,得高赏春城色。故园此际,绮阁纷披,还堪遥忆!

金菊对笑蓉 送茹廷弟就婚广陵

膝下承欢,闺中咏絮,廿年朝夕相依。忽《骊歌》早唱,雁序分飞。喜心翻与离情,并送尔去。诗赋《关雎》,玉镜台前,好濡彩笔,学画蛾眉。　　遥念博议成时,更闲情逸兴,班管频挥,把竹西佳丽,尽入新词。偕归官舍,应非远双亲,爱佳妇佳儿,深闺阿姊,顿添良友,分韵传卮。

——录自徐树敏、钱岳选《众香词·射集》

倪氏一首

倪氏,南京人,倪灿之女,桐城吴某之妻。有词云:蠹鱼儿钻在书箱内,吃尽诗书。

秋 海 棠

寂寂空阶露已团,红妆小样傍雕栏。临风袅娜娇无力,轻逗幽香一缕寒。

——录自吴希庸、方林昌《桐山名媛诗钞》卷十

倪淑六首

倪淑,字梅轩,倪雪楼之长女,与妹妹们合著有《疏影楼合集》四卷、《晚香庐诗稿》二卷。

光铁夫《安徽名媛诗词征略》卷一:倪淑,字梅轩,桐城人。雪楼长女。家多藏书,淑尽读之。清季,任芜湖女师范学堂教员,旋创办桐城第二女子小学于枞阳。与妹婉、懿、静并工诗词。卒后,侄砚农搜汇四人之作,为《疏影楼合集》四卷,"疏影楼"者,其姊妹在母家时所居之楼,故以名其集也。

何伟成《枞阳风雅·近代》:字梅轩,枞阳镇人,雪楼长女。自幼聪颖爱

学,过目不忘,家多藏书,淑尽读之。族老倪朴斋进士自湘归,携古籍三十余册。经枞宿其家,淑请借观。朴斋仅以一宿为期。次晨,淑还书称谢,朴斋疑其未尝读,遂杂举书中数条问之,淑对答对流,朴斋乃惊叹曰:"此吾家不栉进士也。"清季,任芜湖女师范学堂教员,旋创办桐城第二女子小学于枞阳镇。与妹婉、懿、静并工诗词。淑兼通妇科医学,为邻里治病不取值,人共德之,尊称为倪大姑。卒后,侄砚农汇四人之作为《疏影楼合集》四卷。"疏影楼"者,是淑姊妹在母家时所居之楼。晚年见子成立,题其所居曰"晚香庐"。于《疏影楼合集》外,更存《晚香庐诗稿》二卷。

春　雨

淅沥复淅沥,香寒鸭不温。烟花沉蝶梦,雾柳锁莺魂。红涨添三尺,青阴罨一村。待晴行曲径,石砌渍苔痕。

送少桓大兄之澎湖省亲

不畏风霜苦,天涯有老亲。瘴峦云泼墨,秋海浪翻银。客路知安适,家书盼寄频。远行怜病后,相送泪沾巾。

——以上录自光铁夫《安徽名媛诗词征略》卷一

题小憩亭

康庄通达赖仁人,剪棘除荆为筑亭。石道两歧须履慎,云梯百步任行经。疏松影落斜阳冷,细草春香曲径青。借问奔驰名利客,可能小憩热中停?

感　怀

别何容易见何难,酒乱伊人枉断肠。临风饮恨思千绪,对酒添愁泪不干。梦里也知花容改,醒来更觉家境寒。巫山归去寻无路,铁锁横门谁探看?

中秋月夜泛舟西湖

船进湖心天上来,桨挑明月数分开。欲乘此棹西归去,只恐东风不送回。

渔家傲 重九

节届重阳风景异,登高四望皆秋意。黄菊丹枫残照里,偕诸妹,也携樽酒东篱醉。　　无奈离愁偏触起,怜兄独客他乡地。鸿雁南飞书难寄,遥相忆,天涯应落思亲泪。

——以上录自何伟成《枞阳风雅·近代》

倪婉五首

倪婉,字菊轩,倪雪楼之女,倪淑之二妹,张某之妻。与姊妹合著有《疏影楼合集》四卷、《晚香庐诗稿》二卷。

光铁夫《安徽名媛诗词征略》卷一:字菊轩,桐城人。淑之二妹,同邑张某室。中年丧夫,乃回母家守志。命侄砚农于枞阳创立化俗女学,自主其事。桐城之有女学,此为嚆矢。晚年,见子成立,题其所居曰"晚香庐"。于《疏影楼合集》外,更存《晚香庐诗稿》二卷。

暮春忆慰慈甥女

鸦噪晚风寒,思儿独倚栏。课闲容我懒,诗索会人难。春去愁逾重,书来梦暂安。遥知故园月,今夜好谁看。

静坐泪潸然,花飞惨淡天。书迟江上雁,魂断雨中鹃。病起刚三月,春归又一年。莫嗟乡路远,夜夜梦枞川。

秋日寄儿

秋至庭梧叶渐疏,天涯游子意何如?频年骨肉分南北,万里音书盼雁鱼。冰簟冷侵人病后,湘帘月上梦回初。无端离思萦怀抱,惊听哀鸿响碧虚。

题嫂朱氏谱传诗

哀哉吾嫂节,枕席泪常枯。家素难为妇,丁单赖抚孤。寒霜飞白日,秋雨泣穷途。同此幽明境,嗟余百感俱。

——以上录自光铁夫《安徽名媛诗词征略》卷一

天仙子·雨夜感怀

帘疏幕薄寒侵帐,对灯无语空惆怅。忽惊风挟雨丝来,蕉叶上,竹叶上,两处萧萧声一样。　　塞北江南愁无限,泪珠频向前襟溅。终宵念子未归来,眠一向,坐一向,病袅离思长几丈?

——录自光铁夫《安徽名媛诗词征略》卷五

倪懿三首

倪懿,字藕轩,倪淑之三妹,杭州陆恒修之妻。与姊妹合著有《疏影楼合集》四卷、《晚香庐诗稿》二卷。与妹名静字芷轩者,先后归陆恒修为室,二人皆知书,工吟咏。

荷　钱

芳池新叶参差绿,恰似青蚨叠叠圆。小婢无知争拾问,可能去作买花钱。

春　阴

欲雨仍无雨,东皇为养花。小桃红敛蕊,新柳绿抽芽。云锁鸣钟寺,烟迷卖酒家。余寒犹料峭,侵入碧窗纱。

——以上录自光铁夫《安徽名媛诗词征略》卷一

荆州亭 春夜

月上朱栏闲倚,刻翠裁红自喜。花影写苍苔,此景依稀画里。　　清趣能知有几?蝶梦应教沉矣。人静寂无闻,远处笛声微起。

——录自光铁夫《安徽名媛诗词征略》卷五

倪静四首

倪静,字芷轩,倪淑四妹,陆恒修之继妻。与姊妹合著有《疏影楼合集》四卷、《晚香庐诗稿》二卷。

游 北 海

太液莲花照水清,长虹两道压波横。铜人不解兴亡事,犹捧金盘向月明。

陶然亭前香妃冢

堤柳萧萧雁影横,芦花十顷扫珠尘。莫言风月愁无主,黄土坡中有美人。

——以上录自光铁夫《安徽名媛诗词征略》卷一

宴桃源 忆藕轩三姊

夜静月光如昼,梦里同君刺绣。何处笛声寒,惊醒泪痕盈袖!依旧,依旧,人远梨花魂瘦。

江南春 送春

云漠漠,雨霏霏,满园花落尽,独有绿蕉肥。倩谁唤得莺声住?百啭偏将春送归!

——以上录自光铁夫《安徽名媛诗词征略》卷五

光淑贞二首

光淑贞,吴质中之妻,熟于史鉴。

秋夜书怀

梧桐小院绿荫沉,一片秋声动我心。欲把征衣凭雁寄,自勤刀尺夜深深。

冬夜即事

小院寒梅蕊乍舒，暗香浮动夜窗虚。深闺寂寂无他事，闲剔银釭读史书。

——录自吴希庸、方林昌《桐山名媛诗钞》卷十

邢月朗七首

邢月朗，邢大享之曾孙女。邢月朗少吝佛，未适人。著有诗集数卷。

雨　后

鹧鸪声里纤纤雨，极目长天散湿云。阶净却缘松自扫，碧池风细水生纹。

题　画

峰峦叠叠记曾经，一幅岚光青复青。何日结庐图画里，白云为幕树为屏。

飞鸣宿食雁

宿向沙汀暂息勤，饥时不与鸟同群。一朝唤醒人间梦，带雨随风入楚云。

晚　眺

纵目秋原暮色浓，白云深锁翠微峰。模糊莫辨烟中寺，晻霭苍茫薜荔封。

新　秋

梧桐叶落响帘钩，一片金风倦倚楼。唯有寒蛩知节令，声声砌畔报新秋。

题修篁拜月图

修篁深处立花茵，笑尔含情默自陈。几度殷勤询姓字，轻盈疑是月中人。

题待死堂

枝栖暂借水之涯，短榻焚香静煮茶。心识无生参物化，堂名待死悟空花。

补来破衲风初冷,坐烂蒲团日已斜。一盏残灯书一卷,夜深皓月照窗纱。

——录自吴希庸、方林昌《桐山名媛诗钞》卷十

齐氏一首

齐氏,诗人王心逸之母。

寒夜即事

荒村寂寞闭柴扉,土灶无烟对落晖。伏枕寻思明日米,挑灯勤补旧时衣。蛩吟四壁秋声急,犬吠疏篱夜月微。最是恼人眠不得,长空雁唳破霜飞。

——录自吴希庸、方林昌《桐山名媛诗钞》卷六

史氏二首

史氏,定海县丞史培之妻。

题惜花轩诗集

写罢芝兰埋素琴,高山流水愧知音。聪明巾帼才如此,好趁梅花托素心。
针神自昔擅聪明,滴露研朱出语惊。每抚诗篇长太息,君身恨不是书生。

——录自吴希庸、方林昌《桐山名媛诗钞》卷八

宋氏一首

宋氏,诸生许子良之妻。

送表妹赴粤

送君南浦黯伤神,翻悔相知情太亲。此去岭南逢驿使,折梅须忆故乡人。

——录自吴希庸、方林昌《桐山名媛诗钞》卷十

孔宪英三首

孔宪英,字兰生,山东曲阜人。举人孔昭恢之女,桐城方锡琯之妻。

题司马梦素嫂氏画瓶中折枝桃花并引

梦素嫂氏名梅,才工香茗,誉著鸥波,遥挹兰芬,未亲芝采。盖于归官署,甫及三年而小住尘寰,仅逾廿载。聪明损寿,其信然乎?兹绣山五兄以所缋遗迹嘱题,神伤奉倩,遗挂同悲,展卷凄然,爰题断句。输清才于咏絮,借名笔以留芳。写我心悲,忘人齿冷。时己丑竹醉日也。

灼灼夭桃写折枝,含毫斟酌小军持。可怜宜室宜家品,鸿爪先留恨一丝。

——录自黄秩模编辑,付琼校补《国朝闺秀诗柳絮集》卷三十五

秋雨即事

一雨生微寒,阴云压茅屋。疏响阁林钟,秋声满落木。

——录自《民国曲阜县志·艺文志》

雨中花 题秋海棠遗画

腕底酸红冷翠,写出秋容如醉。恨煞西风情太恶,吹作冰天泪。 忍把画图当晤对,看小样红妆憔悴。耳根内,似闻蛩语咽,更教人心碎。

——录自徐乃昌《闺秀词钞·闰十二》

孙氏一首

孙氏,文学孙拙也公之仲女,兵部职方司主事童天阅之妻,以苦节闻。潘江《龙眠风雅续集》卷十:节妇孙氏,文学拙也之仲女,兵部职方童玄吁公天阅之妻也。职方于乙酉冬监军五省,夫人从。壬辰殉难,夫人年才二十四,誓不二庭,有欲夺其志者,劓鼻拒之,旋携二女避乱山刹,祝发为尼,以全其节。其兄石文从兵戈夏击中,重跄迎归。长女适姚氏子,次女适张子芸圃,即依芸圃以居,衣粗食粝,荼苦如荠。芸圃尝为予述其苦节,声泪俱下。祝山如祺作《望海水篇》以表忠节,因忆予昔在白门时,与童公定交,相得甚欢,为哀而和

之,中有云"今宵洗盏犹呼酒,明日搴旗便出师",盖定情之夕,予曾有《催妆》之咏也。夫人捧诵再四,抢地呼天,几不欲生,作诗志谢。呜呼！昔人云"死者复生,生者不愧",夫人足当之矣。芸圃既归道山,夫人母女相吊而守,贤淑贞节,萃于一家,可俾其无传于后哉！录芸圃诗竣,附载于末,以信邦人,使邑乘有所采掇,亦芸圃之志也。

无 题①

我生不辰,早罹大故,夫子殉节于海壖两女偷生于兰若。赖叔兄石文间关数千里,迎归故里得以完节。祝朴巢先生作《望海水篇》,直叙其事,而潘木厓先生踵而和之,存殁均被,涕泪无从,赋以鸣谢。

毁颜戳鼻总如饴,精卫难填海水涯。柳絮少无谢韫思,柏舟老诵卫姜诗。心伤作传褒忠日,泪渍磨笄救姊时。谓石文兄也。自叹未亡偷视息,敢期名姓简编垂？

——录自潘江《龙眠风雅续集》卷十

孙松荫四首

孙松荫,孙临、方子耀之女,童某之妻,著有《松荫阁诗草》。

复居花山

故山无日不心关,何幸依依去复还。画荻仍携书一卷,栖身但有屋三间。菊存犹记先生植,甑破难逢旧酒颜。世事如棋谁上着,不堪回首泪潸潸。

次子铎偶病

万事遭迍不自由,零丁抱病卧床头。怪他积雨因风滴,只破芭蕉不破愁。

---

① 此诗题系编者所加。

哭季子森二首

门前桃柳旧时栽,沙上凫雏去弗来。一望满林唯硕果,予七男仅存其一。争教心死不如灰。

自叹年余几,如何今尚存。含哀怜少妇,拭泪抱孤孙。对镜愁千斛,浇坟酒一樽。那知萱已老,反去采残魂。

——录自吴希庸、方林昌《桐山名媛诗钞》卷九

孙思妊三首

孙思妊,字文窗,姚文熊、左如芬子姚士在之妻。

哭夫子十首选三

泪血斑斑渍穗帷,展眉旧愿已无期。夫子《寄怀》诗有"鹿门唱答诗千首,酬尔平生未展眉"句。断肠默忆平生恨,三十年中苦别离。

游遍寰中兴渐阑,何曾一日卸征鞍。长堤芳草年年绿,无复人歌行路难。

避喧有愿是幽居,垒石栽花俗累除。觅得一椽君不见,案头唯剩手抄书。

——录自汪启淑选辑,付琼校补《撷芳集校补》卷二

孙蘩姑一首

孙蘩姑,字泽芬,孙长桢之女。孝于亲,不嫁。宣统庚戌三月母殁,仰药殉,年三十五。

偶作

寂处深闺三十载,友于兄弟总怡怡。椿萱并茂承欢久,棠棣联辉命世期。咏絮多才输谢女,撒瑱矢志慕婴儿。平生不解铅华事,愿继家风守四维。

——录自光铁夫《安徽名媛诗词征略》卷一

孙咏阁一首

孙咏阁,孙临、方子耀之孙女,方以智孙方正珠之妻。工诗善画,兼精于《易》。著有《断〈易〉日记》《咏阁诗集》。

秋 月

一片孤飞月,秋高万里明。天空河汉冷,云净露华清。乌鹊向南度,霜砧入夜鸣。素娥堪吊影,钟漏已三更。

——录自吴希庸、方林昌《桐山名媛诗钞》卷四

洪采蘋十首

洪采蘋,怀宁人,洪峙山之次女,桐城吴希庸之妻,年二十四而卒,著有《苹香阁诗草》。

玉簪花

中天明月吐清华,独倚栏干影未斜。怪底风来香一缕,鬓边斜插玉簪花。

龙湾春望

无端春色最堪怜,柳绿如烟花欲然。笑向邻家呼姊妹,踏青犹有绣花钱。

携弟妹园中晚步

日暮深闺倦绣余,闲携弟妹剪园蔬。青山隐隐真如画,正是秋篱月上初。

游柴林看木笔

闻道柴林风景赊,春来得得坐香车。峰峦怪底白如雪,开遍山山木笔花。

秋园晚步

青山叠叠白云遮,黄叶声中噪暮鸦。莫道荒园生意少,篱边犹有邵平瓜。

怀弱弟阿窸

娇小真同掌上珠,深闺镇日总依吾。别来殊觉云山隔,梦里时闻拍手呼。

病中柬叔祖母偶憩老人

青年忽自病经旬,果饵深惭馈问频。肯否携琴为我奏,薰风一曲定回春。

病中自题小像即呈金圃夫子

病态依稀逼似真,感君为我写丰神。他时云鬓知何处,画里空劳唤阿苹。

辞世二首

秋风秋雨打窗棂,几上残灯影自青。梦里家山时踏遍,早知弱质易飘零。
最怜黄口付君家,保抱须无一念差。他日床头幸有母,莫教雪夜泣芦花。

——录自吴希庸、方林昌《桐山名媛诗钞》卷十

叶氏一首

叶氏,生平不详。

病 中

柳花飞处饯芳春,药饵香中悟夙因。病久不知身是我,梦魂常与魄相亲。

——录自吴希庸、方林昌《桐山名媛诗钞》卷九

叶氏一首

叶氏,叶馥、左慕光之女,泾州知州山东曲阜孔昭偘之妻。

咏 芍 药

金缕红绡品不群,当阶翻处望如云。遥知此日丰台畔,烂漫春光已十分。

——录自黄秩模编辑,付琼校补《国朝闺秀诗柳絮集校补》卷四十九

赵采蘋三首

赵采蘋,字凤仪,江文复之母,早寡,以节闻。著有《鹃魂集诗》。

孤　雁

一声孤雁夜三更,触我愁怀梦不成。我亦凄清伤影断,红尘碧落两同盟。

得母家消息志感二首

李海帆观察赴任四川,命儿子作书乞访母家消息。书来始知兄弟与姊俱已物化,老屋亦颇败矣。诗以志感。

离家三十载,两地杳无音。每念诸兄姊,时劳思虑心。一朝欣有便,满拟悉升沉。人事沧桑变,书来恨转深。

一封书乍启,读罢泪频倾。翻觉无书好,书来更可惊。连枝已物化,老屋但榛荆。太息西窗下,伤心对月明。

——录自吴希庸、方林昌《桐山名媛诗钞》卷十

金梦兰二首

金梦兰,字香苏,江苏扬州人。桐城杨瑛昶侧室。著有《净香居诗草》一卷,凡诗百六十一首,又题画诗五十二首,翁方纲、吴鼒为之序。工诗,善画蝴蝶。

翁方纲《净香居诗草序》:凡评妇人诗,第举林风、絮雪之韵耳。其或进乎此,则谓不染脂粉气,遂足以超轶闺中作矣。而吾诵净香卷中诸什,岂以是欤?吾味其诗,盖深于画理者,然吾非仅以画喻诗也;盖深于佛理者,然吾亦不尽以禅喻诗也。其咏白牡丹曰"富贵须知本色难",则学者涵养澹宁之候也;其题文竹石峰曰"那肯藏身万绿中",则君子持躬立品之端也。且于廉吏之俭素,无不具见于写怀也;且于名宦之勤民,时时流露于即事也。此吾昔读米人(杨瑛昶字)诗,不于官职声名概之,而转于读净香卷中诗,随处得之。

题画蝶

翩翾舞态斗春酣,绿暗红稀月正三。帘卷东风清昼永,落花芳草忆江南。

题画菊赠杨晚香夫人

家在淮南烟水涯,秋风吹梦隔京华。故园三径荒芜久,犹向晴窗写菊花。

——录自吴希庸、方林昌《桐山名媛诗钞》卷十

李媞三首

李媞,字安子,号吏香,上海人。李松林之女,桐城方传烈之妻。在母家时,与表姊黄巽英友善。黄巽英字香崖,长李媞十二岁,家居苏州,立志侍亲不嫁,然不得母欢。李媞于归后,以夫不慧,无伉俪情,归与黄巽英会于苏州,相约投池死,时在嘉庆间,李媞年二十五岁。著有《得住楼诗》二卷、《词》一卷。

萧穆《敬孚类稿补遗》卷一:光绪初,韵芝复于上海李氏得闺秀李吏香所著《犹得住楼遗稿》一册,诗上下两卷,诗余一卷,附祭文一篇,以示友人沈约斋。约斋选录一本,复以原稿示余。盖吏香为户部员外郎李心庵先生松林之女,适吾乡方氏。道光七年夏于归桐城,逾年闻父户部公之丧返上海。又一年访其表姊黄香崖于苏州狮子林,香崖亦闺秀之杰,通书史工文词者也。两人深相得,皆所遭不偶,以中秋夕偕没池中。余阅其诗词数过,爱其风神超逸,清丽芊眠,洵为近代闺秀所罕有,特其幽忧郁塞之气,时时流露行墨间,又叹其遭逢蹇薄,与千古才人同慨也!

《上海县续志·清》卷十:李媞,有异秉,读书过目成诵。诗才高逸,似郊、岛。幼缔姻桐城方氏,赘于易园,婿传烈骏蠢,不辨菽麦,遇人不淑,人皆怜之。与吴门黄香崖女士为生死交,同游狮子林避暑。无何,香崖不得于母,投池死,媞亦自沉,年二十五岁。著有《犹得住楼诗稿》三卷,自删存三百余首。

如梦令 书感

憨态堪嗔小妹,诵得唐诗不背。偷折柳条来,带雨一枝浓翠。心碎,心碎,上有阳关别泪。

丑奴儿 秋夜忆崖姊

关心飒飒敲窗雨,响到更阑,听到更阑,明日双鱼寄又难。　　愁凭梦诉偏无寐,入户轻寒,入幕轻寒,一穗灯光红焰残。

两同心 怀香崖姊

细味春来,者般怀抱,有千条绪似垂杨,更一片恨如芳草。问何时握手花前?无劳青鸟。　　究竟相思谁造,天公笑道:是人间忒杀多情,非天上生成烦恼。倩东风吹去愁根,风辞不晓。

——录自光铁夫《安徽名媛诗词征略》卷五

李相珏三首

李相珏,字璋如,名宿李德膏之女,同邑余光烺之妻。早岁沉潜国学,造诣颇深。民国十一二年间肄业省立芜湖二女师校,后升入北平师范大学,毕业后,任职于金陵女子大学。

无　题[①]

一株凌云立,亭亭临素波。姿态似蟠曲,内心贞且和。欲见固穷节,岁寒挺枝柯。鸿鹄海上来,翔集时一过。多谢燕与雀,树下漫婆娑。

---

① 此诗题系编者所加。

病中之苦①

余卧病京门,自春徂秋,辗转困顿,屡濒于危,病室呻吟,尤感悒郁!金大教授夫人及诸友好往来存视,几无虚日,或赠鲜花,或馈药石。病中得此,感慰良深!爰作小诗,聊写病中之苦,兼向亲朋志谢!

负疴白门下,时节忽推移。昔病当春晚,今已烹新葵。窗际翘远岫,庭柯映琉璃。静卧恻物变,岁月忽若驰。翳我寝疾来,病骨叹支离!诗书束高阁,庭阶芜不治。两女凤娇弱,饥寒系我思。长者达五龄,日觅枣与饴。幼者垂三岁,伶俐解人颐。既歌且复舞,笑语声怡怡。交手忽相打,啼号满涕洟。呼儿来床前,欲语先凄其。母病困床褥,问儿可能知?母病且如此,无母依谁居?长者应声答,顾我自憨嬉:母殁儿有父,携我泛涟漪。闻言共哄笑,悲欢不自持。我本多愁人,一病百虑随。既念我女幼,复怜所生衰。迢迢千里乡,远道贻我辞。闻我困疾疢,终日长郁伊。殷勤寄良药,辗转问灵蓍。开缄诵未已,伏枕泪涟洏。在昔问诗礼,蓄志薄朝曦。如何久沦踬,万事负所期。怅望修途阻,定省复何时?萧索空宇中,忧思将告谁?唯我诸亲好,多时隔音容。闻我幽居苦,款曲时过从。或携稚子俱,或废琴书功。大腹又便便,登楼疲以忪。惠而能好我,笑语披心胸。贻我忘忧草,涉江采芙蓉。秋藕折轻丝,朱实满筐中。辛勤属珍重,心广体自充。药饵复稠叠,顾我夕与晨。病榻酬清话,益感平生亲。久疾多悲苦,初愈情转新。天高气自爽,凉飙拂我巾。徘徊步园圃,矫首看新橙。仁鸟欢人至,嘤嘤弄好声。我病岂不久,夏秋忽已更。譬若霜后草,何日得向荣?回首呻吟苦,敢忘笃顾情?委顿未能步,作此慰亲朋。

——以上录自光铁夫《安徽名媛诗词征略》卷一

挽弟联

恨、恨、恨,恨我不能飞渡重洋,亲睹临终惨状,爱姊何益,望弟成空,碧血

---

① 此诗题系编者所加。

竟沉埋,徒剩一片痴心,愿来世仍为手足。

悲、悲、悲,悲尔哪得生还祖国,聊报罔极深恩,慈母泪枯,阿爷肠断,黄泉安可见,长此百年暮景,祝英灵默佑椿萱。

——录自何伟成主编《枞阳风雅·现代》

盛氏五首

盛氏,方若玒之妻。潘江《龙眠风雅》卷二十七:氏本名家女,适若玒,娴于妇道,间以其暇攻吟咏。里中女士争延致兰闺,佩其琚璜之训,不独涉猎词场也。方子且易曾受业于若玒之门,为予诵其诗,如"叫月一声流碧落,空阶鹤唳不成眠。萤火乱飞星欲落,波光一片月生尘"。惜不记其全,皆可诵也。

寄 方 姑

柳荡千村绿,桃开满院红。水流抛夜月,山静拂春风。鸟宿枝忘倦,云飞天欲空。故人百里外,常在梦魂中。

秋 夜

别怨惊花梦,离愁断月魂。砌荒虫怯冷,窗外泣黄昏。

雨 夜

一夜寒生万树风,白云飞出几千重。隐隐楼头三阵雨,鸡鸣催动五更钟。

古　意 此首且易记忆未真姑存之

满斟碧酒泛菖蒲,先醉婆婆后小姑。婆醉有依依有婿,小姑醉杀倩谁扶?

无 题

叫月一声流碧落,空阶鹤唳不成眠。萤火乱飞星欲落,波光一片月生尘。

——录自潘江《龙眠风雅》卷二十七

盛氏十六首

盛氏，江苏溧阳潘天成之妻。潘天成，字铁庐、锡畴，以孝行著，尝从方有怀、梅定九、汤嘿斋讲经济之学。游学桐城，隶籍为安庆府学生，居二十余年，后移家江宁，著有《铁庐集》。盛氏择婿有年，洎于归天成，年已三十八矣。与天成相从谈诗文，敛衽行师弟礼，终身不敢对席。甘贫静好，乡里称之。

赠 别 有序

辛未之年，时维八月。江风清劲，鸿翔万里之天；山月明莹，桂吐三秋之景。余夫子扫墓濑阳，报亲恩于罔极；论文吴会，索知己于名流。此真孝子之深情，才人之壮志。特以胸罗万卷，囊乏一钱；气欲凌云，家徒立壁。既无以生交游之宠，又不能忘内顾之忧。故欲行且止，将往又留。然而徒步担簦，才是通儒之行；短衣提瓮，始成贤媛之名。君诚有鲍宣之高风，妾亦居少君之清操。销魂黯黯，岂敢为儿女之悲？赠别谆谆，乃以助丈夫之气。爰疏短引，聊当《骊歌》，虽不必如窦滔妻织锦之辞，实欲效乐羊妇断机之意云尔。

芦花江上雨初晴，帆带朝阳一片明。含露柳枝从北折，凌风雁阵向南征。远传故国书千帙，净扫先茔酒几倾。何日扁舟随濑渚，蘩蘋采得洁粢盛。

君是江南一伟人，糟糠不弃得相亲。志怀古道何妨傲，才过时流岂厌贫？补就寒衣肠寸结，借来村酒饮三巡。莫愁纸阁秋风冷，灰却男儿四海心。

十载蛟台惯苦辛，为无柔骨俗生嗔。济人金散翻招怨，经世书多转受贫。志欲冲霄成劲翮，才能破浪惜修鳞。丈夫知己应非偶，切勿轻干显要津。

凌空秋色到柴荆，卷起芦帘送远旌。江上好风千里意，天边圆月百年情。疏狂世事偿书债，冷落生涯借笔耕。莫谓尘埃无别眼，应知处处有逢迎。

——录自汪启淑选辑，付琼校补《撷芳集校补》卷二十八

夫子到家

俄报征鞍到草堂，迎君携手泪沾裳。乍归颜忽相惊老，久客须疑较昔长。

此日聚谈如梦寐,十年萧瑟叹炎凉。饮余儿女欢如许,莫看糟糠两鬓霜。

月夜同儿女坐话

江上霜鸿叫二更,窗前儿女话生平。月明帘命奚童扫,铛沸茶看小婢烹。发为愁贫容易白,诗因怀远忽然成。闺中不省都门路,昨夜何缘梦到京?

夜 雨

三月江南夜雨多,草堂前后渐成河。墙垣屡促诛茅盖,其奈山童懒惰何。水灌柴扉欲到鱼,挑灯起坐费踟蹰。杏花林里三间屋,唤醒儿曹怕湿书。

鹊 噪

帘外萧萧落木声,怀渠两载客燕京。鹊能巧慰家人望,不是归期也诈鸣。

秋日接书信

小小花笺印折梅,秋风客报欲归来。一言好向黄花嘱,莫谓重阳太早开。

花 影

落径全无色,开门满地花。因风摇砌石,随月舞窗纱。历乱江淹梦,参差杜甫家。老来何所事,于此悟空花。

酿 酒

酿酒多年学,今冬得好方。晨兴加曲糵,夜起试温凉。岂似茅柴味,差同琥珀光。祖宗犹未献,儿辈莫先尝。

示幼女

垂幕深深坐,看儿泪雨挥。诸兄俱已娶,阿姊亦于归。近世人情恶,衰年心事违。可怜渠最小,灯火照相依。

高孙到家

生长不曾见,今年始到家。孙儿神气爽,祖母鬓毛华。牵傍怀中立,携从膝上加。因思居各处,转觉泪如麻。

晓 起

鸡唱开寒栅,虫吟住短墙。薰笼无宿火,衣架有余香。心事谁能识?穷愁每自伤。呼儿书早读,莫待日高梁。

儿辈到家

烟雾千层锁翠微,衰年难倚竹篱扉。春残雨带桃花落,日暮人同燕子归。负米那曾心得遂,穷途空觉泪频挥。忙催小婢炊羹饭,忘却呼儿解湿衣。

——以上录自汪启淑选辑,付琼校补《撷芳集校补》卷十八

刘蕙阁二首

刘蕙阁,刘中芙之女,诸生吴巨瑄之妻。

种 菊

不赏春葩及艳阳,任他红紫斗芬芳。携锄只种篱边菊,留取寒英傲晓霜。

雨 夜

万种忧思诉与谁?挑灯独自写新词。无情最是三更雨,滴醒愁人听子规。

——录自吴希庸、方林昌《桐山名媛诗钞》卷四

刘淑玲一首

刘淑玲,字瑞麟,光大中之继室,有诗才,倡随客邸,虽贫困不改其乐。与丈夫合编《安徽名媛诗词征略》。

题吴君婉女士遗诗①

淑德于今少,诗遗白雪音。惭余无一及,何以慰夫心?

——录自光铁夫《安徽名媛诗词征略》卷一

陈采芝三首

陈采芝,庐江人,进士陈大化之女,桐城张问庵之妻,著有《蓉镜轩诗集》。

蓉镜轩闻隔邻箫声偕夫子问庵作

西风剪剪透轻纱,同倚栏干待月华。天际微云不成雨,夜深清露渐含花。梧桐金井飞萤火,杨柳高楼隐宿鸦。自是秋心无着处,玉箫声出阿谁家?

桃 花

韶光冉冉送年华,卧病经旬掩碧纱。银蒜押帘春寂寂,晚风庭院对桃花。

平山堂赏梅和家大人原作

平山堂上花如雪,平山堂下笙歌列。清风惠政仰欧苏,福星一路初持节。望古情深访蜀冈,苍苔碧藓文磨灭。冰轮碾破水中云,人澥花场景清绝。杖履随游十五龄,咏成击钵争优劣。妆阁传抄姊妹行,才名道韫兄怜拙。偶逢驿使寄江头,宦情不敌乡思切。竹韵松声晚放衙,种梅梅与人高洁。

——录自吴希庸、方林昌《桐山名媛诗钞》卷七

陈佩玉一首

陈佩玉,生平不详。

---

① 此诗题系编者所加。

赠方阿青

一门应不惭诸谢,风絮尤传道蕴佳。却愧无缘亲笑语,卷帘人瘦比黄花。

——录自汪启淑选辑,付琼校补《撷芳集校补》卷二十四

胡淑贞二首

胡淑贞,诗人胡研初之女。

秋夜有怀家大人金陵

寂寂花阴夕,鹑衣自觉轻。萤光依户冷,梧影逼帘青。夜月悬孤影,秋砧动远情。含愁阶下立,遥望石头城。

——录自吴希庸、方林昌《桐山名媛诗钞》卷四

偶作寄外

银蒜双垂纸帐低,梦为蝴蝶意迟迷。痴魂欲渡寒江月,怪煞邻鸡半夜啼。

——录自何伟成主编《枞阳风雅·清代》

胡师蕴三首

胡师蕴,清河司马胡泌之女,童某之妻,著有《师蕴诗草》。

书 怀

万物谁齐等,人生只自知。可怜心似石,转笑命如丝。多病难成梦,长愁但有诗。春回尚冰雪,天地自无私。

晚 步

斜日下汀洲,相将此际游。乱山枫叶晚,一水蓼花秋。野犊争归路,寒鸦逐客舟。前村渔火影,隐隐到江头。

襄阳舟发

树暗河干草接湾,薰风轻荡送南还。一帆初挂襄阳月,千里遥思汉口山。水鸟渔舟诗境里,烟村云寺画图间。梦回□署因何事?叹慰严亲别后颜。

——录自徐璈《桐旧集》卷四十一

程端仪四首

程端仪,程芳朝之女,程松皋之姊,方嵩年之妻,著有《葆琏阁集》。程松皋《跋》:吾姊幼即工诗,因禀先大夫严训,从不肯一字出户外,由是,虽里中亦无知其能诗者。兹特假慈命,强而得此。描情写景,妙出自然,而磨砻格律,标置风韵,则又居然古名家胜概,乃知吾姊不轻言诗者,其自命正不苟也。

潘江《跋》云:继溪为一代才子,德配嗣三世,徽音教成,伊洛公宫,凤娴诗礼,职管桂林,中馈尤叶琚璜。闲援彩笔以吟椒,辄擘乌丝而脱稿。此则谢庭咏柳絮,丽词堪付雪儿;卢妇醋桃花,清歌不烦缝树。东观作颂,信班惠才擅大家;太冲炼都,羡左芬名齐伧父矣。

和落叶韵四首

知秋不分碧梧桐,惹遍林峦处处枫。暮雨山城添滴淅,晓烟楼幕减朦胧。惊旋槛底搏飙上,倏过墙头瞥眼空。独剩闲阶无点障,透来秀色满帘栊。

碎剪秋容巧入神,纷纭恍对曲江春。丹黄纹缕飘成绮,重叠波涛写向人。一两霜前藏变化,萧综"一霜两霜犹可当"。万千峰里罩嶙峋。斑斑眼见青钱地,半枕萧骚几寸新。

谁使同枝又各天,飘零无泪也潸然。水知载怨将流反,用于祐韩氏事。诗到难成得瘦偏。谓崔信明。打乱客魂榆塞外,敲回闺梦药栏边。吟蛩不觉凄清极,还送寒声拉杂传。

鸾笺千样薛涛裁,更遣封姨持赠来。满屋书残萧寺月,郑虔事。一林拨尽白家灰。拂衣带雨侵棋局,卷幔乘风掠镜台。最是联翩无息处,山容瘦净好肥梅。

——录自吴希庸、方林昌《桐山名媛诗钞》卷三

程本淑二首

程本淑,左光斗之曾孙左文言之妻,著有《佩椒阁诗钞》。

寄 外

青毡今古困书生,仆仆风尘赋远征。自是闻鸡常起舞,不教屠狗博虚声。嫁衣聊可供朝夕,怀刺何由识姓名。凉月当窗灯影瘦,秋蛩和漏短长鸣。

重九和韵

登高都趁夕阳归,山外人家水绕扉。风色静敲桐子落,竹阴低映豆花肥。新诗敢自夸彤管,携酒何须话白衣。采得茱萸刚一掬,佩囊昨夜绣罗帏。

——录自吴希庸、方林昌《桐山名媛诗钞》卷三

程令媛九首

程令媛,字仪卿,程宗涑之女,吴忠蔚之妻。七岁随诸兄从师学问读,目数行下,过目成诵。归吴忠蔚后,婉顺相得,中馈针黹之暇,不废吟咏,年未二十卒。著有《桐籁诗钞》。

吴讱甫序诗钞曰:仪卿幼从学于许君香韭,归余族孙正卿,婉顺相得。幼工韵语,中馈之暇,不废吟咏。归未及三年而遽逝。今阅其诗,兴寄吐属,得风人之致,咏物则巧而不纤,抒情则丽而有则。信乎!取法者正,而足以自传其贞淑也。

雨后野望

春来如梦中,一雨猛然省。芳草惜菲菲,已绿郊原境。地润土膏融,遍布阳和景。生机日已多,佳趣谁能领?幽鸟时一鸣,夕阳在山岭。

江楼晚眺

缓步上江楼,楼高一望收。孤城三面水,斜日四山秋。黄叶下无尽,寒云淡欲流。长堤好杨柳,憔悴不胜愁。

秋　日

唱到弯弯月子歌,飞来海上又银河。一年最好无如此,千里相思可奈何。古木淡烟笼不尽,空山老屋受偏多。阶前满地凉如水,彻底空明静不波。

夜　坐

万籁寂无声,风送寒砧急。坐久怯衣单,露滴花间湿。

——以上录自吴希庸、方林昌《桐山名媛诗钞》卷六

杨　柳

垂柳复垂杨,千行与万行。沿堤开画本,隔水露红墙。无力含朝雨,多情赠夕阳。年年送离别,不绾马蹄忙。

秋　草

清秋风景剧凄凄,欲访王孙路转迷。野浦剩青微雨冷,暮山残碧夕阳低。鹰呼大泽抟沙净,马骋平原顾影嘶。蝴蝶不来萤照远,萧萧重望板桥西。

移　花

闲把名花手自移,一枝一叶赖扶持。偶因苑北春难到,分过墙东蝶未知。洗钵灌从泉近处,携锄刷向月明时。好风若递芳丛信,检点诗笥共酒卮。

骤　雨

云头在当空,雨脚在何许？声杂好风来,园林不知暑。

杨　花

几处争飞不自由,低回空际任悠悠。春归那有闲情爱,散作人间万点愁。

——以上录自徐璈《桐旧集》卷四十一

杨云涛七首

杨云涛,苏州人,桐城张地山之妻,张谟之母。

吴希庸、方林昌《桐山名媛诗钞》卷九:杨云涛,长洲人,张地山先生室,子谟跋:"大人幼聪慧,十三毕五经,习诗词,兼解制艺。爱读李杜诸大家诗。后因家道衰微,致成痰疾,诗文皆焚弃。兹忆一二附录。男谟敬识。"

唐烈女歌

烈女,长洲人,字汪氏,未嫁夫卒,继母欲夺其志。女窥谋成,堕楼死。予闻而哀之,为作是歌。

山有石兮可平,海有波兮可清。唯女守贞兮历万变而难更。危楼百尺霜华明,一身飞堕鸿毛轻。呼母氏兮血泪倾,楼头夜夜杜鹃声。

梅

炼冰为骨雪为胎,几度悠扬玉笛催。明月梦回三径外,春风吹入万山来。生成骨傲何妨瘦,开向尘寰不染埃。知是九霄瑶岛种,错将香色倚云栽。

萤火

几点流萤至,空阶夜气清。晚风吹不灭,细雨湿还明。

蕉窗

嫩叶半舒半卷,诗人裁赋新篇。帘外萧萧细响,秋风秋雨惊眠。

秋山

峰峦叠叠古屏风,图画天然烟雨中。最是秋来新点缀,丹枫遥衬夕阳红。

纳凉

柳丝如织漾涟漪,一片清凉景最宜。好是纳凉新雨后,芰荷香送晚风时。

秋　夜

无那残灯暗复明，蛩吟四壁夜凄清。竹窗忽觉有秋意，错向风前认雨声。

——录自吴希庸、方林昌《桐山名媛诗钞》卷九

杨衍韫四首

杨衍韫，字晚香，杨畴公之女，张元宸之妻，著有《晚香斋集》。

吴希庸、方林昌《桐山名媛诗钞》卷八：杨衍韫，字晚香，畴公之季女，张元宸公室。姊妹俱工诗，韫为最。其父尝叹曰："吾学传吾道韫矣。"年三十二夫殁，训子女，勤操作，不以翰墨为务。著有《晚香斋集》。

移牡丹三首并序

家有异种紫牡丹，今已数十年，花大如盘，灿烂似锦。后因芜秽杂植，竟三年不开。今移植窗前，感而赋此。

花与人同慨，沧桑几变迁。一从闻羯鼓，憔悴欲谁怜？
萧艾谁能别，当门每刈兰。许多朱紫贵，退步最为难。
浓艳岂无色，遭逢苦俗尘。好培清净土，还我洛阳春。

示诸子

四生皆秉一，六尺幸成躯。有德方能润，无才善守愚。勤耕心下土，莫负隙中驹。当念侏儒饱，东方气自殊。

——录自吴希庸、方林昌《桐山名媛诗钞》卷八

杨清远一首

杨清远，杨畴公之次女，杨衍韫之姊，左广之妻，左承恩之母，著有《清远阁集》。

题课孙图

红栏曲曲傍莲池,书卷纵横手自披。一幅秋阶新画稿,桂花香里课孙时。

——录自吴希庸、方林昌《桐山名媛诗钞》卷十一

董清映二十二首

董清映,字幻梅,董春生之女,张湘帆之妻,著有《惜花轩诗草》。

吴希庸、方林昌《桐山名媛诗钞》卷九:董清映,字幻梅,浙江盐大使春生女,县丞张湘帆室。著有《惜花轩诗草》。舅氏方固庵题词云:"皓质琼姿太可怜,不须罗绮自娟娟。前身幻作梅花梦,心是菩提骨是仙。生时父梦梅花。"

夏日偶成

静掩柴门人未还,碧莲香散鸟声闲。清风却向云深处,送出溪南一片山。

送别盟妹二首

万恨经冬病已迟,昏昏魂魄杳无之。搴帏惊起今何夕,月落空阶泣别时。
两载绸缪转眼间,问君此去几时还?清风自是无情物,又送斜阳下晚山。

和兰音闺友原韵

盈盈玉筯影痕清,镇日凭栏忆故情。极目天涯迷野树,云山何处是蒲城?

岳忠武墓

西湖何处倍伤神?古柏高坟寂寞春。北去残魂悲二帝,南来千载泣孤臣。大军纵抱金牌愤,助恶终教铁铸身。为问墓前长舌妇,东窗应悔作谗人。

苏小小墓

油碧香车信久乖,千年空复爱遗骸。那知浅浅湖边土,剩得羞名尚未埋。

忆　梅

每见寒梅便忆家,碧纱窗外一株斜。向来春信年年早,应放南枝三两花。

侄女约赏杏花

欲卷珠帘怯步迟,昏昏终日意何之。落花芳草无寻处,正是空庭燕语时。

西湖看荷花

红幢翠盖并争妍,柄柄擎来耀日鲜。更向苏公祠畔过,香风吹趁夕阳船。

题方固庵舅氏浙游草

探胜寻芳意若何?频将逸兴入诗歌。风标自得湖山助,蕴藉还因书卷多。每见醉余挥藻翰,恍如空际落银河。自惭粗辨之无字,布鼓雷门亦妄过。

忆汪夫人

那堪窗外雨连绵,料得慈帏尚未眠。乱落芭蕉声太剧,诓人错认在枞川。

落　梅

怪煞心痴梦亦痴,依稀犹似对芳姿。醒来试问花何处,明月窗前竟不知。

五旬初度诗以述怀十二首选四

何堪逐地忆行期,赢得星霜入鬓丝。孤艇春潮来越国,半轮秋月过峨嵋。

见说蚕丛路果真,晓行夜宿倍艰辛。山来异地偏加峭,官比居家更觉贫。

一幅观音一曲琴,楞严读罢理徽音。每当苦雨悲风夜,聊遣天涯离别心。

归来亲故半云无,城郭依然风景殊。最是伤心终抱恨,晨昏长此泣慈姑。

——以上录自吴希庸、方林昌《桐山名媛诗钞》卷九

纪　梦 十首选四

予性佞佛,宝相庄严,时形梦寐。今已六十有三,尚未脱离尘网,感而有作。

宝相庄严梦岂诬,仙风佛性本来殊。半窗梅影三更月,此境人间尚有无。
原知世受国恩深,只恨家贫泪不禁。垂老悲伤何处诉,聊将心思托鸣琴。
楞严诵罢即南华,一缕炉烟日未斜。同辈莫嫌风骨冷,前身幻梦是梅花。
遥忆蓬莱苦渺然,欲浮南海水连天。几生慧业遭尘劫,哭诉慈悲大士前。

寄侄女董贞女二首

贞女□□,吾兄湛之女,字倪子维熊,为雨生先生伯子,弱冠卒,尚未婚。贞女慷慨欲就义,父母防之密,劝之切,即慨然欲临丧,绝米浆者五六日。越三年,舅卒,遽偕母氏素服以临,依孀姑,以矢志,时年二十有二,今苦志已逾二十载矣。

守贞如此世应稀,曾未雕梁得并飞。二十年来依母氏,墓门展拜当于归。
侄女守志母家,四十岁后始展夫墓。

贞静幽闲颂太姜,守贞今更出寻常。寸心直可贯金石,节似长松冷似霜。

——以上录自吴希庸、方林昌《桐山名媛诗钞》卷十一

施剑翘二十四首

施剑翘,原名谷兰。施从滨之女,施靖公之妻。民国十四年(1925),苏、鲁战起,施从滨任直、鲁、豫军前敌司令,兵败被俘,为苏、浙、皖、赣、闽联军司令孙传芳所杀,头悬城门。施剑翘时年二十,痛父惨死,誓为父复仇。民国二十四年(1935)秋,施剑翘至天津,侦察后得知孙传芳常往南马路清修院居士林讲经,施剑翘先将其母送至首都,旋购得手枪及子弹,暗藏大衣内,于十一月十三日前往清修院听讲,并贴近孙传芳,乘机连发三枪,击毙孙传芳,并散发传单。孙传芳系亲日军阀,作恶多端,民深恨之。孙传芳被击毙后,民心大

快。施剑翘亦可谓忠孝两全矣。事后,施剑翘毅然自首,后法院判其徒刑七年。各地均纷纷致电声援,仅故乡桐城就有二千余人联名上书声援,要求赦免。施剑翘素爱文学,工诗。狱中以赋诗自遣。有和其诗曰:"击碎头颅酬夙愿,隐娘身手赛神仙。"为施剑翘所最喜读。入狱十一个月赦出,出狱后,走向革命,奔走抗战,贡献殊多。中华人民共和国成立后,当选为北京市政协委员。1979 年病逝于北京。

中秋节口占(1936 年)

同是中秋月,人间两样看。万家齐庆祝,全狱悉辛酸。念父心头痛,思亲泪暗弹。可怜今夜月,监里一见难。

誓　言(1925 年)

战地惊鸿传噩耗,闺中疑假复疑真。背娘偷问归来使,恳叔潜移劫后身。被俘牺牲无公理,暴死悬首灭人情。痛心谁识儿心苦,誓报父仇不顾身。

中　秋(1943 年)

回首前尘一笑酬,韶光易逝又中秋。举杯对影邀明月,归雁横空过小楼。大地有生皆是梦,晴天无限不成愁。试看历历兴亡事,几许英雄雪满头。

嘉陵江畔(1943 年合川县)

嘉陵江畔又春风,隔岸桃花映眼红。白鹭影随波上下,青蛙声在耳西东。痴来只道情无限,觉后方知色是空。但看奔腾流水逝,人生何事不相同?

嘉陵江畔雾朦胧,点点残红阵阵风。渔火参差明灭里,雁声断续有无中。浮云蔽日悲何限,逝水难留造化穷。玄武湖心今夜月,凄凉不与旧时同。

狱夜思亲

午夜孤灯下,惊闻雁北来。安知今夜里,母不梦儿回?

有　感（1936年）

传单散满佛门庭，报警呼声四座听。自首终成镜中影，从今谁敢不逃刑？不期判决一如前，壮志难为世俗牵。曲直是非何时辩？不经磨炼不惊天。

七言二首

父仇未敢片时忘，更痛萱堂两鬓霜。纵怕重伤慈母意，时机不许再延长。不堪回首十年前，物自依然景自迁。常到林中非拜佛，剑翘求死不求仙。

感　慨

十载相依一画楼，惊闻出售动人愁。非关住久生情感，痛煞严亲手泽留。

狱中诗

血溅佛堂经染醒，自投法院甘受刑。亲仇已报无遗憾，犹想萱堂老寿星。
剑翘本未脱天真，一点慈忱幸已伸。但乞天怜随妾愿，来生不作女儿身。
得报父仇恨已消，狱中生活最无聊。除将诗字消闲外，千里思亲一梦遥。
一切牺牲为父仇，年年不报使人愁。痴心原望求人助，结果仍须自出头。
埋冤十载一朝伸，志报亲仇不顾身。寄语权能生杀者，得饶人处且饶人。
舍身只为报亲恩，三响居然断敌魂。闺阁玩枪人莫笑，剑翘生长在侯门。

雪中放舟

酒余闲放一孤舟，雪自飘飘水自流。寄语渔人休布网，大鱼不在此滩游。

观梅有感（1937年冬抗日开始）

劝君勿作杞人忧，看到梅花自不愁。弱质经寒姿更俊，风吹雪打不低头！

除　夕

爆竹声中瑞雪凝,呵毫展纸手如冰。将军今夜交锋未,寒透征衣第几层？

除　夕（1942年合川县）

绛烛辉煌映画堂,晓装重整袖盈香。团圆纵叙天伦乐,心在天涯战鼓旁。

咏　松

生平不解媚东风,雪重霜凝姿更雄。莫倚寥天怨幽独,调高和寡古今同。

春　寒（1948年苏州）

遍野灾鸿欲救难,饥声更比雁声酸。天心不解民心苦,春到人间依旧寒。

——以上录自张国雄、张五鹏《续枞阳诗选》

绝　命　诗

得报亲仇恨已消,芳兰总有一时凋。从今拜别萱堂去,一点灵犀上九霄。

疏瀹四首

疏瀹,字梅心,许永璋之妻。幼颖悟,得祖父澹吾公欢心,步趋学诗。及长,肄业于池州乡村师范,终身从事教育事业。

题疏氏先哲诗选

太傅清风百代传,兰陵远带石溪天。先人手泽垂家乘,各占风骚数十年。

外子久客初归观月有感（1940年）

皎月盈盈透阁头,栏干携手慰离愁。天知远客归非易,故遣清辉伴夜游。

外子所著抗建新咏问世喜书卷末(1945年)

十年学问百年期,偃鼠河深那得知?谈笑江山随笔底,乾坤间气寄清诗。

焚 香 诗

贪残不是赖神功,大道遑分西与东?一瓣香凭心一片,空知为色色为空。

——录自张国雄、张五鹏《续枞阳诗选》

人名索引（按姓氏拼音排序）

C

陈采芝	〔332〕
陈佩玉	〔332〕
陈舜英	〔307〕
程本淑	〔335〕
程端仪	〔334〕
程令媛	〔335〕

D

董清映	〔339〕

F

方 芬	〔49〕
方 份	〔62〕
方 敷	〔48〕
方 静	〔45〕
方筠仪	〔49〕
方莲衣	〔41〕
方令完	〔60〕
方孟式	〔1〕
方 宁	〔59〕
方 青	〔48〕
方 佺	〔59〕
方柔嘉	〔63〕
方如璧	〔40〕
方如环	〔40〕
方若蘅	〔50〕
方若徽	〔56〕
方 笙	〔58〕
方 氏	〔39〕
方 氏	〔40〕
方淑仪	〔60〕
方维仪	〔9〕
方维则	〔29〕
方小蕴	〔44〕
方 曜	〔46〕

方艺兰	〔44〕	**N**	
方　御	〔36〕	倪　静	〔316〕
方云卿	〔31〕	倪　氏	〔312〕
方竹友	〔41〕	倪　淑	〔312〕
G		倪　婉	〔314〕
葛　嫩	〔310〕	倪　懿	〔315〕
光淑贞	〔316〕	**P**	
H		潘　氏	〔258〕
洪采蘋	〔322〕	潘　翟	〔255〕
胡师蕴	〔333〕	潘志渊	〔258〕
胡淑贞	〔333〕	**Q**	
J		齐　氏	〔318〕
江　瑶	〔281〕	**R**	
蒋淑敏	〔291〕	任淑仪	〔311〕
金梦兰	〔324〕	**S**	
K		盛　氏	〔328〕
孔宪英	〔318〕	盛　氏	〔329〕
L		施剑翘	〔341〕
李　媞	〔325〕	史　氏	〔318〕
李相珏	〔326〕	疏　瀹	〔344〕
刘蕙阁	〔331〕	宋　氏	〔318〕
刘淑玲	〔331〕	孙蘩姑	〔321〕
龙　循	〔277〕	孙　氏	〔319〕
M		孙思妊	〔321〕
马生佩	〔265〕	孙松荫	〔320〕
马　氏	〔259〕	孙咏阁	〔322〕

W

吴怀凤	〔220〕	姚德耀	〔168〕
吴锦苏	〔244〕	姚凤翙	〔150〕
吴坤元	〔224〕	姚凤仪	〔145〕
吴令仪	〔222〕	姚芙卿	〔166〕
吴令则	〔220〕	姚含章	〔178〕
吴榴阁	〔241〕	姚浣薇	〔184〕
吴孟嘉	〔244〕	姚鉴含	〔185〕
吴　氏	〔241〕	姚鹿隐	〔165〕
吴　氏	〔243〕	姚凝晖	〔161〕
吴　氏	〔243〕	姚珮蘅	〔179〕
吴　氏	〔254〕	姚绮霞	〔167〕
吴娀娟	〔246〕	姚如兰	〔179〕
吴肖絷	〔251〕	姚若蘅	〔165〕
吴娀娟	〔246〕	姚　素	〔189〕
吴芝瑛	〔246〕	姚　宛	〔142〕
吴中芸	〔242〕	姚秀儒	〔181〕
吴珠光	〔244〕	姚怡敬	〔184〕
		姚倚云	〔190〕
		姚瑛玉	〔167〕

X

		叶　氏	〔323〕
邢月朗	〔317〕	叶　氏	〔323〕
徐蕙文	〔283〕		
徐　氏	〔283〕		

Z

Y

杨清远	〔338〕	张爱芝	〔136〕
杨衍韫	〔338〕	张采儒	〔124〕
杨云涛	〔337〕	张翠云	〔126〕
		张德茂	〔65〕
		张鸿庞	〔65〕

张茧松	〔127〕	张先娴	〔141〕
张椒花	〔131〕	张湘月	〔135〕
张令仪	〔91〕	张宜雍	〔121〕
张　凝	〔139〕	张　莹	〔78〕
张绮窗	〔130〕	张玉琴	〔130〕
张清华	〔135〕	张玉芝	〔133〕
张柔嘉	〔124〕	张紫云	〔126〕
张瑞芝	〔137〕	章有湘	〔299〕
张润芬	〔133〕	赵采蘋	〔324〕
张若娴	〔129〕	钟文淑	〔285〕
张　氏	〔90〕	钟文贞	〔287〕
张淑媛	〔64〕	左北堂	〔276〕
张姒谊	〔66〕	左慕光	〔274〕
张嗣谢	〔127〕	左青霞	〔271〕
张同尹	〔124〕	左如芬	〔266〕
张薇芳	〔125〕	左绍光	〔271〕
张熙春	〔132〕	左　氏	〔277〕